ALMANEGRA

INCARNATE

Volume 1
ALMANOVA

Volume 2
ALMANEGRA

Volume 3
INFINITA

JODI MEADOWS
ALMANEGRA

TRILOGIA **INCARNATE** VOLUME 2

Tradução
Bruna Hartstein

Rio de Janeiro, 2015
1ª Edição

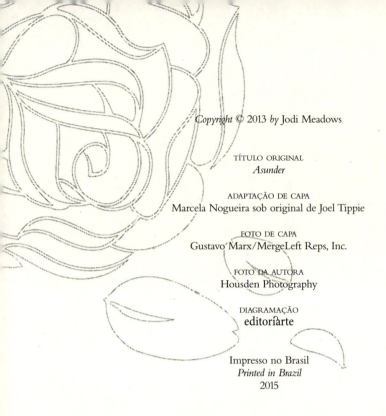

Copyright © 2013 *by* Jodi Meadows

TÍTULO ORIGINAL
Asunder

ADAPTAÇÃO DE CAPA
Marcela Nogueira sob original de Joel Tippie

FOTO DE CAPA
Gustavo Marx/MergeLeft Reps, Inc.

FOTO DA AUTORA
Housden Photography

DIAGRAMAÇÃO
editoriarte

Impresso no Brasil
Printed in Brazil
2015

CIP-BRASIL. CATALOGAÇÃO-NA-FONTE
SINDICATO NACIONAL DOS EDITORES DE LIVROS, RJ

M431a

Meadows, Jodi
  Almanegra / Jodi Meadows; tradução Bruna Hartstein. – 1. ed. – Rio de Janeiro: Valentina, 2015.
  336p. ; 23 cm (Incarnate; 2)

  Tradução de: Asunder
  Sequência de: Almanova
  Continua com: Infinita

  ISBN 978-85-65859-67-7

  1. Ficção americana. I. Hartstein, Bruna. II. Título III. Série.

15-21878

CDD: 813
CDU: 821.111 (73)-3

Todos os livros da Editora Valentina estão em conformidade com
o novo Acordo Ortográfico da Língua Portuguesa.

Todos os direitos desta edição reservados à

EDITORA VALENTINA
Rua Santa Clara 50/1107 – Copacabana
Rio de Janeiro – 22041-012
Tel/Fax: (21) 3208-8777
www.editoravalentina.com.br

*Para meu pai, por incentivar meu amor pela fantasia.
Sinto muito a sua falta.*

ALMANEGRA

1
LEMBRANÇA

MINHA VIDA ERA um erro.

Desde que me entendia por gente, sempre quisera saber o porquê de eu ter nascido. Por que, após cinco mil anos com as mesmas almas reencarnando, a minha escorregara por entre as frestas da existência, sobrecarregando os cidadãos de Heart com o peso de tamanha *novidade*.

Ninguém sabia me dizer como isso havia acontecido, não até a noite em que eu entrara inadvertidamente no templo sem portas, prendendo-me lá dentro com uma entidade chamada Janan.

— Um erro — dissera ele. — Você é um erro sem importância.

No fundo, eu sempre soube que era uma alma descartável.

Do lado de fora do templo, a noite tornara-se um caos. As sílfides queimavam tudo, e os dragões sobrevoavam o céu trovejante cuspindo jatos de ácido. A luz sobrenatural do templo desaparecera. O pai que eu jamais havia conhecido surgiu diante de mim e disse a mesma coisa que Janan. Eu era um experimento que dera errado.

Minha vida podia ter começado como um erro, mas eu não deixaria que ela terminasse assim.

A chegada da primavera cobriu Range com um manto verdejante carregado de vida renovada. As árvores floresciam; filhotes de animais espiavam da floresta enquanto os cidadãos de Heart limpavam uma faixa de terra ao norte da cidade, atrás dos gêiseres e buracos de lama borbulhante que desprendiam nuvens de vapor à medida que o inverno afrouxava seu abraço em torno do mundo.

Em vez de semearem o solo para novas safras, as pessoas ergueram dúzias de obeliscos pretos, cada qual entalhado com dizeres amorosos, conquistas e o nome de uma almanegra; uma das almas que não reencarnaria, que se perdera na batalha durante o Escurecimento do Templo.

Cada cidadão assumiu uma tarefa. As pessoas reuniam pequenas lembranças para colocar ao lado dos obeliscos, vasculhavam os registros no intuito de encontrar vídeos dos amigos que jamais retornariam ou ajudavam na construção do Memorial do Templo.

Sam e a conselheira Sine combinaram seus dons, compondo músicas e redigindo lamentos. Eles criaram diferentes melodias e letras para cada almanegra. Eu queria ajudar, mas não conhecia a maioria delas bem o bastante para contribuir.

Quando a primavera deu lugar ao verão e o memorial ficou pronto, toda a cidade de Heart se reuniu na avenida Norte, formando duas filas.

De dois em dois, passamos pelo Arco Norte.

De dois em dois, deixamos os limites da cidade branca.

De dois em dois, entramos no Memorial do Templo.

As filas se dividiram e cada uma delas seguiu para um dos lados da cerca feita com barras de ferro. As rajadas de vento impregnavam o ar com o aroma das rosas e com um leve cheiro de enxofre de um dos gêiseres mais próximos. Nuvens de vapor pairavam no céu azul.

A procissão demorou séculos. Quando todos finalmente chegaram, três fileiras haviam se formado em torno do campo de monumentos altos. O silêncio reinava, exceto pelo farfalhar das folhas e pelos soluços abafados. Ao meu lado, minha melhor amiga, Sarit, apertou minha mão com força e piscou para soltar as lágrimas dos cílios escuros. Enquanto esperávamos, nossos vestidos balançavam ao sabor do vento.

Um sino repicou no centro do memorial, uma badalada para cada alma perdida.

O que acontecia após a morte? Para onde você ia? E o que fazia? O que mais assustava todo mundo era a possibilidade de você simplesmente acabar.

Após outro momento de doloroso silêncio, Sine afastou-se do perímetro e pegou um microfone.

— Estamos reunidos aqui hoje para nos lembrarmos daqueles que caíram durante o Escurecimento do Templo. Viemos homenagear suas vidas e mortes, e dar início ao longo processo de convalescência, não apenas de nossos corpos e da cidade, como também de nossas almas...

A maioria das pessoas manteve a cabeça baixa, o peso da dor tão evidente na postura abatida que tive medo de que elas desmoronassem. Outros permaneceram estoicamente empertigados, o rosto sem expressão, como se a mente estivesse muito longe dali.

No entanto, de vez em quando um ou outro par de olhos se voltava para mim, e eu trocava um sorriso triste com esses meus quase-amigos. Grande parte eram pessoas que eu tinha avisado sobre o risco de morrer durante o Escurecimento do Templo. Não havia muito que dizer em relação a isso, mas essas pessoas eram gentis comigo e nossos encontros pareciam sempre imbuídos de uma esperança cautelosa.

Sine terminou o discurso.

De uma em uma, cada almanegra passou, então, a ter suas vidas e lembranças recontadas por alguém. Sam e Sine tocavam a música que tinham composto. Pequenos monitores foram colocados na base de cada obelisco para reproduzir um vídeo daquela determinada alma ou uma cópia da música escrita para ela.

Em seguida, passávamos para a próxima almanegra.

Ao final do dia, deixamos o memorial da mesma forma como havíamos entrado. Alguns amigos foram para a casa de Sam conosco, mas todos estávamos tão corroídos pela tristeza que a companhia não nos trouxe qualquer alegria. Na manhã seguinte, retornamos ao Memorial do Templo.

Levamos quatro dias para relembrar as vidas de quase oitenta almas e, enquanto deixávamos o campo de obeliscos negros pela última vez, as pessoas lançavam um olhar de relance para os espaços vazios no fundo, destinados àqueles que não tínhamos certeza de quando haviam morrido. Alguns talvez ainda voltassem.

Nas semanas que se seguiram, algumas pessoas tentaram retomar suas vidas como se nada tivesse acontecido, mas havia rumores de gente dormindo na praça do mercado ou destruindo tudo dentro de casa. Já outros passaram, supostamente, semanas inteiras trancafiados em suas residências.

Retomei minhas aulas — as que ainda estavam sendo oferecidas —, e tentei encontrar alguma alegria na companhia dos amigos e da música, porém o estranho comportamento da comunidade me deixava sufocada. Ninguém parecia estar conseguindo se recobrar de fato.

Com a proximidade do outono, o humor passou da melancolia para um total desconsolo, e a pulsação nas paredes tornou-se insuportável. Nos muros da cidade. Nas paredes da Casa do Conselho. O lento pulsar de vida dentro da pedra fazia com que eu quisesse arrancar a pele do corpo.

Não conseguia mais aguentar aquilo.

— Tenho que sair daqui — falei para Sam. — Preciso me afastar. Você vem comigo?

— Para onde você quiser — respondeu ele, e me beijou.

Partimos de Heart pouco antes de o verão tornar-se apenas uma lembrança.

— Você está muito quieta — comentou Sam ao deixarmos os gêiseres, os buracos de lama, as fumarolas e as árvores cobertas de orvalho para trás.

— Está tudo bem. — Oops. Não tínhamos chegado a essa parte do interrogatório ainda.

Ele bufou.

— Certo. E no que você está pensando?

Acelerei o passo para conseguir acompanhar Sam e Não Tão Felpudo Quanto o Pai, o pônei que levava nossa bagagem. Nós o chamávamos só de Felpudo para encurtar. As alças da mochila machucavam meus ombros, embora eu estivesse levando só o essencial — para o caso de nos separarmos por algum motivo —, além do dispositivo que abria uma porta no templo e do meu caderno. Sam passara a chamá-lo de meu diário, ainda que eu não o usasse para anotar os acontecimentos do dia a dia.

— Nada em particular. — Lancei um olhar por cima do ombro para Heart, que dali parecia uma extensão interminável de ondulações e curvas brancas sobre o platô. A gigantesca torre central encontrava-se parcialmente obscurecida pela folhagem. À distância, a cidade parecia um oásis de paz. — Sinto-me melhor por sair de lá.

— Por causa dos muros? — Ele falou como se entendesse, embora eu fosse a única que me sentia incomodada com eles.

— É. — Passei os polegares por baixo das alças da mochila, aliviando um pouco a pressão sobre os ombros. — Você viu Corin ao passarmos pelo posto da guarda?

— Corin? — Sam ergueu uma sobrancelha. — Ele não fez nada.

— Não, não fez. — Chutei um galho caído no meio da estrada. Os espinhos do abeto arranharam as pedras do calçamento. — Ele continuou sentado à mesa. Não disse nada. Nem tomou conhecimento da nossa presença. Mal se moveu.

— Ele está de luto — Sam respondeu com delicadeza. — Corin perdeu algumas almas muito queridas para ele.

— Então por que continua indo para o posto da guarda diariamente?

— O que mais ele poderia fazer?

— Não sei. Ficar em casa? Passar um tempo com os amigos?

Os olhos de Sam ficaram escuros como a noite e sua voz assumiu a gravidade de centenas de vidas.

— Nem sempre a forma como as pessoas lidam com o luto faz sentido. Não posso imaginar como eu ficaria se perdesse você, mas provavelmente pareceria muito estranho para os outros.

Imaginei que sim. Por que alguém sofreria com a perda de uma almanova como eu?

Lembrei de como havia me comportado durante o Escurecimento do Templo. Temendo pela vida de Sam, eu saíra correndo em meio às poças de ácido de dragão, esquivando-me das sílfides e dos raios laser. Sentira como se fosse outra pessoa, capaz de fazer alguma loucura caso não o encontrasse, pois de que forma conseguiria encarar um mundo sem ele?

— Não gosto desse tipo de sofrimento — falei por fim. — E não gosto de como me sinto quando outras pessoas estão de luto. — O que soava como se eu achasse que elas deviam evitar a emoção porque aquilo me incomodava. Não era isso, então o que eu estava tentando dizer? — Depois que os dragões atacaram o mercado, torci para que você melhorasse. Queria fazer o que fosse possível para ajudar, para que você parasse de sofrer, mas não sabia como. Tentei e…

Sam assentiu.

— E você se sentiu impotente.

— Não gosto dessa sensação.

— Nem eu. — Ele afastou uma mecha de cabelos pretos dos olhos. — Já me senti assim em relação a você, impotente, incapaz de fazê-la se sentir melhor.

— Já?

Sam apertou os lábios num sorriso contido.

— Quando nos conhecemos. A fim de me salvar, você queimou as mãos para prender a sílfide no ovo.

Sílfide. A simples palavra me fazia estremecer e verificar a mata em busca de sombras sobrenaturais. Lembrava-me com demasiada facilidade do calor infernal atravessando minhas mãos e subindo pelos braços, da pele vermelha e enegrecida coberta de bolhas.

— Você tentou ser forte — continuou ele. — E *foi* forte, mas eu sabia o quanto devia estar doendo. Eu queria acabar com a sua dor, mas não tinha como. Senti-me impotente.

— Mesmo que tivéssemos acabado de nos conhecer?

Sam simplesmente sorriu e tocou minha mão; em seguida, trocamos para assuntos mais seguros, tais como a música que ele queria me ensinar e se Sarit honraria ou não a ameaça de vir à nossa procura caso não voltássemos para Heart antes do inverno.

O final do verão banhava Range em diversos tons de verde. Nuvens riscavam o céu, fechando-se em volta das montanhas como gaze. Um falcão deu um grande mergulho acima de nós, demarcando seu território, e seu piado assustou uma família de doninhas. Elas correram desordenadamente para se esconder nos arbustos, mas ele já estava longe.

Quando a noite caiu, armamos uma barraca e estendemos nossos sacos de dormir. Conversamos sobre música enquanto jantávamos e, depois, fomos para fora a fim de nos revezarmos na flauta que Sam tinha levado. Eu gostava de acordar ao lado dele; ver seus cabelos despenteados e seu sorriso sonolento logo pela manhã afastava meus temores e minha tristeza persistentes.

Prosseguíamos rápido, e finalmente alcançamos nosso destino: o Chalé da Rosa Lilás.

Na última vez que eu o vira, lâminas de gelo pendiam do telhado, e o caminho que serpenteava pela colina estava escorregadio devido à neve. Li havia parado diante da porta, alta, bela e feroz, e me dado uma bússola quebrada para que eu me perdesse e acabasse morta pelas sílfides.

Agora, Sam estava comigo ao deixarmos a sombra da floresta e subirmos a colina. A luz do sol aquecia meu rosto e meus braços, e envolvia o chalé num brilho amarronzado, tornando-o tão convidativo que era difícil de reconhecer. Arbustos de rosas erguiam-se em torno das paredes, flores num tom arroxeado já começando a desbotar com a proximidade do outono. Legumes e hortaliças espalhavam-se pelo jardim, podres e meio comidos, uma vez que ninguém estivera lá para colhê-los e armazená-los para o inverno.

Passamos uns dois dias limpando o chalé, arrumando nossas coisas nos quartos e organizando a cozinha, sem conversar sobre nada mais complicado do que quem estaria encarregado do café na manhã seguinte. Era bom viver com Sam sem aquelas paredes pulsantes nos cercando.

Em nossa terceira noite no Chalé da Rosa Lilás, Sam me pediu para esperar por ele do lado de fora.

O ar frio me deixava arrepiada, mas esperei no jardim, ao lado de um dos arbustos de rosas. A luz do sol, já baixa, envolvia o chalé e incidia sobre a floresta, capturando-a num jogo de luz e sombras em tons de verde e dourado, com toques de vermelho. A porta bateu e Sam se aproximou com uma cesta nos braços.

— Você pode me dar uma ajuda? — pediu. Juntos, estendemos um cobertor sobre a grama para nos sentarmos; os olhos dele brilhavam na penumbra. — Quero lhe dar uma coisa. — Ele tirou uma comprida caixa de madeira de dentro da cesta. A luz fraca que vinha da janela brilhou sobre o verniz. Quando ele havia empacotado aquilo? — Isso é para você.

— Você não precisava comprar nada para mim. Tenho tudo de que preciso.

Sam sorriu e baixou os olhos para a caixa, as mãos cobrindo os fechos dourados.

— É um presente, como os que Tera e Ash ganharam dos amigos durante a cerimônia de rededicação.

Aquela, porém, fora uma ocasião especial para celebrar o amor eterno entre elas. Já hoje era um dia comum, pelo menos até onde eu conseguia me lembrar. Ainda assim, a ideia de ganhar um presente me encheu de alegria, e tentei pegar a caixa dele para olhar. Havia alguma coisa esculpida na madeira, mas não consegui identificar.

— O que é?

As mãos de Sam tremiam quando ele destrancou a caixa e levantou a tampa sem fazer ruído algum.

A luz incidiu sobre duas hastes de prata, iluminando uma série de teclas e de delicadas espirais gravadas no metal.

Era uma flauta, mas de um tipo que eu jamais vira antes.

Uma lufada de vento sacudiu as árvores e abafou meu "Oh!", enquanto Sam tirava a flauta da caixa e a montava. Seus olhos estavam escuros, arregalados de expectativa e algo mais ao estender ambas as mãos com o instrumento apoiado sobre as palmas.

— É linda — murmurei.

— Achei que você ia gostar. — A flauta praticamente desaparecia entre as mãos dele, embora parecesse ter o tamanho normal quando pousei os dedos sobre o metal frio. — Pegue — incitou ele. — É para você.

— Por quê? — A pergunta não impediu meus dedos de se fecharem em volta do instrumento e levá-lo aos lábios. Soprei a boquilha ao mesmo tempo em que posicionava os dedos sobre as teclas.

Sam se aproximou um pouco mais, aquecendo-me com o calor de seu corpo.

— Aqui. — Ele afastou meu polegar direito, posicionando-o corretamente.

— Agora o queixo. — Ergueu meu rosto um tiquinho, os dedos demorando-se sobre minha pele.

Nossos olhos se encontraram, ambos subitamente cientes da outra mão dele em minhas costelas, ajeitando minha postura de maneira inconsciente.

— Melhor? — Soprei de novo.

Ele observou minha boca e anuiu.

— Toque para mim.

Tocar o quê? Ele não trouxera nenhuma partitura. Ainda assim, enquanto a luz do sol começava a enfraquecer, fazendo com que as rosas arroxeadas adquirissem um tom mais próximo do nanquim, e incidia sobre os cumes das montanhas cobertos por uma neve prematura, toquei uma nota baixa e demorada que reverberou pela clareira onde ficava o chalé como um chamado.

A nota criou uma aconchegante bolha aquecida ao nosso redor. Ela enveredou pelos ramos de hera, prendeu-se aos arbustos de rosas e abriu caminho em direção às montanhas que se erguiam como paredes distantes. Inspirei para recuperar o fôlego enquanto meus dedos subiam meio-tom.

A flauta prolongou o som. Ela se encaixava a mim com perfeição, como se eu tivesse recuperado uma antiga parte do meu corpo. Minhas mãos, minha boca e meus pulmões conheciam aquela flauta; eu sabia que ela faria o que eu lhe pedisse, e mais.

Continuei subindo os tons até formar um padrão, tão doce e evocativo quanto o som da flauta. A melodia tomou corpo e alçou voo de maneira firme e determinada. A música foi me preenchendo até eu ter a sensação de que ia explodir.

Quando parei de tocar, Sam se inclinou em minha direção com um sorriso satisfeito estampado nos lábios.

— Ela combina com você.

— Ela é perfeita! — Acariciei a prata, sentindo o relevo dos desenhos sob as pontas dos dedos. Pareciam ramos de hera, ou alguma outra coisa delicada e espiralada. — Foi você quem fez?

— Só uma parte. O grosso do trabalho quem fez foi um amigo. De que outra forma eu conseguiria escondê-la de você?

O metal parecia quente entre meus dedos. Eu não conseguia tirar os olhos do modo como a flauta se encaixava em minhas mãos. Ela era *perfeita*.

— Queria poder tocá-la o tempo inteiro.

— Ótimo. — Sam abriu um sorriso de orelha a orelha. — Porque é o que você vai fazer. — Sua voz assumiu um tom conspiratório. — Escrevi alguns duetos para a gente.

Meu coração deu um salto.

— Jura?

— Quero guardar este momento para sempre, o modo como você está sorrindo agora.

— Então faça isso. — Soltei a flauta no colo e passei as mãos diante da boca, fingindo agarrar meu sorriso como se ele fosse um chumaço de nuvens ou de lã de carneiro. — Aqui. — Botei meu sorriso imaginário nas mãos dele. — Isso é para você.

Sam levou as mãos fechadas ao peito e riu.

— Isso é tudo o que eu sempre quis.

— Tenho mais, sempre que você quiser.

— Tudo o que eu preciso fazer é te dar novos instrumentos?

Dei de ombros.

— Podemos encontrar outras coisas que valham um sorriso.

Ele envolveu meu rosto entre as mãos e me beijou.

— Ana, eu... — O modo como a voz dele tornou-se mais suave e grave de emoção me fez estremecer. Ele se afastou. — Vou pegar um casaco para você.

O que quer que Sam pretendesse dizer antes foi engolido pelo ar frio da noite.

— Não precisa. Sabe o que ajudaria a me aquecer? Se você pegasse a outra flauta e algumas partituras.

— Já quer começar? — Ele ergueu uma sobrancelha.

— Você não pode me dar uma flauta novinha em folha e esperar que eu a bote de lado. — Abracei o instrumento de encontro ao peito.

— Então espere um pouco que eu já volto. — Sam me beijou de novo, se levantou e desapareceu chalé adentro, acendendo a luz da sala assim que a porta se fechou. Boa ideia, desse jeito conseguiríamos ler as partituras.

Sozinha, exceto pelas árvores, rosas e alguns poucos pássaros que começavam a voltar para seus ninhos, ergui a flauta e toquei uma melodia simples. Em algum lugar na mata, um pássaro repetiu algumas notas. Sorri e toquei de novo, e ele me acompanhou.

Estranho, eu não conseguia identificar o pássaro. Não parecia um picanço nem um tordo. Um sabiá? Não, sua voz soava como se fosse de outro mundo.

Enquanto vasculhava a escuridão, toquei alguns acordes do meu minueto — o que eu tinha escrito não muito antes do Escurecimento do Templo —, e o pássaro... ou o que quer que fosse... cantou de volta. Não era um pássaro.

— O que você está fazendo? — perguntou Sam ao retornar, carregando nos braços um livro de partituras, o suporte para apoiá-lo e sua própria flauta.

— Tem alguma coisa na mata. — Eu não conseguia enxergar. A luz que se derramava pela porta iluminava só até a metade da trilha, deixando o grupo de árvores fora de seu alcance. As rosas estremeceram sob a brisa gelada, e um gemido longo e pesaroso ecoou pela mata.

Meu estômago se contraiu. Eu conhecia aquele som.

— Sílfide. — A luz produzia sombras espessas sobre o rosto de Sam. — Uma sílfide? Aqui?

— Não parecia uma sílfide antes. Achei que fosse um pássaro imitando o que eu tocava.

Uma expressão de choque perpassou o rosto de Sam enquanto ele apertava os olhos para tentar enxergar através da escuridão.

— Elas nunca penetram tanto no território de Range. Nem... imitam a gente.

Passei a língua nos lábios e toquei mais quatro notas; a repetição soou mais próxima. Uma sombra tremulou ligeiramente atrás do alcance da luz. Logo em seguida, outra à esquerda, e uma terceira na floresta. Elas eram muitas, talvez tantas quanto na noite em que haviam me perseguido até eu cair de um penhasco no lago Rangedge.

As sílfides queimavam, fediam a fogo e cinzas e não possuíam substância. O conhecimento acumulado a respeito delas era complicado e contraditório. Alguns diziam que elas eram sombras que haviam adquirido uma tenebrosa meia-vida graças aos gases e à caldeira que havia debaixo de Range. Já os céticos afirmavam que as sílfides eram apenas outra das espécies dominantes do planeta, tal como os dragões, os centauros e os trolls; as pessoas deviam tomar cuidado com elas, mas não atribuir-lhes lendas e poderes especiais.

O que quer que fossem, eu já tivera a minha cota de experiência com elas por uma vida inteira.

— Sam. — Mal reconheci minha voz, tão distante da tempestade de medo que crescia dentro de mim. — Pegue todas as armadilhas que encontrar.

Várias outras sílfides se juntaram ao coro de notas, entoando-as como se elas fossem um pequeno verso musical. O som ficou mais alto, mais próximo e, de repente, parou.

Uma sensação de *expectativa* pesou no ar. Segundos depois, uma delas assobiou uma escala inteira.

Sam tocou meu cotovelo.

— Vá para dentro de casa. As paredes são reforçadas.

— Reforçadas. Mas não à prova de sílfides. — Ergui a flauta. — Acho que... — Minha respiração sibilou sobre a boquilha, o que fez todas elas se retesarem e se aproximarem um pouco mais. Recuei até minha saia ficar presa numa roseira, os espinhos me pinicando através do tecido. — Acho que a música irá mantê-las distraídas. Pegue os ovos. Prepare as armadilhas. Se alguma delas atacar, eu entro.

Só esperava ser rápida o bastante para alcançar a porta antes que elas me queimassem viva.

— Tentarei ser rápido. — Sam desapareceu chalé adentro.

O calor me envolvia por todos os lados à medida que elas se aproximavam. Com o coração martelando no peito, comecei a tocar.

2
SOMBRAS

TENTÁCULOS SOMBRIOS ENTRAVAM e saíam da luz. Os gemidos abrandaram quando toquei uma escala num tom maior e elas voltaram a me imitar.

As sílfides ecoavam cada escala, arpejo ou trinado, aproximando-se mais e mais. O calor roçava minha pele como um hálito quente à medida que as sombras se fechavam à minha volta, mas elas não atacaram. Um cheiro de ozônio espalhou-se pela clareira, e a luz que vinha do chalé pareceu enfraquecer.

— Meu bom Janan! — exclamou uma voz jovem ao pé da trilha.

As sílfides pararam e soltaram um guincho agudo, e uma onda de calor envolveu o chalé. Engasguei com o gosto das cinzas, o suor pinicando minha pele.

— Parem! — O grito saiu sem pensar, mas elas obedeceram. Uma descarga de adrenalina atravessou meu corpo, fazendo minha cabeça girar de pavor e minha voz soar alta e esganiçada. — Não saia daí — adverti o recém-chegado. — Fique fora do caminho delas.

Silêncio. Ou ele havia fugido ou estava fazendo o que eu mandara.

Eu não conseguia respirar em meio a tanto calor. Recordei com demasiada facilidade a sensação da queimadura em minhas mãos. O calor infernal, a dor excruciante e, depois, nada.

O grupo de hoje não estava tentando me queimar — ainda —, e se a música era a responsável por isso, então eu lhes daria música. Sam retornaria logo com os ovos de metal. Pelo menos, era o que eu esperava.

O suor se acumulava entre meu queixo e a flauta à medida que o calor se intensificava, mas pude *sentir* que captara a atenção delas de volta para mim ao inspirar, lutando para manter o foco e soprar o ar sobre a boquilha. De forma hesitante, toquei uma das primeiras sonatas que havia aprendido. Uma melodia suave e despretensiosa chamada "Mel", que Sam compusera em homenagem a Sarit e seu apiário cinco ou seis vidas atrás.

Minhas mãos e meu maxilar tremiam, mas após alguns instantes, o calor das sílfides amainou. Uma ou duas tentaram acompanhar a música e, pouco a pouco, outras foram se juntando a elas.

As sílfides começaram a dançar, um emaranhado de preto embolando-se com preto. Tentáculos escuros se erguiam em direção às estrelas, entrelaçando-se até formarem uma única forma ondulante.

Elas pareciam… apreciar a música. Mais confiante, dei um passo à frente e elas se afastaram — como se eu fosse uma luz ofuscante demais para que ficassem próximas. No entanto, continuaram cantando e se contorcendo. Continuaram *dançando*, mesmo enquanto nos afastávamos do chalé.

As sílfides eram sombras predadoras apavorantes, mas aquelas estavam se comportando de uma forma que eu jamais vira antes. Não como as que haviam me perseguido em meu décimo oitavo aniversário, nem como a que queimara minhas mãos no dia seguinte. Tampouco como as que haviam entrado em Heart na noite do Escurecimento do Templo, embora aquelas também tivessem agido de maneira estranha, fugindo de meu pai.

Mas isso. Essa dança. Esse não era um comportamento típico das sílfides.

A sonata chegou ao fim e, por um momento, quase entrei em pânico — será que elas ficariam zangadas? —, mas elas continuaram murmurando e cantarolando a melodia aqui e ali, como ecos buscando se certificar de estarem entoando a nota correta.

Uma a uma, desceram a trilha cantarolando.

Um farfalhar de folhas, acompanhado pelo facho de luz de uma lanterna cruzando o campo, indicou-me que o recém-chegado correra para se esconder. Assim que elas se foram, o garoto subiu a colina e apareceu diante de mim, quase soterrado sob o peso de uma gigantesca mochila.

— O que você fez? — perguntou ele.

Apertei a flauta de encontro ao peito, esperando que meus batimentos cardíacos voltassem ao normal. Não tinha ideia do que eu havia feito. As sílfides tinham escutado a música, cantarolado enquanto eu tocava e ido embora. Um comportamento muito estranho mesmo.

O garoto não esperou resposta. Ele se desvencilhou da mochila e a soltou no chão ao seu lado, olhando por cima do ombro como se esperasse que elas pudessem mudar de ideia e voltar. Será que as sílfides pensavam? Elas eram sombras incorpóreas que afetavam o mundo apenas com seu calor. Minhas mãos pinicaram só de lembrar das queimaduras de meses atrás, da sensação de estar virando uma fênix. A dor fora excruciante, mas não deixara nenhuma cicatriz.

— Elas estavam perseguindo você?

Ele fez que não.

— Acho que não. Eu estava vindo para cá quando escutei você tocando. Achei que fosse... — Deu de ombros. — Só vi as sílfides ao alcançar a trilha. Foi isso.

— Hum. — Olhei por cima do ombro dele para a floresta, mas a escuridão da noite ocultava tudo, principalmente as sílfides.

— Me desculpe — disse ele, estendendo a mão. — Que grosseria da minha parte. Acho que ainda não nos encontramos nessa vida. Sou Cris.

— Cris. — Lancei um olhar de relance para o chalé ao escutar os passos apressados de Sam aproximando-se da porta. — O Cris da rosa lilás.

O sorriso dele mais pareceu uma careta.

— O próprio.

— Sinto muito. Quis dizer azul. — De acordo com todo mundo, Cris havia tentado criar uma rosa perfeitamente azul, algo que se supunha ser uma impossibilidade genética. Após quatro vidas cultivando rosas, todos disseram que o espécime resultante era lilás, e Cris abandonou o chalé. *Esse* chalé, que, em zombaria, as pessoas chamavam Chalé da Rosa Lilás.

— Não se preocupe com isso. — Outro sorriso-careteiro. Cris era alto e magro, com o queixo e as maçãs do rosto salientes, ainda mais acentuados pelos cabelos curtos. Fisicamente, parecia apenas uns dois anos mais velho do que eu ou Sam. Mas, na verdade...

Eles eram todos muito, muito mais velhos.

A porta da frente se abriu e Sam apareceu com os braços carregados de ovos de sílfides. Correu os olhos pela clareira, ofegante.

— Onde elas estão?

— Foram embora. — Eu apertava a flauta com tanta força de encontro ao corpo que as teclas começaram a machucar minhas costelas. — Em troca, ganhamos Cris.

— Cris. — Sam pareceu hesitar. Alguma coisa pairou no ar enquanto os dois se encaravam... algo que não consegui identificar.

— Dossam. Ouvi dizer que... — Cris voltou o olhar para mim. — Então você deve ser Ana.

— Isso mesmo.

Uma forte sensação de estranheza recaiu sobre nós: a estranheza da minha existência, uma almanova; do comportamento das sílfides, que pareciam felizes ao irem embora após cantar; de qualquer que fosse a história compartilhada por Sam e Cris. Amizade? Ódio? Algum tipo de rusga? Sam não me contara quase nada a respeito de Cris, e tudo o que eu tinha lido sobre ele ou escrito por ele — a maioria observações sobre jardinagem —, me dera a impressão de que ele era uma pessoa reservada.

— Desculpe — disse Sam, parecendo voltar a si. — As sílfides se foram?

Fiz que sim.

— Então é melhor entrarmos antes que elas voltem. Cris, você pretende ficar conosco? — Sam entrou no chalé e soltou os ovos de sílfide numa cesta, fazendo o metal tilintar. Em seguida, voltou para me ajudar com o cobertor e as partituras.

Olhei de relance para Cris e apontei com a cabeça para a porta: outro convite. De qualquer forma, o chalé era dele. Eu não sabia se ele o construíra especificamente por causa das rosas ou se fizera isso muito antes, mas o chalé ganhara o nome delas.

Cris pegou a mochila e me seguiu, lançando um olhar para as rosas ao passar.

— Alguém tem cuidado delas. — Ergueu uma sobrancelha. — Você?

— Elas não mereciam ser abandonadas só porque não são o que você esperava. — As palavras soaram mais ríspidas do que eu pretendia, e tanto Cris quanto Sam se retraíram. — Desculpe — murmurei.

— Vou preparar um chá. — Sam fechou a porta. — Você ainda prefere café, Cris?

— Por favor. — Cris ofereceu um meio sorriso e soltou a mochila ao lado da cesta com os ovos. — Não esperava encontrar ninguém aqui.

— Você vai ficar conosco, é claro. A gente se ajeita para dormir. — Sam pegou a jaqueta de Cris e a pendurou num pino fixado na parede, enquanto ele nos fitava como se estivesse reavaliando alguma coisa. Estaria surpreso por Sam e eu não estarmos dividindo um quarto? A mesma cama?

Alguns minutos depois, enquanto Sam estava na cozinha fervendo água para preparar o chá e o café, Cris, que já havia se lavado, sentou-se comigo na sala, eu no sofá puído e ele na poltrona do outro lado da mesinha de centro, de frente para mim. Como nenhum de nós disse nada, meus pensamentos se voltaram mais uma vez para o estranho comportamento das sílfides. O que elas tinham tentado *fazer*?

— Achei que você seria maior — comentou Cris.

— Como assim?

Ele teve a decência de enrubescer.

— Desculpe. Estou dizendo isso por você ser a almanova. Mesmo tendo ficado longe por quatro anos, fiquei sabendo da comoção geral. Achei que você fosse um gigante ou tivesse tentáculos, mas não. Você até que é bem bonita.

— Ah. Hum. — Desejei ter algo para fazer com as mãos. Qualquer coisa. Além de Sam e de Sarit, ninguém jamais dissera que eu era bonita. Stef, a amiga de Sam, dizia que eu era fofa, o que não me parecia nem de perto a mesma coisa. — Obrigada, eu acho.

— Então você está estudando música com Dossam?

Uma forte emoção percorreu meu corpo, e não pude deixar de sorrir ao olhar para as flautas e as partituras em cima da mesa. Eu sempre sonhara em estudar com Dossam. Sam. Ansiava por música desde a primeira vez em que a escutara, e Sam me proporcionava isso diariamente. Mas Cris não precisava saber todas essas coisas sobre mim. Portanto, apenas assenti.

— E quanto às rosas? Você cuidou delas mesmo achando que ninguém as queria.

— As pessoas não querem um monte de coisas, mas terminam ficando com elas mesmo assim. — Tal como almasnovas ou rosas de uma cor indeterminada.

— Gosto das rosas pelo que elas são.

Cris abriu um sorriso radiante, como se eu tivesse dito algo fantástico ou profundo.

— Fico feliz que alguém goste delas.

— Humpf. — Rezei para que Sam aparecesse logo com o chá. Assim poderia fingir que estava concentrada em não derramá-lo. — Temos algo em comum, as rosas e eu. Só isso. — Senti vontade de chutar a mim mesma pela grosseria, mas Sam apareceu na sala carregando uma bandeja com as xícaras e me salvou de outra humilhação. O modo como me olhou deixou claro que ele percebera isso também.

— Por onde você andou, Cris? — Sam se sentou do meu lado e me entregou uma xícara de chá. Envolvi-a entre as mãos, grata pela distração.

— Vários lugares. Atravessei o continente catalogando diferentes espécies de plantas e seu tempo de crescimento, tentando encontrar espécimes comestíveis que talvez consigamos cultivar em Heart...

— Você viajou a pé? — perguntei. — Por quatro anos?

Ele anuiu.

— Essa é a melhor forma de descobrir plantas que você talvez goste de comer.

Não era de admirar que ele fosse magro feito um graveto. No entanto, parecia forte e resistente, como alguém *capaz* de atravessar o planeta a pé. Eu não conhecia muita coisa fora dos limites de Range, embora soubesse que o continente era enorme, com montanhas, planícies, desertos e pântanos. Você podia andar mil léguas de leste a oeste e ainda perder muita coisa. Isto é, se algum predador não o matasse assim que você atravessasse a fronteira de Range.

— Você não sentiu solidão?

— Às vezes, mas levei meu DCS. — Deu um tapinha no bolso do peito do casaco. — Foi como eu soube da história do Escurecimento do Templo. O que aconteceu?

Estremeci, e Sam pressionou minhas costas.

— Meu pai foi o responsável pelo Escurecimento do Templo — respondi. Talvez não devesse chamar Menehem de pai. Eu não o conhecia, a não ser pelos diários e pelo modo como a simples menção ao nome dele fazia todo mundo revirar os olhos. Encontrara-o por um breve momento durante o Escurecimento do Templo, pouco antes de ele morrer. — Menehem fez alguma coisa com o templo para impedir Janan de reencarnar as almas que morressem naquela noite. Ele capturou dúzias de sílfides fora dos limites de Range e as soltou em Heart. O ataque contou com dragões também.

Cris voltou a atenção para Sam, que ficara pálido como uma estátua diante da menção aos dragões.

— Você... — Cris tentou esconder sua perplexidade. — Você conseguiu escapar. Isso é bom.

— Ana me salvou. — Sam acomodou a mão em meu quadril e me puxou mais para perto. — Ela me salvou dos dragões duas vezes.

Perguntas pairaram no ar entre nós, como uma corda de piano retesada a ponto de arrebentar.

— Então, Ana... — continuou ele. — Você sabia sobre Dossam e os dragões?

Fiz que sim.

Sam ainda estava lívido.

— Eu contei a ela que eles sempre me perseguem. Ela sabe.

A linha voltou a aparecer entre as sobrancelhas de Sam; às vezes significava preocupação, noutras, estresse. Pousei a mão sobre o joelho dele, virei seu rosto para mim e, quando nossos olhos se encontraram, a linha desapareceu.

— Está tudo bem — murmurei. — Vou protegê-lo dos dragões. — Apenas uma brincadeira para fazê-lo sorrir. O que eu poderia fazer de fato contra os dragões? Eles o haviam matado trinta vezes.

Trinta.

Sam entrelaçou os dedos nos meus e sorriu.

— Sei que vai. — Ele não parecia estar brincando.

— Fascinante. — Cris envolveu a xícara com as mãos, mantendo um tom leve e divertido, mas com um quê de tristeza. Tomou um gole do café como que tentando esconder a emoção. — Bastou uma almanova para os problemas de Sam com os dragões serem resolvidos.

— Eu não diria isso. — Lancei um olhar de relance para a janela como se esperasse ver dragões ou sílfides nos espiando. — Tivemos dois ataques desde que eu cheguei.

— Eles sempre acontecem em dupla. — Cris apoiou a xícara no joelho. — Você só teve o azar de estar aqui durante a primeira visita deles em muito tempo.

— E todos tivemos o azar de isso acontecer durante o Escurecimento do Templo. — Sam baixou os olhos, a lembrança daquela noite ainda fresca e dolorida. — O ataque deles e das sílfides ao mesmo tempo foi demais. Todos entraram em pânico. Perdemos mais pessoas do que deveríamos antes que alguém percebesse o que Menehem tinha feito: ele escureceu o templo.

Fechei os olhos, mas continuei vendo a estranha escuridão que dera lugar à luz iridescente do templo. Exceto que ele *não deveria* emitir luz nenhuma. Que tipo de construção brilhava no escuro?

Uma que contivesse uma entidade chamada Janan.

— Impedir a reencarnação. Que coisa! — Cris balançou a cabeça, em seguida, pousou os olhos em mim. — Menehem já tinha feito isso antes? Você?

Ah, Cris era esperto.

— Um acidente. Foi por isso que ele partiu há dezoito anos... para descobrir o que tinha feito. — Dei de ombros, fingindo não estar nem aí para o fato. — Só Menehem sabe o motivo de ter desejado acabar com tantas vidas. Talvez ele nos conte quando renascer.

Isso não era exatamente verdade. Contudo, sem saber como Cris se sentia em relação a Janan — algumas pessoas realmente se importavam, enquanto outras haviam passado milhares de anos sem acreditar nele —, achei melhor não dizer mais nada. Menehem me dera duas explicações. A primeira soava como se ele tivesse me feito um favor: uma tentativa de fazer com que mais almasnovas nascessem.

A segunda me parecera mais genuína: ele quisera provar se Janan existia ou não. Pura curiosidade científica, nada além disso.

Cris olhou para o café de cara amarrada.

— Estou certo de que o Conselho deve estar louco para saber exatamente como ele provocou o Escurecimento do Templo, a fim de que possam impedir qualquer pessoa de tentar repetir o ocorrido.

— Com certeza. — Minha voz tremera? Eu tinha a impressão de que as anotações que Menehem me entregara eram como um holofote brilhando intensamente em meu quarto. Ele as deixara para mim após morrer, e eu não quisera deixá-las em Heart. As pastas e os diários, o dispositivo que abria uma porta no templo e os livros misteriosos que eu tirara lá de dentro — era de admirar que as pessoas não tivessem descoberto tudo simplesmente pela minha expressão de culpa.

Eu ainda não estava pronta para contar a ninguém sobre a visita ao templo ou sobre a pesquisa de Menehem, e Sam também achara melhor não dizer nada. Não sabíamos qual seria a reação do Conselho, mas definitivamente não seria boa.

Sam olhou para Cris, e sua voz assumiu um tom esquisito, incomum, como que imbuído de uma estranha esperança.

— Você está voltando para Heart?

— Acho que é uma boa ideia — respondeu ele. — A mensagem de Sine deu a entender que eles estão precisando de ajuda para reorganizar as genealogias, agora que tantos jamais retornarão.

— Estou certo de que apreciarão a sua ajuda — replicou Sam, sem me explicar como um jardineiro poderia ser útil na reorganização de genealogias.

Eles conversaram até todos termos terminado nossas bebidas, atendo-se a assuntos mais corriqueiros, tais como o melhor caminho a tomar se você quisesse ir para Heart e os avisos sobre ursos e lobos em determinadas partes da floresta. Terminaram o bate-papo com uma discussão educada sobre quem ficaria com o quarto extra, e Sam ganhou, o que significava que ele dormiria no sofá.

Quando as ervas calmantes em meu chá fizeram efeito, desejei aos rapazes uma boa noite e fui para meu quarto, tentando desesperadamente não pensar nas sílfides.

O gemido do vento me arrancou de uma sequência de sonhos flamejantes.

Meu quarto continuava como sempre fora, com as tábuas de madeira do piso empoeiradas e as paredes imersas em escuridão, mas havia algo diferente. Não as sombras, mas o som. Nos dezoito anos em que eu vivera no Chalé da Rosa Lilás, o vento jamais gemera daquele jeito.

Fui até a janela e abri as venezianas.

Estrelas cintilavam ao longe, as árvores abraçavam a terra e o céu e os arbustos de rosas exalavam um perfume que não conseguia mascarar o persistente fedor das cinzas. A noite estava perfeitamente calma, porém o gemido persistia.

Uma sombra se moveu.

Elas estavam subindo a trilha que levava ao chalé, assobiando, murmurando, cantando. Uma das melodias que eu tocara mais cedo se destacou em meio à estranha música, mas logo desapareceu. Momentos depois, outro tom familiar tomou forma, ao qual foram sendo adicionados harmonia e arranjos secundários. Uma música sobrenatural preencheu a noite, sutil o bastante para ser confundida com o vento açoitando um dos cantos do chalé, porém tão estranha que me despertara do sono.

Devia haver umas doze sílfides do lado de fora do meu quarto e, embora elas não tivessem olhos, pude senti-las *olhando* para mim.

Um soluço escapou da minha garganta.

Escutei um ofego em outro dos aposentos da casa, seguido pelo som de cobertores caindo no chão e por um suave ruído de passos vindo em direção ao meu quarto. Sam. Eu conhecia a cadência dos passos dele.

Corri até a porta e a abri.

Sam me olhou de cima a baixo através da penumbra, como que querendo se certificar de que eu não estava sangrando — por que eu estaria sangrando? — e, então, me envolveu num abraço apertado.

— Você está bem? Escutei...

Parou no meio da frase ao perceber as sílfides recomeçarem a cantar, ecos de uma das músicas que ele havia composto.

— Oh! — Seu suspiro bagunçou meus cabelos; ele me soltou e voltamos juntos para a janela. Uma lufada de ar quente penetrou o quarto, trazendo consigo um leve cheiro de cinzas e ozônio.

Uma a uma, as sílfides terminaram a música.

Uma a uma, desceram novamente a trilha do chalé, sem terem feito nada mais ameaçador do que cantar.

— O que isso significa? — Sam me perguntou num sussurro. Inclinou a cabeça de lado, como que tentando detectar se o barulho havia acordado Cris, e relaxou. Nosso hóspede devia ter um sono pesado, ou então estava exausto de tanto caminhar.

— Significa que não posso mais continuar evitando a pesquisa de Menehem. As sílfides pareciam mortas de medo dele na noite do Escurecimento do Templo, e foi sua pesquisa sobre elas que afetou o templo de Janan. Preciso descobrir o motivo. E por que elas cantaram do lado de fora da minha janela. — Embora fosse pouco provável que Menehem conseguisse responder essa questão. Até onde eu sabia, ele nunca se preocupara com as ideias, os sentimentos e as motivações dos outros; não conseguia entendê-los.

Sam deixou a cabeça pender, resignado. Nossa paz durara pouco.

— O que você quer fazer?

Olhei fixamente para a escuridão, mas nada se moveu. O odor das sílfides amainou.

— Gostaria de permanecer fora de Heart com você, tocando música o tempo inteiro. Mas morando numa casa. Não quero passar quatro anos vivendo ao relento como Cris.

— De qualquer forma, os pianos são muito pesados para serem carregados numa mochila. — Ele me plantou um beijo na testa, a barba incipiente roçando minha bochecha. — Você sabe que várias pessoas em Heart gostam de você.

— Sarit, Stef, Sine... e outras pessoas cujos nomes começam com S.

Ele riu.

— Armande, Lidea, Wend, Rin, Orris, Whit. E muitos outros. O Escurecimento do Templo foi uma coisa terrível, mas mostrou às pessoas que você se importa com elas. Quantos você salvou naquela noite?

Não respondi, não sabia. A noite tinha sido caótica, e, na maior parte do tempo, eu estava procurando por Sam.

Seus dedos quentes acariciaram minha bochecha por um momento antes de ele erguer meu rosto.

— Está preocupada que eles mudem de ideia a seu respeito?

Como é que ele sempre adivinhava meus piores temores?

— Ninguém mais me chama de sem-alma, mas quanto tempo isso irá durar quando as pessoas souberem que as sílfides não me atacam mais? Cris viu a reação delas à minha música.

— Ele não vai contar para ninguém. Pode confiar em Cris.

Gostaria de ter a confiança de Sam de que as pessoas se lembrariam de que eu não estava ali para acabar com a existência delas. Talvez fosse por isso que eu havia relutado tanto em analisar a pesquisa de Menehem, mas não podia mais deixar que o medo da reação dos outros continuasse me impedindo.

— Tudo bem. Vamos para o leste de Range, para o lugar onde Menehem conduziu seus experimentos. — Fechei e tranquei as venezianas. — Não quero que ninguém saiba que estamos indo para lá. O Conselho não iria gostar.

— Não. — Sam murmurou de maneira sombria. — Não iria.

— Partiremos assim que Cris se for. — Esperava descobrir o que Menehem fizera com as sílfides, assim como a ligação delas com Janan. E precisava, acima de tudo, descobrir o que elas queriam comigo.

3
QUEIMADURA

CRIS FOI EMBORA do chalé assim que o sol nasceu. Permaneci deitada no meu colchão encaroçado, escutando a estranha movimentação no quarto ao lado, no banheiro e, em seguida, na sala. Ainda estava me acostumando aos sons de Sam pela casa, diferentes dos de Li, e diferentes também dos de Cris. Os passos dele eram mais longos do que os de Sam, não exatamente mais pesados, porém, de alguma forma, mais sólidos.

Quando finalmente me dei conta de que devia me despedir dele, escutei um murmúrio baixo de vozes na sala.

— Você pode se despedir da Ana por mim?

— Ela está acordada, se você quiser fazer isso pessoalmente. — A voz de Sam soava grogue de sono, mas ele provavelmente havia acordado assim que os pés de Cris bateram no chão.

— Tenho certeza de que ela prefere voltar a dormir. Vejo vocês em Heart. — Cris hesitou. — Você disse que ela está tendo aulas com algumas pessoas. Talvez Ana queira aprender um pouco de jardinagem.

— Talvez. — O rangido das molas do sofá indicou que alguém havia se levantado, mas não Li. Ela jamais faria isso novamente. A voz de Sam soou quase esperançosa. — Foi bom rever você, Cris.

— Você também. — Momentos depois, a porta da frente se fechou com um rangido.

Era difícil encontrar tempo para praticar durante a viagem, mas Sam insistia em dizer que estudar música não se resumia a tocar um instrumento. A teoria era tão importante quanto a prática, de modo que escutávamos tanto quanto conversávamos sobre ela, nossos DCSs sincronizados para tocarem a mesma coisa.

Sonatas, minuetos, árias, sinfonias: todas essas coisas nos acompanharam pela floresta, um emaranhado de verde e dourado entremeado com o fogo do outono, cada vez mais próximo à medida que prosseguíamos em direção ao leste de Range.

— Você está com medo de que as sílfides escutem a música e venham atrás da gente? — perguntei a Sam.

— Não. — Ele fez uma pausa. — Nem *tanto*, pelo menos não enquanto estivermos dentro dos limites de Range. Além do mais, temos os ovos. O Chalé da Rosa Lilás fica quase na fronteira de Range, de modo que não há tantas armadilhas entre elas e a gente. É pouco provável que elas nos sigam.

Pouco provável, mas não impossível. As sílfides andavam fazendo uma série de coisas improváveis ultimamente. Algumas poucas armadilhas ativadas por calor talvez não fizessem muita diferença.

— E quando estivermos no laboratório de Menehem? — indaguei. O mapa que ele havia incluído nos diários indicava que o prédio ficava fora dos limites de Range, razoavelmente próximo do território dos trolls.

— Precisaremos tomar mais cuidado enquanto estivermos lá, mas tenho certeza de que o prédio em si é bem protegido.

— Humpf.

Eu não devia ter me preocupado. Ao chegarmos no local indicado por Menehem, deparamo-nos com uma feiosa construção de ferro do tamanho de um celeiro. Placas de luz solar cobriam o telhado, enquanto várias cisternas espalhavam-se pelo entorno.

Tocos de troncos de árvores pontilhavam a área, alguns do tamanho de mesas de jantar. Aqui e ali, a grama estava queimada, enegrecida. E não por ter sido atingida por raios. Sílfides? Mas como?

Ajoelhei e passei os dedos pela poeira fina, escura como a noite. Cinzas. Uma lufada de vento soprou-as para longe, deixando meus dedos sujos e acinzentados.

Sam parou ao meu lado.

— O que você acha que aconteceu?

Como se eu tivesse alguma ideia.

— Não sei. — Peguei meu DCS e filmei rapidamente a área. — Estranho — murmurei enquanto salvava o vídeo num pasta particular e protegida que Stef me ensinara como criar. Duvidava de que ela soubesse exatamente o que eu estava fazendo com a minha privacidade; Stef provavelmente presumira que eu não desejava que *eles* descobrissem meus segredos, uma vez que, ao contrário dos demais, nem sequer começara um diário para que fosse posteriormente compartilhado.

Uma mensagem pipocou no canto da tela. Sarit havia mandado uma foto de um pote de mel decorado com um laço de fita azul-esverdeado, dizendo "Para Ana" em sua bela caligrafia.

— Por que você está sorrindo? — Sam me cutucou com a ponta do cotovelo.

— Sarit. — Mostrei a foto para ele. — Acho que ela está tentando me subornar.

— Ela sente a sua falta. Eu também sentiria. — Sam olhou para aquela monstruosidade em formato de prédio enquanto eu respondia a mensagem, dizendo para Sarit que seu suborno teria mais efeito se eu não tivesse me lembrado de levar um pequeno pote. Ela podia tentar de novo quando o meu acabasse.

— Pronta para entrar? — perguntou ele.

— Argh. Já posso imaginar o conforto com que viveremos antes de voltarmos para Heart.

Ele riu e apontou para o céu nublado.

— Pelo menos não vamos dormir na chuva. Que tal você ir entrando com a bagagem enquanto eu levo Felpudo para o estábulo?

Pendurei as bolsas nos ombros, soprei um beijo para Sam e segui para a porta. Menehem me deixara uma chave e um código, o qual poderia ser facilmente decifrado por qualquer pessoa que se desse ao trabalho de tentar. Um escâner de almas teria sido mais eficiente, mas talvez ele já estivesse planejando me levar até lá; como meu nome não constava no banco de dados, eu não teria conseguido entrar. Menehem não tinha como prever que Sam estaria comigo.

O interior cheirava como se alguma coisa tivesse morrido ali dentro há meses. Sem dúvida, graças a todo o ferro, o prédio era à prova de sílfides, mas não à prova de poeira, pequenos animas e imundícies em geral.

As luzes se acenderam assim que entrei e soltei as bolsas no chão. O aposento, repleto de armários e móveis em estado precário, era dividido em sala, quarto e cozinha. Apesar de não conseguir ver direito, havia outro cômodo nos fundos — esperava que fosse a lavanderia.

Além da área habitável, encontrei um laboratório com toneladas de equipamentos que não soube identificar, gigantescos contêineres de vidro e aço e outras *parafernálias*. Ao que parecia, Menehem passara uma vida inteira colecionando lixo laboratorial.

Uma escada levava ao segundo andar, onde me deparei com um escuro console para armazenamento de dados e uma pequena biblioteca de pesquisa. Pelo visto, ele também armazenara roupas e suprimentos para todas as estações, uma vez que encontrei caixotes com jaquetas, esquis e outras coisas. Um leve aroma de cedro — para afastar os insetos — impregnava o ambiente.

— Ana? — Sam me chamou do andar de baixo; desci correndo a escada.
— Alguma coisa interessante aí em cima? — Ele estava no laboratório, provavelmente procurando por um esfregão ou um botão que limpasse miraculosamente as camadas de sujeira e pó. Menehem morrera havia menos de um ano, mas não levara muito tempo para a natureza começar a reclamar seu espaço.

Para piorar, ele não devia ser um sujeito muito limpo e organizado.

— Apenas montanhas de pesquisas e coisas sem valor. — Suspirei. — Vai ser que nem quando chegamos ao chalé, só que pior, certo?

— Você quer dormir aqui do jeito que está? — Sam ergueu uma sobrancelha.

— Podemos dormir lá fora. Acho que prefiro arriscar um encontro com as sílfides.

— Que tal limparmos a área habitável hoje e deixarmos o resto para depois?

— Tudo bem — respondi de maneira arrastada, mas, para ser sincera, estava reclamando apenas por reclamar. Não me importava de fazer uma faxina se Sam estivesse comigo. — Mas minha cooperação tem um preço.

— Que preço? — O corpo dele relaxou e a voz aqueceu, como se ele já soubesse. Quando sorri e ergui o rosto, Sam me beijou com tanta doçura que meu corpo inteiro estremeceu de desejo e adoração. Que outra pessoa no mundo conseguiria me fazer sentir tão completa?

Ninguém. Somente Sam.

Sempre fora ele.

Cerca de uma semana depois, tínhamos jogado fora um guaxinim em estado de putrefação e esfregado tanto a área habitável quanto o laboratório até não sentirmos mais vontade de voltar correndo para Heart para tomar um banho. Sam retirou galhos, insetos mortos e uma cobra das cisternas — enquanto eu verificava pela segunda vez se o purificador de água continha solução e filtros novos. Por fim, pudemos nos dedicar à pesquisa que nos levara até lá.

Sentamos à mesa de madeira rachada da cozinha com os diários e as anotações espalhados à nossa frente. Apontei para um dos cadernos.

— Esse diário confirma o que já sabíamos: ele estava tentando encontrar uma forma de acabar com a ameaça das sílfides. Começou com ferro e, depois, tentou descobrir um meio de recarregar os ovos com a própria essência vital delas; dessa forma elas continuariam presas pois a bateria não esgotaria. Mas isso não funcionou, e ele retomou as experiências com elementos químicos.

— A química sempre foi o forte de Menehem — concordou Sam.

— Durante o primeiro Escurecimento do Templo, a noite em que Ciana morreu, ele estava conduzindo um experimento na praça do mercado. — O que impediria Ciana de renascer. Eu tomara o lugar dela.

— Porque, é claro, aquele é o local ideal para alguém conduzir experimentos.

— Você conhecia Menehem. — Senti uma rápida fisgada no coração. Se meu pai não tivesse sido tão irresponsável, eu não estaria aqui. Sam pousou a mão sobre a minha e bateu com o joelho no meu. Ele tinha feito um simples comentário sobre Menehem, sem nenhuma insinuação de pesar pelo que acontecera, ainda que o mundo tivesse perdido Ciana. Tentei sorrir.

Seus dedos fortes apertaram os meus enquanto ele erguia uma sobrancelha, esperando alguma coisa. Aceitação. Eu estava ficando melhor em interpretar as expressões de Sam, assim como as de alguns outros.

Ofereci outro sorriso, apertei a mão dele e nós dois relaxamos.

— Pois então, o que quer que ele estivesse fazendo no mercado — continuei —, provocou uma pequena explosão e uma decorrente liberação de vapor. Foi quando o templo escureceu.

— Devido aos gases — observou Sam. — E então Menehem veio para cá a fim de descobrir como reproduzir o erro, visto que ele não sabia o que tinha feito para provocar aquela reação.

— Isso mesmo. — Virei algumas páginas e apontei para uma lista. — Esses foram os elementos químicos que ele usou. — A lista era grande.

— Não sei do que se trata.

— Alguns são hormônios. Eu os reconheci por causa das aulas de biologia com Micah. — Olhei de relance para o laboratório. — Tem vários elementos químicos armazenados lá dentro. A maioria está rotulada. *Além disso*, Menehem anotou a receita definitiva, embora eu queira analisar um pouco mais suas experiências antes de fazer qualquer coisa.

— Antes? Antes de tentar reproduzir a receita por conta própria? — Sam franziu o cenho. — Não sei se isso é uma boa ideia.

Encolhi-me.

— Você não acha que eu tentaria provocar outro Escurecimento do Templo, acha?

— Não, *eu* sei que você só está fazendo isso em nome da pesquisa, mas e se o Conselho descobrir? Nós dois sabemos o que eles iriam pensar.

Debrucei-me sobre a mesa e apoiei meu queixo no punho fechado.

— Tem razão.

— Além disso, você me disse que as sílfides tentavam *fugir* de Menehem durante o Escurecimento do Templo. O que me leva a pensar que ele as estava machucando.

— Está preocupado com a possibilidade de machucar as sílfides, Dossam?

— Sorri de modo seco.

Ele replicou com delicadeza.

— Só não acho que você gostaria de machucar coisa alguma, nem mesmo as sílfides.

Baixei os olhos.

— Não, nem mesmo as sílfides. — Logo após as várias semanas que haviam levado para minhas mãos se recuperarem das queimaduras, eu talvez não tivesse me importado. No entanto, na noite do Escurecimento do Templo, quando Meuric me fizera entrar no templo e tentara me prender lá dentro, eu o tinha cegado com uma faca e o empurrado num buraco invertido. Ele caíra para cima, agitando os braços e as pernas de forma violenta. Tinha sido por legítima defesa, porém a culpa ainda me consumia. Eu devia ter arrumado uma solução melhor para o problema, mas agora era tarde.

Sam me abraçou.

— Não quero machucá-las — declarei. — Mas quanto mais eu entender como isso aconteceu, mais conseguirei compreender Janan. O que quer que Menehem tenha feito, impediu Janan de reencarnar as almas por um tempo. O resto de vocês não sente, mas as paredes brancas me provocam uma sensação horrível. E o templo me dá... — Pisquei para conter as lágrimas. — Ele não é bom, Sam. O que quer que Janan seja, é ruim. Ele é mau.

— Tudo bem. — Sam pressionou o corpo contra o meu, como se pudesse me proteger de uma entidade como Janan. Era como se conseguisse compreender meu medo, mesmo que não o compartilhasse. Eu provavelmente soava como uma louca, achando que o calor e a pulsação das paredes era errado. Era a única que sentia uma repulsa aparentemente irracional de dormir perto das paredes externas das construções, mas não conseguia nem mesmo me recostar contra elas. Fazia com que meu estômago começasse a revirar.

Mas eu sabia que estava certa. Havia alguma coisa *estranha* a respeito de Janan. Dentro do templo, ele dissera que eu era um erro, o que dava a entender que ele tinha um plano. Também tinha dito que eu era um erro "sem importância", o que significava que não me via como uma ameaça.

Eu pretendia me tornar uma ameaça.

Sam correu os dedos pelos meus cabelos, descendo até a minha nuca.

— Eu queria entender como é a sensação para você. Gostaria de poder dar um jeito nisso.

Ele não queria dar um jeito em *mim*. Queria dar um jeito nas coisas com Janan.

Era bom saber que ele não achava que eu estava errada. Sam acreditava em mim. Ele confiava em mim, apesar de tudo.

O prédio rangeu sob as últimas rajadas de vento antes do cair da noite, e meus cabelos abafaram as palavras de Sam.

— Só tenho medo de que se formos longe demais com a pesquisa de Menehem, ainda que com boas intenções, alguém ache que estamos tentando criar outro Escurecimento do Templo.

— O simples fato de estarmos com a pesquisa dele já seria demais para algumas pessoas — murmurei. — Eu posso ter mais amigos agora, mas Meuric não estava sozinho em seu repúdio pelas almasnovas. Nem de longe. — Podia pensar de cara em pelo menos cinco pessoas que haviam deixado clara sua repulsa, e em muitas outras que simplesmente não se davam ao trabalho de reconhecer minha existência.

Sam anuiu com uma expressão frustrada.

— Não quero que ninguém pense que estou tentando recriar o Escurecimento do Templo, mas o veneno de Menehem é a única coisa que tenho certeza de que afeta Janan. Eu só... eu só quero uma arma, Sam. Você me deu uma faca quando lhe contei que alguém havia me seguido até em casa. Mas uma faca não vai funcionar contra Janan. Só sabemos de uma coisa que o afeta, e é isso. Quero entender como. Quero descobrir se há outra forma de eu conseguir me proteger. — Eu desejava me sentir segura, mas isso jamais aconteceria em Heart, e eu não pediria a Sam para passar uma vida inteira num chalé empoeirado só por minha causa.

— Vamos analisar o resto da pesquisa de Menehem — falou Sam. — Tenho certeza de que ele registrou tudo em vídeos, assim como toda e qualquer alteração nos resultados. Será que isso ajuda?

— É um começo.

4
VIGIAS

SAM ESTAVA DORMINDO no sofá quando escutei um barulho, um suave gemido do vento que provocou uma fisgada de medo em meu peito. Levantei da cama e fui cambaleando até a janela.

A noite havia caído e, da janela próxima à minha cama só dava para ver um par de montanhas idênticas destacadas contra o céu estrelado e uma série de árvores entre elas. As folhas farfalhavam ao sabor do vento, e acabei relaxando. Um vento de verdade. Um lugar estranho, mas um vento de verdade. Eu ainda não conhecia os ruídos do prédio da mesma forma como conhecia os do Chalé da Rosa Lilás. Não estava familiarizada com o modo como o vento açoitava o canto nordeste da construção de ferro, nem com o farfalhar das árvores. Não conhecia suas vozes.

O som persistiu mesmo depois que os galhos, já meio desnudos pela chegada do outono, pararam.

Um facho de luz incidiu através da janela sobre a grama quando Sam acendeu um abajur.

— O que houve? — Ele parou ao pé da cama, bocejando.

— Elas estão nos vigiando. — Peguei minha lanterna sobre a mesinha de cabeceira, girei o tubo para ajustar o foco e apontei o feixe de luz para a mata.

As sombras se moveram, gritando e choramingando, mas não se aproximaram. Assim que tirei a luz de cima delas, as sílfides voltaram aos seus lugares junto à linha de árvores.

— Vigiando? — Sam tocou meu ombro e deu uma espiada por cima dele.

— Quantas são?

— Muitas. — Fechei a janela e puxei a cortina. Estávamos seguros dentro do prédio de ferro. Provavelmente. — Você acha que são as mesmas que me atacaram no dia do meu aniversário?

— Não sei. — Sam desligou a luz. — Se forem, por que estão agindo de forma diferente agora?

Mistérios e mais mistérios.

As sílfides não foram embora naquela noite, nem nas seguintes. Elas jamais se aproximavam, não faziam nenhuma ameaça nem tentavam atacar, mas estavam sempre lá. Vigiando.

Nas semanas que se seguiram, aprendi por que Menehem levara dezoito anos para recriar e aperfeiçoar os resultados do primeiro Escurecimento do Templo.

O processo de produção e dispersão do veneno era complicado. Sam e eu assistimos a um vídeo atrás do outro em que Menehem explicava para a câmera seus diferentes testes e teorias. Ele havia testado centenas de combinações até chegar ao resultado que estava procurando.

Estávamos sentados no sofá, Sam com o braço em volta dos meus ombros. Eu mantinha um caderno apoiado nos joelhos, a fim de poder anotar qualquer ideia que me ocorresse. A tela, que Menehem embutira numa das paredes, mostrava um dia de verão e meu pai zanzando pelo jardim com o veneno em latas de aerossol, o qual ele produzira com a ajuda de uma máquina que ficava nos fundos do laboratório.

— O aerossol — ele explicou para a câmera pela centésima vez — provou ser o meio de dispersão mais eficiente. Ele permite que as partículas de hormônio sejam sólidas e, ao mesmo tempo, fiquem suspensas no ar. Para combater seres paradoxais como as sílfides, simultaneamente corpóreas e incorpóreas, o uso de uma substância que se comporta da mesma maneira me parece ser o mais lógico.

"O problema tem sido encontrar a quantidade certa de cada hormônio e medir o tempo de exposição, mas acredito que finalmente encontrei uma combinação que irá funcionar. Eu comecei com..."

Ele continuou a explicação por mais um tempo, repetindo várias coisas que dissera antes. Ao terminar, foi até um alto-falante instalado ao lado do prédio e ligou o interruptor. O som chiou um pouco, mas então uma cativante sonata para piano espalhou-se pelo pequeno pátio, envolvendo até mesmo o riacho que havia nas redondezas. A música elevou-se em direção às montanhas, preenchendo toda a área com uma suave melodia.

Assim como tinham feito em quase todos os vídeos, as sílfides surgiram ao longe.

As sombras deslizaram em direção ao alto-falante, contorcendo-se como chamas crepitantes. Tentáculos escuros se ergueram como braços levantados para o céu. Elas começaram a cantar, acompanhando os acordes familiares do piano de Sam.

Olhei para ele.

— Isso não é estranho? Elas gostarem tanto assim de música? — Assim como eu, Menehem parecia ter descoberto por acaso a resposta delas à música. Ele, então, passara a usá-la como isca.

— Talvez. Quando se trata de sílfides, quem é que pode dizer?

Talvez elas achassem que Menehem havia capturado uma de suas irmãs. Será que elas se incomodariam se ele prendesse uma delas?

As sílfides do vídeo zanzaram pelo pátio, ignorando as pequenas latas posicionadas aqui e ali. Quando havia quase uma dúzia delas entoando a sonata, Menehem apertou outro botão.

As latas emitiram um chiado alto e aspergiram o veneno. As sílfides ignoraram; se fossem as mesmas dos vídeos anteriores, então elas já estavam acostumadas com essa parte também. O gás jamais lhes fizera nenhum mal.

Dessa vez, as sílfides caíram.

A princípio, apenas duas ou três. Elas se contorceram e olharam em volta — como podiam *ver* se não tinham olhos? —, e se desmancharam em poças de escuridão.

Outra sílfide estremeceu e caiu. E, em seguida, mais outra.

Pouco depois, Menehem desligou o alto-falante e o pátio recaiu em silêncio.

— Eu consegui — disse ele. — Finalmente consegui! — Menehem pulava e gritava de alegria, fazendo com que eu me sentisse estranhamente constrangida por ele.

Sam mudou de posição, parecendo desconfortável, e eu comecei a desenhar rosas nos cantos do caderno enquanto esperávamos Menehem se recompor.

— Parece que elas simplesmente caíram no sono.

— Elas são atraídas pela música, e o gás as bota para dormir. — Concordei com um meneio de cabeça e me inclinei para a frente no momento em que Menehem se aproximou de uma das poças. Sentia quase pena delas por estarem servindo de cobaias. Sam estava certo. Eu não queria feri-las, embora aquelas não parecessem estar exatamente *feridas*.

Menehem se ajoelhou ao lado da poça mais próxima e tirou um aparelho do bolso.

— A temperatura está excessivamente baixa para uma sílfide. — Encostou a mão nela. — Ela ainda está quente, mas não chega a queimar.

Meu coração deu um pulo e começou a bater acelerado.

— Sam. — Por que alguém *encostaria a mão* numa sílfide?

— Estou vendo. — Ele pousou a mão sobre as minhas e apertou. — Suas mãos estão bem agora. Completamente curadas, lembra?

Fiz que sim, embora eu jamais fosse esquecer a sensação da queimadura.

Enquanto observávamos, duas das sílfides adormecidas estremeceram e se contorceram. Será que elas sonhavam?

De repente, a que Menehem havia tocado se levantou, um gigante diante do químico. A grama chiou e a sílfide emitiu um guincho tão alto e esganiçado que Sam e eu cobrimos nossos ouvidos.

Outras acordaram, igualmente enfurecidas. Colunas de fumaça elevavam-se dos pontos onde a grama fora queimada. Elas se fecharam em volta de Menehem e...

E *pareciam estar pensando sobre o que fazer.* Alguma coisa aconteceu entre as sílfides. Comunicação? Eu não saberia dizer. Foi tão rápido, e elas continuavam se lamentando...

Subitamente, todas as dozes sílfides foram embora, deixando para trás uma trilha de terra enegrecida. Menehem despencou no chão, e um ovo que não havia sido utilizado rolou de sua mão. Ele quase tinha sido morto.

Quase fora queimado vivo, mas elas haviam decidido poupá-lo.

— O que... — Continuei observando a tela até Menehem se levantar do chão e declarar que aquela parte do experimento estava finalizada. O vídeo parou. — Será que ele percebeu que elas optaram por não matá-lo?

— Difícil dizer quando se trata de Menehem. — Sam trocou o vídeo, mas não botou para rodar. — O que ele fez com as sílfides não durou muito. Alguns minutos no máximo.

Verifiquei um dos diários dele.

— Diz aqui que a dose inicial foi pequena. Ele foi aumentando aos poucos, mas elas criaram resistência.

Sam anuiu.

— E a dose que ele deu a Janan?

Oh, se o veneno afetava as sílfides e Janan da mesma forma, então era lógico presumir que Janan desenvolveria resistência também. Chequei as anotações de Menehem, folheando o diário até o fim.

— Foi uma dose gigantesca. Pelo menos cem vezes mais do que a maior dose administrada às sílfides.

— Então o que ele fez durante o Escurecimento do Templo não irá funcionar novamente.

Fiz que não.

— Não, de acordo com os registros, a tolerância das sílfides cresceu de maneira rápida e exponencial. Para afetar Janan de novo, a dose teria que ser... não consigo nem imaginar. Teria que ser uma dose altíssima, e levaria meses para prepará-la, mesmo com a máquina lá dos fundos fazendo todo o trabalho. A quantidade de veneno teria que ser inacreditavelmente gigantesca.

— É verdade. — Sam ponderou por um momento; em seguida, tocou meu pulso. — Pelo menos, tem algo bom nisso tudo.

E deveria ser ruim? Eu não sabia ao certo como me sentia em relação a tudo aquilo, quanto mais decidir se era bom ou ruim.

— Se alguém acusá-la de estar tentando provocar outro Escurecimento do Templo, temos prova de que não é possível.

A existência de almasnovas era supostamente impossível. Ainda assim, eu havia nascido.

Entrar no templo também deveria ser impossível, mas eu tinha entrado.

Envenenar Janan novamente não era *impossível*. Com uma dose maior e um sistema melhor de dispersão, poderia ser feito. Eu só não sabia como. Nem se devia tentar.

Dentro do templo, Meuric tinha dado a entender que alguma coisa horrível ia acontecer na Noite das Almas: o equinócio de primavera do Ano das Almas. Eu não conseguia tirar essa ameaça da cabeça.

— Assim mesmo, não podemos contar a ninguém sobre o veneno — falei. — Não quero que o Conselho ou qualquer outra pessoa saiba que estivemos aqui pesquisando. Eles vão achar que estamos fazendo algo de errado. Vão presumir que eu sou como Menehem, e eu não sou.

— Eu sei. — Sam levantou do sofá e começou a andar de um lado para o outro da sala, os ombros e as costas rígidos.

Depois de observá-lo quase furar um buraco no chão, perguntei:

— Você está bem?

— Estou. — Parou e soltou um suspiro. — Não. Desculpe.

Desculpá-lo por dizer que sim quando não era verdade? Ou por não estar bem? Esperei que ele terminasse de falar.

— Nunca me envolvi em disputas. Não gosto disso. Mesmo no começo, busquei sempre ficar longe dos conflitos. — As emoções inundaram o rosto de Sam enquanto ele me fitava. — Estou do seu lado, Ana. Para o que der e vier. Antes, era bem mais fácil me manter afastado, até porque eu não me importava.

Eu simplesmente compunha música, e ninguém esperava nada de mim além disso. Mas com você eu me importo.

E, por estar comigo, a controvertida almanova, a vida dele mudara. O que ele fora antes — reconhecido apenas por sua música —, já não era mais. Agora Sam era conhecido por viver com uma almanova e beijá-la frequentemente, o que o forçava a tomar um partido. O meu.

— Estou do seu lado — repetiu ele. — Mas preciso admitir que a ideia de estar envolvido *com* alguma coisa é aterrorizante.

Soltei meus cadernos no sofá e atravessei a sala até Sam. Suas faces estavam quentes sob minhas palmas, e uma barba incipiente arranhou minha pele. Eu desejava fazer... *alguma coisa*. Agradecê-lo. Tranquilizá-lo. Fazê-lo entender o quanto eu gostava dele, o quanto me importava com ele. Dizer tudo o que eu sentia, mas nada do que chegou à minha boca foi bom o bastante. Assim sendo, beijei-o de leve e permaneci em silêncio. As mãos dele se fecharam com força em volta dos meus quadris.

O tempo espiralou entre nós, carregado de palavras não ditas, até que finalmente me afastei dele, reuni meus cadernos e fui trabalhar na mesa. Sam relaxara um pouco; isso era tudo o que eu queria.

— O que as sílfides *são*? — Um dos livros escorregou da pilha e caiu no chão com um baque.

— Sombras? — Sam se abaixou, pegou o livro calmamente e se sentou do outro lado da mesa, de frente para mim. — Fogo? Não sei bem o que você quer saber. Elas são apenas sílfides.

— Mas elas... — Despenquei na cadeira. — Será que elas são como as pessoas? Capazes de pensar? De ter emoções? De formar uma sociedade? — Nos vídeos que acabáramos de assistir, elas pareciam criaturas racionais. Capazes de fazer escolhas.

Escolhas que eu não compreendia.

— Não sei. — Sam me fitou com desconfiança. — No que você está pensando?

— Não tenho certeza. Quero dizer, sabemos que os centauros vivem em comunidades, certo? Eles possuem língua, tradições e hierarquia. Saem para caçar em grupo.

Ele anuiu.

— E os trolls? Eles são assim também?

— Um pouco diferentes, mas sim. Eles também vivem em comunidades.

— E quanto aos dragões? — Não queria perguntar sobre eles a Sam, por motivos óbvios, mas estava tentando analisar um ponto. Uma ideia. Uma pergunta.

— Até onde sabemos, sim. E os pássaros-roca constroem ninhos com seus parceiros e cuidam dos filhotes até eles ficarem grandes o suficiente, como as águias. Os unicórnios vivem em bando. Nenhuma dessas criaturas é humana, mas elas parecem ser *mais* do que simples animais. — Seus olhos escuros perscrutaram meu rosto. — Você está tentando entender as sílfides.

— E você não? — Olhei de relance para a janela, de onde era possível ver uma fileira de sílfides vigiando o prédio. — Sabemos tanto sobre todos os seres que vivem nos arredores de Range, mas não sobre elas. Às vezes as vemos em grupos, noutras sozinhas, mas não sabemos se elas formam sociedades ou se apenas se juntam por acaso quando se encontram. Não sabemos se precisam se alimentar, se pensam ou se são capazes de se reproduzir. O número delas é limitado? Nós não conseguimos matá-las, mas e quanto às outras criaturas? Os centauros são inteligentes. Será que eles conseguem matar as sílfides?

Sam me fitou como se eu tivesse acabado de gerar uma segunda cabeça.

— Não sei. As sílfides se espalham pelo mundo, em vez de se aterem a uma determinada região, como nós, os centauros, os dragões ou os trolls.

— Os ursos e as moscas também se espalham pelo mundo, mas não são como elas.

— Não — concordou ele. — Eles são muito diferentes.

— Mas *como*? Por favor me diga se você pelo menos entende as perguntas que estou fazendo, ainda que não saiba as respostas.

— Claro. — Sam franziu o cenho, formando aquela costumeira linha entre as sobrancelhas. — Por que eu não entenderia suas perguntas?

Um raio pareceu atingir meu peito. Ele não conseguia se lembrar de que às vezes não entendia. Não que isso fosse um problema. A maioria das pessoas não conseguia se lembrar de determinadas coisas a respeito do templo, ou de Janan, nem entender por que eu fazia tantas perguntas. Perguntei com delicadeza:

— O que tem dentro do templo, Sam?

— Nada. Não tem nada dentro dele.

— Como você sabe? Já entrou?

Ele fez que não, parecendo confuso.

— Não existe nenhuma porta.

Meus dedos roçaram o dispositivo prateado que eu tirara de Meuric durante minha incursão ao templo. O aparelho que abria uma porta na estrutura era demasiadamente perigoso para ser deixado para trás. Não apenas portas podiam ser criadas, como o templo não estava vazio — não completamente. Eu tinha esfaqueado Meuric e o deixado lá, e saído com uma pilha de livros; ainda restavam outros lá dentro.

Sam acompanhou o movimento da minha mão.

— O que é isso?

— Uma chave, eu acho. — Não esperei pela pergunta seguinte. Já havíamos conversado sobre isso algumas vezes. Ele simplesmente não conseguia se lembrar. — Em sua vida anterior, você foi para o norte, certo?

— Certo. E me deparei com dragões. — Um calafrio percorreu seu corpo.

Desejei não ter trazido o assunto à tona.

— Mas antes dos dragões, você disse que encontrou um enorme muro branco.

Ele anuiu com um lento menear de cabeça.

— Havia neve por todos os lados. O muro continha buracos causados pelo tempo. Ele me pareceu familiar e estranho ao mesmo tempo. — Os olhos enevoados pela recordação readquiriram subitamente o brilho. — Estávamos falando sobre as sílfides.

Não, estávamos falando sobre o motivo de ele às vezes não entender minhas perguntas.

Sabendo o que eu sabia sobre reencarnação, e quem era a entidade responsável por isso, era fácil adivinhar por que Sam — e todos os outros — tinham dificuldade com certos assuntos.

Janan não queria que eles soubessem.

Que fizessem perguntas.

Ele guardava um tremendo segredo naquele templo, naqueles livros, e, de alguma forma, isso estava ligado às sílfides.

Eu só precisava descobrir que segredo era esse — e usá-lo contra Janan.

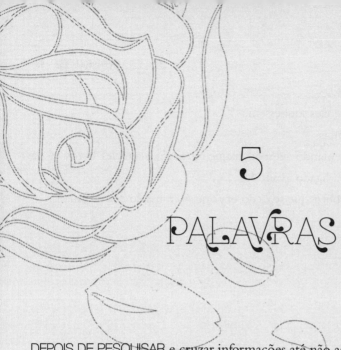

5
PALAVRAS

DEPOIS DE PESQUISAR e cruzar informações até não aguentar mais, me joguei sobre a cama instável para checar meu DCS. Ele havia apitado com a entrada de mensagens a manhã inteira; eram de Sarit, me pedindo para ligar.

Acionei a função de comunicação.

— Ana! — Sarit soltou um gritinho de alegria. — O que você andou fazendo o dia inteiro? Fiquei esperando, esperando, esperando...

Eu ri. Sarit era formidável. Nenhuma outra alma antiga reclamaria de esperar. Todos os outros, inclusive Sam, eram ridiculamente pacientes.

— Você conhece o Sam. Ele sempre arruma mais trabalho para a gente fazer.

Sam ergueu os olhos do sofá onde estivera escrevendo em seu diário. Parecia adoravelmente confuso por estar levando a culpa por alguma coisa, e dei uma piscadinha.

— Ahhh! — Sarit soltou uma longa exclamação. — Trabalhando. Tenho certeza de que foi isso que vocês andaram fazendo.

— Bem... — Ri de novo, pensando no intervalo que tínhamos feito um pouco antes para preparar o almoço. Acabáramos comendo arroz com legumes queimados, pois havíamos ficado ocupados demais nos beijando para nos lembrarmos de mexer a comida.

— Foi o que eu pensei. — Sarit riu também. — Mal posso esperar vocês voltarem. Quero ver a flauta e escutar os duetos. Estou ficando exausta de sonhar com isso.

— É por isso que você é uma das minhas amigas prediletas. — Recostei de volta no travesseiro. — Mas me fale sobre as cinquenta mil mensagens que você deixou. O que aconteceu de tão importante?

— Certo, duas coisas. Em primeiro lugar, vocês sentiram o tremor de terra?

— Tremor? Não. — Olhei de relance para Sam, as sobrancelhas levantadas. — Você sentiu algum terremoto?

Ele fez que não.

— A gente não sentiu nada — falei para Sarit. — Foi grande? Alguém se machucou?

— Ah, nem tanto. — A voz dela não transmitia a menor preocupação. — Estão todos bem. Na verdade, foi um tremor pequeno. Sempre houve terremotos em Range, embora a maioria seja insignificante demais para que sintamos alguma coisa. Mas você sabe como as pessoas são. Todos queriam que Rahel ainda estivesse aqui; ela tomava conta dos aspectos geológicos e geotérmicos de Range. As pessoas se sentem mais seguras quando alguém como ela diz que não há perigo.

— Ah. — Mudei de posição. Detestava quando alguém mencionava uma das almasnegras. Não que eu desejasse que as pessoas fingissem que elas jamais haviam existido, mas incomodava demais ver a dor dos meus amigos. — Qual era a segunda coisa?

O tom dela abrandou.

— Bom, lembra quando você perguntou o que acontecia durante um renascimento?

— Lembro.

— E que você não tinha coragem de aparecer num desses eventos porque jamais havia sido convidada?

— Sim? — Após o Escurecimento do Templo, vários casais tinham recebido a aprovação do Conselho para gerarem um filho; era preciso começar a trazer as almas de volta, e nem *todos* que tinham morrido naquela noite haviam se tornado almasnegras. Muitos ainda retornariam, como Menehem.

— Lidea perguntou por você ontem à noite. Ela queria saber quando você e Sam vão voltar, pois espera que vocês possam estar presentes quando ela der à luz.

— Jura? — Quiquei na cama. — Você não está tentando me enganar só para eu voltar mais cedo para Heart, está?

— Não! — Sarit baixou a voz como se fosse me contar um segredo. — Ela disse que não estaria viva se não fosse por você. Na verdade, ela perguntou por *você* especificamente. Nem chegou a mencionar o Sam, embora ele provavelmente também seja esperado caso você decida ir.

— Uau. Certo. Quando vai ser?

— Eles imaginam que em umas duas semanas. — A voz dela adquiriu um tom mais travesso. — Portanto, acho que vocês já deviam ir arrumando as coisas para voltar.

Bufei.

— Eu sabia que tinha um porém na história.

— E um suborno. Venha para casa que eu lhe darei outro pote de mel. Maior. Estou certa de que aquele pequenininho que você levou já deve ter acabado.

Verdade.

— Você realmente sabe como mexer comigo. Vou dizer a Sam que não posso recusar uma oferta dessas.

— Ótimo! Vá lá, fale com ele. A gente se vê em alguns dias, minha pequena mariposa!

— Credo. Jura?

— Tenho uma lista inteira de insetos para você. Tchau! — Ela desligou.

— Do que ela te chamou dessa vez? — Sam soltou o diário e se espreguiçou todo.

— Mariposa. — Verifiquei se havia mais mensagens, mas as de Sarit eram as únicas. — Acho que ela está tentando me cansar com esse negócio de borboleta.

— Está funcionando? — Ele se levantou e deu uma olhada pela janela. Sua expressão não mudou, o que significava que as sílfides continuavam lá fora.

— Não. Ela pode me chamar do inseto que for. Não sou uma borboleta.

— Não. — Sam abriu um meio sorriso. — Não é.

Pouco depois de nos conhecermos, Sam comparara minha vida à de uma borboleta, dizendo que para os outros eu era algo efêmero, sem importância.

Fazia tempo que eu o perdoara pelo insulto, embora tivesse cometido o erro de me fantasiar de borboleta no baile de máscaras que ocorrera no começo do ano para celebrar a rededicação de duas almas. O apelido havia pegado, ainda que na maior parte das vezes como uma brincadeira afetuosa, mas como Sarit sabia que eu não gostava, ficava procurando por alternativas.

— Pelo que entendi, vamos voltar para Heart antes do previsto, certo? — Sam hesitou e, em seguida, se sentou na beirada da cama. Ele vinha dormindo no sofá, a apenas alguns passos de distância, e embora dissesse que não era desconfortável, eu não conseguia deixar de imaginar se nós dois não ficaríamos melhor se ele dormisse na cama. Comigo. No entanto, não falei nada.

— Isso mesmo. — Estiquei o braço para colocar meu DCS sobre a pequena mesinha de cabeceira, ao lado do meu caderno particular. — Fomos convidados para um renascimento, e eu realmente gostaria de ir. De qualquer forma, acho que já terminamos por aqui.

Sam acompanhou meus movimentos. Identifiquei algo profundo e indefinido em seus olhos ao me recostar novamente no travesseiro.

— Você sabe que eu iria a qualquer lugar com você, Ana.

Sorri.

— Continue dizendo isso e vou acabar acreditando.

— É verdade. — Ele se aproximou um pouco, parando ao lado dos meus quadris. — Para onde deseja ir?

— Para a lua?

Ele deu uma risadinha.

— Gosto do fato de você pensar grande.

— Que tal para o fundo do oceano? — Eu nunca sequer tinha visto o oceano, mas por que parar por aí? — Podíamos ir até o fundo e explorar. Você pode imaginar os tipos de criaturas que vivem debaixo de toda aquela água?

— Acho que *você* pode, e isso é o que eu... — Inspirou fundo. — Preciso lhe dizer uma coisa.

— O quê? — Empertiguei-me e, de repente, estávamos muito próximos um do outro. O colchão afundou sob o peso de nossos corpos. Ele passou o braço em volta da minha cintura para me impedir de escorregar, enquanto eu deslizava as mãos e deixava meus dedos se fecharem em torno dos braços dele.

— Ana... — Sam me beijou de modo doce e gentil, mas com uma urgência intoxicante. Seu braço me apertou ainda mais, aproximando nossos corpos. Em seguida, traçou uma linha de beijos pelo meu pescoço até o colarinho da blusa obrigá-lo a parar. Ele se demorou ali por um tempo, respirando com dificuldade.

Quase perguntei de novo o que ele ia dizer, mas talvez fosse melhor não saber. Talvez Sam tivesse me beijado daquele jeito porque fosse algo ruim. Algo tão terrível a ponto de achar que eu jamais voltaria a falar com ele, embora Sam certamente soubesse o quanto ele significava para mim.

— Sam? — Corri os dedos pelos cabelos dele, macios, grossos e escuros. Adorava o modo como ele os mantinha charmosamente desgrenhados. — O que foi? — murmurei.

Ele ergueu a cabeça, me beijou de novo e falou de encontro aos meus lábios.

— Eu te amo, Ana.

Minha respiração ficou presa no peito.

Aquelas palavras. Elas faziam meu coração bater mais rápido. Queria ser capaz de lhe dizer como eu me sentia, o que ele provavelmente desejava escutar, mas só de pensar nas palavras eu começava a suar. Pessoas sem-alma não podiam amar. Minha mãe passara dezoito anos me dizendo isso, chegando até mesmo a me bater caso eu mencionasse o termo amor.

Mas eu *não era* uma sem-alma. Era uma almanova. Ainda assim, será que eu era realmente capaz de dar e receber amor?

— Tudo bem — sussurrou ele, a preocupação transformando-se em entendimento. Claro que ele entendia, como sempre. — Não tem problema se você não consegue dizer a mesma coisa para mim. Ou se não se sente da mesma forma. Eu só queria me certificar de que você soubesse que eu a amo.

As palavras me deixaram toda arrepiada.

— Obrigada. — Tentei sorrir para tranquilizá-lo, mas não consegui.

— Eu te amo — repetiu ele, como se quisesse me convencer.

O aperto no peito subiu para a garganta, e minha visão ficou enevoada pelas lágrimas.

— Ana. — Sam ergueu meu rosto e secou minhas bochechas molhadas com os polegares. — Por que você está chorando?

— Não sei. — Um soluço explodiu com uma força terrível. Eu não conseguia respirar.

Sam me envolveu em seus braços e me apertou com força contra o peito. Minhas lágrimas encharcaram a camisa dele, e quando meu nariz começou a escorrer, ele me entregou um lenço. Apertei o pedaço de tecido branco em minha mão e agarrei-me a ele com todas as forças. Parte de mim queria que ele fosse embora para eu poder chorar em paz, mas a outra parte desejava que ficasse.

Ele me ninou até meus soluços diminuírem, e não perguntou *por que* de novo. Tampouco retirou o que tinha dito. *Aquela* palavra. Eu não queria que ele voltasse atrás no que tinha dito. Desejava que se sentisse daquele jeito em relação a mim.

Eu queria o seu amor. Não aguentaria se ele o levasse embora.

— Deite-se — murmurou Sam.

Eu me deitei e sequei o rosto com uma das pontas do lenço enquanto ele puxava o cobertor sobre mim.

— Quer uma xícara de chá?

— Não. — O choro me deixara sem voz. — Quero você.

— Tudo bem. — Ele se inclinou, desamarrou os sapatos, chutou-os para longe e se esticou ao meu lado na cama estreita. Dolorosamente perto. Tão perto que nossos joelhos e cotovelos ficaram no caminho uns dos outros. Não perto o bastante.

Fechei os olhos para não ter que ver sua expressão preocupada, a confusão ou a dor. Adoraria explicar o que eu estava sentindo, mas não sabia como.

Ele afastou uma mecha de cabelos que havia ficado grudada em minhas faces úmidas e, por fim, acabei pegando num sono irrequieto. No entanto, sempre que eu abria os olhos, ele continuava lá, atento a qualquer movimento meu.

A escuridão recobria o planeta quando me levantei para lavar o rosto e jogar o lenço na pilha de roupas para lavar. Já era noite. Lá fora, as sílfides entoavam músicas levemente familiares, o que me fez parar.

— Ana. — Sam se virou para mim. Corri de volta para a cama antes que ele decidisse ir para o sofá.

O cobertor ainda estava quente pelo contato com o corpo dele, ainda que Sam tivesse se deitado sobre as cobertas.

— Obrigada — murmurei.

— Pelo quê? — Ele se apoiou sobre o cotovelo, o rosto ligeiramente acima do meu na escuridão. Uma série de beijos roçou minha testa e minhas faces.

Por não sair correndo quando eu começara a chorar. Por não retirar as palavras. Por dizê-las em primeiro lugar.

— Não sei. Por tudo.

Feixes de luz dourada do amanhecer penetraram a sala pelas janelas que davam para o leste. Sam estava na cozinha preparando café; nossa bagagem esperava junto à porta da frente.

Ele raspou as laterais do pote de mel já vazio, mexeu meu café e sorriu.

— Oi.

— As sílfides ainda estão aí fora? — Esfreguei o rosto para afastar o sono e me sentei com as pernas para fora da cama. As cobertas do lado dele estavam frias, o que significava que Sam já devia ter se levantado há tempos, a fim de preparar tudo para partirmos. — Você acha que elas nos deixarão ir embora sem problemas?

— Elas não nos incomodaram até agora. — Pegou as xícaras e veio se sentar ao meu lado. Entregou-me o café.

Verdade. Havíamos saído para limpar, pegar um pouco de ar fresco e cuidar do Felpudo, e elas jamais tinham feito nada mais ameaçador do que nos estudar.

O calor da cerâmica aqueceu minhas mãos enquanto eu inspirava o aroma doce e levemente amargo.

— Sam, em relação a ontem à noite...

Ele inclinou a cabeça em minha direção, os cabelos negros caindo-lhe sobre os olhos.

Em todos aqueles meses que nos conhecíamos, Sam jamais fizera pouco dos meus sentimentos. Jamais me fizera sentir como se eu fosse burra ou algo *errado*. Sempre me levara a sério. Eu podia confiar nele.

— Não sei por que reagi daquele jeito, depois que você disse... — Baixei os olhos para o café. — Não tive a intenção de chorar. É constrangedor. Sinto muito.

Ele acariciou meu rosto e, em seguida, meu pescoço.

— Não precisa pedir desculpas nem se sentir constrangida. Está tudo bem. Acho que... acho que entendo.

— Então me explica? — Abafei uma risada. — Porque eu não entendo.

— Não, porque se eu estiver errado, *vou ficar* realmente constrangido.

— Obrigada. — Apoiei a cabeça no ombro dele.

Sam beijou o topo da minha cabeça e ficamos em silêncio, observando a luz do sol derramar-se pelo piso.

— Quando a seguiram até em casa, eu lhe dei uma faca.

— Eu lembro. — Aproximei-me mais um pouco dele.

— Ela a fez se sentir mais segura?

Ponderei sobre a pergunta. A princípio, eu tentara recusar o presente, mas era uma arma muito bonita, e que posteriormente me salvara de Meuric. Agora eu a carregava para todos os cantos, embora tendesse mais a usá-la como peso de papel do que para esfaquear alguém.

— Fez — respondi por fim.

— Certo. — A voz dele tornou-se mais distante, aparentemente incomodada com alguma coisa.

— O que foi?

— Nada com que você precise se preocupar. — Sam era um cara que seguia as regras. Não fazia nada que pudesse lhe trazer problemas. Simplesmente não pensava nisso.

No entanto, o que quer que tivesse em mente agora, era tão atípico dele quanto o comportamento das sílfides lá fora.

6
GRATIDÃO

CERCA DE DUAS horas depois, as sílfides nos observaram partir. Elas permaneceram ao lado das árvores, gemendo lastimosamente. Quando uma lufada de vento frio açoitou o terreno, grudaram-se umas às outras, mas não fizeram menção de nos seguir. De qualquer forma, meus bolsos estavam cheios de ovos, só por precaução.

Enquanto Sam e eu penetrávamos a floresta rumo ao oeste puxando o pônei pelo cabresto, elas emitiram um forte lamento e começaram a entoar parte de uma sinfonia que havíamos escutado na véspera.

Estremeci dentro do casaco. O que elas queriam? Nada no laboratório me oferecera uma explicação. Afora o veneno, eu continuava tão confusa quanto antes.

— Vem cá — Sam me chamou com delicadeza, como sempre, arrancando-me de minha amedrontada contemplação. — Precisamos decidir algo muito importante.

— O quê? — Puxei o gorro sobre as orelhas e ajeitei as luvas sem dedos, tentando ao máximo me manter aquecida.

— Que dueto tocaremos para Sarit primeiro? Você tem alguma preferência?

Dei uma risadinha e deixei que ele me distraísse com conversas sobre música por algumas horas, embora nós dois continuássemos dando pequenas espiadas por cima do ombro em busca de alguma sombra estranha.

Durante a caminhada do Chalé da Rosa Lilás até o laboratório de Menehem, tinha sido possível perceber a proximidade do outono nas folhas, o verde já começando a adquirir tons de vermelho, dourado e marrom. Agora, ao voltarmos para Heart, um carpete de folhas outonais estalava sob nossas botas.

De repente, um rugido alto, longo e retumbante soou não muito longe de onde estávamos. Congelei e fiz menção de pegar a faca — como se ela fosse nos servir de alguma utilidade caso encontrássemos um urso —, porém Sam me agarrou pelo braço e me puxou para fora da estrada.

— Fique aqui. — O som tornou-se mais alto e agudo. Sam entrelaçou os dedos nos meus e, com a outra mão, continuou segurando com firmeza o cabresto do Felpudo.

Não era um urso, eles não rugiam daquele jeito, naquele tom contínuo e metálico. Era um drone, que se aproximou voando baixo, levantando as folhas do caminho. O brilho do metal sob a luz do sol foi a única coisa que consegui identificar em meio à tempestade de folhas, enquanto o barulho aumentava a tal ponto que precisei cobrir os ouvidos.

Ele passou rápido e desapareceu, o ruído ficando mais baixo à medida que se afastava. As folhas voltaram a se assentar nas laterais da estrada, uma chuva em tons de vermelho, dourado e marrom, deixando as pedras do calçamento praticamente limpas.

— Estamos seguros agora. — Sam puxou a mim e a Felpudo de volta para a estrada.

— Um drone para limpar as estradas? — Olhei na direção em que o aparelho se afastara, mas ele já desaparecera de vista. Somente uma leve chuva de folhas outonais indicava sua passagem. — Como ele sabe para onde ir? E por que faz tanto barulho? — Os drones que auxiliavam as tarefas do dia a dia eram normalmente silenciosos.

— Há sensores debaixo das estradas que detectam se tem alguma coisa parada sobre elas há muito tempo. A chuva não interfere, e o tráfego de pessoas ou animais também não os faz disparar, porém o acúmulo de neve e de folhas sim. Até mesmo animais mortos. Os sensores dizem que tipo de material está sobre a pedra, a fim de que sejam enviados os drones adequados.

— Isso foi ideia da Stef? — Aquilo soava como algo típico dela, manter as estradas limpas mesmo que o ir e vir fora da cidade não fosse muito frequente.

— Assim como o barulho. — Sam puxou Felpudo pelo cabresto e o pônei relinchou, as orelhas virando para escutar um possível retorno do aparelho. — Descobrimos logo que com os modelos mais silenciosos os animais ficavam sem saber o que fazer. O barulho tende a fazê-los fugir.

— Para que eles não sejam atingidos na cabeça?

— Exatamente. Agora, mudando de assunto — prosseguiu ele —, precisamos conversar sobre a sua postura ao tocar a flauta. Você deixa a ponta cair. Ela ficou muito pesada? — perguntou, brincando.

— Não — balbuciei. Ele estava certo. Eu era apenas preguiçosa.

— O som sairá melhor se você mantiver a flauta reta.

— Eu sei, eu sei. Você fica acordado à noite pensando em coisas novas para me corrigir, é?

Ele riu.

— E você fica acordada à noite pensando em novas maneiras de ver se eu estou prestando atenção?

— Acertou em cheio. — Soltei um suspiro de felicidade e ergui o rosto para inspirar melhor o perfume do outono. O cheiro de folhas mortas e da relva em processo de decomposição invadiu meus pulmões e, à medida que nos afastávamos das sílfides e do laboratório, o nó em meu peito começou a se desfazer.

Um novo incômodo se formou ao nos aproximarmos de Heart e, dois dias depois, acordamos com o céu encoberto por nuvens baixas. O ar, até então fresco e vibrante, parecia agora pesado e carregado de expectativa. Ao terminarmos de empacotar nossas coisas, encolhi-me dentro da minha capa impermeável, desejando que a chuva caísse logo.

O céu retumbou e o chão tremeu. As nuvens enfim liberaram seu peso, impregnando o restante da viagem para Heart com uma sensação de tristeza.

A chuva prosseguiu madrugada adentro, escorrendo pela folhagem outonal e revelando pontos frágeis em nossa tenda. A temperatura caiu e, quando finalmente nos aproximamos de Heart no dia seguinte, minhas roupas de lã estavam encharcadas e fedorentas, irritando minha pele. Comecei a sonhar com um banho quente.

Por fim, o muro branco da cidade surgiu acima do platô e, ao meu lado, Sam soltou um murmúrio de alívio. Por baixo do capuz, a expressão dele suavizou-se, tal como devia ter acontecido comigo ao deixarmos Heart *para trás*.

No entanto, a simples visão da torre imaculadamente branca desaparecendo em meio às nuvens fez meus músculos do pescoço e dos ombros vibrarem de tensão, e tudo em que consegui pensar foi nas palavras de Janan: *Você é um erro sem importância*.

Baixei os olhos, inspirei fundo e retorci as mãos enluvadas, tentando pensar em outra coisa. Mesmo com a presença das sílfides, as semanas que havíamos passado longe de Heart tinham diminuído o estresse com o qual só então me dei conta de que vinha vivendo na cidade. Entretanto, bastou apenas um olhar para que tudo voltasse.

— Você está bem? — A voz de Sam mal conseguia sobressair acima do barulho da chuva. — Ana?

Fiz que sim.

— Vamos acabar logo com isso.

Mesmo com todo o frio, as nuvens de vapor expelidas pelos gêiseres envolviam o platô numa forte neblina, tornando difícil navegar.

— Não se afaste da estrada — lembrou-me Sam, embora não fosse necessário. O solo à nossa volta era muito fino em algumas partes; abaixo de toda aquela região pulsava uma grande caldeira de magma fervente, cuja energia desprendia-se em explosões de vapor e lama borbulhante. Ainda assim, deixei que ele me guiasse até o Arco Leste e esperei enquanto Sam pressionava a palma no escâner de almas. Momentos depois, ele permitiu nossa entrada.

Já dentro do posto da guarda, secamos o excesso de água de nossas roupas e do Felpudo, e entregamos o pônei aos cuidados do guarda de plantão para que fosse alimentado. Ele sorriu para mim. Tive uma leve sensação de tê-lo visto na noite do Escurecimento do Templo. Será que eu o avisara sobre o risco de morrer? A noite tinha sido caótica demais para que me lembrasse dela com clareza, e ele levou Felpudo embora antes que eu tivesse a chance de perguntar.

— Quer esperar aqui até que pare de chover? — Sam perguntou assim que ficamos sozinhos.

— Não, pelo jeito, acho que daria tempo de atravessarmos a cidade inteira a pé. Quem sabe quando essa tempestade irá passar? — Peguei meu DCS e enviei uma mensagem para Sarit, pedindo-lhe que nos encontrasse na casa do Sam. — Pelo menos, *teremos* um grande pote de mel à nossa espera. Sarit gosta de chuva, certo?

Sam deu uma risadinha, pegou quatro das nossas sacolas de viagem e as pendurou nos ombros, deixando duas para mim. Só elas já eram peso mais do que suficiente.

Saímos do abrigo do posto e encaramos a penosa caminhada sob o peso de nossos pertences. Com exceção do tamborilar da chuva, a avenida Leste estava escura e quieta, de modo que conseguimos descer a rua sem sermos interrompidos. Usinas e armazéns destacavam-se no bairro industrial ao sul; árvores perenes bloqueavam a visão da área residencial nordeste, fazendo com que apenas as poucas ruas servissem de prova de que havia gente morando ali.

Ao entrarmos na praça do mercado — a gigantesca área com calçamento de pedras que cercava o templo e a Casa do Conselho —, Sam trocou de lado comigo, colocando-se entre mim e o templo. Não disse nada e, apesar de saber que eu não gostava daquele prédio em particular, não tive certeza se seu movimento tinha sido totalmente consciente.

Viramos na avenida Sul. Passamos por algumas ruazinhas vicinais e finalmente alcançamos a entrada da casa dele, agora coberta por galhos quebrados e folhas. As árvores frutíferas estavam completamente nuas e, num dos lados da casa, as construções que abrigavam as galinhas e as capivaras mal eram visíveis debaixo de toda aquela chuva.

— Pronta para sair desse aguaceiro? — perguntou ele, pegando as sacolas novamente.

Sim, definitivamente, embora não estivesse muito ansiosa para me enclausurar numa daquelas casas idênticas de pedra branca. As paredes não deviam ter batimentos cardíacos. Não *deviam*. E, por mais aconchegante que fosse a casa de Sam — com venezianas e portas de madeira pintadas de verde, roseiras sob as janelas e um generoso jardim —, ela era feita do mesmo material. Externamente, todas as casas em Heart eram iguais, com portas e janelas situadas nos mesmos lugares. Isso não era natural.

Ainda assim, eu não estava com a menor vontade de ficar parada ali fora, na chuva. Entrei, portanto, atrás de Sam e soltei minhas sacolas sobre o capacho. A água que escorreu delas encharcou imediatamente as fibras de lã cinza, escurecendo-as ligeiramente.

Sam tirou o casaco e as botas e os deixou para trás ao atravessar a sala repleta de instrumentos. Os lençóis que cobriam o piano, o cravo, o violoncelo — todos os grandes instrumentos espalhados pelo chão — tinham sido removidos, provavelmente cortesia da Stef ou da Sarit.

Desvencilhei-me das roupas e pertences molhados, fazendo com que meus músculos suspirassem de alívio; em seguida, subi correndo a escada em espiral e entrei no banheiro para tomar um banho.

Uma vez limpa, seca e aquecida num suéter cinza-escuro e calças pretas grossas, desci novamente e encontrei Stef e Sarit preparando chá na cozinha.

— Ana! — Sarit deixou a chaleira de lado e veio me dar um abraço. — Você voltou! E chegou bem a tempo. Recebi uma mensagem algumas horas atrás dizendo que Lidea deu entrada na maternidade hoje à tarde. Wend vai nos mandar outra mensagem quando for a hora de irmos para lá. Eles ficariam muito tristes se você não comparecesse.

— Credo, que chuva! — Prendi meus cabelos úmidos num rápido coque. — Nossa tenda estava com um vazamento. Não aguento mais essa tempestade.

— Mas você vai, não vai? — Sarit estreitou os olhos escuros. — Porque, se for preciso, coloco você dentro de uma daquelas minhas bolsas pequenas.

— Eu vou! Qualquer coisa, menos uma das suas bolsas pequenas. — Com Sarit mais calma, virei e dei um abraço em Stef antes de pegar a xícara de chá que ela me oferecia. — Senti sua falta.

Ela jogou os cabelos louros para trás e me deu um beijo na testa.

— Eu também.

Voltamos para a sala. Stef e eu nos sentamos no sofá enquanto Sarit se acomodava no banco do piano.

— Vocês acham que ele vai reparar? — Ela olhou de relance para a escada; Sam ainda estava lá em cima, se lavando ou desempacotando as coisas da viagem. Eu não queria nem pensar nisso; minha sacola continuava ao lado da porta, esperando.

— Reparar vai — respondeu Stef. — Mas não vai se importar.

Sarit riu e roçou os dedos pela fileira de teclas de marfim e de ébano.

— Eu chamo essa música de "O zumbido da abelhinha". É para você, Ana.

Soltei uma risada e me recostei no sofá enquanto Sarit tocava uma melodia simples, que mais parecia um conjunto de notas escolhidas ao acaso do que qualquer outra coisa. Por fim, Sam apareceu, se sentou no braço do sofá ao meu lado e todos passamos, então, a colocar a conversa em dia.

Em todos os anos em que eu tinha vivido no Chalé da Rosa Lilás com Li, jamais poderia ter imaginado que um dia estaria assim: sentada na elegante sala da casa de Dossam, cercada por gloriosos instrumentos com os quais apenas sonhara poder ver um dia, escutando *meus amigos* falarem sobre suas vidas.

Eu tinha amigos.

Isso era mais do que poderia ter esperado.

Stef era agressiva e intimidante, com uma graça inconsciente, aperfeiçoada no decorrer de todas aquelas gerações. Sentar ao lado dela sempre me fazia sentir frágil e esquisita. Enquanto Stef era como a luz do sol, Sarit parecia a noite, com seus olhos e cabelos escuros, dramáticos. As duas eram tão bonitas que chegava a doer.

E elas eram minhas amigas. *Minhas* amigas. Por algum motivo, gostavam de mim. E Sam — Sam tinha dito que me amava.

Recostei-me novamente no sofá e comecei a rabiscar em meu caderno, feliz, escutando a melodia formada pelas vozes dos meus amigos.

Sam deu uma espiada por cima do meu ombro e ergueu uma sobrancelha.

— Escrevendo em seu diário?

Dei de ombros e, com um sorriso, fechei o caderno. Mostraria a ele quando estivesse pronta.

Após meia hora de conversa acompanhada por xícaras de chá, o tamborilar da chuva cedeu e Sarit verificou seu DCS.

— Parece que Lidea está pronta. É melhor irmos logo, enquanto podemos andar sem precisarmos de guelras.

Vestimos nossos casacos, pegamos os guarda-chuvas e saímos os quatro, Sam e Stef andando juntos e Sarit comigo. O ar cheirava a grama e folhas úmidas, um aroma fresco, apesar de toda a vegetação já estar morrendo com a proximidade do inverno.

— Vocês ficaram fora um bom tempo — murmurou Sarit. — Só você e o Sam. Além disso, a flauta foi um presente muito romântico. Então, me conte, vocês...? — Ela ergueu uma sobrancelha de maneira sugestiva.

A gente o quê? Se Sam e eu tínhamos feito alguma coisa especial? Algo que merecesse um levantar sugestivo de sobrancelha? Ela devia achar que eu ficaria constrangida em falar sobre isso — o que significava que, fosse o que fosse, eu não tinha feito.

— Não. — Mordi o lábio.

— Jura? Pelo jeito de vocês na cerimônia de rededicação, eu diria que isso tinha acontecido há meses.

Uma onda de calor subiu por minha garganta e inundou minhas faces só de pensar no baile de máscaras, em Sam fantasiado de picanço e no modo como havia dançado comigo. Corei de verdade ao lembrar o que havia acontecido depois do baile, na maneira como ele me tocara e me fizera ansiar por algo que eu não saberia colocar em palavras.

Mas então Meuric e Li o haviam prendido e me forçado a viver com minha mãe até a noite do Escurecimento do Templo, quando eu conseguira escapar. Depois disso...

— Estamos indo devagar — respondi. — Realmente devagar. Nada mais foi a mesma coisa depois da cerimônia de rededicação. Aquela noite foi única.

De uma forma ao mesmo tempo maravilhosa e terrível.

Ela anuiu.

— Mas você está feliz com ele? Mesmo que vocês estejam indo devagar, o relacionamento está bom?

— Muito. — Fui tomada por uma onda de nervosismo. — Ele disse que me a... — A palavra ficou presa na língua. Sarit me fitou pacientemente, esperando que eu concluísse a frase. Reuni coragem para juntar as sílabas. — Ele disse que me ama.

Uma dúzia de reações cintilou no rosto de Sarit — choque, alegria, confusão — antes que sua expressão se suavizasse, passando ao entendimento.

— E o que você acha disso?

Dei de ombros.

— Quero saber. — Ela bateu o ombro no meu e baixou a voz, ainda que Sam e Stef estivessem bem à nossa frente. — Você disse que o amava também?

Ela não pensaria mal de mim. Eu podia ser honesta.

— Não.

— Mas teve vontade?

Tirei minha lanterna do bolso do casaco e direcionei o facho para as pedras do calçamento. Ainda não estava escuro o bastante para que precisássemos usá-la, mas, se dependesse deles, prosseguiríamos na escuridão. Todos os demais conseguiam andar tranquilamente por Heart de olhos fechados. Sam me provara isso após eu desafiá-lo.

Sarit pousou a mão em meu pulso ao virarmos a esquina e entramos na avenida Sul.

— Não tem problema se você não quiser dizer. Ou se não conseguir. — Ela era como um eco de Sam, tão doce e compreensiva quanto ele. Os dois faziam com que eu sentisse meu coração prestes a explodir, maravilhado.

— Não sei ainda — falei por fim. Não conseguia sequer explicar para mim mesma por que eu havia chorado ao escutá-lo dizer que me amava, e não queria incomodar Sarit com nada daquilo. Não agora. O momento era de comemoração. — Mas ele disse de novo no dia seguinte. E nos dias que se seguiram.

— Ótimo. — Ela se calou ao nos aproximarmos da Casa do Conselho, onde ficava também o hospital. — E não se preocupe com aquela outra coisa.

Ah, a coisa sobre a qual eu poderia me sentir constrangida em falar. Mordi o lábio, meio que desejando que ela fosse mais clara, mas, ao mesmo tempo, aliviada por não ser.

— Certo.

— Vai acontecer quando vocês estiverem prontos. Sam te ama, Ana. Se ele disse, é porque é verdade. E eu também amo você. Estou muito feliz por você estar aqui.

— Por quê? — murmurei, incapaz de acreditar que ela dissera aquilo também. Sarit fazia com que soasse tão fácil oferecer amor assim, gratuitamente.

Ela parou e sorriu com malícia.

— Apenas aceite, Ana. Você não pode impedir seus amigos de amá-la. Não pode impedir Sam de sentir o que ele sente. Você sabe que eu te admiro por questionar as coisas, mas isso... essa não precisa ser uma delas.

Um forte sentimento de gratidão se alojou em meu peito, quase me fazendo engasgar com as palavras.

— Obrigada — falei, e saímos correndo atrás de Sam e de Stef.

7
RENASCIMENTO

A CASA DO Conselho era um prédio gigantesco com uma enorme escada em meia-lua na frente, no topo da qual estendia-se um imenso patamar e uma série de portas duplas. De vez em quando, esse pórtico era usado como palco para concertos e apresentações ao ar livre, ou simplesmente para pronunciamentos. No entanto, desde o Escurecimento do Templo, não houvera grandes motivos para celebrações.

Subimos a escada — aqueles com pernas mais compridas faziam isso de dois em dois degraus —, e contornamos as colunas e as estátuas danificadas. Os segmentos da Casa do Conselho construídos pelos homens eram antigos e estavam caindo aos pedaços, principalmente após o Escurecimento do Templo. Nada mais fora o mesmo depois daquela noite fatídica.

Sam segurou a porta para que entrássemos e, então, seguimos em direção à ala hospitalar. Agora que estávamos quase lá, precisei de toda a minha força de vontade para não começar a saltitar.

— Estou tão ansiosa para ver esse renascimento. Você acha que ela vai me deixar tocar no bebê?

— Provavelmente. — Sam diminuiu o passo para acompanhar Stef, enquanto Sarit e eu seguíamos na frente.

— Tomara — repliquei. — Essa é sua última chance de me dizer se seria grosseria pedir.

Stef baixou a voz propositalmente, mas não tanto que eu não conseguisse escutar.

— Daqui a pouco ela vai querer ter um só dela.

Um só meu?

Um bebê?

— Certo. — Dei uma espiada por cima do ombro e me deparei com Sam olhando de maneira fascinada para a parede e Stef com um risinho presunçoso estampado no rosto. — Porque o que eu realmente preciso é ser responsável por alguém. Porque eu seria ótima em proporcionar a um bebê tudo o que ele precisa, graças ao excelente exemplo que tive de Li. — Cuspi as últimas palavras. Não fazia ideia se um dia eu iria querer ter um filho, mas certamente este não era o *próximo* item na minha lista de coisas a fazer.

Os olhos de Sam cintilaram de modo sombrio, mas ele não disse nada.

— O Conselho está dando aprovação a vários casais agora. Aposto que vocês conseguiriam ser aprovados também. — Stef parecia não dar a mínima para a minha resposta ou para o desconforto de Sam. — Podemos checar as genealogias depois para nos certificarmos de que eles concordarão. É constrangedor quando eles dizem não.

O Conselho precisava tomar cuidado para que não ocorressem cruzamentos consanguíneos acidentais e para que genes desfavoráveis não fossem passados adiante; ninguém desejava ser responsável por problemas de visão ou desordens genéticas em gerações futuras. A prática me incomodava um pouco, mas para todos os outros era uma maneira de cuidarem de seus corpos.

Ela continuou.

— Eu acho...

Sam a interrompeu, a voz grave e sombria.

— Pare com isso, Stef.

— Tudo bem. Eu só estava mostrando interesse pela vida de vocês.

Ele soltou um longo suspiro; eu sabia por experiência que isso normalmente significava que sua paciência havia se esgotado.

— Ficar mandando indireta não combina com você — retrucou. — Se quiser conversar sobre isso, tudo bem. Mais tarde.

— Mais tarde — murmurou Stef, num tom que esbanjava compaixão, embora eu quase pudesse sentir seu olhar zangado fixo em minha nuca. — Pelo menos tenho isso a meu favor.

Tive a impressão de que não era para eu ter escutado a última parte. Meu rosto queimou de vergonha e tristeza pelo fim inevitável da minha existência. Não tínhamos *certeza* se eu reencarnaria após esta vida, mas não parecia muito provável.

Ao meu lado, Sarit deixou transparecer nitidamente seu desconforto.

— Chegamos — falei, apenas para fingir que não havia escutado o comentário da Stef, embora todos provavelmente soubessem que sim.

A maternidade era um setor aberto e convidativo da ala hospitalar, com divisórias de seda presas por estantes de metal. Passamos direto pela sala dos Contadores de Almas e seguimos para o centro de renascimento, decorado com motivos alegres e equipamentos médicos — só por precaução. A maior parte deles deixara de ser usada havia séculos.

Ao entrarmos no quarto, já abarrotado de gente, o burburinho cessou e todos se viraram para ver quem havia chegado. Lidea estava deitada numa cama, cercada por uma equipe de assistentes de parto.

— Não deve demorar — observou Stef, dobrando o casaco. — Você pode colocar suas coisas numa das prateleiras, Ana. Pelo visto, teremos que assistir em pé. Todas as cadeiras estão tomadas.

— Por que tem tanta gente aqui? — Botei meu casaco e o guarda-chuva ao lado das coisas dela. — Deve haver pelo menos umas cinquenta pessoas. Todos pretendem assistir ao parto?

— Com certeza. — Ela sorriu; quase um pedido de desculpas pela insensibilidade de momentos antes.

Eu precisava me lembrar de que aquele tipo de coisa atraía multidões, porque caso um dia eu *tivesse* um bebê, alguém teria que ficar responsável por fechar a porta.

Sam pegou minha mão e conduziu nós três pela barulhenta multidão, que não parava de especular sobre qual seria a alma que retornaria agora.

— Vejam — murmurou alguém. — A sem-alma veio.

Uma onda de choque percorreu meu corpo, seguida de perto por uma sensação de vergonha. Eu não era uma sem-alma. *Não era.*

Poucas pessoas ainda usavam o termo "sem-alma", portanto, o que havia mudado? Talvez fosse aquele nascimento: Lidea ficara grávida *após* o Escurecimento do Templo, e todos estavam nervosos.

Ainda assim, mantive o rosto abaixado enquanto atravessávamos a multidão, como se isso pudesse me proteger dos comentários.

"Ela vai amaldiçoar Lidea" e "Ela já amaldiçoou todos nós. Ela e Menehem. Eles planejaram o Escurecimento do Templo" e "Dossam está junto nessa. Ele não é melhor do que ela".

A mão de Sam apertou dolorosamente a minha, mas fingimos não ter escutado nada. Por mais que eu quisesse me defender, não era o momento. Talvez eu não devesse ter vindo. A última coisa de que Lidea precisava era que minha presença desse início a uma briga.

— Geralmente — disse Sam, como se não tivéssemos escutado um bando de pessoas falando a meu respeito —, conseguimos prever quem irá nascer, visto que não há muitas possibilidades. Talvez duas ou três. Os melhores amigos destas almas costumam comparecer ao nascimento para dar-lhes as boas-vindas.

Assim que encontramos um lugar junto à parede dos fundos, repliquei:

— Muitas pessoas perderam seus amigos.

Sam manteve a voz baixa ao voltar a atenção para a cama e os assistentes de parto reunidos ao redor.

— É verdade.

O companheiro de Lidea, Wend, estava ao lado dela, acariciando sua mão e sussurrando palavras de encorajamento. Alguém perto da gente disse que ela já estava em trabalho de parto, o que significava que o bebê estava a caminho.

Fiquei na ponta dos pés, porém, de onde estávamos, não consegui ver nada além da cabeça de Wend. Havia muita gente na nossa frente, a metade em pé. Dei um puxão na manga do Sam.

— Não estou conseguindo ver nada.

Ele olhou de relance para as fileiras de pessoas e, ao se dar conta de que tudo o que eu conseguia era ter uma bela visão dos ombros delas, cutucou-me.

— Vá lá para a frente. Eu espero aqui.

Hesitei — algumas daquelas pessoas me odiavam —, mas me recusei a deixar que elas me impedissem de ver minha amiga. Apertei a mão de Sam e abri caminho pela multidão antes que eu perdesse mais alguma coisa. Cheguei bem a tempo de ver Micah, uma das assistentes de parto, ajeitar um lençol sobre as pernas de Lidea e — eca. Ele realmente ia sair de dentro dela.

Sarit aproximou-se e parou ao meu lado.

— Achei que você gostaria de companhia. — Ela queria dizer proteção, mas eu não ia reclamar.

— Uau. — Tentei não deixar meu queixo cair ao ver Lidea gemer com outra contração. — Isso não pode ser agradável.

Alguém me olhou de cara feia e Sarit deu uma risadinha.

Ao escutar Lidea soltar um grunhido, estiquei o pescoço — uma assistente de parto com avental branco bloqueava minha visão — e vi o rosto dela franzido em concentração. Seus olhos estavam fechados, como se não houvesse mais ninguém no mundo. Apenas ela e o bebê.

Para ser sincera, a maioria das pessoas não estava *observando*, ainda que ela estivesse fazendo uma série de barulhos estranhos. Eu teria ficado constrangida. No entanto, ninguém parecia se importar.

Não demorou muito para que um último empurrão expelisse o bebê, que começou a chorar. Todos deram vivas e gritaram: "Bem-vindo de volta!", enquanto Micah entregava a criança a Lidea, que estava corada e suada, mas ria de felicidade. Wend desdobrou um pequeno cobertor e o ajeitou sobre os dois.

— Ele é saudável! — O grito de Micah provocou outra série de vivas. Ela colocou uma touquinha verde-escura decorada com diminutos alces e águias-pescadoras na cabeça do neném.

Sarit aproximou-se do meu ouvido e murmurou:

— Existe uma piada recorrente que diz só haver cinco ou seis dessas toucas de recém-nascido. Elas são simplesmente passadas de criança para criança.

Dei uma risadinha.

— Ela realmente me parece demasiadamente familiar.

Minutos depois, as pessoas se aquietaram e uma dupla de Contadores de Almas se aproximou da cama. Sarit e eu voltamos para junto de Sam e Stef.

— Foi *fantástico* — sussurrei, pressionando as costas contra o peito dele e sentindo meus músculos relaxarem imediatamente quando seus braços envolveram minha cintura. — E um pouco nojento. Deve ter doído.

— Tenho certeza de que ela ficaria feliz em lhe contar se você perguntasse.

Não soube dizer se ele estava brincando ou não. Por que alguém gostaria de falar sobre o trabalho de parto?

Talvez eu devesse ver se a biblioteca tinha algum livro sobre o assunto.

Afora o suave som de Lidea ninando o bebê para acalmá-lo, a sala ficou em silêncio enquanto Emil, um dos Contadores de Almas, parava ao lado da cama com um pequeno aparelho. Era um escâner de almas, idêntico aos que eram usados ao redor da cidade para restringir o acesso aos arsenais e outros lugares secretos.

— Um escâner para ler as almas dos bebês? — perguntei.

Stef anuiu.

— Esses aparelhos são novos, começaram a ser usados há mais ou menos cinquenta anos. Antes disso, os Contadores de Almas recorriam a exames de sangue, o que não era tão confiável. Eles mediam a química que acreditavam estar presente nas almas.

Ah-hã. Sam mencionara uma vez que certos testes realizados antigamente não eram muito confiáveis, e as pessoas acabavam chamando o bebê pelo nome errado até ele ter idade suficiente para reclamar.

— Os outros escâneres de alma existem há mais tempo, é claro — continuou ela —, mas eles medem as vibrações da alma dentro do corpo. As vibrações dos recém-nascidos tendem a ser inconstantes e frenéticas. Levamos um bom tempo para descobrir como contornar esse problema.

— Ah. — Talvez eles tivessem achado que ocorrera algum defeito com o escâner que medira minha alma ao nascer, visto que a tecnologia ainda era recente. Talvez tivessem tentado duas ou três vezes, com escâneres diferentes, só para terem certeza.

— Mantenha a mão dele parada — pediu Emil. — Vamos saber em alguns minutos. — Eles pressionaram a palma do bebê na tela do aparelho e, em seguida, apertaram o cobertor que o envolvia. O nascimento devia não só ser um choque terrível como provavelmente deixava o neném com muito frio, mas ele se manteve quieto, comprimido contra o peito de Lidea.

Todos na sala se voltaram para Emil, os rostos esbanjando expectativa e esperança de que aquele bebê fosse *seu* melhor amigo morto na noite do Escurecimento do Templo. O número de possibilidades era enorme, mas o pior era a corrente de medo que pairava no ar: olhares de relance para mim, preces murmuradas a Janan e objetos pressionados de encontro ao peito.

Os objetos deviam ter pertencido a quem quer que eles desejassem que voltasse. Uma caixa, uma chave, um leque de seda.

Emil baixou o aparelho e correu os olhos em volta, fixando-os rapidamente em mim. Senti o corpo tencionar quando uma nova onda de ansiedade percorreu a sala.

— Tem algo errado com ele? — Mal formulei as palavras e Sam apertou minha mão, como que dizendo para eu tomar cuidado.

— Quem é ele? — O rosto de Lidea contorceu-se, preocupado. — Por favor, me diga.

Emil a encarou e falou de modo sério:

— Ele é uma almanova.

8
ALMANOVA

EU NÃO ESTAVA sozinha.

Não era a única.

Senti vontade de vomitar.

Todos os olhos se fixaram em mim, e os primeiros que encarei de volta exprimiam raiva e acusação. Sam me apertou de encontro a ele, pronto para me proteger da explosão inevitável.

— Ana...

Ele acompanhou meu olhar até o enorme homem do outro lado do quarto, o qual se levantava lentamente, os olhos me fuzilando com ódio. O sujeito era gigantesco, com ombros tão largos que faziam Sam parecer pequeno. Os cabelos castanhos cortados à máquina, bem ao estilo militar, davam-lhe a impressão de ser quase careca, e uma barba de alguns dias por fazer escurecia-lhe o rosto. Seu nome era Merton; eu o vira liderar discursos contra as almasnovas e reclamar com o Conselho.

Discursos anti-Ana, porque eu era a única.

Até agora.

— Isso é culpa sua. — A fúria embutida em suas palavras fez com que ele parecesse ainda maior. Como se a raiva fosse contagiosa, o quarto inteiro entrou em ebulição. — Meuric estava certo. Li também. Você foi apenas a primeira das substituições. Agora Lidea deu à luz outra.

Deitada na cama, Lidea olhou para o bebê em seus braços como se não soubesse o que fazer. Lágrimas escorriam pelo rosto suado.

— Os sem-alma irão substituir todos nós — gritou alguém nos fundos do quarto. O pânico fez sua voz soar esganiçada, mas ela foi rapidamente abafada por uma série de murmúrios desconfiados.

— Estamos sendo invadidos! — berrou Merton.

Alguns gritos de concordância ressoaram no ar, a princípio hesitantes, mas outras vozes logo se juntaram em coro.

— Quando as sílfides infestam a cidade — rugiu Merton —, o que a gente faz? A gente as captura e as solta fora dos limites de Range.

As pessoas anuíram em aprovação. Algumas gritaram estímulos.

— Quando os centauros caçam em nossas florestas — continuou ele —, nós os afugentamos com gases que corroem os laços que unem os dois aspectos de sua natureza.

Meu estômago revirou, mas Merton cativara a atenção de todos. Parecia ansioso para dizer o que todos queriam escutar.

— Agora precisamos aprender a nos defender dessa nova ameaça.

Ele achava que nós éramos monstros. Tanto aquele bebê que mal começara a respirar quanto eu. Várias pessoas rugiram em concordância. Com Merton inflamando-os, os gritos e a raiva cresciam a cada instante.

O bebê chorou e Lidea o apertou junto ao peito, chorando também. Meus amigos gritaram em minha defesa, e os assistentes de parto mandaram que todos saíssem do quarto. No entanto, ninguém obedeceu. As pessoas continuaram gritando e apontando, fechando-se à minha volta com expressões cada vez mais enfurecidas. Elas pareciam queimar de ódio.

O calor daquela raiva me envolveu, sem deixar espaço para o choque ou a descrença. Como eu podia ficar chocada se algumas daquelas pessoas jamais haviam me tratado com nada além de ódio?

Contudo, enquanto a gritaria aumentava e o bebê berrava, meu próprio medo foi substituído pela raiva. A pressão insurgiu dentro de mim como um gêiser, fervendo com o calor da cacofonia à minha volta — tal como a força da caldeira que havia debaixo de Range. Eu estava pronta para entrar em erupção.

— Parem! — Lutei para me desvencilhar dos braços de Sam e subi numa cadeira. — Já chega!

Todos me encararam — os assistentes de parto, os espectadores e os Contadores de Almas —, e imaginei os vapores de um gêiser se espalhando pelo quarto, fazendo-os calar, petrificados. Apenas o bebê continuou chorando, até que Lidea lhe ofereceu o seio.

Silêncio.

Oops. Todo mundo estava olhando para mim.

Na cama, Lidea começou a ninar o neném. O suor escorria por suas têmporas, fazendo a pele brilhar como bronze. O quarto cheirava a sal, cobre e outras coisas que não consegui identificar.

Concentrei-me na imagem do gêiser, na fúria que eu estava sentindo por todos estarem assustando um recém-nascido, ameaçando matá-lo como se ele fosse uma espécie de monstro.

Eles *não* o machucariam. Eu não permitiria.

— Eu tinha a impressão de que todos vocês fossem pessoas civilizadas que sabiam como se comportar ao lado de um recém-nascido. — Minha voz tremeu. Lá se ia por água abaixo a história de ser tão forte quanto um gêiser. — Se quiserem gritar, façam isso lá fora. Aqui não é o lugar.

Ninguém se moveu; não tive certeza se aquilo era melhor do que a gritaria.

— Ainda que vocês não respeitem a criança, por favor, mostrem um pouco de consideração para com Lidea. Ou será que não se importam mais com ela?

A declaração fez com que alguns parecessem subitamente envergonhados e saíssem do quarto. Continuei na cadeira, observando-os passar.

— Alguém mais? — Imitei a expressão de zanga que Li sempre exibia para me forçar a confessar se eu estivera escutando música. Pareceu funcionar, ainda que eu me sentisse como um esquilo dirigindo-se a uma sala repleta de lobos. — Estamos aqui para celebrar um nascimento. Se vocês não conseguem fazer isso pelo simples fato de ele ser uma almanova, então sintam-se à vontade para se retirar.

Outros mais saíram. Mais do que antes. Alguns tiveram a decência de parecer envergonhados. Não me dei ao trabalho de esconder meu desprezo por nenhum deles.

Do outro lado do quarto, Merton continuava parado de braços cruzados, o rosto vermelho e distorcido pela raiva. Começou a andar em minha direção, pisando duro.

Enquanto todos observavam, Sam se aproximou da minha cadeira, mas Merton simplesmente passou por mim, fitando-me com ódio, e seguiu para a porta.

Tentei não deixar transparecer meu alívio. Se ele tivesse me atacado, meus amigos não poderiam fazer muita coisa. Merton era enorme. E forte.

Mas por ora ele se fora. Concentrei-me em respirar, esforçando-me para não desmoronar sob os olhares dos assistentes de parto, dos espectadores e dos meus amigos. Os mais hostis tinham saído antes de Merton, então por que meu coração começara a bater acelerado *agora*? Eu certamente deveria ser capaz de dizer algo coerente na frente de pessoas que não me odiavam tanto assim.

— Acredito que, segundo a tradição, devemos dar as boas-vindas aos recém-nascidos. — Na verdade, dar as boas-vindas ao retorno das almas. Para aquele ali, porém, esta era sua primeira vida. Ele era como eu. Uma almanova. — Serei a primeira. — Eu sofria por ele, aquela criança ainda sem nome prestes a encarar uma existência como a minha. Pelo menos ele não seria o único.

Ao me aproximar da cama de Lidea, imaginei como devia ter sido na noite em que Li dera à luz a mim, após os Contadores de Almas anunciarem que eu não era ninguém. Provavelmente houvera menos pessoas no quarto. Apenas os amigos de Ciana.

Ciana, a alma que eu havia substituído.

Duvidava de que alguém tivesse me dado as boas-vindas.

Parei ao lado da cama. Alguém havia puxado os lençóis para cobrir Lidea e secado o suor de seu rosto, embora a pele dela continuasse corada em virtude do calor, da raiva e do trabalho de parto. Seus cabelos negros pendiam em feixes sobre os ombros; o bebê esticou a mãozinha, emaranhando os dedos nas mechas.

Sam parou ao meu lado, e os demais fizeram uma fila atrás dele. Exceto Wend, o companheiro de Lidea; ele não saiu do lado dela.

Busquei as palavras certas, mas o que dizer a alguém que acabara de dar à luz uma almanova? Pedir desculpas parecia errado, pois isso não era algo ruim, e nem era minha culpa. A única coisa que fazia com que eu me sentisse mal era saber o quanto todos já o odiavam.

— Obrigada. — Lidea ofereceu-me um sorriso contido. — Por fazer com que eles parassem. Por fazê-los ir embora.

— Eu não podia deixá-los continuar com aquilo. — E se eles o tivessem machucado? Ele era tão pequeno, a pele morena ainda cheia de manchas vermelhas, o rosto enrugado pelo esforço de nascer.

Ela baixou os olhos.

— A ideia de vir a gerar uma almanova... era aterrorizante. E... — Sua voz falhou diante da confissão. — Humilhante. Mas vendo-o agora em meus braços, fico feliz por ele estar aqui. Eu o amo do fundo do meu coração.

Minha garganta apertou com o esforço de conter as lágrimas.

— Ele tem sorte de ter você.

— Farei tudo o que estiver ao meu alcance para me certificar de que ele seja feliz. Vou protegê-lo.

Eu também.

— Quero dar a ele as boas-vindas. Você já escolheu um nome?

— Pensei em chamá-lo de Ana, em homenagem a você, como agradecimento por você tê-lo defendido. — Ela só tinha olhos para o bebê. Sequer reparou no modo como meu queixo caiu. — Mas isso seria um pouco confuso, e não quero começar com a mania de darem o nome de Ana a todas as almasnovas.

Eu esperava que não. Li me dissera que eles tinham escolhido esse nome para mim porque era uma parte do nome de Ciana, simbolizando a vida que eu roubara dela. E também porque significava "sozinho" e "vazio".

— É muito generoso da sua parte, mas não é necessário. — De mais a mais, eu não merecia esse tipo de homenagem.

Lidea acariciou as bochechas redondas e o pequeno nariz do filho.

— Mas isso me deu outra ideia. — Um doce sentimento de antecipação espalhou-se pelo quarto. — Anid é um nome parecido.

Senti como se meu coração fosse explodir ao estender o braço, olhando de relance para Lidea em busca de permissão, e tocar a diminuta mão de Anid. Ele não pareceu perceber.

— Oi, Anid. Bem-vindo ao mundo. — Minha voz tremeu enquanto eu murmurava: — Estou muito feliz por você estar aqui.

Estávamos no mesmo barco agora. Nenhum de nós estava mais sozinho. Apartado.

Ele me fitou com os olhinhos arregalados, de um azul profundo. Era um bebê lindo; eu não estava pronta para me afastar dele, mas havia outros esperando atrás de mim, de modo que toquei a mão de Lidea, em seguida a de Wend, e abri caminho para Sam. À medida que a fila andava, observei o modo como os demais agiam com Anid, tentando memorizar o rosto daqueles que tinham ficado. Teria sido por amizade ou apenas educação?

Depois que todos foram embora, com exceção dos assistentes de parto, ofereci meu dedo a Anid mais uma vez. Sua mãozinha se fechou em volta dele imediatamente.

— Não deixe ninguém te chamar de sem-alma — murmurei. — Se alguém fizer isso, me avise que eu resolvo o problema.

Lidea me fitou, estupefata.

— Você já está tentando corrompê-lo?

— Só um pouquinho. — Sorri para que ela soubesse que era brincadeira.

— Estou preocupada — confessou ela. — Com o que aconteceu mais cedo, toda aquela gritaria. — Fechou os olhos com força, os cílios marejados de lágrimas. — E se alguém realmente tentar machucá-lo?

Wend aproximou-se e pousou a mão em seu ombro.

— Nada vai acontecer com Anid. — Quando Lidea se virou para ele, Wend se inclinou e a abraçou.

Sam tocou meu ombro e murmurou:

— Vamos?

Assenti com um menear de cabeça; em seguida, nos despedimos, pegamos nossas coisas e seguimos para a saída.

Ao deixarmos a Casa do Conselho, a noite havia caído e voltara a chover. Somente o templo brilhava, derramando uma luz difusa sobre a praça do mercado. Em silêncio, voltamos para a área residencial no sudoeste da cidade, onde ficavam nossas casas. Ao chegarmos lá, Stef e Sarit se despediram de nós e seguiram cada qual para sua rua, ambas próximas à nossa.

Uma vez secos e abrigados da chuva, chamei por Sam sem sequer me dar conta de que tinha dito o nome dele em voz alta.

Ele parou a caminho do piano, se virou e pousou uma das mãos em meu quadril. Com o rosto envolto em sombras, seus olhos pareciam ainda mais escuros, mais misteriosos, transmitindo o peso de centenas de anos. Milhares.

— Você certa vez me chamou de borboleta, devido ao fato de minha existência parecer tão efêmera para os cidadãos de Heart.

Uma linha se formou entre seus olhos.

— Ana...

— Sei que você não disse isso para me magoar, e sei que já se desculpou mais de mil vezes. — Engoli o nervosismo preso em minha garganta. — Mas não significa que não seja verdade. Eu posso morrer e jamais reencarnar.

— Por favor, não diga isso — murmurou ele.

— Você, Stef, Sarit e alguns outros... vocês tornaram o Ano da Fome tolerável. Jamais achei que um dia teria amigos, até que você me provou o contrário. — Pousei as mãos sobre os ombros dele e deixei-as escorregar por seus braços. — Mas o começo da minha vida foi terrível, e metade das pessoas aqui ainda me trata como se eu tivesse sido responsável pelo Escurecimento do Templo e por todas as coisas horríveis que aconteceram.

Ele baixou os olhos para o chão, como se eu o estivesse culpando pelas ações dos outros.

— Sinto muito.

— Não sinta. Nada disso é culpa sua. O que estou tentando dizer é que não quero que Anid cresça da maneira como eu cresci.

— Lidea e Wend tomarão conta dele. E nós também.

Fiz que sim.

— Mas isso não é suficiente. Você viu o que aconteceu lá no quarto. As pessoas estavam ansiosas para darem as boas-vindas a um de seus amigos, e quando isso não aconteceu, foi um *show de horrores*. Em poucos minutos, começaram a falar em matá-lo. Se isso for um indício de como o restante da cidade irá reagir ao nascimento dele, então, quando outras almasnovas começarem a surgir, não haverá nenhum lugar seguro. Não na cidade. Preciso torná-la segura. De alguma forma.

— Ana. — Sam aproximou-se tanto que precisei inclinar a cabeça para trás a fim de fitá-lo nos olhos, e o modo como disse meu nome... com a mesma reverência que as pessoas usavam em suas preces a Janan. Um nó se formou em minhas entranhas quando ele segurou meu queixo e me beijou. Tão suave e gentil, esforçando-se nitidamente para manter o autocontrole. — O que você precisar de mim, é só pedir. Eu te prometo, daremos a essas almasnovas a chance que você nunca teve.

Escutá-lo dizer aquelas palavras tornou tudo tão claro! Sam me compreendia melhor do que eu compreendia a mim mesma; ele sempre sabia o que eu precisava.

9
LAGO

A COMOÇÃO EM Heart nas duas semanas que se seguiram provou que eu estava certa.

Por duas vezes, ao sair sozinha, alguém atirou pedras em mim. As pessoas zombavam e me xingavam. No mercado, os comerciantes se recusavam a me vender qualquer coisa se um de meus amigos não estivesse presente. Passei a receber chamadas estranhas no DCS: apenas ruídos de uma respiração pesada. Stef as rastreava e bloqueava, a fim de impedir que me ligassem de novo. Mas, então, Sam começou a receber ligações também.

Tentei ignorar tudo aquilo. As pedras e as ligações para o DCS eram novidade, mas, no todo, não era muito diferente de quando eu chegara em Heart. O medo e a raiva eram os mesmos.

Todas as manhãs, Sam me dava aulas de música e me fazia praticar. À tarde, eu comparecia às aulas impostas pelo Conselho — eles me expulsariam da cidade caso me recusasse —, e, além do mais, o relatório de progresso mensal estava se aproximando. Após a longa viagem ao Chalé da Rosa Lilás com Sam, eu devia estar tentando me empenhar mais nos estudos para compensar o tempo perdido, porém Lidea ligou e nos convidou para irmos até o lago com alguns amigos.

Com certeza.

— E quanto ao seu trabalho sobre a história da energia geotérmica? — perguntou Sam enquanto seguíamos para a casa de Lidea, sem conseguir esconder um sorrisinho presunçoso.

— Estou certa de que dá para perceber o quanto estou triste por estar indo até o lago no que pode ser o último dia quente do ano. Por passar um tempo com você e nossos amigos... Argh, não sei como vou sobreviver a esta tarde. — Soltei uma risada e dei a mão a ele.

Com Lidea, Wend, Anid e um bando de outros amigos a tiracolo, seguimos para o Arco Sudeste, em direção ao lago Midrange. Era o maior lago em Range, usado principalmente para a pesca e fornecimento de água, mas havia algumas poucas praias disponíveis ao lazer. Sam e eu tínhamos ido umas duas vezes até lá durante o verão.

Os vapores dos gêiseres pairavam sobre o terreno estéril entre o muro da cidade e a floresta, impregnando o ar com um fedor de enxofre. Torci o nariz até que o vento mudou de direção e soprou aquele cheiro horroroso para longe da trilha.

De mãos dadas com Sam, escutei Stef e Orrin perguntarem sobre a saúde do bebê, e Whit e Armande falarem sobre o esforço para reconstruir as seções de Heart que tinham sido destruídas durante o Escurecimento do Templo.

— O Conselho não está dando a menor bola — reclamou Armande. — Você viu as estátuas ao lado da Casa do Conselho? E o alto-relevo que havia na frente? Isso para não falar da escada.

— Essas coisas não são tão importantes quanto a reconstrução das usinas e a recuperação das áreas agrícolas. — Whit fez que não. — Muitos animais e jardins particulares foram destruídos, se não pelas sílfides, pelo ácido dos dragões, e depois pelos drones de apagar incêndios e pelos elementos químicos neutralizantes. Mesmo compartilhando os suprimentos antes pertencentes às... — A voz dele falhou. — às almasnegras, vai ser um inverno difícil.

— Isso porque o Conselho estoca alimentos em prédios que não são à prova de ácido dos dragões.

— Armande — Whit replicou gentilmente —, mesmo que eles guardassem tudo na Casa do Conselho, as coisas teriam sido destruídas. O templo apagou, lembra? As paredes se tornaram inúteis.

Como a pedra branca havia reparado a si mesma após Janan acordar, algumas pessoas preferiam acreditar que as rachaduras no templo tinham sido apenas um pesadelo.

— De qualquer forma — continuou Whit —, você mudou completamente de assunto. Está zangado por causa das estátuas e da escada, mas não acha que isso é um pouco fútil, considerando todas as coisas que *precisam* ser reparadas?

Armande bufou.

— Pode ser, mas sou eu quem tem que olhar para elas diariamente.

— Você não *tem* que armar sua barraca todos os dias. Deixe as pessoas prepararem seus próprios pães já que é tão difícil olhar para as estátuas danificadas.

Armande levou a mão ao peito.

— Você está condenando mais pessoas ainda a morrerem de fome. Ou, pelo menos, a terem que tomar um tenebroso café da manhã. Além disso, nossa arte é testemunho da nossa sociedade. Ela simboliza nossas realizações, como a sua biblioteca e a música do Sam. É algo do qual deveríamos nos orgulhar, e tentar conservar.

Pensei nisso enquanto prosseguíamos sob a sombra dos abetos e atravessávamos um trecho delicado que reverberava nitidamente debaixo das minhas botas. Aquela era uma das partes onde o solo sobre a caldeira era mais fino.

Sam afastou um galho comprido para eu passar e, em seguida, mergulhou atrás de mim.

— Obrigada. — Olhei de relance para trás; o galho era tão comprido quanto meu braço. — Se você não o tivesse visto, teríamos hematomas idênticos em nossas testas.

Ele riu.

— Isso não é tão romântico quanto usar chapéus e cintos combinando.

— O que não é nada romântico. Alguém realmente faz esse tipo de coisa?

— Alguns faziam. Cerca de uns mil anos atrás. — Ele revirou os olhos, porém o sorriso se ampliou. — Acho que nunca fiquei tão feliz em ver um modismo passar. Os chapéus ficavam piores a cada ano. Com penachos cada vez maiores e formas mais ridículas. Foi terrível.

— *Você* alguma vez usou... — Eu não conseguia acreditar que isso realmente tivesse acontecido. — Chapéus ou cintos combinando?

O olhar que ele me lançou dizia claramente que eu estava gastando saliva. Claro que não. Sam nem mesmo gostava de comparecer a cerimônias de rededicação.

Meu tom tornou-se um pouco mais zombeteiro.

— Eu já devia saber que não precisava questionar seu senso de moda.

Ele apertou minha mão, o sorriso esbanjando malícia.

— Se você me pedir, posso tentar encontrar chapéus que combinem.

— Palhaço.

Dez minutos depois, chegamos à praia, uma bela extensão de areia coroada por águas cinzentas e semicongeladas, e cercada por árvores perenes. Montanhas gigantescas cobertas de neve erguiam-se no horizonte como muros em tons de azul e cinza nessa época do ano. Essa muralha, ao contrário das que cercavam a cidade, me faziam sentir segura. Protegida.

— A praia está parecendo maior hoje — comentou Sam ao deixarmos a trilha estreita, o único acesso à praia.

Orrin olhou para o sul e franziu o cenho.

— Está mesmo. O nível da água está mais baixo.

— O que isso quer dizer? — perguntei.

— Provavelmente nada. — Orrin e Whit entreolharam-se, e Orrin deu de ombros. — Tivemos vários pequenos tremores de terra. Nada que alguém conseguisse sentir, e isso não tem que necessariamente significar alguma coisa. Apenas uma consequência normal de viver sobre uma caldeira.

Eu já sabia disso.

— Mas será que um pequeno terremoto poderia afetar o nível da água do lago?

— Talvez. — Ele olhou para a água, provavelmente desejando que Rahel, a alma responsável por monitorar aquelas coisas, ainda estivesse viva. — Eles podem ter provocado uma fenda no fundo do lago. Estamos sobre uma camada muito fina de terra aqui. Mas tenho certeza de que não é nada com que devamos nos preocupar.

— Se você diz. — As pessoas usavam o lago para a pesca e o abastecimento de água, portanto a queda do nível certamente causaria um impacto na vida em Heart. No entanto, eu não queria entrar nesse tipo de discussão num dia tão bonito. Assim que o grupo parou no meio da praia, ajudei Sam a estender uma toalha e, em seguida, agachei-me ao lado da cesta de petiscos. Sem dúvida Armande trouxera um punhado de bolinhos cobertos de mel.

— Não se preocupe com a caldeira — disse Orrin, agachando-se ao meu lado. — Whit e eu assumimos parte do trabalho de Rahel. Se estiver interessada, pode vir nos ajudar quando tiver um tempo.

— Obrigada. Talvez eu faça isso.

Ele sorriu e deu uma espiada no interior da cesta.

— Você viu algum muffin?

Pouco depois, estávamos todos conversando, rindo e escutando as ondas lamberem a areia. Alguns grous e garças desafiavam a estação, porém a maior parte das aves aquáticas já tinha migrado para o sul. O bebê chorou e, mesmo envolvido em macios cobertores de lã de búfalo em tom de canela para maior aquecimento, Lidea o apertou de encontro ao peito.

Wend flertava com sua companheira, enquanto os outros conversavam sobre seus projetos ou sobre as músicas que esperavam poder tocar juntos. Depois de admirar os diminutos dedos, nariz e orelhas de Anid — todos ressaltados por Lidea, como se eu não conseguisse enxergar por mim mesma — fiquei deitada na toalha por algumas horas, aproveitando a cálida luz do sol vespertino, já bem fraca devido à aproximação do inverno, enquanto escrevia em meu caderno secreto e escutava o som alegre das vozes dos meus amigos.

De repente, as vozes se calaram.

Subitamente consciente da mudança, dei uma rápida olhada por cima do ombro para ver o que provocara o silêncio.

Sombras se moviam junto às árvores da floresta, vindo *em direção à* luz do sol. Cinco sílfides. Não, dez. Elas emergiram da floresta e começaram a atravessar a areia em silêncio.

Tomei um tremendo susto, logo substituído por uma onda de medo. Como elas tinham chegado ali? E, com que propósito?

— Alguém trouxe ovos de sílfides? — murmurou Stef, esticando o braço em direção à sacola mais próxima.

— Não. — Eu não precisava nem olhar. Por que alguém traria ovos de sílfides quando estávamos tão perto de Heart? O lago Midrange deveria ser um local seguro. Havia uma centena de armadilhas para as sílfides espalhadas pela floresta, entre o lugar onde estávamos e o laboratório de Menehem.

Nenhum ovo. *O que* poderíamos usar?

— Protejam Anid — falei, me levantando. — Se puderem tirá-lo daqui, façam isso. — As sílfides que eu e Sam encontráramos nos limites de Range não tinham feito nada mais ameaçador do que cantar, porém ali, com outras pessoas, com *Anid*, quem sabe?

Eu não podia correr o risco de deixá-las machucarem o bebê.

— O que você está fazendo? — perguntou Armande, enquanto todos se levantavam e formavam um círculo de proteção em volta de Lidea e Anid. Como se isso fosse adiantar de alguma coisa contras as sílfides.

Nenhum ovo. Vasculhei os bolsos do casaco e encontrei minha faca, a chave do templo e meu DCS.

Gritos sobrenaturais cruzaram a praia enquanto eu pegava o DCS e mandava uma rápida mensagem para a conselheira Sine, pedindo-lhe que enviasse guardas e ovos até o lago. Em seguida, mudei para o modo de música.

— Fiquem atrás de mim. — Minha voz tremeu e meu coração começou a bater acelerado, mas as sílfides pararam próximo à borda da floresta e ficaram apenas me *olhando*. — Vou tentar distraí-las. Quando vocês perceberem que elas não estão prestando atenção, comecem a voltar devagarinho pela trilha. Não corram ou elas irão persegui-los. Estamos falando de predadores. Para elas, a caça é algo instintivo. — Ninguém fazia ideia se as sílfides comiam o que queimavam, mas a perseguição era *inevitável*.

— Não seja idiota — retrucou Stef. — Não vamos deixá-la sozinha aqui.

— Por favor. — Lancei-lhe um olhar desesperado. — Por favor, confie em mim. — Talvez aquelas fossem as mesmas sílfides. Talvez não. Eu precisava tentar.

— Vou ficar com você. — Sam pousou a mão em meu ombro, não muito confiante em relação ao meu plano, mas determinado a permanecer do meu lado.

Grata pela companhia dele, aumentei o volume do DCS e os acordes de um noturno começaram a elevar-se do aparelho.

As sílfides, que até então tinham se mostrado apenas curiosas, assumiram uma postura de alerta. Todas as dez pareceram focadas em mim quando dei um passo para a direita, afastando-me da trilha. Dos meus amigos.

Uma leve brisa capturou a melodia e a carregou pela praia, em direção às sílfides. Pouco a pouco, elas começaram a acompanhar o som, aproximando-se de mim como se temessem que eu levasse a música embora.

O DCS tinha bons alto-falantes para seu tamanho — Stef projetara tudo, consultando Sam em relação à qualidade do som — de modo que a música soava alta e clara enquanto eu as atraía para longe do grupo. A linha de sombras me seguiu, cativada pelos longos acordes e arpejos.

— Vão. — Tentei manter a voz nivelada, rezando para que Stef, Lidea e os outros conseguissem me escutar. — Enquanto elas estão distraídas.

Orrin e Armande fizeram sinal para que Lidea e o bebê seguissem na frente, em direção à trilha. Os galhos dos abetos farfalharam, porém as sílfides não se viraram. A atenção delas estava fixa em mim; enquanto se aproximavam, abaixei-me e botei o DCS no chão. Em seguida, me afastei, e elas continuaram deslizando em direção ao aparelho, os olhos aparentemente fixos nele.

O lamento delas era como o vento soprando sobre as ravinas: oco, melancólico e estranho. Calor desprendia-se em ondas, fedendo a cinzas e morte. Qualquer criatura de carne e osso em seu perfeito juízo sabia que devia ficar longe das sílfides.

Isso era exatamente o que eu pretendia fazer. Em pouco tempo, meus amigos estariam a caminho da cidade, e Sam e eu poderíamos segui-los. Eu teria que deixar meu DCS para trás, a fim de mantê-las distraídas, mas com certeza o Conselho o substituiria. No entanto, como eu conseguiria explicar isso? Dizer que tinha sido acidente? Stef e todos os outros tinham me visto pegar o DCS intencionalmente.

Enquanto meus amigos escapavam, elas se fecharam em torno do aparelho como se dançassem. Seus gemidos ecoavam pela praia cinzenta, até que um dos lamentos atingiu uma nota alta ao mesmo tempo em que o noturno. A cacofonia preencheu o espaço, uma sensação semelhante à de entrar numa sala lotada de gente — mas, então, uma súbita compreensão fez com que elas assumissem vozes individualizadas. Um dos melancólicos lamentos tornou-se a melodia, enquanto outra começou a entoar o acompanhamento. Cada uma delas escolheu um papel, como se fossem membros de uma das orquestras de Sam.

Próximo à trilha, Stef — a última a escapar — virou-se subitamente, boquiaberta. Fiz sinal para que ela se apressasse, e Stef voltou-se de novo e seguiu caminhando.

O noturno ecoava pela praia, acima do ir e vir das ondas e no mesmo compasso que o farfalhar dos abetos. Era bonito ver todas elas cantando juntas. Parte de mim desejava poder me entregar àquela evocativa melodia, mas eu sabia que seria loucura.

O noturno chegou ao fim.

As sílfides pairaram em volta do DCS, esperando. Um tentáculo de sombra roçou o pequeno aparelho, mas nada aconteceu.

Lancei um olhar por cima do ombro. Stef e os outros continuavam visíveis em meio às árvores e, mesmo que algum guarda estivesse se aproximando, eu não conseguiria escutá-lo.

Sam e eu estávamos longe da trilha de acesso à praia. Não que alcançá-la fosse magicamente nos colocar em segurança. As sílfides podiam voar por entre as árvores e nos cercar num piscar de olhos.

Olhei de maneira suplicante para Sam, pedindo em silêncio que ele ficasse onde estava enquanto eu tentava me aproximar delas e do meu DCS. Ele assentiu com um simples menear de cabeça, observando-me com uma expressão profundamente protetora. Sam, porém, deixaria que eu fizesse o que precisava ser feito. Sempre deixava. E tudo o que eu tinha que fazer era programar o DCS para tocar um número de músicas suficiente que nos desse tempo de voltar para Heart.

As sílfides assobiaram e gemeram, observando minha aproximação como se eu fosse atacá-las. Meu coração martelava em meus ouvidos enquanto o sol se punha atrás dos picos das montanhas. Feixes de luz dourada derramavam-se pela areia e pelas águas acinzentadas, fazendo com que elas parecessem ainda mais escuras. Mais altas. De repente, o assobio passou a acompanhar o ritmo do esmagar da areia sob minhas botas.

— Afastem-se — sussurrei, estendendo as palmas à frente como se pudesse empurrá-las para longe. — Afastem-se.

A fileira de sombras negras afastou-se do DCS, mantendo uma distância segura de mim. Sam ofegou.

Tremendo apesar do calor que emanava das criaturas, agachei-me e peguei o aparelho.

— Fiquem onde estão — murmurei enquanto mexia no display e selecionava todas as músicas. Normalmente, a venda de gravações era parte de como Sam ganhava crédito suficiente para se alimentar, mas como sua aluna, além de outras coisas, eu tinha acesso a todas elas. Só isso já fazia com que me sentisse profundamente agradecida. Agora, a música dele salvaria nossas vidas.

Os acordes de abertura da Sinfonia Fênix fluíram dos alto-falantes. Botei o aparelho de volta sobre a areia. Elas retomaram o canto balbuciante, tentando adivinhar as notas que viriam a seguir, mas pararam quando ergui as mãos.

Uma fraca risada de pânico escapou dos meus lábios. Eu estava levantando as *mãos*? As mesmas mãos que haviam sido queimadas por uma sílfide há menos de um ano? Às vezes, eu me surpreendia com minha própria estupidez.

Tal como antes, elas começaram a dançar, contorcendo-se como chamas escuras. Passavam por dentro umas das outras, aproximando-se do DCS à medida que eu me afastava cautelosamente.

Momentos depois, uma delas retomou a melodia, porém agora *ecoando* as notas do piano, dos violinos e das flautas. Melhor. Bem melhor.

Arrisquei um olhar por cima do ombro e vi Sam com o braço estendido em minha direção. Acelerei o passo, movendo-me o mais rápido que minha coragem permitia. Meu coração batia descompassado e minhas mãos tremiam, mas eu não queria dar às sílfides nenhum outro indício de medo.

Tinha vencido metade da distância que me separava de Sam quando uma das sílfides soltou um trinado e voltou seu olhar sem olhos para mim. O peso daquela atenção me fez tropeçar, enquanto o céu sobre nossas cabeças escurecia cada vez mais.

— Que foi? — As palavras saíram num sussurro.

Ela soltou outro trinado e se aproximou ligeiramente, ao mesmo tempo em que voltava a tomar parte na música.

A sílfide queria que eu cantasse? Parei onde estava, as botas fincadas na areia, ciente de Sam um pouco atrás de mim. Assim que ela soltou mais um trinado, entoei alguns compassos.

Como se uma onda de eletricidade explodisse em meio a elas, todas se empertigaram, ficando ainda mais altas, e se aproximaram de mim. Pareciam ansiosas e... receptivas?

Era uma ideia ridícula, mesmo para mim, mas a última coisa que eu queria era deixá-las zangadas. Ergui as mãos como se quisesse empurrá-las e dei um passo à frente, ainda entoando a melodia.

Elas se afastaram, a atenção estranhamente focada em mim enquanto cantavam.

Podia sentir os olhos de Sam fixos nas minhas costas e escutar um murmúrio de ordens vindas da floresta. Rezei para que fosse o resgate, pois estava claro que elas não me deixariam ir embora. Pelo menos uma delas adivinhara meu plano de fuga. Se eu tentasse de novo, elas poderiam atacar.

As sílfides se afastavam à medida que eu avançava. A música preenchia o espaço entre nós, alegre e calorosa, um dueto entre uma flauta e um clarone que retumbava como as batidas de um coração. Comecei a dançar com elas no ritmo das batidas.

— Em nome de Janan, o que está acontecendo? — Uma voz de menino ressoou pela praia, agora envolta numa luz crepuscular. As sílfides congelaram, assim como eu.

Alguém soltou uma maldição.

— O que ela está fazendo?

— Ela controla as sílfides.

Virei de imediato, chocada demais para responder e, de repente, as sílfides formaram um leque atrás de mim, como se fossem um grupo de seguranças, um exército ou gigantes asas negras, exalando um tremendo calor e fedor de cinzas. Em seguida, emitiram um grito tão esganiçado que meus ouvidos doeram, e duas delas partiram para atacar os intrusos.

— Parem!

À minha ordem, as duas estancaram e as outras se calaram. Um chiado de respiração cortou a semiescuridão, o único som em meio à pausa entre os movimentos da Sinfonia Fênix.

— Como ela consegue fazer isso? — O rugido soou familiar. Merton? Aquele sujeito estava em tudo quanto é lugar.

— Janan realmente nos abandonou — murmurou alguém. — Os sem-alma serão nossa ruína.

— *Calem-se* — sibilei. — Eu controlo as sílfides tanto quanto vocês controlam o tempo ou sua própria reencarnação. Elas gostam de música. Só isso. — Será?

O conselheiro Deborl deu um passo à frente, segurando um ovo de latão do tamanho de dois punhos fechados.

— Deixe-as conosco agora, Ana. — Fisicamente ele era mais novo do que eu, mas falava com toda a imponência do seu cargo. Até mesmo o tom de voz era um lembrete de sua verdadeira idade.

A escuridão tremulou tanto à minha direita quanto à esquerda: sílfides. Uma onda de calor explodiu contra meu rosto e minhas mãos; pude senti-la mesmo através do casaco. Mas em nenhum momento elas se aproximaram demais — pelo menos, não perto o bastante para me cozinharem viva. A simples presença de uma sílfide já era proximidade em excesso.

Ainda assim, elas respondiam à música. Agora, com o início do segundo movimento, uma delas começou a assobiar baixinho, acompanhando a voz do clarone.

Olhei de relance para Sam; pelo modo como ele as encarava, soube que escutara também.

— Os ovos as machucam? — Mordi o lábio, imediatamente arrependida de ter feito a pergunta. Agora Deborl e o restante dos guardas achariam que eu simpatizava com elas.

— Isso importa? — Ele deu outro passo à frente, seguido de perto por uma dúzia de homens. Todos carregavam ovos. — As sílfides irão queimá-la viva. Elas já quase fizeram isso, lembra? E estavam prestes a atacar Lidea e o outro almanova. Achei que você se importasse com eles.

— Eu me importo! — Minha voz soou esganiçada demais, desesperada demais, porém as sílfides mantiveram-se ao meu lado enquanto Deborl, Merton e os outros se aproximavam. — Eu me importo, mas vejam, elas não estão tentando machucar ninguém. E se elas simplesmente forem embora por livre e espontânea vontade?

Sam fez que não. Era um aviso.

— Ana — falou Deborl, já bem perto do primeiro par de sombras tremulantes. Elas não se mexeram. Por que não fugiam? Seriam capturadas. — Ana, é óbvio que elas a escutam. Você é uma alma especial.

Tá bom.

Mas eu não conseguia esquecer aquela noite no Chalé da Rosa Lilás, nem o modo como haviam montado guarda do lado de fora do laboratório de Menehem. Por que elas estavam me seguindo?

Ele continuou:

— Todos acabarão sabendo o que aconteceu aqui. Se você usar seu dom para nos ajudar, talvez a população mude seu modo de ver as almasnovas.

Ah! Ele queria que eu mandasse as sílfides entrarem nos ovos, mas, por que elas me obedeceriam? De qualquer forma, até onde se sabia, elas não eram capazes de compreender palavras.

Por outro lado, elas também não deveriam ser capazes de entrar em Range. Aquelas ali tinham se mostrado muito espertas e determinadas a irem até o lago. Por quê? Para cantar para mim de novo? Para atacar Anid?

No entanto, *não* o tinham atacado. Haviam se aproximado dele, é verdade, mas se quisessem matá-lo, um pequeno grupo de adultos jamais teria conseguido impedi-las. Elas poderiam ter matado todos nós.

Mas não tinham.

Tampouco haviam tentado matar Menehem durante os experimentos.

— Ana? — Sam tentou se aproximar, mas as sílfides colocaram-se entre nós. Ele pareceu ficar indeciso. Arriscar ser queimado por uma sílfide para ficar ao meu lado ou permanecer onde estava?

Próximos à primeira delas, Deborl e Merton torceram os ovos para ativá-los. Em poucos segundos, duas delas seriam sugadas para...

— Corram! — gritei. — Vão embora. Fujam!

As sombras, negras como obsidianas, guincharam e partiram de volta para a mata, *contornando* as pessoas e os ovos que deveriam capturá-las.

Os homens gritaram; Sam correu para o meu lado e, momentos depois, nos vimos cercados por Deborl e seus guardas. Luzes de mira azuis brilharam sobre meu casaco; os guardas estavam apontando lasers para o meu peito.

— O que vocês estão fazendo? — Sam se colocou na minha frente, esticando o braço para trás a fim de se certificar de que eu não estava morta. — Vocês não podem *atirar* nela.

Deborl fez um gesto com a mão e todos abaixaram as armas. As luzes de mira foram desligadas.

— Ninguém vai atirar em ninguém.

Ainda.

— Ana — disse o conselheiro —, por que você mandou as sílfides fugirem? — Não havia nenhum traço de medo em sua voz, apenas curiosidade calculada.

Saí de trás do Sam. Não precisava de um escudo humano. O que eu teria feito se ele fosse alvejado?

— Foi a atitude certa a tomar. — Minha voz tremeu. Engoli em seco e tentei novamente: — Elas não machucaram ninguém, e acataram minhas ordens. Só não sei por quê.

— Você está do lado delas? — Deborl inclinou a cabeça de lado ligeiramente.

— Não. Apenas consegui a mesma coisa que vocês estavam tentando fazer, só que sem prendê-las dentro dos ovos e sem ninguém acabar acidentalmente queimado. Elas irão embora agora. — Pelo menos, era o que eu esperava.

— Hum. Pode ser. — Deborl me fazia lembrar Meuric, o antigo Orador do Conselho, o garoto que eu havia matado dentro do templo. Os dois eram baixos e magros, fisicamente mais jovens do que eu, e devotados a Janan, embora a devoção de Deborl parecesse mudar de acordo com a estação, a fase da lua ou quem quer que estivesse ao seu lado.

Eu não confiava em Meuric; tampouco confiava em Deborl.

Permaneci o mais empertigada que consegui, tentando não estremecer sob a fria brisa noturna, principalmente depois que o nível de adrenalina em meu corpo baixou.

— É melhor eu e Sam irmos embora. — Minha voz tremeu.

— Muito bem. — Deborl torceu novamente o ovo para desativá-lo e, em seguida, botou o frio objeto em minhas mãos. — Tentem não arrumar nenhuma confusão até chegarem no Arco Sudeste. E... — Virou-se para Sam. — Espero vê-los na Casa do Conselho amanhã. Às dez.

— Mas temos... — Aula de música, porém Sam pousou a mão sobre a minha e fez que não. — Tudo bem. — Virei-me para pegar meu DCS, o qual continuava tocando o segundo movimento da Sinfonia Fênix. Uma lufada de vento levantou uma nuvem de areia enquanto Deborl, Meuric e os outros guardas se afastavam em direção à trilha.

— Você está bem? — Sam tocou meu ombro e, em seguida, meu rosto. — Não posso acreditar que eles ameaçaram atirar em você.

Ele queria saber se eu estava bem por causa de Deborl e dos guardas. Não por causa das sílfides. Elas, por mais louco que pudesse parecer, tinham se mostrado prontas para me proteger. Das pessoas.

Ah, como nossas vidas haviam mudado.

— Estou bem. — Envolvi-o num abraço apertado e pressionei o rosto contra o peito dele, de modo que pudesse escutar as batidas aceleradas de seu coração. — Nós dois estamos bem. — Eles tinham apontados os lasers para ele também.

E então, em silêncio, empacotamos o que havia sobrado do piquenique com nossos amigos e tomamos o caminho de volta para Heart.

O gigantesco muro externo bloqueou o céu quando nos aproximamos. Os painéis solares e as antenas brilhavam como agulhas sob a luz da lua. No centro da cidade, o templo erguia-se em direção às nuvens como um farol luminoso.

Mantive os olhos fixos no Arco Sudeste, quase largo o bastante para que um dragão conseguisse atravessar, mas não consegui evitar sentir que o templo pressentia a minha aproximação, por mais que eu tentasse ignorá-lo.

A presença de Janan pairava sobre a cidade, tão densa quanto uma nuvem de cinzas. Imaginei o calor das pedras derretidas e da lama borbulhante sob meus pés. Se Janan realmente se importava com seu povo, por que construíra Heart sobre o mais poderoso vulcão do planeta? Sem dúvida, nem mesmo o templo conseguiria sobreviver a uma erupção do Range.

— O que diremos ao Conselho? — Sam pressionou a palma no escâner de almas e o portão se abriu.

— Não sei. — Mordi o lábio, confusa e frustrada e pronta para me atirar na cama. — Eles vão achar que estou do lado das sílfides agora. Ou que sou como Menehem.

Uma coisa era certa. Eu havia piorado muito a vida das almasnovas.

10
PERGUNTAS

NA MANHÃ SEGUINTE, Sam e eu partimos para a Casa do Conselho com um plano firme em mente: negar. Não diríamos nada sobre a pesquisa de Menehem, muito menos sobre o laboratório no leste de Range.

Eu tamborilava os dedos nervosamente sobre meu caderno enquanto prosseguíamos para a avenida Sul, imaginando se as pastas e os diários que Menehem me deixara e os livros que encontrara no templo tinham ficado bem escondidos. Ainda não descobrira uma maneira de decifrá-los, embora não por falta de tentativas.

— É melhor entrarmos pela direita — disse Sam, ao nos aproximarmos da praça do mercado.

Estiquei o pescoço para ver por que ele havia sugerido que entrássemos por uma porta diferente, mas só dava para ver pessoas andando, conversando ou tomando o café que Armande preparava.

— O que está acontecendo? — Eu era muito baixinha para conseguir ver qualquer coisa em meio a todas aquelas cabeças.

— Nada — Sam respondeu rápido demais, e deu uma piscadinha quando o fitei com suspeita. — Uma das exibições públicas de Merton. Ele está na escada, incitando o povo.

— Argh. — Felizmente havia outras entradas para a Casa do Conselho. Depois do que acontecera na véspera, eu não queria passar nem perto de Merton.

— Ontem à noite, a almanova impediu que capturássemos as sílfides no lago Midrange — berrava ele. — Ela lhes deu ordens. E as criaturas obedeceram. Eu estava lá. Que Janan não permita, mas e se todas as almasnovas tiverem o mesmo poder?

Gritos amedrontados, desafiadores e zangados ressoaram pela praça.

Merton rugiu ainda mais alto.

— As almasnovas irão acabar com Heart! Passamos cinco mil anos aperfeiçoando nosso estilo de vida e burilando nossos talentos, e agora *isso*.

Suspirei e baixei os olhos para as pedras do calçamento.

— Sinto muito, Sam.

— Pelo quê? — Ele se colocara entre mim e Merton, guiando-me para um ponto onde havia menos gente.

Algumas pessoas bufaram ao me ver.

— Amante das sílfides! — gritou uma delas. A maioria, porém, apenas franziu o cenho e se virou de costas. Talvez elas não acreditassem cem por cento no que Merton estava dizendo. *Realmente* parecia fantástico demais.

— Por meter você numa confusão ainda maior. — Sam abriu a porta e a segurou para eu passar. — Depois da viagem que fizemos... — Não especifiquei para onde; alguém poderia nos escutar. — E do que aprendemos lá, você deve estar bastante nervoso.

Um brilho sombrio cintilou nos olhos dele — Sam estava me escondendo alguma coisa —, mas rapidamente desapareceu.

— Quero que você se sinta segura. Não posso me arrepender de nada que te traga essa sensação. — Entrou atrás de mim. — Já que eu não tenho como assegurar isso pessoalmente, então pelo menos quero que você encontre as respostas. Vou ajudá-la da maneira que for preciso.

— Sei que as pessoas ligam para o seu DCS e gritam com você, agora que Stef bloqueou o meu. — Odiava que elas estivessem tentando infernizá-lo também.

Ele deu de ombros.

— Não tem problema. Posso lidar com elas.

Por quê? Por que ele aguentaria tudo aquilo por mim? Era isso o que significava ser amada? O amor por alguém podia lhe dar toda essa força?

Esperava conseguir me tornar tão forte assim.

Com a mão dele apoiada na base das minhas costas, atravessamos os corredores da Casa do Conselho. Fileiras de quadros decoravam as paredes, a maioria retratando lugares distantes com penhascos e extensões intermináveis de areia. Próximo à biblioteca havia um quadro exibindo um peixe tropical em meio a um recife de corais; era um dos meus favoritos, ainda que eu jamais tivesse estado em tal lugar. Quem sabe um dia. Esperava que sim.

Ao chegarmos à sala do Conselho, nos disseram para esperar. Preenchi o tempo escrevendo em meu caderno, enquanto Sam encarava a parede com o cenho franzido.

— O piano precisa de um trato, você não acha?

Ergui os olhos do caderno.

— Precisa?

— Ele está um pouco desafinado. Vou dar uma olhada quando chegarmos em casa.

Na minha opinião, o som do piano era espetacular, mas eu não tinha o ouvido de Sam, de modo que apenas sorri e recostei a cabeça no ombro dele.

Quando nos chamaram, entrei na sala atrás dele e soltei meu caderno sobre a mesa, tão comprida que preenchia toda a extensão do aposento. Era uma peça antiga feita de uma dúzia de tipos diferentes de madeira, e incrustada com belas espirais em metal. Uma vez por mês, eu era obrigada a apresentar um relatório de progresso; enquanto eles tagarelavam sobre a importância da matemática, o que eu já sabia, tive tempo suficiente para analisar os padrões que se estendiam pela superfície lisa do tampo.

Dez conselheiros estavam sentados diante de mim e do Sam; alguns eu já conhecia, outros só tinham assumido o cargo após o Escurecimento do Templo. Quatro deles haviam tido a morte confirmada naquela noite fatídica, e o quinto, Meuric... nunca fora encontrado. Os substitutos eram em sua maioria jovens, um deles mal passara do seu primeiro quindec, a idade em que as pessoas recebiam permissão para voltar a trabalhar.

— Oi, Dossam, oi, Ana. — A conselheira Sine afastou uma mecha de cabelos grisalhos que se soltara do coque. — Por ora esta sessão será fechada, mas depois a gravação será arquivada e disponibilizada ao público, tudo bem?

Não era realmente uma pergunta, portanto não respondi.

Ela continuou:

— O Conselho foi informado do incidente de ontem. Por favor, conte-nos o que aconteceu.

— Certo. — Com o coração martelando dentro do peito, sentei numa das cadeiras livres e tentei não prestar atenção a todos os olhos fixos em mim. — Fomos à praia ontem com um grupo de amigos. Quando as sílfides apareceram, peguei meu DCS e enviei uma mensagem para você.

— Eu me lembro — replicou Sine. — Continue.

— Em seguida, eu o coloquei no modo de música.

— Por quê? — indagou Deborl.

Eu era uma péssima mentirosa.

— Hum. — Realmente péssima. — Acho que Menehem mencionou algo durante o Escurecimento do Templo. Ele disse que a música as acalmava.

— E você não se deu ao trabalho de nos contar isso? — O conselheiro Frase ergueu uma sobrancelha. — Essa é uma informação muito útil.

— Esqueci. Só lembrei disso lá no lago. — Até que ponto eu chegaria com a mentira? Aquilo me fazia sentir suja, mesmo sabendo que eles me expulsariam de Heart se descobrissem a verdade.

— Mas as sílfides acataram suas ordens — observou a conselheira Antha. — Ontem, no lago. Os relatórios dizem que você as mandou fugir e elas obedeceram.

— Você tem ideia de por que elas fizeram isso? — Sine entrelaçou os dedos, já não mais a amigável conselheira de nosso primeiro encontro. Ela agora era a Oradora, sempre procurando por pontos fracos nas armaduras das pessoas ou tentando descobrir se elas estavam mentindo. Sua atenção fazia com que eu me sentisse prestes a desmoronar.

— Eu... — O texto que eu preparara parecia ter sido escrito por outra pessoa. Todos perceberiam a mentira, e eu não podia olhar para Sam em busca de ajuda, pois as perguntas não eram para ele. — Não acho que as sílfides sejam estúpidas — soltei.

— Como assim? — Sine esperou.

— Bem, as pessoas viram ontem: as sílfides começaram a cantar, acompanhando a música. Elas foram espertas o bastante para reconhecer o som como música e tentar acompanhá-lo, mesmo que, imagino eu, jamais a tivessem escutado antes.

— Isso é fascinante — disse o conselheiro Finn, assumindo, em seguida, um tom mais zombeteiro. — Então você cantou as ordens para que elas fugissem?

Encolhi-me.

— Não. O que estou tentando dizer é que se elas são espertas o bastante para reconhecer uma música, talvez consigam reconhecer também as similaridades entre os humanos. Elas fugiram de Menehem durante o Escurecimento do Templo. Não seria possível que tenham percebido que eu me pareço com ele? Ou talvez tenham nos visto juntos naquela noite e se lembrado.

Os conselheiros entreolharam-se, os cenhos franzidos.

— Não sabemos o que Menehem fez com elas. — Meu tom tornou-se um pouco mais confiante. — E não saberemos até que ele renasça.

Enquanto eles murmuravam entre si, trocando pareceres, Sam me lançou um olhar encorajador. Era a vez dele agora.

— Conte a eles aquela outra coisa que você lembrou a respeito do Escurecimento do Templo — disse.

Mordi o lábio — de nervosismo mesmo, e não fingimento. A sala se aquietou.

— Esqueci outra coisa também. Sinto muito, mas aquela noite foi tão…

— Não tem problema. — Sine quase parecia a mulher que eu conhecera antes, que me dera a impressão de se importar comigo. — As pessoas tendem a esquecer momentos traumáticos. É uma forma da mente se proteger.

Parecia improvável que eu conseguisse me sentir ainda pior acerca de todas aquelas mentiras, mas se não lhes dissesse *alguma coisa*, eles continuariam me pressionando. Desde que não contasse *como* descobrira os fatos, poderia oferecer-lhes um pouco de paz, e um motivo para pararem de suspeitar tanto de mim.

— A outra coisa que Menehem me contou foi que, seja lá o que ele tenha feito com Janan, não vai funcionar de novo. Ninguém conseguirá provocar outro Escurecimento do Templo.

Vários deles suspiraram e se recostaram nas cadeiras. Não haveria mais almasnovas. Nenhuma outra alma antiga se perderia. Odiava não saber como eu me sentia a respeito disso; era como se eu devesse ficar aliviada também, mas parte de mim se sentia desapontada e culpada. Por que eu merecia ganhar a chance de viver e outros não?

Será que haveria somente setenta e três de nós, fadados a morrer após uma única vida, a sermos esquecidos após nossa geração?

— Então essa é a sua teoria? — perguntou Deborl. — Menehem passa dezoito anos fazendo experiências com as sílfides e, devido à similaridade física entre vocês, elas acham que você estava nessa também. E, por esse motivo, lhe deram ouvidos?

Colocando daquele jeito, parecia estupidez. E *era* estúpido. No entanto, era melhor do que dizer que eu não fazia ideia do porquê — ou admitir que estivera no laboratório dele e sabia tudo a respeito da pesquisa.

— Pare com isso, Deborl. — Sine nem sequer olhou para ele. As rugas formavam uma teia por todo o seu rosto. Estavam mais profundas do que quando eu a conhecera. Sem dúvida em decorrência do estresse de ter se tornado Oradora. — Ana nos trouxe informações valiosas e, quer ela devesse ou não ter mandado as sílfides entrarem nos ovos, isso já não tem mais importância. De qualquer forma, elas talvez não tivessem obedecido.

— O problema — retrucou ele —, foi que Ana fez uma escolha. Ela escolheu ficar do lado *delas*.

Sine me fitou com uma expressão visivelmente desapontada.

— Isso é verdade.

— Vocês podem culpá-la? — interveio Sam. — Podem realmente culpá-la por ficar do lado das sílfides, levando em conta o modo como as pessoas a tratam? Deborl, você provavelmente se lembra de que seu amigo Merton sugeriu matarmos as almasnovas, tal como fazemos com os centauros.

Deborl e os outros conselheiros tiveram a decência de parecer envergonhados.

— E não vamos esquecer de que desde o nascimento de Anid, as pessoas têm jogado pedras na Ana, e a instrução do Conselho foi de que ela não revidasse. Não tentasse se defender. — Sam estava debruçado sobre a mesa, as mãos crispadas. — Mesmo que vocês não achem que ela mereça ser tratada como um ser humano, o que me dizem da lei que *vocês próprios* criaram, proibindo as pessoas de tentarem matá-la? Somente líderes muito fracos não fazem com que suas leis sejam obedecidas.

Frase e Deborl colocaram-se de pé num pulo.

— Já chega! — exclamou o último. — Dossam, entendemos que esteja frustrado...

— *Frustrado?* — Sam se empertigou. — Fomos para o Chalé da Rosa Lilás só para fugir das pessoas que não paravam de olhar para Ana como se o Escurecimento do Templo tivesse sido culpa dela. Lidea nem mesmo sai de casa com Anid sem que alguns amigos a acompanhem. Ela tem medo de que as pessoas tentem matá-lo.

— Não podemos controlar as ações de todos... — começou Finn.

Sam levantou a voz.

— Vocês dizem que Ana fez uma escolha. O Conselho também fez a sua. No lugar dela, eu também teria escolhido as sílfides.

— Certo. — Sine se levantou, apoiando os dedos compridos e enrugados sobre a mesa. — *Basta.*

Aproximei-me de Sam, humilhada pelo fato de ele ter que me defender, mas grata por sua coragem de fazer isso.

— O Conselho tem andado ocupado com a reconstrução da cidade e os estudos sobre os abalos sísmicos. Infelizmente, não temos sido capazes de dar atenção a tantas coisas quanto gostaríamos. — Sine correu os olhos em volta, fitando um de cada vez. — No entanto, precisamos garantir máxima prioridade a este assunto. O nascimento de outras almasnovas não é mais apenas uma possibilidade; é um fato.

Ainda irritado, Sam replicou:

— Isso significa que vocês vão discutir esse assunto agora? Ana e eu podemos esperar enquanto vocês decidem como vão fazer para que as leis criadas pelo próprio Conselho sejam cumpridas. Não deve demorar muito.

— Não, agora não. — Ela despencou de volta na cadeira. — Sinto muito, mas agora, Ana, preciso lhe pedir que saia da sala e espere lá fora. — Sua voz transmitia uma profunda exaustão. — Precisamos discutir algumas coisas que não são apropriadas aos seus ouvidos.

Por quê? Pelo fato de ser algo ainda pior do que o que eu já vinha passando? Franzi o cenho.

— Posso aguentar.

Ela suspirou e, em seguida, olhou de relance para Deborl e os outros conselheiros.

— Não é que não acreditemos que você possa. É só... você se lembra da lei que homologamos alguns anos atrás?

Argh. A lei que não permitia ninguém ser um cidadão a não ser que possuísse uma casa em Heart há pelo menos cem anos. Eles nem sequer teriam permitido minha entrada na cidade se não fosse pelo fato de Sam ter se oferecido para se tornar meu guardião, assegurando que eu fosse devidamente educada. Ele e eu tínhamos feito tudo o que o Conselho exigira, inclusive assistir a todo o tipo possível e imaginável de aula que alguém se dispusesse a me ensinar, apresentar relatórios mensais de progresso e respeitar um toque de recolher.

— A próxima parte de nossa reunião é apenas para cidadãos — declarou Finn.

Sam apertou com tanta força o tampo da mesa que os nós de seus dedos ficaram brancos.

— Ah, então *essa* lei é importante para vocês, mas não...

Toquei-lhe de leve o cotovelo.

— Não vale a pena. — Se os provocássemos demais, eles poderiam decidir revogar a situação dele como meu guardião.

Ele me fitou com olhos zangados, a boca pressionada numa linha fina. Apertei seu cotovelo até perceber a expressão de zanga esmorecer.

— Como quiser.

— Espero você lá fora. — Peguei meu caderno e o casaco que eu pendurara nas costas da cadeira, e saí sem me despedir de ninguém.

11
AZUL

ASSIM QUE SAÍ pela porta lateral, vi que a praça do mercado continuava cheia de pessoas andando de um lado para o outro, conversando ou escutando música em seus DCS, embora já não estivesse mais tão tumultuada quanto antes. O grupo de Merton se fora, mas os efeitos de seu discurso ainda pairavam no ar. As pessoas me olhavam com desdém, e algumas fofocavam, reunidas em pequenos círculos.

Despenquei num dos bancos e tateei os bolsos em busca das luvas.

— Oi, Ana. — Armande se sentou do meu lado e me ofereceu um copinho descartável de café.

— Obrigada. — Apoiei o copo no joelho e observei um grupo de crianças brincando de pique-pega. No entanto, elas não eram realmente crianças. Eram meninos e meninas de cinco mil anos queimando o excesso de energia da idade. Será que um dia eu saberia o que significava isso, ser uma criança novamente, mas com as lembranças de tudo o que eu vivenciara nessa vida? Desejava ardentemente ter essa chance, assim como desejava ser aceita.

— Não se preocupe, Ana. — Armande me lançou um estranho olhar de esguelha, como se soubesse o que eu estava pensando. Se eu era assim tão fácil de ler, então certamente o Conselho percebera as mentiras.

— Lidea e Anid chegaram bem em casa ontem? — perguntei.

Ele fez que sim.

— Graças a você. Wend está com ela, é claro, e Stef esperou algumas horas para se certificar de que estava tudo bem. Acho que ela está meio apaixonada pelo Anid. — Armande deu uma risadinha. Ele era o pai de Sam nesta vida, de modo que as similaridades físicas entre eles eram impressionantes: ambos com cabelos castanho-escuros sempre desgrenhados, olhos grandes e afastados e compleição atlética. As similaridades, porém, terminavam por aí. Sam era quieto e gracioso. Armande era expansivo e... menos gracioso.

Eu gostava de tentar adivinhar quais traços eram herdados a cada geração, e quais tinham se tornado hábitos.

— Como é que foi lá dentro? — Ele apontou o queixo para a Casa do Conselho.

Tomei um gole do café, sentindo o calor inundar meu corpo.

— O Conselho está zangado comigo.

— O Conselho está sempre zangado.

— Deborl acha que eu controlo as sílfides.

Armande bufou.

— Seria o mesmo que dizer que você controla os dragões. Isso é ridículo.

Tentei forçar um sorriso, mas não conseguia esquecer o modo como as sílfides haviam reagido à minha voz, aos meus gestos, aos gritos para que fugissem. Talvez elas tivessem ido embora simplesmente porque eu tinha berrado.

— Mas é curioso que houvesse tantas delas. Afora a noite do Escurecimento do Templo, não tínhamos um ataque dessa magnitude há séculos.

Não fora nem sequer um ataque. Talvez. Ninguém saíra machucado — afora minha reputação —, portanto, isso contava? Em retrospecto, a impressão era de que elas tinham querido apenas nos observar.

Ficamos sentados em silêncio, esperando pelo Sam, Armande querendo... se certificar de que ninguém jogasse pedras em mim. A barraca dele estava perto o bastante para que ele pudesse ficar de olho nela enquanto cuidava de mim também. Eu odiava aquilo, mas realmente não queria que a menina do outro lado da rua começasse a gritar comigo, ou que o sujeito parado na escada da Casa do Conselho resolvesse me xingar, de modo que não disse nada.

— Estou preocupada com Anid. — Botei o copo de café ao meu lado no banco. — Em como ele e as outras almasnovas irão crescer. O Conselho não vai fazer nada para protegê-los.

Não conseguia evitar lembrar da minha primeira conversa com os conselheiros. Sam e eu tínhamos acabado de chegar em Heart, e eu não recebera permissão para entrar na cidade. Eles tinham dito que a lei contra-Ana fora criada porque não sabiam se a cidade poderia dar guarita às almasnovas. Quem iria nos alimentar e ensinar? Mas na época eu era a única almanova.

Agora havia duas.

E, em pouco tempo poderia haver mais.

— Acho que podemos esperar debates acalorados de ambos os lados, não apenas daqueles que têm medo da mudança. Muitas pessoas gostam de você e estão ansiosas pela chegada de mais almasnovas. — Armande deu um tapinha amigável em meu ombro. — No mínimo, os próximos meses lhe darão uma ideia de quem você deve evitar.

Odiava saber que isso era algo que eu teria que fazer, não apenas por mim, mas pelo bem das outras almasnovas.

— Pelo menos, quando novas políticas forem estabelecidas, saberemos com que tipo de coisas teremos que tomar cuidado. Por exemplo, prestar atenção nas pedras caso não seja ilegal jogarem em nós. Acho que ainda carrego um hematoma da última que me acertou.

Armande não riu.

— Ana! — Cris surgiu em meio à multidão, os traços marcantes destacados sob a luz quase invernal.

Acenei.

— Eu não sabia que você conhecia o Cris — comentou Armande baixinho, a voz pontuada por algo que não consegui identificar. Lembranças? O passado? Definitivamente algo que ele não queria me contar.

— Nós o encontramos no Chalé da Rosa Lilás quando ele estava voltando para a cidade. — Tomei outro gole do café enquanto Cris vencia os últimos metros que o separavam de nós. Ele se sentou do meu lado e depositou uma rosa sobre meus joelhos. As pétalas de um tom índigo aveludado tremularam ao sabor da brisa, mas se aquietaram assim que rocei meus dedos pelas pontas. Era o mesmo tipo de rosa que eu cuidara durante o tempo em que vivera no chalé, porém os espinhos tinham sido cortados. — Onde você arrumou essa rosa?

Ele inclinou a cabeça de lado ligeiramente, fazendo com que sua expressão ficasse envolta em sombras.

— Eu não as abandonei completamente.

Ah, certo, tal como eu o acusara de ter feito.

— Fico feliz em escutar isso. Eu não sabia que você ainda as cultivava.

— Não é algo que a gente pare de fazer só porque as outras pessoas discordam do tom.

— A tecnologia discordou também — observou Armande. — Eles testaram para ver se elas continham mais vermelho ou azul. Acabaram decidindo-se pelo lilás.

Cris sorriu.

— O que você acha, Ana? Azul ou lilás?

Ergui as mãos, dividida entre a surpresa e o prazer de alguém perguntar a minha opinião.

— Prefiro não entrar nessa discussão. — Minha risada soou trêmula e esganiçada. — Esse sem dúvida é um assunto complicado, e acho mais seguro não expressar opinião nenhuma.

Cris riu.

— Muito bem. Na verdade, estava mais curioso em saber se você gostaria de aprender um pouco mais sobre jardinagem. Você tem tido aulas com um monte de gente, certo? Ainda está interessada no cultivo das rosas?

Apontei a cabeça em direção à área residencial sudoeste.

— Tenho cuidado das rosas na casa do Sam. Estou certa de que meu envolvimento não chega nem perto do seu, mas gosto de fazer isso.

— É bom saber. — Ele apontou para a rosa em meu colo. — Você teria interesse em aprender mais sobre genética e como dar início a projetos como o dessas rosas? Na verdade, aprendemos muito sobre a genética humana cultivando plantas para vermos quais características são passadas adiante.

Isso era algo que não me interessava — os cálculos cuidadosos do Conselho e dos geneticistas para decidir quem podia e quem não podia ter filhos. Talvez eu apenas fosse sensível ao tema por ser nova, ou talvez eles tivessem se *des*sensibilizado após conviverem com essa estranha atitude por milhares de anos.

No entanto, como eu estava interessada na primeira parte — cultivar novas espécies de rosas e outras plantas que requeriam um conhecimento maior de jardinagem —, respondi:

— Claro. Preciso checar minha agenda para ver quais dias ainda tenho livres. Semana passada, precisei aprender sobre a manutenção automatizada das redes de esgoto. Daqui a pouco irei com Stef e alguns outros até uma mina para resgatar um drone quebrado. Eles querem que eu os ajude a consertá-lo. — Fiz uma careta. Provavelmente, isso se resumiria a segurar a lanterna.

— Cultivar plantas não é fisicamente tão exaustivo quanto isso.

— Não adianta tentar me enganar. Já briguei com ervas daninhas antes. — Acariciei as pétalas macias com as pontas dos dedos que despontavam das luvas. Ela era idêntica às rosas do chalé, inclusive no perfume, igualmente adocicado. — A gente costuma ir às aulas à tarde, a não ser que você prefira outro horário.

— A gente? Sam também vai? — Ele ergueu uma sobrancelha.

Franzi o cenho.

— Algum problema? O Conselho o obriga a relatar tudo. — Além disso, era bom tê-lo comigo, no caso de cruzarmos com alguém como Merton... mas eu não ia admitir isso em voz alta.

— Não, tudo bem. — No entanto, a expressão dele tornou-se um pouco mais sombria. — Eu só não sabia que Sam costumava acompanhá-la. Mas me ligue depois que você checar sua agenda.

— Obrigada. Estou ansiosa para começar. — Fiz menção de devolver-lhe a rosa, mas ele negou com um balançar de cabeça.

— É para você. — Cris me ofereceu um rápido sorriso de despedida e se afastou, praticamente perdendo-se na multidão, não fosse pelo fato de ser muito mais alto do que todos os outros. Será que ele precisava abaixar a cabeça para passar pelas portas? Como alguém conseguia crescer tanto? Olhei com inveja enquanto ele desaparecia atrás da estátua danificada de um homem montado a cavalo.

Armande mudou de posição no banco e soltou um assobio.

— Isso foi meio estranho.

— Concordo. Por que ele me daria uma rosa quando normalmente é preciso pagar por elas? — Talvez ele me cobrasse depois, durante a aula, ou insinuasse algo para Sam, uma vez que eu não tinha créditos, é claro.

Uma figura escura, de cabelos desgrenhados, surgiu ao lado da Casa do Conselho e correu os olhos pela multidão já não tão numerosa, me procurando.

Deixei a rosa e o café sobre o banco e fui ao encontro dele. Sam me deu um abraço tão apertado que tirou meus pés do chão, ao mesmo tempo em que pressionava a boca em meu pescoço.

— Está tudo bem? — O colarinho do casaco dele abafou minha voz.

— Melhor agora que você está comigo. — Ele, porém, não soava feliz. Do outro lado da praça, alguém fez comentários grosseiros sobre a gente para os companheiros. Algo sobre como devia ser chato viver com uma almanova. Sam se encolheu e enterrou os dedos em meu casaco. — Não dê ouvidos a eles. Você não tem nada de chata.

Corei de vergonha, mas fiquei na ponta dos pés e dei-lhe um beijo no rosto.

— Obrigada por me defender lá dentro.

— Não sei se isso vai fazer alguma diferença, mas não consegui ficar calado. — Em seguida, num tom mais sério, disse: — Tente ficar longe de Merton.

Aquele sujeito de novo. Será que ele havia entrado na sala depois que eu saíra? Talvez fosse por isso que Sine me pedira para deixá-los a sós. Talvez ela tivesse gritado com ele pelo modo como se comportara no hospital e pelas incitações públicas de ódio.

— Eu não estava planejando pedir a ele para se tornar meu melhor amigo.

Sam não sorriu.

— Acho que foi ele quem nos atacou depois do baile de máscaras. Com Li. — Ele me apertou ainda mais ao sentir meu corpo retrair. — Não tenho provas, mas pedi a Sine que mandasse alguém vigiá-lo. Por ora, o melhor que podemos fazer é evitá-lo.

— Entendo. — Olhei de relance para o templo, tão alto que eu ficava tonta ao observar o topo desaparecer em meio às nuvens. — Podemos ir para casa agora? — Quando eu reparava nele, o prédio parecia mais alto, mais sólido, mais largo e mais faminto. Ele parecia me *odiar*, o que só poderia acontecer com uma construção habitada por Janan.

Sam beijou minha testa.

— Boa ideia. — Ele me deu a mão e fomos nos despedir de Armande.

— Oi, Sam. — Armande se levantou, lançando um rápido olhar para o banco onde estivera sentado até então.

Sam acompanhou seu olhar.

— Alguém lhe deu uma rosa?

Levei um segundo para perceber que a pergunta era para mim, e não para Armande.

— O Cris. Eu o acusei de abandonar as rosas do Chalé da Rosa Lilás. Acho que ele quis provar que eu estava errada. — Peguei o exemplar que deixara sobre o banco. — Cris se ofereceu para me dar aulas de jardinagem. Eu disse que ligaríamos para ele.

— Tudo bem. — Ele e Armande entreolharam-se, trocando algum tipo de mensagem. Tive a impressão de que foi Armande quem insinuou alguma coisa. Esse tipo de comunicação só acontecia quando duas pessoas se conheciam há séculos, de modo que não consegui entender nada.

Depois que nos despedimos do pai de Sam, joguei meu copo de café no lixo reciclável e perguntei:

— O que foi aquela troca de olhares entre vocês?

Sam não respondeu.

Certo. Melhor deixar aquela pergunta para depois.

— O que aconteceu lá dentro depois que eu saí?

Sam balançou a cabeça e não disse nada até virarmos na rua dele, como se tivesse passado o caminho inteiro escolhendo as palavras.

— Eles queriam me lembrar a verdade sobre as almasnovas.

12
ESPIRAL

— A VERDADE sobre as almasnovas? — Eu não conseguia respirar.

— Ninguém sabe ao certo o que pensar a respeito do Escurecimento do Templo — Sam finalmente admitiu. — A princípio, a comunidade ficou em choque. Reagimos da forma como sempre fizemos depois das batalhas: cuidando dos feridos, reconstruindo a cidade. Sabemos fazer isso de olhos fechados. Mas, por fim, tivemos de abri-los e, então, nos demos conta. — A voz dele falhou, e ele parou de andar. — Tantas almas se foram para sempre. Jamais as veremos de novo. Ninguém sabe o que acontece depois que você morre definitivamente.

Pouco menos de um ano antes, Sam me dissera que a coisa mais apavorante em que conseguia pensar era parar de existir. A morte de verdade.

Eu percebia agora, após viver um tempo em Heart e testemunhar o Escurecimento do Templo, o quanto essa perspectiva era assustadora. Ainda não sabia o que aconteceria comigo após a minha morte.

Eu também não queria parar de existir.

— As pessoas nascem em padrões. No meu caso, costumo ser do sexo masculino e nascer no Ano das Canções. Nada de mais. Outros, porém, têm a mesma mãe ou o mesmo pai com tanta frequência que chega a ser estranho. A maioria mantêm os mesmos amigos geração após geração.

Eu já sabia disso. Sam e Stef eram amigos desde o princípio — há cinco mil anos —, enquanto Whit e Orrin tinham praticamente construído juntos a biblioteca no primeiro Ano das Encadernações.

Sam continuou explicando. Às suas costas, um chumaço de folhas avermelhadas desprendeu-se de uma das árvores e caiu no chão.

— Alguns desses grandes amigos e pais por diversas gerações se foram. Fico pensando: e se Stef tivesse sido um deles? Ou Sarit ou Armande ou Sine? Somos amigos há milhares de anos.

Eu não conseguia sequer pensar nisso. Não *queria* pensar. Só queria que ele parasse de sofrer.

Sam retomou a caminhada com passos duros e rápidos, como se dessa forma pudesse deixar a dor para trás.

— As pessoas querem vingança. — As palavras mal sobressaíram acima do vento, do farfalhar das coníferas e dos estalos dos galhos nus ao baterem uns nos outros. — Mas Menehem se foi, pelo menos por enquanto. Não há ninguém para punir.

Ter que esperar pelo retorno dele devia ser irritante. Pela lógica, eu era a opção seguinte.

— O Conselho quer revistar seu quarto para se certificar de que Menehem não deixou nada para você.

— Por quê? — Apertei meu caderno de encontro ao peito ao pararmos diante da casa dele. Um vento gelado sacudiu a rosa em minha mão e espalhou uma série de folhas pelas pedras do calçamento.

— Eles têm medo de que Menehem tenha deixado alguma pista para você, e do que aconteceria se você descobrisse como fazer Janan dormir de novo.

— *Ah*. Mesmo eu tendo dito a eles que isso é impossível? — Talvez eles tivessem percebido minhas mentiras afinal. A simples ideia me deixou tonta e enjoada. — De qualquer forma, como eles podem acreditar que eu arriscaria a vida dos meus amigos? Ou a sua?

Por um momento, esperei que Sam fingisse indignação por eu não o ter incluído na lista de amigos, mas ele simplesmente ergueu o rosto para o céu e suspirou.

— Você sabe que eu jamais arriscaria a sua vida. — O vento praticamente roubou minhas palavras. Aproximei-me um pouco mais, o coração sangrando.

— Você sabe que eu não sou como Menehem. Não quero que ninguém se machuque. Eu jamais faria o que ele fez. Sabe disso, não sabe?

— Sei. — Sam manteve os olhos fixos em algum ponto ao longe; linhas de preocupação maculavam sua expressão normalmente calma. Eles haviam plantado alguma ideia funesta nele, e ela estava crescendo, desabrochando. — Acho que eles estão tentando entender o que isso significa, as implicações de você não ser mais a única almanova. Ter outras nunca foi uma possibilidade antes, mas se você descobrisse como fazer isso...

— Eu *nunca* arriscaria a sua vida. Você sabe como eu me sinto. — Será que sabia? Talvez não, já que eu não conseguia dizer. — E, pelo jeito, todo mundo sabe também. — Era o que parecia, pela maneira como todos viviam cochichando sobre o nosso relacionamento.

Troquei meus pertences de mão e toquei o ombro dele de leve. Ficamos ali parados, no meio da calçada, debaixo do esqueleto de uma das árvores frutíferas, sob um céu encoberto de nuvens. As galinhas e as capivaras pareciam inquietas em seus abrigos, cacarejando e assobiando baixinho como se esperassem ser alimentadas.

O mundo girou à nossa volta enquanto eu esperava que Sam olhasse para mim. Que acreditasse em mim.

— Você sabe como eu me sinto — repeti, o coração cada vez mais apertado. — Mas talvez as almasnovas que estão nascendo, como o bebê de Lidea, não venham a ter os mesmos problemas que eu tive. — Fiz um grande esforço para não acrescentar: "Que ainda tenho". Não era necessário, ele sabia.

— Você está... — Sam pareceu relutar em fazer a pergunta. — Feliz por estarem nascendo mais almasnovas? Por não ser mais a única? — Sua expressão não deu nenhuma indicação do que ele realmente queria saber.

— Sim? Não? — Deixei os braços penderem ao lado do corpo, ainda segurando o caderno e a rosa em uma das mãos. — Não é seguro aqui para as almasnovas, e eu estou apavorada com a possibilidade de jamais sermos aceitos. Portanto, não, não estou *feliz* por elas estarem nascendo neste mundo. E não estou *feliz* pelo desaparecimento das almasnegras. Amigos, familiares. Fiz tudo ao meu alcance para impedir que mais pessoas morressem.

— Eu lembro. — As palavras elevaram-se numa névoa esbranquiçada, mas ele não olhou para mim.

— Algumas almas não irão renascer. Não há nada que possamos fazer por elas agora. Assim sendo, *estou* feliz pelo fato de que almasnovas estão nascendo. Isso é melhor do que nada. — Senti a pele arrepiada ao erguer os olhos para o céu, buscando respostas nas formações das nuvens. — Desde que Anid nasceu... desde que percebi que eu não havia ficado presa ou sido deixada para trás há cinco mil anos... venho pensando que deve haver um lugar cheio de almasnovas esperando uma chance de viver. Esperando e esperando, sem nunca conseguirem essa chance porque Janan faz com que alguém renasça no lugar delas.

Sam retrucou num tom mais baixo e cauteloso.

— Agora praticamente oitenta terão essa chance. Você acha isso uma troca justa?

— Não. Como também não acho justo que as almas reencarnem centenas de vezes enquanto as almasnovas não encarnam nem uma única vez.

— Bom, agora elas poderão viver, mas Devon não. Nem Larkin ou Minn. E nem Enna, minha mãe nesta vida, ou quatro dos conselheiros. — A voz dele tremeu com a dor mal contida. — Eles estiveram aqui por cinco mil anos. Eram parte de nossas vidas. Julid, uma das maiores inventoras, se foi para sempre. Rahel cuidava de Range, certificando-se de que jamais abusássemos da caça e verificando se havia possibilidade da caldeira entrar em erupção. Pessoas necessárias às nossas vidas se foram. Graças às intromissões de Menehem, o mundo inteiro mudou. Sei que você se esforça para entender isso, mas não dá. Não nesta vida. Talvez nem na próxima.

Meu coração retumbava em meus ouvidos. O caderno e a rosa caíram no chão, pétalas de um azul arroxeado vibrante em contraste com o cinza das pedras, como tinta sobre uma tela. Senti vontade de gritar, e quase sucumbi ao desejo. Mas me segurei. Ele já estava sofrendo o suficiente.

Em vez disso, ergui o queixo e mantive os olhos e a voz firmes.

— Se não fosse pelas intromissões de Menehem, eu não estaria aqui.

Sam deixou o queixo cair e arregalou os olhos.

— Ana…

Peguei minhas coisas e tentei engolir a raiva. Nós dois tínhamos razão, e ele sabia. Não havia resposta *certa*. Não havia resposta justa.

— É melhor a gente entrar. — Minha voz saiu arranhada devido ao esforço para conter as lágrimas.

Sam me observou por mais alguns instantes e, então, com um menear de aquiescência, seguiu para a porta. Entrei atrás dele e, ao vê-lo se dirigir para o piano — para trabalhar ou praticar, eu não saberia dizer —, subi a escada em espiral, atravessei o corredor e entrei no meu quarto. Nem mesmo observar Sam tocando poderia melhorar meu humor agora.

Tal como todos os cômodos do segundo andar, as paredes do quarto eram feitas com lençóis de seda presos por prateleiras de madeira delicadamente esculpidas. Assim sendo, quando Sam começou a tocar, escutei cada nota nitidamente. Ele começou com escalas e outros aquecimentos, tocando com tanta força que sua confusão e infelicidade reverberaram pela casa inteira.

Com os dentes trincados para conter a frustração, reuni os livros que roubara do templo. A fim de que ninguém reparasse, eu os escondera separadamente, em gavetas ou atrás de outros livros. Já que o Conselho pretendia revistar meu quarto, eu precisava encontrar esconderijos melhores.

Mas, por ora, decidi sentar à mesa com um dos livros diante de mim.

Mais do que nunca, precisava entender Janan e o que estava acontecendo com as almasnovas. Embora ainda não tivesse sido capaz de conjurar nenhuma mágica para decifrar os símbolos, sabia que jamais conseguiria lê-los se não tentasse.

A encadernação estalou quando abri o primeiro. Traços de tinta preta destacavam-se sobre o papel amarelado, grosso e granulado, que parecia ter sido confeccionado centenas de anos antes. Enquanto corria os olhos pela página em busca de algo familiar, deixei meus pensamentos vagarem, e o treino do Sam penetrou minha consciência como se fosse água. Ele praticava melhor do que eu tocava, mesmo quando parava para trabalhar num trecho. Sua música era linda, ainda que ele estivesse zangado e exasperado, com as emoções em turbilhão, espiralando, fugindo ao controle.

Espiralando.

Espirais.

Conchas de caramujos. Pétalas de rosas. Tornados. Galáxias distantes.

As marcas sem sentido pareceram encaixar-se no lugar.

Pisquei, e a confusão se instalou novamente. Ainda assim eu encontrara o padrão, tal como havia acontecido quando aprendera a ler ou quando Sam tocava uma música e eu conseguia acompanhar as notas na partitura — embora, a princípio, nunca por mais do que alguns poucos segundos.

Botei o livro de lado e abri outro e, depois, mais outro, criando um arco-íris de textos antigos sobre a mesa.

Eu não conseguia ler nada, e levei um tempo para enxergar o padrão novamente, porém todas as páginas em todos os livros apresentavam a mesma estrutura: uma espiral.

A princípio foi difícil enxergar a espiral. Depois de forçar meus olhos por uma hora, percebi o problema: eu tinha presumido que as linhas, por falta de termo melhor, fossem todas do mesmo tamanho, tal como as notas de uma música são todas da mesma altura.

No entanto, tal como olhar para um buraco com uma escada em espiral descendo até o fundo, elas pareciam menores à medida que se aproximavam do centro. Uma representação bidimensional de algo tridimensional. Já vira isso enquanto estudava matemática, mas como a matéria não fazia mais parte do meu currículo, não tivera tempo de aprofundar o conhecimento.

Ao me dar conta disso, passei a ver a espiral com tanta clareza quanto qualquer outra linha de texto, embora os símbolos em si continuassem a não fazer o menor sentido. Isso para não falar no porquê de eles estarem numa espiral, obrigando o leitor a virar o livro diversas vezes.

Copiei os símbolos num caderno para vê-los em linha reta, mas eles continuaram parecendo traços feitos de forma aleatória.

Lá embaixo, Sam parou de tocar e começou a bater na mesma tecla repetidas vezes, como se a testasse; ele tinha dito mais cedo que achava que o piano precisava ser afinado.

Coloquei os fones de ouvido do DCS e escolhi uma música ao acaso. Havia tantas; em todos aqueles meses, eu ainda não conseguira escutar nem um quarto delas, acabava sempre optando por uma das minhas prediletas ou das peças que precisava estudar para as aulas. Uma escolha aleatória viria a calhar.

O som de uma flauta ressoou em meus ouvidos, baixo e gracioso, fazendo-me pensar na terra. Eu já tinha escutado um número suficiente de músicas compostas por Sam para reconhecer seu estilo característico, e o poder por trás do som delicado. Um alaúde entrou momentos depois com uma voz suave e gentil e, logo em seguida, os dois se juntaram em algum tom menor e desconhecido.

O ritmo se desdobrava de forma estranha, quase imprevisível, ainda que *houvesse* um padrão que eu estava prestes a reconhecer...

Mas perdi.

A beleza peculiar me arrebatou com sua doçura e calor e, assim que a peça chegou ao fim, olhei de relance para o título: Serenata da Rosa Azul.

Calafrios subiram pela minha espinha.

O segundo músico...

Pressionei a boca com as mãos como se isso pudesse aplacar a fisgada de dor. Por que Sam não podia ser um garoto da minha idade, com tanta experiência quanto eu? Sem vidas passadas, amores passados.

Por que ele não podia ser apenas meu?

Odiava esses ciúmes. Era um sentimento mesquinho, e eu sabia que ele me amava. Ele próprio me *dissera*. Ainda assim, minha incapacidade de acreditar que ele tinha escolhido a mim, em detrimento de todos os outros — fazia minhas entranhas revirarem, deixando-me enjoada.

Abaixei o som assim que a música seguinte começou, deixando que os noturnos e minuetos penetrassem minha mente enquanto me concentrava nos livros do templo.

— Esse parece o símbolo de *crescendo*.

Dei um pulo ao ver o dedo de Sam tocar o papel. Eu não o escutara entrar no quarto, mas ali estava ele, recostado na quina da mesa.

Corando de vergonha, tirei os fones de ouvido e dei de ombros.

— Pode ser. Ou talvez de aumentar, expandir, avolumar, inflar. Ou nenhuma dessas coisas. Talvez signifique algo completamente diferente. — Ainda assim, anotei "Crescendo?" ao lado do símbolo.

— De que maneira você os está copiando? — Ele não parecia cético em relação ao fato de eu conseguir enxergar um padrão, apenas curioso.

— Assim. — Empurrei um dos livros na direção dele e peguei um lápis. — Veja. — Bem de leve, de modo que pudesse apagar depois, tracei uma espiral sob o texto, partindo do centro.

— *Ah!* — Sam olhou para os outros livros e folheou algumas páginas, tal como eu tinha feito. — Incrível. Imagino que você não tenha conseguido traduzir nenhum outro *além* do símbolo de crescendo, certo?

— Infelizmente não. — Recostei de volta na cadeira e estiquei as pernas para aliviar os músculos doloridos. — Mas quantas vezes já olhei para esses símbolos? Fico feliz com qualquer progresso, por menor que seja.

— Tenho certeza que sim. — Pegou a rosa que eu deixara na beirada da mesa. Ela parecia tão pequena em suas mãos, tão delicada, e o modo como ele a fitava era mais misterioso do que os livros. — O que mais você percebeu? Vejo que eles mudam de tamanho do centro em direção à margem.

— Mudam mesmo, mas não sei dizer se é para lermos de fora para dentro ou de dentro para fora. Nem por que alguém escreveria em espiral, fazendo com que o leitor seja obrigado a ficar virando o livro.

— Tem razão, parece trabalhoso demais.

— Tentei copiar os símbolos que aparecem em sequências repetidas, mas é difícil reconhecê-los quando eu nem mesmo tenho certeza da direção do texto. — Virei meu caderno para ele. — Algo mais lhe parece familiar? — Talvez se houvesse outros símbolos musicais, isso nos oferecesse um ponto de partida. Mas ele fez que não.

— Até agora não.

Tentei lembrar tudo o que eu sabia sobre Heart, sua história, de onde tinham vindo as pessoas. Sam me contara que eles costumavam se dividir em tribos, e que ao descobrirem Heart, a cidade já estava pronta, construída.

— Você me contou uma vez que foram descobertos ossos no bairro agrícola. — Observei-o pelo canto do olho. — Eles talvez fossem de uma civilização anterior à sua.

Sam parecia usar a cautela como uma máscara.

— Isso foi há muito tempo.

Recusei-me a permitir que aquilo me desencorajasse.

— Se havia pessoas vivendo em Heart antes de vocês, então talvez esses livros tenham pertencido a elas.

— Pode ser.

Grande ajuda! Tentei de novo.

— Você se lembra de mais alguma coisa? Algo escrito nas pedras ou nas árvores? Algo parecido com isso? — Saber quem havia escrito talvez ajudasse a decifrar os caracteres.

— Ana, isso foi há *muito* tempo. — Ele baixou os olhos para o botão de rosa em suas mãos, uma poça de escuridão em contraste com a pele clara. — Além do mais, essa não era a minha especialidade. Eu evitava a área agrícola sempre que possível. A única coisa que eu desejava fazer na época era fabricar apitos que soassem como meus pássaros favoritos.

— Então era a especialidade de quem? Podemos dar uma olhada nos diários antigos dessas pessoas. Ou simplesmente perguntar a elas. — Todos esperavam que eu demonstrasse interesse por coisas estranhas e, desde que não estivesse tentando salvar um bando de sílfides, duvidava de que alguém fosse se incomodar.

Claro que, depois do incidente com as sílfides, todos provavelmente se incomodavam com o simples fato de eu respirar.

Sam desviou os olhos, evitando me encarar.

— Poderíamos conversar com o Cris.

— Achei que ele cultivasse rosas. — Apontei para a que Sam estava segurando.

— E cultiva. Elas sempre foram sua grande paixão, assim como a música é a minha, mas o talento do Cris teve um uso mais prático no decorrer das primeiras gerações.

Imaginava que ninguém se importasse em saber qual seria o melhor tipo de pele de animal para fabricar um tambor se tudo o que eles desejassem fosse usá-las para confeccionar roupas. Meneei a cabeça em assentimento, forçando um sorriso, pois sabia exatamente como era se sentir inútil.

Sam se virou para mim, mas me olhou como se eu não estivesse ali. Ostentava aquela típica expressão de alguém concentrado em outra época.

— Cris tinha um jeito especial de fazer as coisas crescerem e de descobrir o lugar certo para plantar determinado alimento, o que pode ser bem difícil sobre uma caldeira. O solo nem sempre é espesso o bastante para aguentar algo cujas raízes sejam mais profundas do que as da grama.

Isso se encaixava com o que eu sabia sobre as tentativas de fazer escavações debaixo de Heart. O sistema de esgotos tinha sido um quebra-cabeça particularmente complicado de resolver.

— Cris foi o primeiro a encontrar esqueletos enterrados. Talvez ele tenha visto algo mais enquanto preparava o terreno para o cultivo. Talvez um objeto com algum desses símbolos impresso nele. — Sam pareceu sair do transe e voltar ao presente. — Algo que você pudesse usar como referência.

Algo que *eu* pudesse usar como referência?

Eu não queria ser a única responsável por descobrir coisas novas. Todos os outros eram tão velhos, tinham tanta experiência! Por que eles não podiam se empenhar nisso? Por que eu não podia me concentrar apenas em aprender música e em tentar tornar a cidade segura para as almasnovas?

— Ana? — ele me chamou baixinho.

Sem perceber, eu havia cruzado os braços sobre o livro e enterrado meu rosto neles.

Sam pousou a mão em minha nuca e começou a acariciar minhas costas. Seu toque era firme e cálido, fazendo-me desejar que as coisas voltassem a ser como eram antes de retornarmos a Heart. A vida na época estava longe de ser perfeita, mas pelo menos não havia aquela distância entre nós.

Aquele abismo. Aquela fissura. Aquele cânion. Mesmo com a palma dele apoiada na base das minhas costas, senti como se a caldeira inteira de Range estivesse entre nós.

Afastei-me.

— Vamos marcar uma aula de jardinagem com ele. Amanhã à tarde, se Cris puder. — Copiei alguns dos símbolos numa folha branca. — Vou perguntar se ele já viu algum deles e dizer... — Mordi o lábio. — Que peguei você rabiscando de maneira distraída, mas que não soube me dizer onde os tinha visto.

— Tudo bem — concordou ele, embora não me parecesse muito convicto.

Comecei a fechar os livros, mas parei ao me lembrar do olhar que Sam e Armande tinham trocado quando ele vira a rosa. Lembrei também do desconforto demonstrado por Sam e Cris no Chalé da Rosa Lilás. Eu não tinha dado muita bola para isso na hora... mas agora, tendo escutado a Serenata da Rosa Azul...

— Prefere que seja *você* a fazer as perguntas?

Ele inclinou a cabeça e me observou com atenção, como que tentando ler meu rosto em busca da resposta certa.

— Acho melhor não — respondeu após um momento.

Porque era isso o que ele achava que eu queria escutar?

Não. Enquanto o analisava, sua expressão mudou como sombras tremulando na escuridão. Lembranças.

— O que aconteceu? Cris fez alguma coisa com você?

— Não. — Sam botou a rosa de volta na mesa. Sua voz tornou-se mais grave. — Cris nunca fez nada de mau para mim nem para ninguém. Ele é uma das melhores almas em Heart.

— Então, qual é o problema? — Talvez eu não quisesse saber, mas não tinha como voltar atrás na pergunta.

Ele foi até a janela, mas não me respondeu, apenas olhou para fora como se preferisse estar em outro lugar.

Uma situação difícil. Certamente eu merecia *alguma* resposta. Fiz menção de me aproximar, mas parei ao perceber que ele havia apoiado a cabeça na parede externa. A maior parte dela era coberta por quadros e móveis, mas ali, ao lado da janela, havia um espaço vazio. E Sam o tocara. Em busca de conforto? Uma onda de repulsa me fez estremecer, mas ao ver a expressão de cansaço no rosto dele, decidi deixar de lado as perguntas sobre seu relacionamento com Cris. Pelo menos por enquanto.

— Se Cris não puder me ajudar a decifrar alguns desses símbolos — falei. — Terei de voltar ao templo e procurar por outras pistas. Talvez Janan me responda.

— Não. — Ele agarrou meu braço.

Ergui a cabeça tão rápido que meu pescoço estalou.

— Ana. — Sam trincou os dentes e acrescentou numa voz tensa: — Não entende que eu *amo* você?

Encolhi-me. Por que ele estava me perguntando isso?

— Aparentemente, sou burra demais para entender.

— Você me contou o horror que é lá dentro e... — Fez uma pausa, tentando, de maneira frenética, puxar pela memória. Ele já tinha dificuldade suficiente em se lembrar que eu estivera lá; qualquer outro detalhe era praticamente impossível. — Você mal consegue aguentar essa parede, tampouco suporta parar ao lado do templo. Como vai se virar *lá dentro*?

Um brilho de incerteza cintilou em seus olhos — talvez estivesse se perguntando como eu entraria lá, visto que não conseguia se lembrar de que eu tinha a chave — e seus dedos se fecharam com tanta força em volta do meu pulso que chegou a doer. Desvencilhei-me com um safanão.

Sam devia ter percebido que havia me machucado, porque ergueu as mãos diante do corpo num gesto de rendição.

— Desculpe. Sinto muito — lamentou-se, respirando com dificuldade e observando as próprias mãos como se elas pertencessem a outra pessoa. — Se você quiser fazer isso, não posso impedi-la. Não vou nem tentar. Mas *irei* junto.

— Obrigada — murmurei. Jamais poderia imaginar que alguém pudesse nutrir sentimentos tão fortes por mim. — Porque prefiro não ir sozinha.

Ele ergueu uma das mãos, hesitou por um momento e, então, envolveu meu queixo, obrigando-me a fitá-lo.

Assim que nossos olhos se encontraram, senti minhas entranhas se contraírem.

Com a ponta do indicador sob meu queixo para manter minha cabeça erguida, Sam correu o polegar pela linha do meu maxilar. Se eu dissesse alguma coisa, ele afastaria a mão. Assim sendo, fechei os olhos e deixei a cabeça pender para trás, sentindo suas palmas deslizarem pelo meu rosto e se embrenharem em meus cabelos.

Sua boca era quente e macia. Nosso beijo foi semelhante ao roçar do arco pelas cordas de um violino. Não saberia dizer quem era o quê, mas criamos uma melodia que durou apenas o tempo de uma respiração.

Ele se afastou ligeiramente.

— Não tive a intenção de começar uma briga.

— Eu sei. — Beijei-o novamente, roçando as pontas dos dedos pela pele macia de seu maxilar. Das bochechas, da garganta, das orelhas. Três leves toques que o fizeram estremecer e suspirar.

— Vivi dez vidas neste beijo e, ainda assim, não foi o suficiente. — Ele afastou uma mecha de cabelo do meu rosto e a prendeu atrás da orelha. — Fui um fraco diante do Conselho, depois que você saiu. Eles sabiam exatamente como explorar minhas inseguranças.

— Isso é uma desculpa?

— Não. — Ele recuou e se sentou na beirada da cama. — Sim, é uma desculpa, mas não deveria ser. Me perdoe, Ana.

Perdoá-lo pelo quê? Por que algo horrível acontecera lá dentro? Por que ele cedera às pressões do Conselho e lhes contara sobre o laboratório de Menehem? Ou outra coisa ainda pior? Eu podia pensar em milhares de coisas terríveis pelas quais ele quisesse se desculpar.

— Pelo quê? — Não consegui impedir o tremor na voz.

— Por deixar que a conversa deles mexesse comigo e... — Sua expressão corporal era de derrota, os cotovelos apoiados nos joelhos. — Não sei. Estou zangado pelo que aconteceu durante o Escurecimento do Templo. Dói muito pensar nas almasnegras. — Enterrou o rosto entre as mãos. — Não sei o que serei capaz de fazer quando vir Menehem de novo.

Ele não era o único que se sentia assim, mas pelo menos não desejava me punir pelas coisas que meu pai tinha feito.

Sam me fitou com uma expressão de súplica.

— Eu não gostaria de desfazer nada daquilo que permitiu sua presença aqui conosco. Lidea sente o mesmo em relação a Anid. — Ele parecia tão devastado! — Não importa o quão terrível tenha sido o Escurecimento do Templo, ele permitiu o nascimento de outras almasnovas. E você está certa, isso é melhor do que nada.

Forcei um sorriso meio sem graça. Ele também estava certo. Eu não podia entender a dor que Sam estava sentindo. Isso, porém, não fazia com que eu me importasse menos.

— De vez em quando, coisas boas surgem de situações e lugares inesperados. Como a morte de uns permitindo que outros vivam. Ou a ausência de cicatrizes após uma queimadura provocada por uma sílfide. — Levantei as mãos, apenas sujas pelo grafite do lápis. — Ou as rosas, que me ensinaram como cuidar das coisas, ainda que ninguém achasse que a cor delas era boa o bastante.

Sam lançou um olhar de relance por cima do meu ombro para a rosa ainda sobre a mesa.

— Como você se tornou tão sábia, Ana?

— Aprendi através do exemplo de uma pessoa forte e paciente. — Sentei ao lado dele e entrelacei nossos braços. — Você pode repetir? O que você disse naquela noite no laboratório de Menehem? — Provavelmente não era justo pedir que ele me dissesse aquilo que eu não conseguia dizer de volta, mas isso não me impedia de querer escutar de novo.

Sam devia ter sentido a tensão em minha voz, pois se virou para mim, parecendo ansioso.

— Você não acha que eu deixaria de amá-la, acha? Que mudaria de ideia.

— Não. — Talvez um pouquinho.

— Podemos brigar e discordar de vez em quando, mas isso não muda o fato de que eu te amo.

Que sentimento *poderoso*, o amor, capaz de sobreviver ao tempo, à distância e às discussões. Não era de admirar que eu o desejasse tão profundamente.

— Não me esqueci do que Li disse para você — continuou ele —, que os sem-alma não podem amar. — Levantou nossas mãos entrelaçadas e as apertou de encontro ao peito. — Não me esqueci do modo como você tentou se esconder quando disse acidentalmente a palavra "amor" aquele dia na cabana.

Também não conseguia esquecer aquele dia, quando ele perguntara o que me fazia feliz e eu respondera: *Música*. Tinha sido um deslize. Eu havia usado a palavra que sabia que não deveria usar.

Amor. Eu tinha dito que amava Dossam, que amava a música dele.

Na época, ainda não sabia que Dossam era o Sam.

Ele beijou meus dedos.

— Você pode achar que não é capaz de amar, mas eu sinto que é. *Sei* que é. — Seu hálito era como um leve roçar de calor contra a minha pele. — Mas não se sinta pressionada. Posso esperar o tempo que você precisar.

Como ele podia ser tão confiante quando eu mal conseguia aceitar seus sentimentos por mim?

— Isso ajuda. Saber que alguém consegue... — Reuni coragem. — Me amar. Ajuda muito.

Sam sorriu, visivelmente aliviado.

— Vou lhe dizer quantas vezes você quiser ouvir, para que nunca duvide. — Tocou meu rosto. — Cem vezes? Mil?

— Comece agora e eu te digo quando parar. — Parte de mim queria chorar de novo, não por medo ou descrença, mas de alegria. Por mais inacreditável que fosse, Sam... Dossam... me *amava*, e queria que eu entendesse isso. Que acreditasse.

Eu era a Ana Amada por Alguém.

Sam correu os dedos pelos meus cabelos e, em seguida, pelo braço.

— Tudo bem. — A voz dele soou leve, profunda e sincera. — Eu te amo porque você é esperta. Eu te amo porque é talentosa. — Tocou meu queixo. — Eu te amo porque seu sorriso é perfeito. Eu te amo porque você morde o lábio quando está nervosa e eu acho isso adorável.

Baixei o rosto.

— Não pare.

— Eu te amo porque você é boa e honesta. Eu te amo porque é corajosa. — Seu tom tornou-se tão melódico que me fez estremecer por dentro. — Eu te amo porque você é forte. Eu te amo porque você não deixa que nada a atrapalhe na hora de fazer a coisa certa.

Ele continuou, tocando minhas mãos e meus cabelos enquanto falava. As palavras acenderam um fogo dentro de mim. Fui me familiarizando com cada som, cada letra. Memorizei a candura em sua voz, o modo como ele fazia com que o "amor" soasse diferente e igual a cada vez.

Talvez Sam estivesse certo. Eu não precisava decidir se era capaz de amar. Não agora. Tudo o que precisava fazer era aceitar e aproveitar a ideia de que alguém conseguia me amar.

13
FLORESTA

CRIS DISSE QUE ficaria feliz em nos receber, portanto, na tarde seguinte, Sam e eu atravessamos a cidade em direção à área residencial nordeste.

A caminhada pela praça do mercado contou com nada menos do que três gestos grosseiros, duas pedras — uma das quais Sam pegou antes que me acertasse — e, no mínimo, uma dúzia de comentários não tão sussurrados sobre meu relacionamento com ele ou com as sílfides.

Mantive a cabeça baixa enquanto atravessávamos a multidão e só relaxei quando alcançamos a avenida Norte.

— Como alguém ganha a vida com jardinagem? — perguntei, já que não queria falar sobre o que as pessoas estavam cochichando a meu respeito.

Sam me lançou um olhar de esguelha, mas concordou em evitar o assunto.

— Da mesma forma que com música. Cris cultiva coisas que as pessoas desejam. As rosas são sua paixão, mas ele também trabalha na área agrícola. É a pessoa com maior conhecimento no que diz respeito à época de plantio, onde plantar o quê e quando enviar os drones para fazerem a colheita.

— Pelo que você está dizendo, a cidade inteira morreria de fome sem a ajuda dele.

— Provavelmente. — Sua voz transmitia um quê de orgulho e respeito. — Ele também dá aulas, e ajuda quando alguém comete um erro aparentemente irreparável em seus jardins particulares.

Cris também não tinha dito que ajudava na pesquisa genética, cruzando plantas diferentes para ver quais traços eram passados de uma geração à outra?

— Não entendo como alguém consegue fazer tanta coisa e ainda arrumar tempo para os amigos e para seus hobbies particulares.

Sam afrouxou o aperto em minha mão.

— É bom a gente se manter ocupado. Muitas das tarefas que ninguém quer realizar agora são automatizadas, tal como escavar ou reciclar lixo, mas outras coisas... — Seus olhos se focaram em algum ponto ao longe. — Preferimos fazer nós mesmos, ainda que tenhamos máquinas à nossa disposição. Cinco mil anos é muito tempo, e você pode obter prazer nas tarefas do dia a dia.

— É por isso que você sempre escreve as músicas a mão, mesmo sabendo que Stef poderia criar um programa para facilitar o trabalho?

Ele assentiu.

— Gosto do processo, mesmo quando cometo erros e preciso voltar cem compassos.

— Ultimamente você não tem tido muito tempo para compor. — Afora a música que ele havia criado para as almasnegras no Memorial do Templo, Sam estava sempre ocupado demais passeando comigo por Range, me acompanhando às aulas e cumprindo as exigências do Conselho para que eu pudesse permanecer em Heart. Ele tinha aberto mão de muitas coisas por minha causa.

Sam negou com um balançar de cabeça.

— Já tive muito tempo para fazer um monte de coisas, e sempre dou um jeito de fazer o que me dá prazer. Não se esqueça, sua companhia me dá prazer.

O calor daquelas palavras me acompanhou enquanto prosseguíamos até a casa de Cris.

Não precisei perguntar qual das casas era a dele: todo o entorno era um jardim exuberante. Heras subiam por arcos de ferro fundido em formato de falcões, garças e perdizes. Cercas vivas ladeavam o caminho que levava à casa, escondida atrás de árvores imensas.

Outras pequenas trilhas partiam da entrada principal como rachaduras no vidro. Uma delas ostentava uma pequena ponte de madeira — com as estacas de suporte encimadas por vasos de flores —, a qual cruzava um córrego tão raso que mal daria para a pessoa molhar o tornozelo. Bancos, bebedouros para passarinhos e gigantescos vasos de pedra com folhas derramando-se pelos lados ocupavam uma diminuta clareira. Estátuas de grandes animais da fauna de Range decoravam os cantos e circundavam a fonte.

As folhas farfalhavam sob as lufadas de vento, que também sacudiam os antiquíssimos bordos. Pombos selvagens arrulhavam; arapongas, cambaxirras e picanços cantavam, enquanto um pica-pau martelava o ritmo. Um cheiro de plantas verdes, flores e água substituía o fedor das fumarolas, de modo que inspirei fundo, sorrindo.

— O que foi? — Sam tocou meu cotovelo de leve.

Olhei para ele, uma silhueta escura em contraste com o brilho do céu e das folhagens.

— Posso escutar a música.

— Não a deixe escapar. Mantenha-a na mente até chegarmos em casa para você poder anotar. — Inclinando-se, disse baixinho: — Quero ver se é a mesma música que eu estou ouvindo.

A dele era provavelmente melhor do que a minha, mas sorri mesmo assim.

— Por aqui? — Apontei na direção que estávamos seguindo antes.

Em cada lado da casa de pedra branca, totalmente coberta por rosas trepadeiras, havia uma comprida construção em vidro, tão alta quanto a própria casa. As vidraças estavam embaçadas, mas era impossível ignorar o *verde* lá dentro. Meu coração deu um pulo ao ver as familiares rosas num tom índigo ao lado de uma das portas.

Apertei a mão de Sam.

— Onde você acha que ele está?

Sua voz soou branda, quase alegre.

— Imagino que em algum lugar do jardim.

Muito útil. O lugar inteiro era um labirinto de plantas com diferentes tonalidades de verde, trilhas cinzentas e esculturas de pedra, cheio de abrigos escondidos que alguém construíra para servirem de ninhos e de onde, de vez em quando, um esquilo ou uma tâmia aparecia para dar uma espiada. Aquilo parecia exatamente algo que Cris faria, construir abrigos para animais que outros consideravam pragas.

Ele surgiu de uma das estufas e acenou para que nos aproximássemos.

— Eu estava dando uma geral enquanto esperava por vocês — disse, assim que paramos ao seu lado. — Entrem. Acho que vocês vão gostar disso.

Sorri e lhe agradeci pela hospitalidade, sentindo-me desajeitada enquanto prosseguia com os olhos fixos no chão, tentando não pisar em nada. Sam, é claro, andava como se deslizasse, tão graciosamente que as plantas mal pareciam notar sua passagem. Observei-o com inveja, tentando pisar nos mesmos lugares que ele ao percorrer a trilha ladeada por plantas altas — que, sem os botões, eu não fazia ideia do que poderiam ser —, mas meu pé deslizou numa pedra e precisei agarrar o ombro dele para não cair.

— Venha por aqui — falou Cris, estendendo a mão. — Acabei de molhar essa área, e o solo ainda está úmido. Me desculpe.

Assenti com um menear de cabeça e, mantendo uma das mãos sobre o ombro de Sam, aceitei com a outra a que Cris me oferecia. Conseguimos atravessar em segurança um punhado de pedras escorregadias e alcançamos a trilha que levava a uma das estufas.

O ar em torno das inúmeras prateleiras repletas de plantas que se estendiam por todo o comprimento da construção parecia emitir um brilho esverdeado. O interior era quente e úmido, uma mudança estranha em comparação com o frio lá fora. Mas também, o lugar era totalmente protegido do vento.

As cores eram fantásticas. O verde certamente predominava, uma miríade de tons composta por folhas, caules e brotos, porém entremeados por rajadas de laranja, amarelo e rosa que formavam padrões estonteantes em contraste com as sombras e as vidraças.

Afastei-me dos dois, soltei a sacola no chão e tentei desacelerar as batidas frenéticas do meu coração. Havia tantas rosas, de todas as cores e formas, e elas exalavam um aroma tão magnificamente adocicado que senti como se pudesse abrir a boca e inspirar todos aqueles perfumes ao mesmo tempo, capturando-os em meu peito, ao lado do coração.

Cris não tinha só rosas brancas, mas em tons de marfim, creme e renda antiga; e não apenas vermelhas, mas rubi, escarlate e vinho. Inclinei-me para sentir a fragrância individual de cada uma delas, deixando as pétalas acariciarem meu queixo e meu nariz.

Meu rosto devia estar brilhando tanto quanto as rosas, pois, ao erguer os olhos, peguei os dois me fitando fixamente. Sam havia recolhido minha sacola, mas ficou onde estava enquanto Cris se aproximava.

— Essas são as rosas Fênix — esclareceu ele, apontando para as que eu acabara de cheirar. — Gosta?

Olhei para a espiral de pétalas, de um tom perfeito de vermelho, e com um aroma apimentado tão denso que quase dava para sentir seu gosto.

— Muito.

Ele deu uma risadinha.

— Não é de admirar. Elas também são as prediletas do Sam.

Senti o rosto queimar ao olhar para a rosa.

— Ainda fico surpresa ao ver rosas de outras cores além do azul — falei, antes que um silêncio incômodo recaísse entre nós. — Por dezoito anos, eu só conheci as rosas do Chalé da Rosa Lilás. — Como Li jamais se dera ao trabalho de me ensinar sobre as cores, eu havia levado anos para descobrir a diferença entre lilás e azul; por ser o nome do chalé, tinha pensado que eram simplesmente dois termos diferentes para a mesma cor.

— Azul, hein? — Cris ergueu uma sobrancelha. — Achei que você não quisesse participar desse debate.

— Tive tempo para pensar a respeito.

Ele sorriu como se eu fosse sua nova amiga predileta.

Durante a hora que se seguiu, nós o acompanhamos pela estufa, Sam com as mãos nos bolsos e eu segurando o caderno, anotando às pressas tudo o que ele ia dizendo. Mais tarde eu copiaria tudo de novo numa caligrafia mais legível.

— A tesoura de poda fica aqui — disse Cris, apontando para uma prateleira com vasos vazios e jarras cheias com algum tipo de líquido. — É preciso tomar cuidado e desinfetar a tesoura entre uma planta e outra, especialmente dentro da estufa. Caso contrário, você corre o risco de espalhar alguma doença.

Parei de escrever imediatamente.

— Doença? Eu não sabia que as plantas... — Não, burrice a minha. Eu já tinha visto árvores na floresta cobertas por fungos estranhos. — Esqueça. Mas dentro de uma estufa? Ao ar livre isso faz sentido, mas aqui as plantas estão seguras, não estão?

— O problema é a umidade. — Como se isso explicasse tudo. — Quero lhe ensinar as principais formas de cultivo das rosas e os resultados que você pode esperar obter a partir dos cruzamentos. A época de plantio, de colocar fertilizantes e de podar. Esse tipo de coisa.

— Parece muita informação para uma tarde só. — Para não falar nos símbolos sobre os quais eu desejava conversar com ele; se ao menos Cris me desse uma deixa.

— Podemos marcar outras aulas. Uma vez por semana ou uma vez por mês. — Seu olhar se voltou para Sam, portanto, por um momento, não soube dizer se Cris estava falando comigo ou com ele. — O que for melhor para você.

Respondi antes que Sam tivesse a chance de ficar constrangido.

— Uma vez por semana seria ótimo.

Cris abriu um sorriso radiante e me puxou até a bancada de trabalho, explicando a diferença de corte na poda simples e no enxerto.

Passei outras três horas preenchendo uma página do caderno atrás da outra, antes que Cris declarasse que aquilo era tudo para a primeira aula. Saímos, então, da estufa. O vento soprava por entre as árvores e os arbustos, secando o suor que cobria minha testa e minha nuca.

— Então vocês me ligam quando decidirem qual o melhor dia? — perguntou Cris, enquanto Sam se afastava para dar uma olhada em algo plantado num vaso de pedra em forma de coelho segurando um cesto.

Fiz que sim.

— Antes de irmos, estou curiosa sobre uma coisa. Sam disse que eu deveria perguntar a você.

Cris olhou para ele com uma expressão indecifrável, mas, em seguida, virou-se de novo para mim.

— Tudo bem.

Puxei o papel dobrado que guardara no bolso.

— Peguei Sam rabiscando esses símbolos de maneira distraída e perguntei o que eles significavam. Ele disse que foi algo que viu há muito tempo, mas que não se lembrava direito.

Cris ergueu as sobrancelhas.

— E ele achou que eu talvez soubesse?

Fiz um gesto semelhante a um dar de ombros, mas levantando um só.

— Eles parecem antigos. Ouvi dizer que quando vocês chegaram em Heart, encontraram vestígios de outras civilizações. E que foi você quem descobriu a maior parte dessas coisas, já que foi o responsável por criar o bairro agrícola.

— Hum. — Cris analisou o papel, virando-o de lado e de cabeça para baixo. — Alguns desses símbolos me parecem familiares, mas mesmo que eu já os tenha visto antes, não sei dizer o que significam.

— Tinha esperanças de que você se lembrasse se isso era um rótulo ou algo do gênero. — Mudei o peso de perna. — Sei que é difícil.

— Desculpe. Isso foi há *muito* tempo. — Ele soava exatamente como Sam. — E, na época, nós não mantínhamos registros como fazemos agora.

— Ah. — Não consegui evitar a decepção em minha voz ao estender a mão para pegar a folha de volta. Não que eu esperasse obter todas as respostas, mas qualquer pista seria útil.

— Se você não se incomodar, gostaria de ficar com isso. Talvez eu me lembre de algo mais tarde e precise verificar. — Ele olhou mais uma vez para o papel enquanto eu aquiescia. — Se estiver procurando provas da existência de outra civilização anterior à nossa, não se esqueça de que havia centauros e trolls espalhados por todo o território de Range antes de nos assentarmos aqui. Eles podem não ser criaturas muito inteligentes, mas não são totalmente destituídos de escrita e comunicação.

— Você está falando de escrita pictórica?

— Exatamente. E de outras séries de coisas. Mas não sou a melhor pessoa para falar sobre isso. Você pode começar pesquisando os livros na biblioteca. Se ainda tiver alguma pergunta, posso lhe indicar algumas pessoas que...

— Que não se importariam em conversar com uma almanova? — repliquei com ousadia.

— Bom, é. — Ele sorriu, parecendo aliviado. — É estranho dizer isso sem soar preconceituoso.

— É melhor ir se acostumando. Não precisa ficar cheio de dedos comigo. Não é como se eu já não soubesse o que metade das pessoas pensa. As almasnovas que estão nascendo irão aprender logo também.

— Obrigado pelo conselho. — Seus olhos desviaram-se novamente para o papel, e o sorriso desapareceu.

— O que foi? — Era o mesmo olhar hesitante que Sam exibia quando se lembrava subitamente de algo que não deveria.

— Algumas vidas atrás, atravessei a floresta em direção ao equador. — A voz dele soava quase melódica. — O ar era denso e quente como o de uma estufa, e as plantas eram inacreditáveis. Elas eram imensas, e cobriam tudo, cada pedacinho de terra. O ar vibrava com o zumbido dos insetos e o barulho dos animais defendendo seu território.

Eu conseguia sentir. Conseguia escutar. Que louca cacofonia não devia ter sido!

— Não dava nem para beber a água. Não era seguro. — Ele correu a ponta do dedo por um dos símbolos, o papel balançando ao sabor da brisa outonal. — De repente, do nada, surgiram pilhas de pedras gigantescas, tão antigas e desgastadas pelos elementos que algumas estavam se desfazendo, mas dava para ver que elas costumavam fazer parte de um muro.

— Que tipo de muro? — murmurei.

A lembrança começou a escapar.

— Não tenho certeza...

— Ele era branco?

— O quê? — Cris piscou, e as lembranças desapareceram de vez. — Sinto muito, eu devia estar pensando em outra coisa.

— Você estava me contando sobre as pedras que encontrou na floresta. Disse que elas costumavam fazer parte de um muro. Ele era branco?

Cris balançou a cabeça.

— Eu... não me lembro. Sinto muito. — Guardou o papel no bolso. — Mas obrigado pela visita. Foi bom ver vocês de novo.

Conversamos mais um pouco sobre amenidades e, assim que nos despedimos e Sam e eu tomamos o caminho de volta pelo labirinto de trilhas do jardim, ele me perguntou baixinho:

— Nada?

Se Cris não conseguia se lembrar da conversa sobre o muro no meio da floresta, tampouco poderia esperar isso de Sam. O fato de que Cris também tinha dificuldade em se lembrar de algumas coisas me levou a pensar que Janan talvez estivesse, de alguma forma, envolvido. Argh. Se ao menos ele tivesse dito mais alguma coisa. Descrito uma pulsação na pedra, por exemplo. A diferença era que o muro estava destruído, mas o que isso queria dizer?

Sam encontrara um muro ao norte, no território dos dragões. Cris encontrara um na floresta. Nenhum dos dois conseguia se lembrar do momento com clareza.

— Ana? — Sam tocou meu ombro, parecendo preocupado. — Você está bem?

— Estou, desculpe. — Era melhor deixar a ideia de outras cidades para outra hora. — Cris disse que vai dar uma olhada nos símbolos com mais atenção.

— Então é o que ele vai fazer. — Disse aquilo com total confiança.

Era horrível não saber o que havia acontecido entre eles. Ambos pareciam ter tanta admiração um pelo outro e, ainda assim...

— E agora, o que vamos fazer? — perguntou ele.

Pressionei a mão sobre o bolso onde estava a chave do templo.

— O que eu disse antes: vamos entrar no templo e procurar por mais pistas. — Eu soava tão animada quanto estaria diante da ideia de cortar minha própria mão com uma faca enferrujada. Mesmo assim, estava feliz por ele ter dito que iria comigo.

— Tudo bem. — Sam não parecia chateado nem decepcionado. Mais como se eu tivesse acabado de lembrá-lo de alguma coisa. — Você tem como entrar.

— Sim. Eu tenho a chave, lembra? Ela abre portas no templo.

— Lembro. É um dispositivo prateado.

Olhei fixamente para ele. Sam jamais se lembrara desse detalhe antes. A magia que mantinha suas lembranças trancadas estava começando a se desfazer. Aquele poder jamais fora desafiado, mas, se todas as pessoas apresentavam a mesma amnésia seletiva, então não podia ser uma coisa *boa*. O fato é que ele passara muito tempo comigo, com minhas perguntas...

Estremeci com uma súbita esperança. Talvez eu conseguisse quebrar o feitiço.

14
RACHADURA

PELA JANELA, OBSERVEI o céu começar a adquirir um azul escuro e aveludado à medida que o sol baixava no horizonte, escondendo-se atrás do muro da cidade.

Minha mochila estava pesada em virtude da quantidade de biscoitos, frutas secas, garrafas de água e remédios para dor. Na primeira vez que eu entrara no templo e Meuric tentara me prender lá dentro, ele tinha dito que eu jamais sentiria fome ou sede. Talvez fosse verdade, mas não queria arriscar.

— Pegou o suficiente? — perguntou Sam ao entrar no quarto e me ver enfiando um pequeno cobertor na mochila. — Tem certeza de que não quer levar o piano? Aposto que você conseguiria enfiá-lo aí.

Olhei da mochila para ele e de volta para a mochila.

— Não tenho certeza de que você conseguiria carregar tudo.

Ele levou a mão ao peito com fingida indignação.

— Eu consigo. Posso carregar também seus livros, sua flauta e sua rosa.

— Ah! A rosa! — Peguei-a da mesa e a prendi na trança que fizera no cabelo. — Mesmo que eu não possa levar o piano, pelo menos quero levar algo com boas vibrações. Além de você, é claro. Estou feliz por você ter se oferecido para ir comigo. — A rosa estava começando a ressecar. As pétalas pareciam frágeis sob as pontas dos meus dedos. — Como ficou?

— Lindo. — Sam fechou a mochila e apertou os lábios numa linha fina.

— Que foi? Você não gosta do meu cabelo assim? — Problema dele. Eu gostava. Se pudesse, prenderia uma centena de rosas no cabelo.

— Não, gosto sim. — Ele vestiu o casaco e, em seguida, pendurou a mochila no ombro. — Só fiquei um pouco surpreso. A Cris costumava usar rosas no cabelo também.

A Cris.

A Serenata da Rosa Azul.

— Ah. Sem dúvida é a melhor maneira de exibir as flores. — Arregacei as mangas do casaco e verifiquei os bolsos para ver se não estava esquecendo nada importante. DCS, faca, garrafa de água, chave do templo e caderno. Não que eu fosse ter tempo de anotar nada em meu caderno lá dentro, ou talvez tivesse tempo demais, só não gostava de sair sem ele.

O momento de constrangimento passou, e Sam me deu um beijo no rosto antes de descermos e sairmos de casa.

Meu DCS vibrou com uma mensagem da Sarit. Abafei o riso enquanto prosseguíamos pelas ruas escuras de Heart.

— Sarit disse para a gente se divertir e para eu me certificar de que você me faça uma boa massagem nos ombros. Gostaria que realmente estivéssemos dando uma escapada para alguns dias de romance. Seria muito mais divertido.

— Concordo. — Sam caminhava ao meu lado, encurtando os passos para que eu não precisasse correr.

Com um suspiro, guardei o DCS de volta no bolso e peguei a lanterna. A lua brilhava acima de nossas cabeças, mas sua luz não era suficiente para alguém que não tivesse passado cinco mil anos caminhando por Heart.

Ao alcançarmos a avenida, tive um vislumbre da torre do templo pairando acima da cidade, com seu brilho branco e bruxuleante. Quase hipnótico.

— Como é lá dentro? — perguntou Sam. Eu lhe contara diversas vezes sobre a luz ofuscante e a total ausência de som, mas ele vivia esquecendo. A mágica do esquecimento havia rachado, não se partido.

Relatei tudo de novo enquanto seguíamos em direção à praça do mercado. Linhas de preocupação surgiram no rosto de Sam, subitamente pálido.

— Você não precisa ir — observei com carinho, o que era verdade, embora eu desejasse a companhia dele. Não queria entrar lá sozinha. A última vez que estivera no templo tinha sido apavorante. Seria mais fácil se ele estivesse comigo.

— Eu vou — replicou ele e, sob a luz que emanava do templo, percebi sua determinação, assim como a força advinda do amor que ele nutria por mim. Ele o tornava corajoso.

Do outro lado da praça do mercado estavam as respostas que eu tanto desejava. Não pude evitar imaginar todos em Range erguendo os olhos certa noite, cinco mil anos antes, para observar aquela luz linda e estranha. Claro que eles tinham sido atraídos para Heart. Sam me contara que eles costumavam viver em tribos, lutando pela posse da cidade até se darem conta de que ela poderia acomodar todo mundo. Talvez tivessem lutado por causa da luz também, tendo em vista que ela parecia lhes trazer conforto.

Meu estômago revirou. Não conseguia acreditar que ia entrar no templo de novo. E por livre e espontânea vontade.

Pelo bem das almasnovas e para obter respostas, eu faria qualquer coisa.

Guardei a lanterna e tomei um gole de água antes de começarmos a atravessar a praça. Não havia ninguém na rua àquela hora, de modo que conseguimos nos aproximar sem problemas.

Havia um beco extremamente estreito, quase como uma rachadura, entre a Casa do Conselho e o templo. Sam me dissera um pouco antes que em alguns dos aposentos dos fundos havia pontos nas paredes que brilhavam à noite, embora nenhum deles fosse grande o bastante para usar a chave e criar uma porta. Isso teria que ser feito pelo lado de fora.

— Pronto? — Peguei a chave e me espremi para entrar no beco estreito. Mal dava para alguém se mexer ali dentro, e isso falando de uma pessoa do meu tamanho. Sam ficou meio para fora.

— Sim. — Sam inspirou fundo, como que se preparando, mas, então, seu corpo enrijeceu e ele olhou por cima do ombro. Rosnou uma maldição e disse:
— É a Stef.

— Sam! — A voz dela ecoou pela praça do mercado. — O que você está fazendo?

Ele xingou novamente.

— O que acontece se Stef vir a gente entrando? Ela vai esquecer?

— Não sei. — Realmente não sabia, mas, ficar presa entre aqueles dois prédios estava me dando coceiras. — Vá ver o que ela quer.

Ele anuiu.

— Já volto. — Dizendo isso, foi ao encontro de Stef, que já havia percorrido metade da distância até o templo e estava prestes a me ver com a chave na mão, pronta para criar uma porta.

Permaneci imóvel enquanto eles se cumprimentavam.

— Vai viajar? — Stef apontou para a mochila.

— Ana e eu vamos ficar fora por alguns dias. Você não recebeu minha mensagem?

— Recebi, mas você está no meio da cidade. E, em plena madrugada — retrucou ela, apoiando as mãos nos quadris.

— Você também.

Engoli uma reclamação. Isso não ia terminar bem.

— Eu — disse Stef — estou voltando para casa depois de trabalhar no banco de dados do Orrin, uma vez que ele insiste em dizer que precisa ter um em casa. *Eu* estive trabalhando nisso pelas últimas sete horas, a fim de ajudá-lo a rastrear as atividades sísmicas em Range. — Fez uma pausa, de maneira proposital e desafiadora. — Cadê a Ana?

— Ela está esperando por mim. É melhor eu ir logo. — Sam mudou o peso de perna e não olhou para trás, embora um ligeiro movimento de ombros tenha dado a entender que era o que ele queria fazer.

— Em casa? No posto da guarda? Podemos ir caminhando juntos. — Ela deu o braço a ele. — Vamos.

— Não, não se preocupe. — Ele se desvencilhou dela com a mais suspeita das expressões.

Os prédios pulsavam à minha volta, deixando-me com a pele arrepiada. Estar tão perto do templo provocou uma leve azia no fundo da minha garganta.

A falsa animação de Stef caiu por terra. Ela se empertigou e sua voz tornou-se mais grave, deixando claro o quanto ficara magoada.

— O que está acontecendo, Dossam? Você está sempre com a Ana, envolvido em alguma missão particular que ninguém compreende. Você saiu de Heart dizendo que ela precisava se afastar por um tempo, o que foi legal, Sam. Ana é uma graça, e estou contente por vocês estarem se divertindo. Vocês dois merecem ser felizes. Mas desde que vocês voltaram, você me parece cada dia mais estressado. O que quer que vocês tenham feito no Chalé da Rosa Lilás, não deve ter sido muito relaxante nem divertido. Somos amigos há milhares de anos. Não precisa me contar tudo o que aconteceu, mas não finja que eu não sei que você está escondendo alguma coisa.

Senti vontade de me encolher até ser tragada pelas pedras do calçamento. Ela estava se referindo ao laboratório de Menehem. O que tínhamos descoberto lá era um peso para ele, mas, pelo visto, havia algo mais. Alguma coisa que ele também não me contara.

— Stef...

Ela o interrompeu.

— Seus amigos estão preocupados. O Conselho... bem, você conhece o Conselho. Eles estão procurando um motivo para expulsar Ana e a outra almanova de Heart.

— Eles não podem fazer isso. — Sam fez que não. — Fizemos tudo o que eles mandaram.

— Eles estão esperando que vocês cometam algum erro. — A voz dela tornou-se um pouco menos amarga. — Eu só gostaria que você me deixasse ajudar. Como posso ser sua melhor amiga se você não me permite tomar parte na sua vida?

Sam abaixou a cabeça.

— Nós *somos* melhores amigos. Até por que tivemos cinco mil anos de amizade.

— E ela só tem dezenove. Eu sei. Então você vai passar os próximos setenta anos me deixando de fora? E se ela renascer, o que vai acontecer então? Vou deixar de ser importante?

— Você sabe que isso não é verdade...

— E quanto ao resto dos seus amigos? Você quase não os visita mais.

— Do que você está falando? — Sam ergueu a voz. — Vejo meus amigos com a mesma frequência de antes. Talvez até mais. Mas eu sempre precisei de um tempo sozinho. Você sabe disso.

— Você nunca está sozinho. Ana está sempre com você. E quando vocês vão visitar alguém, é por causa dela. Para apresentá-la a uma nova pessoa ou por conta das aulas. Tudo o que você faz gira em torno dela. — A raiva presente em sua voz fez com que as últimas palavras soassem como socos.

Não havia muito o que Sam pudesse dizer em relação a isso, e, pelo visto, ele sabia. Sam *vinha* me dispensando tempo demais. Como ele demorou pensando na resposta, Stef aproveitou a deixa.

— Você sabe o que eles estão dizendo — continuou ela —, sobre Ana e as sílfides. Sobre as *almasnovas* e as sílfides.

— Não é verdade. — Ele não soou nem um pouco convencido.

— Eu estava lá, Sam. Vi quando a Ana seguiu direto até o DCS. Vi que ela sabia exatamente o que fazer para distraí-las por tempo suficiente para que conseguíssemos escapar. E vi o que aconteceu com as sílfides quando Deborl e os outros chegaram com os ovos.

— Você certamente não acredita que...

— No que eu deveria acreditar? Você não conversa mais comigo sobre nada. As pessoas vivem me fazendo perguntas, porque acham que eu sei o que está acontecendo, mas tudo o que eu escuto são rumores. — A voz dela falhou. — Sinto sua falta. Sinto falta do jeito como as coisas costumavam ser.

Sam deixou os ombros penderem.

A briga ainda ia durar um bom tempo, e eu não aguentava mais ficar escondida naquele beco. A sensação ficava pior a cada minuto, e escutá-los...

Eu não podia aparecer de supetão. Stef estava se abrindo, liberando toda a sua angústia, e ficaria uma fera se soubesse que eu estava escutando. Ela jamais me *humilharia*, não da forma como Li faria se eu a pegasse num momento tão vulnerável, mas, ainda assim, não queria que ela ficasse zangada comigo.

Sam não conseguiria colocar um fim naquilo — Stef não permitiria — e eu não aguentava mais ficar presa entre duas paredes que me causavam tamanha comichão. Ele saberia para onde eu tinha ido.

Um brilho prateado cintilou em contraste com a luz do templo quando ergui o dispositivo e pressionei as figuras gravadas no metal. Uma porta cinzenta surgiu à minha frente.

Com um último olhar para Sam e Stef, que continuavam discutindo na praça do mercado, entrei no templo.

15
CHORAMINGOS

NÃO HAVIA SOM algum dentro do templo, nem mesmo um apitar em meus ouvidos, tal como um momento de silêncio após um barulho muito forte. O silêncio do templo era mais denso do que um silêncio normal, da mesma forma que uma pedra é mais densa do que o ar.

Apertei o dispositivo que abria portas de encontro ao peito, esperando que meus olhos se ajustassem àquela luz ofuscante que parecia vir de todos os lugares e não produzia sombras. O brilho que emanava das paredes brancas não era exatamente um brilho, porém os reflexos e a ausência de pontos escuros faziam meus olhos arderem.

Mistérios envolviam o templo como um casulo. Todos sabiam que ele estava vazio, ainda que não houvesse portas — não sem a chave em minhas mãos. Até onde eu sabia, com exceção de mim, a única pessoa que já estivera aqui dentro tinha sido Meuric.

O ar pulsava com os batimentos cardíacos, deixando-me com a pele arrepiada. Janan estava lá.

— Olá!

Nenhuma resposta. Apenas o som abafado da minha própria voz naquele ar estagnado.

Desejando ter levado a mochila comigo, enfiei a chave no bolso e tentei decidir qual caminho tomar. O aposento era grande, grande não, imenso, embora não fosse o mesmo da última vez em que estivera lá. Tampouco era o salão onde encontrara os livros, nem o outro com o buraco no teto onde eu havia matado Meuric.

Com cuidado, atravessei o salão em direção a um dos arcos, praticamente imperceptível naquela luz estranha. Meus passos não produziam nenhum eco, e não porque eu estivesse tentando andar de maneira furtiva. O som simplesmente não se propagava ali dentro.

Gemidos ondularam pelas paredes.

Parei e esperei, mas eles não retornaram, de modo que retomei a direção que havia escolhido. Não podia deixar Janan me intimidar só porque ele era um ser poderoso e incorpóreo, mais velho do que qualquer outra pessoa em Range. Só porque — segundo os relatos — ele tinha o domínio da vida sobre a morte e de todas as reencarnações.

Certo. Nada daquilo era intimidador.

Ao alcançar o arco, não vi escada nenhuma, como acontecera da última vez. Deparei-me apenas com outro salão e, tão logo entrei nele, o arco às minhas costas desapareceu, impedindo-me de voltar.

O novo aposento era menor, com arcos espalhados ao longo das paredes que pareciam ondular ligeiramente, como cortinas. Ainda assim, eles não produziam nenhuma sombra, embora conseguissem com muito sucesso provocar uma tremenda dor de cabeça atrás dos meus olhos. Peguei a lanterna no bolso, ajustei o foco e corri o facho pela câmara.

Não era uma solução perfeita, mas pelo menos eu podia calcular a que distância estavam as coisas, a julgar pelo tamanho do facho.

Eu sabia que não podia confiar na minha percepção. Na última vez em que estivera no templo, encontrara escadas que pareciam descer, mas que na verdade subiam. Nada naquele lugar era o que parecia.

O peso da chave em meu bolso indicava que eu poderia tornar as coisas mais fáceis para mim ali dentro, só que eu não tinha ideia de como fazer isso. Azar o meu que Meuric não tivesse deixado nenhuma instrução.

Determinada a parar de desejar coisas que não poderia ter, atravessei outro arco e entrei num aposento virado de lado.

Soltei um grito e deixei a lanterna cair. Ela rolou para a esquerda até se espatifar contra a parede — ou contra outro chão.

Meus pés continuavam plantados no que, até então, era o meu chão, mas meu peso pendia para a esquerda, como se eu estivesse em pé numa parede. O outro chão era brilhante e encaroçado, e parecia borbulhar em torno dos cacos da lanterna como a infeliz terrina de sopa de queijo que eu preparara certa vez. O queijo havia grudado e o leite queimado; a casa ficara fedendo terrivelmente por horas.

O templo não tinha cheiro, exceto pelo que os intrusos traziam consigo.

Cambaleando, prossegui meio de lado até o arco mais próximo, e quase caí quando a gravidade voltou subitamente ao normal. Meu estômago revirou, e engoli em seco diversas vezes até ter certeza de que não iria vomitar.

A sala era pequena, do tamanho do meu banheiro. Uma caixa branca vazia sem nenhum arco, nem mesmo aquele pelo qual eu havia passado. De vez em quando, um gemido e um gorgolejo reverberavam pelo diminuto cômodo.

De repente, o ar tornou-se cortante e quebradiço. A pulsação aumentou até fazer meus ouvidos retinirem, e meu peito doía com o esforço para respirar. A sensação era de que todo o ar da sala tinha sido sugado.

— E agora, Janan? — Eu mal conseguia falar.

Nenhuma resposta.

Peguei novamente o dispositivo de abrir portas e comecei a pressionar os símbolos de maneira frenética. O aparelho prateado desfocou-se diante dos meus olhos, até eu não ter mais certeza se estava realmente apertando algum botão ou apenas tamborilando os dedos sobre o metal. Senti como se estivesse girando, ora de cabeça para cima, ora de cabeça para baixo, ora de um lado, ora do outro. E tudo ao mesmo tempo. Um forte amargor alojou-se no fundo da minha garganta.

Meu corpo doía como se eu estivesse sendo rasgada em pedaços, e meus pulmões queimavam com os redemoinhos de ar, que ou os enchiam em excesso ou lhes roubavam toda a capacidade. Minha visão escureceu, e tudo o que eu conseguia escutar eram os incessantes gemidos e choramingos.

O sussurro oco de Janan fez com que todo o resto se aquietasse.

— Esse dispositivo não é para você. — A voz parecia vir de todos os lugares e, ao mesmo tempo, de lugar nenhum. Um ponto na parede mais próxima ondulou como se algo tivesse se movido por trás da pedra, ou dentro dela. Tentei não olhar porque isso piorava ainda mais minha visão, mas era impossível ignorar.

— Deixe-me ir. — ofeguei, tentando sugar o ar rarefeito. — Ou vou continuar apertando os botões.

O caroço na parede aumentou. Por um momento, a forma pareceu quase humana, porém as proporções estavam erradas. Os membros eram compridos demais, a cintura muito fina, a cabeça excessivamente larga.

Mas, então, a forma se desfez, espalhando-se em todas as direções, pequenas ondulações diminuindo gradativamente sob a pedra brilhante. Um arco escuro cintilou no lugar onde antes se encontrava a forma, e o barulho retornou em ondas.

Sussurros.

Gemidos.

Choramingos.

O ar continuava opressivo, mas consegui respirar. Minha visão voltou ao normal. Guardei a chave no bolso e segui cambaleando em direção à abertura. Se eu perdesse a chave, certamente ficaria presa ali dentro para sempre.

Eu já havia passado por um arco escuro antes. Tinha sido tão rápido quanto entrar em qualquer aposento, como passar por qualquer outro arco, mas eles pareciam assustadores.

Dessa vez, mergulhei numa noite escura como breu, sem nenhuma estrela. A escuridão envolveu minha pele como óleo, fazendo com que o respirar... fosse exatamente como eu imaginara que seria respirar água e não morrer. O ar liquefeito invadiu minhas narinas e minha traqueia, dando-me a sensação de estar afogando.

Dei outros três passos, mas aparentemente ainda não atravessara o arco. Estiquei os braços, tentando sentir as paredes, mas não havia nenhuma. Ou o arco levava a um quarto negro e vazio ou eu não tinha conseguido atravessá-lo antes que o portal desaparecesse.

Isso significava que eu estava presa dentro das paredes. Com Janan.

Os gemidos e os choramingos me perseguiam como as sílfides. Contudo, não havia nenhum vestígio de calor nem daquele canto estranho, apenas os batimentos cardíacos e a pressão, e o que parecia ser meu cabelo — ou as unhas de alguém — roçando meus braços.

Comecei a correr.

O choramingo tornou-se mais forte, palpável, e Janan sussurrou em meu ouvido.

— Você queria um lugar para ir. Agora tem todos os lugares.

Forcei minhas pernas mais um pouco, tentando escapar daquela voz, porém o arranhar das unhas sobre minha pele não cessou. Se eu parasse, Janan faria algo ainda pior. Não precisava nem dizer.

Quando diminuí a velocidade o suficiente para pegar meu DCS, na esperança de obter algum tipo de iluminação, o ar denso como uma pedra de ônix simplesmente engoliu a luz. Para piorar, a escuridão tornou-se mais forte, embora eu não conseguisse imaginar como uma completa escuridão poderia se tornar ainda mais perfeita.

Horas se passaram. Talvez mais. Era impossível medir o tempo, se é que ele existia naquele lugar, porém meus quadris e minhas pernas doíam e eu tinha a vaga sensação de que deveria estar com fome ou com sede.

De repente, fiquei, porque sabia que deveria estar. Diminuí o passo e apertei o estômago. Eu estava *faminta*, embora Meuric tivesse dito antes que eu não precisaria comer nem beber ali dentro.

— Estou com fome também — murmurou Janan —, e tenho certeza de que você é deliciosa.

Meus soluços foram abafados pelo ar liquefeito. Desejei que Sam estivesse comigo. Desejei que não soubéssemos sobre Janan. Desejei que estivéssemos sentados ao piano, as pernas pressionadas uma contra a outra, porque, no fundo, nenhum dos dois estava pensando em música, não de fato. Desejei todas aquelas coisas com tanta intensidade que, por um momento, achei que fossem reais, mas então um grito cortou a escuridão e eu me lembrei do templo, de estar correndo e de Janan.

— Não chore. — Não era Janan. Não era sequer uma voz real, e sim um pensamento, só que não o meu. — O Devorador não possui corpo. Ele nunca foi capaz de tocar quem possui.

Tropecei em meus próprios pés e caí para a frente, de cara no chão. Fisgadas de dor subiram pelas minhas palmas e pelos joelhos enquanto vasculhava a escuridão em busca daquela *não-voz*. Ela não pertencia a mim nem a Janan, talvez pertencesse a um dos chorões.

Lutei para recuperar o fôlego enquanto tateava o casaco em busca da garrafa de água, e bebi metade de uma vez só. A sensação de garras arranhando minha pele não diminuía, mas a *não-voz* estava certa. Era apenas fruto da minha imaginação, e parou quando esfreguei as mãos no rosto, no pescoço e uma na outra.

As palavras de Janan, assim como as do chorão — elas significavam alguma coisa, mas eu estava atordoada demais para pensar com clareza. A escuridão era massacrante.

Talvez eu tivesse ficado cega. Por mais que arregalasse os olhos, não conseguia captar nenhuma luz. Tentei o DCS de novo. Um brilho branco atravessou o breu, mas iluminou apenas escuridão quando apontei a tela do aparelho para o chão. As trevas estavam por toda a volta.

Tremendo, tentei enviar uma mensagem para o Sam, porém o DCS piscou com uma mensagem de erro. Guardei-o de volta no bolso e me forcei a levantar. Não podia deixar que os gritos, os choramingos ou a sensação de unhas arranhando minha pele me desestabilizassem. Eles não eram reais.

Não eram.

Determinada a não permitir que Janan me impedisse, dei um passo à frente, e o mundo inteiro mudou.

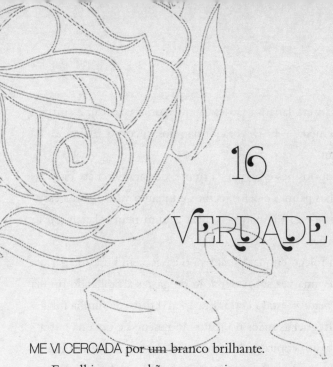

16
VERDADE

ME VI CERCADA por um branco brilhante.

Encolhi-me no chão e enterrei o rosto entre as mãos, apertando os olhos lacrimejantes enquanto sentia a pressão à minha volta diminuir gradativamente; os choramingos haviam cessado. Escutei, porém, um chiado e um farfalhar de tecido, acompanhado pelo som de uma respiração entrecortada que não era a minha, e senti um forte fedor de cobre e amônia que me deixou tonta.

Eu não estava sozinha.

— O que você está fazendo aqui?

A voz soava falha, distorcida e arranhada ao mesmo tempo, e vinha do que parecia ser o fundo de um grande buraco, com uma escada em espiral contornando-o até o topo.

Sequei as lágrimas e concentrei-me na massa escura de ossos e trapos. Manchas de sangue cobriam-lhe o rosto e as mãos, e um ferimento apodrecido, semelhante a uma aranha encolhida, ocupava o lugar do olho que eu havia arrancado com uma faca. O outro, entretanto, parecia estar funcionando bem, e me observava.

— Meuric.

— Sem-alma.

Ele não podia estar vivo. Não era possível. Eu o empurrara no buraco do teto. A queda devia ter estraçalhado todos os ossos do corpo dele. E isso acontecera havia meses. Ainda assim...

Senti-me um pouco melhor por saber que não o tinha matado de verdade. Mas, em seguida, me senti muito pior, imaginando a dor que ele devia estar aguentando durante todo esse tempo, preso no fundo de um poço com uma escada de saída — a não ser pelo fato de que seus ossos estavam quebrados e ele não podia se mexer.

Sangue e outros fluidos faziam poças em torno das roupas imundas, porém o resto do chão estava limpo. Não, Meuric definitivamente não havia se mexido.

— Você tentou me matar — ofegou ele.

— Depois de você tentar me prender aqui dentro para dizer a todo mundo que eu estava morta.

Ele sorriu, fazendo uma camada de sangue seco rachar e se soltar. Buracos negros e apodrecidos preenchiam os espaços entre os dentes.

— Agora sou eu quem está preso. Isso te faz sentir melhor?

— Não. — O fedor me deixava tonta. Agachei e me recostei contra a parede em busca de equilíbrio. O que não ajudou em nada a tontura, porém minhas costas e meus quadris estalaram de alívio.

O buraco devia ter uns dez passos de diâmetro. Um bom tamanho. No entanto, ao esticar o pescoço, não consegui enxergar a beirada sob a luz ofuscante. Ele devia ser fundo o bastante para ter quebrado todos os ossos de Meuric, e raso o suficiente para não tê-lo matado. Que cruel da parte de Janan fazer uma coisa dessas.

— Por que você não está morto?

Ele riu, um som semelhante ao das bolhas liberadas pelos buracos de lama escaldante que cercavam Heart. Em seguida, chiou, tossiu, gemeu e, por fim, recaiu em silêncio.

Senti vontade de ajudá-lo, mas não consegui reunir coragem para me aproximar daquele pedaço de carne disforme, a respiração chiada como se houvesse furos em seus pulmões ou na garganta. Não conseguia me desvencilhar da tenebrosa sensação de que, se eu me aproximasse, ele se curaria por milagre e me agarraria.

Com essa ideia revirando em minhas entranhas, apoiei as costas na parede e me sentei apropriadamente, esperando que ele recuperasse as forças para falar. Quanto tempo fazia para ele? Tanto quanto transcorrera lá fora?

— Janan não me deixa morrer. — O olho bom estava fixo em mim. — Você está com a chave?

Pressionei os joelhos com as mãos. Não queria cometer um deslize e acabar revelando a localização da chave.

— Preciso dela — murmurou, conseguindo estender um braço em minha direção. — Preciso dela para sobreviver à Noite das Almas. Você tem que me devolvê-la.

— O que vai acontecer na Noite das Almas? — Eu viera ali em busca de respostas, embora não esperasse obtê-las de Meuric.

Ele soltou uma nova risada chiada.

— Você não vai impedir.

Levantei, tentando parecer destemida.

— O que vai acontecer?

— Me dê a chave. — Seu olhar me acompanhou enquanto eu marchava em direção a ele. — Me dê que eu te conto.

Sem chance. Ele tinha dito que precisava dela para sobreviver à Noite das Almas, então, o que aconteceria com quem não tivesse uma?

Parei fora do alcance do braço dele, pronta para fugir correndo ao menor sinal de movimento.

— Você está aqui há meses — murmurei. — Deve estar com fome. E com sede. Quando foi a última vez que você bebeu alguma coisa?

Ele arregalou os olhos e soltou um resmungo.

Senti-me mal por estar provocando-o daquele jeito, mas me ajoelhei de modo a que nossos olhos ficassem no mesmo nível.

— Me conte o que você sabe que eu lhe dou o resto da minha água.

Ele devia estar com uma sede terrível, mesmo que não estivesse pensando nisso antes. Janan não podia consertar tudo... como dava para ver pelo corpo quebrado de Meuric.

— Estou morrendo de sede. — O olho bom se fechou. O outro continuava sendo um buraco apodrecido, impossível de a gente não olhar; as ondas de fedor que exalavam dele pareciam acompanhar o ritmo constante do batimento cardíaco do templo. Nenhum grito ressoava no momento, apenas um soluçar abafado, como se eles estivessem esperando para ver o que eu pretendia fazer.

Dei uma olhada para verificar se a escada continuava sendo uma opção.

— Se você me disser o que vai acontecer, eu te dou a água.

— A Noite das Almas.

O equinócio de primavera do Ano das Almas.

— Sim, eu sei quando vai acontecer.

Ele anuiu. Era assustador a forma como Meuric parecia tão velho, embora seu corpo tivesse somente quinze anos de idade. Os meses de desidratação e desnutrição haviam provocado um tremendo dano físico... Se ele tivesse conseguido me prender ali dentro antes do Escurecimento do Templo, poderia ter sido eu.

— Não achei que fosse funcionar. — Sua voz, antes esganiçada, soava como cascalho agora. — O plano parecia absurdo demais, mas se alguém poderia colocá-lo em prática, esse alguém era Janan, de modo que convenci todos os demais a deixá-lo tentar. E foi o que ele fez. Ele realmente conseguiu.

— O que foi que ele fez? — Eu queria sacudi-lo e forçá-lo a falar com mais clareza. Em vez disso, continuei apoiada num joelho, pronta para fugir.

— Ele se tornou ainda mais poderoso. E fez com que as pessoas se tornassem como as fênix. — Estendeu a mão novamente. — Água.

— Isso não foi uma resposta. — As fênix eram outra das espécies dominantes, como os centauros e os trolls, mas pareciam reencarnar, tal como as pessoas. Eram animais raros — segundo os relatórios, havia somente umas doze delas no mundo inteiro —, mas alguém conseguira observar uma na floresta num continente mais ao sul. Ela construiu um ninho com galhos secos e se acomodou como se fosse botar um ovo. Em vez disso, explodiu numa chuva de fagulhas e morreu.

O explorador observou a pira por horas, tentando descobrir por que a criatura fizera aquilo. De repente, um raio de luz do sol atravessou as copas das árvores e incidiu sobre as cinzas, ofuscando-o. Assim que seus olhos se ajustaram ao brilho, ele viu uma diminuta fênix no lugar da outra. Ela olhou para ele com a mesma expressão antiga da primeira e, em seguida, alçou voo, deixando para trás um rastro de fagulhas e cinzas.

— Isso *foi* uma resposta. — A voz engrolada de Meuric adquiriu um quê de pânico. — Água.

— Não. O que Janan está tentando fazer?

— O que ele já *fez*, você quer dizer. — O olho bom se fechou de novo. — Você é tão *burra*. Já está feito. A Noite das Almas é inevitável. Ele irá se levantar.

— Como uma fênix?

— Não. Nada semelhante. Quando a Noite das Almas acontecer, você não dará a mínima para as fênix. Ninguém dará. Nascer é tão dolorido.

Certo. Alguma coisa terrível iria acontecer. Isso já tinha ficado claro. Talvez ele não soubesse exatamente o quê. Ou talvez o horror do que estava por vir o tivesse enlouquecido.

Forcei-me a encarar o olho bom, embora Meuric parecesse ter dificuldades em mantê-lo focado.

— Na outra vez que estive aqui, encontrei alguns livros. Mas não sei quem os escreveu, nem consigo ler os símbolos.

— Ninguém os escreveu. Eles já estavam escritos. — Com um gemido, abaixou a mão. — Me dê a água. Você prometeu.

— Me diga como lê-los.

— Da mesma forma como você lê qualquer coisa. Aprendendo a língua. — Um líquido escuro como óleo escorreu do olho arruinado e desceu pelo rosto até os lábios rachados. Meuric o engoliu.

— Qual é a ligação entre Janan e as sílfides?

— Janan não tem nada a ver com as sílfides!

— Não minta para mim. Sei que existe alguma ligação. — O veneno não teria funcionado em ambos se não existisse.

— Ele é muito mais poderoso do que elas. Sempre foi. E elas merecem ser amaldiçoadas.

Amaldiçoadas?

— O que elas são?

— Traidoras!

— Elas traíram Janan? Ele as amaldiçoou? — Talvez os ataques a Heart fossem por vingança. Por que elas pareciam gostar de mim?

— Ah, elas traíram Janan — respondeu Meuric. — Mas ele não precisou amaldiçoá-las. Não sei quem fez isso, mas se tivesse que adivinhar, diria que foi uma fênix.

Uma fênix. Não, aquilo era inacreditável demais.

— Me dê a água! — Meuric tentou se aproximar de mim.

Levantei num pulo e dei um passo para trás.

— Não vou te dar nada até conseguir algumas respostas. Respostas de verdade.

— Não existem respostas de verdade.

— Veja bem, Meuric... — Argh, aquilo fora a coisa errada a dizer, e que o fez abrir um sorriso radiante.

Lutei para não gaguejar. O fedor de amônia e bile estava me deixando com dor de cabeça. Em pouco tempo, meu corpo pararia de respirar por legítima defesa.

Tentei de novo.

— Aqui. — Peguei a garrafa de água no bolso. — Ela está pela metade. — Derramei um pouco no chão. — Vou te dar a água, mas você precisa responder as perguntas.

— Que perguntas?

Botei a garrafa de lado e peguei o caderno, desejando estar com a lista que entregara a Cris. De qualquer forma, eu me lembrava de diversos símbolos, de maneira que abri numa folha em branco e comecei a desenhar.

— Está vendo essa marca? O que ela significa? — Mostrei a ele o símbolo que parecia um crescendo.

— Menor.

— O quê?

— Significa menor que. Matemática. Ou poderia significar "falar mais alto". Não sei. Depende do contexto. Você precisa me dar mais detalhes para eu poder dizer alguma coisa. Honestamente, não consigo acreditar no quanto você é burra. Acha que sou um banco de dados capaz de lhe dar informações se você apertar os botões certos? Ou uma piscina de clarividência? Ah, eu me lembro disso. Costumávamos achar que as fontes quentes nos trariam visões se parássemos ao lado delas e inalássemos os vapores por tempo suficiente. E realmente tivemos visões! Mas não do futuro, nem do passado, nem de nada útil. Apenas alucinações provocadas por dores de cabeça. Como a que você está me dando agora.

Pisquei e olhei de relance para a folha, rezando desesperadamente para que não fosse um símbolo matemático e que os livros não tivessem sido totalmente escritos em equações matemáticas.

— Tudo bem. Vamos tentar outro. Talvez esse seja menos ambíguo. — Desenhei um que parecia uma seta voltada para cima, mas com quatro braços ao longo da haste central em vez de somente dois no topo.

— Hum. Outro.

O próximo foi um círculo com um ponto no centro.

— Ainda procurando por respostas nos livros. — Meuric fez que não, como se estivesse desapontado, embora não surpreso.

— Você sabe o que eles significam?

— Claro.

— Então me conte tudo. Não deixe nenhum detalhe de fora. Se eu achar que está mentindo, não vou te dar a água.

— Muito bem. — Meuric tossiu, lançando uma chuva de respingos de sangue e muco sobre o chão. — O segundo significa erguer ou mais alto. Ascender. Você pode interpretá-lo como Janan, embora este não seja o nome dele, apenas uma referência. O terceiro representa cidade, ou Heart... mas ele está para Heart da mesma forma como o outro está para Janan.

— Então, como vou saber o que eles querem dizer?

Para alguém naquela condição, Meuric fez um trabalho formidável em me encarar como se eu fosse uma idiota.

— Depende do contexto. É óbvio.

— Ah, é óbvio — murmurei, fazendo algumas anotações para mim mesma. — E quanto ao primeiro símbolo? O que você disse que significava "menos que".

— Ele é apenas um modificador, alterando o sentido das palavras que o cercam. — Deu exemplos de como o símbolo podia afetar outros.

Mostrei outros a Meuric e ele me respondeu de prontidão, sorrindo o tempo inteiro como se acreditasse que eu fosse me arrepender de todo aquele interrogatório. Mesmo assim, continuei, e ele foi me explicando como e por que podiam ser atribuídos diversos significados a símbolos diferentes. De repente, não consegui me lembrar de nenhum outro bem o bastante para perguntar. Se ao menos eu tivesse encontrado novamente a pilha de livros ao entrar.

— Tudo bem, vou te dar a água agora. — Botei o caderno de lado e peguei a garrafa.

— Isso! Me dê, me dê. — Ele ergueu o braço, o qual se estendeu em ângulos muito estranhos. Entreguei-lhe a garrafa, mas ela escapou de sua mão e rolou pelo chão. Quando ela bateu contra a parede mais distante e parou, Meuric a observou com uma expressão desolada, incapaz de ir buscá-la.

Tomada pela compaixão, fui pegá-la.

— Faça qualquer coisa que me *pareça* uma tentativa de ataque que eu meto isso no seu outro olho. Combinado?

Meuric anuiu. Tirei a tampa e botei a garrafa diante dele. Tudo o que ele precisava fazer era se inclinar, mas achei que não conseguiria. Meuric deveria estar morto. As pontas afiadas dos ossos quebrados deviam ter perfurado seus órgãos e ele não deveria ser nem capaz de respirar, que dirá de falar.

O que quer que Janan tivesse feito a ele, não era um favor.

Inclinei a garrafa e deixei a água escorrer para dentro da boca dele. Observei-o beber, mas quando ele começou a cuspir e a tossir, afastei-me. Não confiava em todos aqueles movimentos súbitos.

— Responda mais algumas perguntas que eu te dou o resto. — A menos que ele começasse a tossir de novo. Talvez eu devesse deixar a garrafa ao lado dele e dar por encerrada nossa discussão. Mas Meuric não conseguiria beber sem ajuda. Odiava me sentir obrigada a cumprir com minha parte na barganha.

— Você quer saber como impedir Janan. Isso não é possível, muito menos para você. Para Janan, você não é nada. Apenas uma criaturinha insignificante. — Ele continuou olhando para a água, ainda que um filete estivesse escorrendo por seu queixo.

— Não sou insignificante para você. Tenho a água. — Sacudi a garrafa de novo. Tantos protestos. Tanta insistência na minha insignificância. Meuric tinha medo de mim, ou do que eu poderia fazer, uma vez que eu era a única contra Janan que conseguia se lembrar de tudo o que os outros deveriam supostamente esquecer. Porque eu era nova. Diferente. Marginalizada.

Talvez especial.

Mantive a voz firme.

— Agora me diga como eu posso impedi-lo.

— Nada pode impedi-lo. O mundo já está trêmulo de antecipação. — Seu olho bom me fitou com raiva, enquanto o buraco do outro pareceu se arregalar. — Nem sei por que você está aqui. Você deveria ser um desses gritos, uma dessas almas choronas que nunca nasceram.

Uma onda de terror percorreu meu corpo, e falei num sussurro:

— O que você quer dizer com isso?

— Você não deveria ter nascido. Não para de interferir e, por sua causa, outras almas antigas foram roubadas de Janan. Mais almasnovas escaparam. — Meuric soltou uma risada cacarejada, um som áspero e gorgolejante. — Mas não faz diferença. Você chegou tarde demais para conseguir produzir qualquer efeito nele. Janan sequer irá reparar na perda de sua diminuta fagulha.

— E quanto aos outros? — Minha língua parecia uma folha de papel ao perguntar: — Ele irá reparar na perda das almasnegras, e nas almasnovas que estão nascendo no lugar delas?

Meuric ajeitou-se, voltando à posição em que eu o encontrara, uma massa disforme obscurecida por sangue e trapos imundos.

— Ele pode até reparar, mas é tarde demais para impedi-lo. Suas tentativas foram em vão. Tudo o que conseguiu foi garantir alguns anos para você mesma, e algumas poucas respirações para os outros. No entanto, a morte que você irá experimentar será centenas de vezes pior do que seu destino original.

Minhas botas guincharam sobre o piso de pedra quando recuei em direção à escada.

— E qual seria meu destino original? — indaguei, pensando no chorão e na forma como ele se referira a Janan. O Devorador.

Meuric sorriu de novo, e um dente rachado e ensanguentado caiu de sua boca.

— O mesmo destino de todas as almasnovas mantidas aqui para que as almas antigas possam renascer. O mesmo destino de todas essas almas que você está escutando agora, com seus gritinhos e vidas jamais vividas. Elas estão sendo devoradas.

17
CHAVE

A GARRAFA DE água virou no chão, derramando seu conteúdo, e Meuric caiu na gargalhada.

Subi correndo a escada, que ascendia numa espiral até o topo. As coxas queimavam e a cabeça martelava, mas ignorei a dor. Aquilo não era nada. Janan estava substituindo as almas, deixando que as antigas vivessem e guardando as novas para si mesmo. O chorão, a *não-voz* que tentara me confortar em meio à escuridão, estava sendo consumido.

Enquanto galgava os degraus, os choramingos e soluços tornaram-se mais altos, e imaginei que eram as almas me chamando de volta, se para salvá-las ou morrer com elas, não saberia dizer.

Ao alcançar o topo, me vi num aposento redondo. Não parei de correr, porém o piso rolava sob meus pés como se eu estivesse presa numa bola gigantesca.

Lembrando-me do buraco no teto que sugara Meuric, parei enquanto a abertura continuava de lado e tateei o bolso em busca do dispositivo que abria portas, sentindo minha pulsação reverberar em meus ouvidos. Pressionei a mesma combinação de símbolos que abrira uma porta para a liberdade antes. Uma silhueta cinzenta surgiu sobre a parede branca, e saí correndo ao encontro da luz escaldante do dia.

Mesmo depois que a porta desapareceu, as palavras de Meuric continuaram ecoando em minha mente: *elas estão sendo devoradas*.

Todo aquele choro, todos aqueles gritos sussurrados pedindo ajuda. Eram almasnovas.

Envolvida pela luz do dia, pressionei as costas contra a parede do templo, cujos batimentos cardíacos pareciam ecoar os meus. Tudo o que eu conseguia enxergar eram as pedras do calçamento sob meus pés e o quanto minhas mãos estavam trêmulas ao guardar a chave de volta no bolso. Pisquei para clarear a visão, o que não ajudou em nada.

Inspirei fundo, absorvendo o odor de suor e café passado e o cheiro de enxofre de um gêiser do outro lado do muro. Vapores pairavam acima da área agrícola, sobre os campos e pomares. Dois outros gêiseres entraram em erupção, um no norte e outro no leste, o borbulhar e o gorgolejar audíveis mesmo com toda a barulheira da praça do mercado. A água jorrava mais alto que o imenso muro da cidade.

Mãos se fecharam em torno dos meus ombros e me puxaram com força. Gritei.

Um homem que eu jamais vira antes me sacudiu e me empurrou contra o templo. Pontinhos de luz cintilaram diante dos meus olhos enquanto o estranho me mantinha pressionada contra a parede e eu berrava a plenos pulmões. Tentei, sem sucesso, me desvencilhar dele. O templo pulsava contra minhas costas e minha cabeça doía no ponto em que batera na parede. Ele enfiou a mão no meu bolso e pegou a chave.

— Isso — rosnou — não te pertence. — Agarrou as lapelas do meu casaco e me sacudiu mais uma vez, fazendo-me bater novamente contra a parede. Em seguida, sumiu.

Com a cabeça martelando, lutei para me levantar e ir atrás dele, mas tudo o que consegui foi dar alguns passos titubeantes antes de cair no chão. As pedras do calçamento, ásperas e frias, arranharam minhas palmas e as pontas dos meus dedos. Ergui os olhos para o mundo real, um tremendo choque após uma solitária eternidade.

Havia pelo menos duas dúzias de pessoas perambulando pela praça do mercado. Algumas me fitavam de boca aberta. Não as tinha visto antes, e tampouco tivera cuidado ao emergir do templo. Não deveria haver porta nenhuma.

Será que elas tinham visto o homem me atacar? Será que tinham me visto sair do templo?

Será que alguém escutara as almas chorando? O templo elevava-se às minhas costas, um gigante terrivelmente assustador. Talvez ele não fosse um coração, e sim um estômago.

Esforcei-me para seguir o homem que me atacara, mas minha visão estava enevoada devido às lágrimas de dor e de pesar. Sua forma grande parou ao lado de outra menor — Deborl? — e, então, se foi. Eu o perdi.

Tinha perdido a chave. Tinha perdido meu maior trunfo.

Caí de joelhos e chorei.

— Ana! — Sam se abaixou ao meu lado e me envolveu em seus braços. — Onde você estava? O que aconteceu?

— Alguém pegou a chave.

— Sua chave? Quem?

— Não sei. — Enterrei o rosto na camisa do Sam e deixei as lágrimas escorrerem livremente. Meus olhos estavam pesados com o excesso delas, como se eu pudesse chorar o suficiente para encher um oceano.

— Ana — murmurou ele. — Ah, Ana. Você está segura agora.

Não tive fôlego para contar a ele que eu não estava preocupada comigo. E sim com as almas. Eu deveria ter sido uma delas, não fosse pelo fato de o experimento de Menehem ter dado errado. Sua intromissão.

Tentando abafar os soluços para não chamar a atenção de todo mundo, enterrei-me ainda mais nos braços de Sam. Senti o cheiro do sol em sua pele, do xampu em seus cabelos e do café em seu hálito quando ele me apertou com força.

— Tive tanto medo, mas você está aqui agora. Está segura. Está segura. — Ele continuou murmurando bobagens reconfortantes enquanto afastava o cabelo das minhas bochechas molhadas e do pescoço. Eu cheirava a sal e suor, e talvez tivesse ficado impregnada com o fedor de sangue e urina de Meuric, porque Sam correu as mãos pelo meu corpo como que procurando por ferimentos.

Meus piores machucados estavam dentro.

Uma sombra estreita aproximou-se de nós. Sam ajeitou o corpo e ergueu os olhos, e sua voz reverberou em meu ouvido, ainda pressionado contra o peito dele.

— Que foi?

— Só vim verificar se está tudo bem. — A voz do conselheiro Deborl soou contida, como se ele quisesse torná-la mais grave do que realmente era.

— Obrigado, mas estamos bem. — Sam se levantou e me suspendeu junto. Só tive tempo para secar as bochechas. Não que isso fizesse alguma diferença. As manchas escuras na camisa dele deixavam bem claro o quanto eu havia chorado.

— Quando as pessoas gritam, não é de bom tom deixá-las no meio da praça do mercado. — Deborl fixou os olhos zangados em mim. — Especialmente quando o próprio guardião dela foi o responsável por assustá-la dessa maneira.

Aproximei-me um pouco mais do Sam.

— Havia outra pessoa. Ele me empurrou e pegou...

Deborl inclinou a cabeça meio de lado.

— Pegou o quê?

Pegou a chave, só que eu não devia saber que havia uma. Ninguém devia sequer se lembrar de que existia uma. E se o estranho não tivesse apenas passado por Deborl, mas lhe entregue a chave? Se eu o acusasse de estar com ela, teria que encarar uma série de perguntas sobre como ela chegara às minhas mãos. Perguntas do tipo: O que aconteceu com Meuric? E, por que eu estava escondendo um objeto tão importante?

Deixei meu peso recair sobre o Sam.

— O sujeito me empurrou. Ele era grande... — Todos eram grandes em comparação a mim. — Tinha cabelos castanhos. E passou direto por você.

— Vou procurá-lo — retrucou Deborl, mas não se mexeu.

— Está tudo bem, Deborl. — Sam manteve a voz firme, porém o modo como seu braço se fechou em volta da minha cintura contradisse o tom. — Obrigado por vir verificar.

Deborl olhou de mim para ele, coçando o queixo marcado por cortes avermelhados do barbear.

— Espero que você não a esteja deixando se machucar com frequência. Afinal, o Conselho confia em você para tomar conta dela. — Seus olhos se estreitaram ao sorrir. — Você sabe que metade da população acha que ela foi a responsável pelo Escurecimento do Templo, enquanto a outra metade não está convencida de que ela não teve *nada* a ver com isso. E agora todos estão falando do incidente com as sílfides.

Sam crispou as mãos e empertigou os ombros, como se estivesse pronto para bater em Deborl.

— Ana fez mais do que qualquer outra pessoa para minimizar a carnificina durante o Escurecimento do Templo. Onde *você* estava naquela noite? Por acaso se virou na cama e voltou a dormir?

A discussão começara a atrair olhares curiosos. Cris veio ao nosso encontro como se estivesse numa missão. A maioria dos outros apenas observava.

— Parem com isso — intervim. — Vocês dois. — Não conseguia entender como minha voz não estava tremendo. Tranquei os joelhos para me manter ereta, o que apenas me deixou mais tonta ainda.

Deborl soltou uma risadinha presunçosa.

— Oi, Cris — cumprimentei assim que ele se aproximou por trás do conselheiro. Eu estava tão dolorida e cansada. Talvez *alguém mais* pudesse impedir Sam e Deborl de começarem a trocar socos. Então eu poderia me enroscar numa boa pedra e dormir por um ano.

Ele meneou a cabeça em cumprimento e trocou um olhar inquisitivo com Sam. Algo pesado transcorreu entre eles, mas não consegui decifrar as nuances de expressão.

— É esse o seu plano, Sam? Passear por aí com uma Ana chorosa para que as pessoas sintam pena das almasnovas? Isso não vai funcionar. É patético — zombou Deborl. — As pessoas jamais aceitarão as almasnovas. Todo mundo sabe que você está cego por... — Olhou para mim. — Pelo que quer que esteja ocorrendo entre vocês. Nojento.

O braço de Sam me apertou ainda mais.

— Você não tem algo melhor para fazer? — Fitou Deborl, os olhos chispando. — Tipo: encontrar quem atacou a Ana?

O conselheiro mostrou os dentes ao sorrir.

— A pequena Ana faltou à reunião para apresentar seu relatório de progresso no outro dia, e você ainda não remarcou. Alguns conselheiros estão se perguntando se ela realmente quer fazer parte desta sociedade.

No outro dia?

— Eu falei para vocês, ela estava doente...

Sam precisara inventar uma desculpa por minha causa?

— Vocês têm até o fim da semana para se apresentarem diante do Conselho. — O olhar irritado de Deborl não se desviou de mim. — O que lhes dá dois dias. Estejam lá às dez, ou seu status como protegida de Dossam será revogado e você será expulsa da cidade. — Dizendo isso, afastou-se marchando em direção à multidão, que já começara a se dispersar. Umas duas pessoas lhe deram tapinhas nas costas, satisfeitas com a possibilidade de eu vir a ser expulsa.

Armande se aproximou com um copinho de café e o entregou a mim. Apertei-o de encontro ao peito, tentando absorver o calor.

— Pois bem. — Cris se virou para Sam. — Estou vendo que a encontrou.

— Você estava procurando por mim? — Ele sabia exatamente onde eu estava. Era para ele ter entrado no templo comigo. Como eu passara de doente a desaparecida? O que acontecera com o plano original de deixar todos acreditarem que tínhamos tirado uns dias para namorar em algum lugar?

— Você estava desaparecida. — Os dedos do Sam se fecharam na base das minhas costas, como se ele quisesse me aproximar ainda mais. — Saímos à sua procura naquela noite, e na seguinte. Cris e Armande ficaram até tarde comigo todos os dias, mas não conseguimos te encontrar.

Naquela noite? Na seguinte? *Todos* os dias? Quantos dias tinham sido? Levantei o braço e toquei a rosa que eu havia trançado em meu cabelo, mas ela parecia estar do mesmo jeito de quando eu a prendera ali: um pouco ressecada, mas, sem dúvida, não *tão* velha.

— Estávamos preocupados — comentou Cris. — Sarit está devastada. É melhor alguém ligar para ela.

Minha cabeça martelava tanto que eu mal conseguia pensar. Tudo o que eu queria era dormir, mas o templo se elevava às minhas costas, mil vezes mais assustador do que jamais fora. As palavras de Meuric ainda me assombravam. As almas ainda me assombravam.

Passei a língua nos lábios.

— Quanto tempo eu fiquei... — Não *lá dentro*, não na frente de Armande e de Cris. — ...desaparecida?

— Uma semana. — A expressão de Sam era séria, marcada por linhas em torno da boca e entre os olhos. Ele parecia pálido, os olhos injetados e circundados por olheiras profundas. — Você sumiu por uma semana.

O copo escorregou de minhas mãos e bateu no chão. A tampa se soltou, derramando café sobre os sapatos e as bainhas das calças, mas não consegui reunir forças para pedir desculpas, muito menos para me afastar dos respingos que voaram para todos os lados.

O café escorreu pelas frestas entre as pedras, tal como o fluido apodrecido que escorrera do olho de Meuric...

Sam me pegou no instante que meus joelhos falharam.

— Está tudo bem. Vou te levar para casa agora.

18
COLAPSO

QUANDO ALCANÇAMOS a avenida Sul, minhas pernas se recusaram a continuar obedecendo, de modo que, a partir dali, Sam me carregou no colo. Segura em seus braços, fechei os olhos e fiquei escutando a melodia das vozes.

— Onde ela estava? — perguntou Cris. — Achei que você a tivesse encontrado de manhã e que os dois tivessem ido ao mercado...

— Não sei — respondeu Sam. Não sabia dizer se ele lembrava onde eu estivera. — Gostaria que Deborl fosse cuidar da própria vida.

Armande bufou.

— Você sabe que ele não consegue. Tal como eu com os pães, você com a música e Cris com as plantas, Deborl precisa interferir na vida dos outros. É a única coisa que ele sabe fazer.

Mesmo com o rosto enterrado no casaco do Sam, abri um sorriso.

Ele me apertou ainda mais.

— Alguém disse a Lidea que Ana estava sumida. Ela tem ligado de hora em hora, preocupada com a possibilidade da Ana ter sido sequestrada, e que eles venham atrás de Anid em seguida. Ela se recusa a sair de casa, e pediu a Stef para armar todo tipo de sistemas de monitoramento no quarto do bebê. Não que isso vá fazer alguma diferença, uma vez que Lidea só dorme ao lado do berço.

A culpa abriu um buraco em meu estômago. Uma semana. Não me parecera uma semana. Minha rosa...

Eu entrava e saía de um estado de semiconsciência, e me pareceu uma eternidade até eles subirem os degraus da frente e entrarem em nossa sala.

Um copo foi pressionado contra meus lábios e senti a água escorrer por minha língua. Engoli, a princípio de maneira hesitante, porém assim que minha garganta se acostumou com o movimento, tomei grandes goles, até sentir a barriga doer.

Enrolada num ninho de cobertores sobre o sofá, eu estava definitivamente segura.

Sam acompanhou os outros dois até a porta e lhes agradeceu pela ajuda. Talvez fosse meu estado de confusão ou meus olhos enevoados, mas enquanto ele parecia à vontade com Armande, sua postura mudou ao encarar Cris. Os ombros caíram e ele começou a mudar o peso de perna sem parar. Cris, por sua vez, parecia seu reflexo.

— Você não precisava ter feito tanto — comentou Sam. — Mas fico grato. Muito obrigado.

— Ela parece legal. — Cris hesitou. — Bem, um pouco selvagem, mas imagino que seja bacana debaixo de todos aqueles espinhos.

— Quando nos conhecemos, Ana tinha as mãos cobertas de cicatrizes. Levei um tempo para descobrir como ela as conseguira. — Enganchou os polegares nos bolsos da calça. — Ou por que elas me pareciam tão familiares.

Cris ergueu as mãos; não consegui enxergá-las com clareza do sofá, ou talvez fosse por causa da minha visão nublada, mas imaginei que ambos estivessem olhando para as cicatrizes dele. Você diria que alguém que cuidava de rosas há centenas de anos já havia descoberto a utilidade das luvas de jardinagem.

— Vi as rosas do chalé. — Cris abaixou as mãos. — Ela fez um bom trabalho com elas. Talvez eu possa trazer mais algumas para animá-la.

— Ela gostaria disso. — Eles conversaram mais um pouco, oferecendo assistência mútua, e, então, Cris se virou para ir embora. — Ei. — Sam trocou o peso de perna de novo e falou num tom mais leve: — Sempre achei que suas rosas fossem azuis.

Dedos frios tocaram meu rosto.

— Ana?

— Hum? — Virei a cabeça para a janela e senti a luz queimar através das pálpebras fechadas; não queria acordar no escuro.

— Onde você esteve? — Ele soava triste. Devastado. Sentou-se na beirada do sofá. — Procurei por você em todos os lugares.

Meus braços estavam pesados demais para levá-los até o rosto dele, de modo que me dei por satisfeita em envolver-lhe os cotovelos e puxá-lo para mim.

— Você realmente não se lembra?

— Você não me contou. Achei que estivéssemos indo para algum lugar, mas não consigo me lembrar. Sei que eu estava com uma mochila. Tentei ligar para você.

A mágica do esquecimento tinha fechado as rachaduras durante a minha ausência. Gemi.

— Está tudo bem — murmurou ele. — Podemos falar sobre isso depois, ou não, você decide. Já liguei para Lidea e para Sarit. Elas querem vir te ver.

Abrir os olhos já era difícil. De forma alguma eu conseguiria sorrir para qualquer visita.

— Agora não.

— Agora não — concordou ele. — Quer alguma coisa?

Falei sem pensar. Havia uma única coisa que eu sempre desejava.

— Música. Toque para mim.

Ele depositou um beijo em minha testa e andou até o piano, que ficava no meio da sala. Notas longas e baixas preencheram o aposento, reverberando na madeira polida e nas estatuetas de pedra. Era uma sala feita para a música, e mergulhei no som como se ele fosse um travesseiro de penas.

Sonhei com quartos escuros e lágrimas negras, e o destino do qual eu quase não conseguira escapar.

Acordei presa num emaranhado de cobertores. Afastei-os com um movimento brusco, levantei do sofá e corri até o banheiro mais próximo, onde despejei todo o conteúdo do meu estômago.

Ao sair do banheiro de novo, Sam rosnava para o DCS:

— Diga a eles para adiarem a reunião. Ela não está em condições de sair agora...

"Ela está muito doente...

"Não, ela *estava* melhor, até que alguém a atacou na praça do mercado. Logo depois, Deborl a encurralou num canto...

"Você é a Oradora, Sine. Faça sua decisão prevalecer...

"Defenda-a. Defenda todas as almasnovas e faça alguma coisa para *ajudar*."

Sam não fazia ideia do quanto alguém precisava defendê-las. Alguém tinha que impedir Janan de continuar machucando as almasnovas. Alguém tinha que fazer isso.

Esse alguém era eu.

Chorei até pegar no sono novamente.

Quando finalmente consegui abrir os olhos sem entrar em pânico, Sam me trouxe uma xícara de chá e um prato com torradas e manteiga. As linhas de preocupação e as olheiras escuras tinham desaparecido, o que significava que eu devia ter dormido um bom tempo.

Eu havia perdido uma semana no templo, e mais tempo ainda dormindo após escapar. Se continuasse desse jeito, não teria lembranças de minha vida.

Poderia muito bem ter sido uma daquelas almasnovas presas em meio à escuridão e à luz onipresente.

Fiz menção de tomar um gole do chá, mas baixei a xícara a meio caminho da boca e esperei enquanto Sam secava uma lágrima que escorrera por minha bochecha. Isso era tudo o que me restara: algumas poucas lágrimas. Eu nem sequer tinha energia para chorar de verdade.

— Gostaria de não ter entrado lá. — Tomei o chá de uma vez só, botei a xícara de lado e esfreguei o rosto com as mãos. Precisava desesperadamente de um banho. E de uma semana de sono de verdade. Sem pesadelos. — Onde estão minhas coisas? Meu caderno? — Tinha que trabalhar na tradução dos livros do templo.

— No seu quarto. Quer subir?

— Depois que terminar isso aqui.

Sam franziu o cenho, mas esperou enquanto eu comia a torrada e reunia forças para me levantar. Eu parecia uma lembrança de mim mesma após tanto tempo sem me alimentar e de todo aquele choro. Sentia-me leve e pesada ao mesmo tempo, e oscilei ao apoiar meu peso sobre as pernas doloridas. Elas estavam mais finas? Se eu tirasse a roupa e me olhasse no espelho, será que conseguiria contar minhas costelas? Eu me sentia tão oca!

Consegui subir sem tropeçar, lembrando-me o tempo inteiro que não estava mais fugindo do poço de Meuric. Sam entrou no quarto atrás de mim e ficou por perto enquanto eu procurava por roupas limpas. Não disse nada ao me ver seguir para o chuveiro.

A água quente lavou as camadas de memória. A morrinha do aposento esférico e do outro, virado de lado; o fedor de podre de Meuric e de seu olho, e o ranço do meu próprio suor. Observei tudo isso escorrer pelo ralo.

Uma vez vestida, sentei na cama, ao lado do Sam.

— Você dormiu na sala hoje? Quero dizer, ontem à noite? — Minha janela mostrava um céu púrpura, com estrelas começando a despontar. Era fim de tarde.

— Tenho medo do que pode acontecer se eu tirar os olhos de você.

— Se você achava que tinham me sequestrado, por que disse a todo mundo que eu estava doente?

Uma linha se formou entre os olhos dele.

— Checamos todo mundo que já se manifestou publicamente contra você, como, por exemplo, Merton, mas eu tinha medo de que, independentemente do que houvesse acontecido de fato, as pessoas encontrassem um meio de distorcer a verdade. Que dissessem que você tinha sido sequestrada porque todos a odeiam, ou que tivesse fugido para viver com as sílfides. Não sei. Pessoas assustadas são excessivamente criativas. Elas poderiam inventar alguma coisa; assim sendo, se eu dissesse apenas que você estava doente e ninguém soubesse a verdade... que você estava desaparecida... eu conseguiria controlar o que estava sendo dito.

— Sam. — Tentei não pensar no quanto eu teria ficado assustada se estivesse no lugar dele. Não podia culpá-lo pelo modo como me observava agora. — Sam — murmurei de novo, porque tudo o que eu conseguia dizer era o nome dele.

Sam pousou a mão sobre a minha, que descansava em meu colo.

— Acho que nunca fiquei tão assustado quanto naquela noite, quando não consegui te encontrar. — Soltou um suspiro longo e trêmulo. — Estive na casa de todas as almasnegras, verifiquei cada armazém e prédio, tanto no bairro agrícola quanto no industrial, e todos os armários da Casa do Conselho. Durante essa semana, acho que não dormi mais do que cinco minutos a cada tentativa. Quando nos conhecemos, você me perguntou qual era a coisa mais assustadora em que eu conseguia pensar.

O dia estava frio e límpido, e eu tinha tantas perguntas. Sequer sabia quem ele era, apenas que salvava estranhos de lagos congelados. Desejei que ele pudesse me salvar daquele choque petrificante agora.

— Eu me lembro — murmurei. — Você disse que era não saber o que aconteceria se morresse e não retornasse. Para onde você iria? O que poderia fazer? — Minhas entranhas se retorceram.

— Na outra noite, quando não consegui te encontrar, percebi que essa já não era mais a resposta. — Ergueu minha mão e a apertou contra o coração. Ele batia acelerado sob as pontas dos meus dedos. — Se alguém me perguntasse agora, diria que a coisa mais assustadora em que consigo pensar é perder você.

Não soube como responder.

— Gostaria de poder colocar em palavras todas as coisas que você me faz sentir. Tentei transformá-las em música, mas nem isso é forte o bastante.

Queria perguntar como ele sabia, como conseguia distinguir a diferença entre amor e paixão. No entanto, não tive a chance de forçar minha boca a formular as palavras, porque ele começou a beijar meus dedos um por um e meu foco acabou concentrado nos lugares em que nossos corpos se tocavam. Nossos joelhos, as mãos dele em meu pulso, seus lábios sobre meus dedos.

Depois de beijar cada dedo, ele virou a palma para cima e levou minha mão ao rosto.

— Você é parte de mim, da minha existência. — Os músculos do maxilar se contraíram sob meus dedos. — Nada tem graça sem você.

Se Sam tivesse desaparecido, eu teria me jogado em cima dele para impedi-lo de se afastar de mim de novo. Em minhas fantasias, podia senti-lo debaixo de mim, seus ossos e músculos, e a sólida presença *dele*. Em minhas fantasias, Sam permaneceria embaixo de mim pelo resto da vida.

Fiquei ao mesmo tempo aliviada e decepcionada por ele não ter o mesmo impulso. Ou talvez apenas conseguisse se controlar melhor.

Ele suspirou e soltou minha mão.

— Ainda não estou seguro de que você não vá desaparecer se eu não a estiver tocando. — Olhou para os meus dedos, agora dobrados sobre meu joelho. Fez menção de tomá-los de novo, mas hesitou. Talvez desejasse se jogar em cima de mim afinal. — Mas agora você está de volta, e temos tantas coisas para fazer, o que significa que o que eu quero terá de esperar. O que quer que tenha acontecido com você, deve ter sido terrível.

O fedor de Meuric, a escuridão com as almas choramingando e a voz de Janan em meu ouvido. Minha respiração saiu engasgada.

Sam prendeu uma mecha de cabelos úmidos atrás da minha orelha.

— Quer me contar?

— Você não quer saber — sussurrei, odiando a mim mesma por todas as coisas terríveis que eu o faria sentir. — Mas é importante que saiba.

Ele esperou.

— Em primeiro lugar, precisa saber que por um curto período de tempo, você sabia exatamente onde eu estava. Tinha planejado entrar no templo comigo.

— Isso não é possível.

— É sim. Eu tinha a chave. — Mas agora ela se fora. Será que o estranho a entregara a Deborl? O que eles pretendiam fazer com ela? — Íamos entrar juntos. Você tinha insistido, e eu não queria ir sozinha. Mas Stef te viu e eu tive que entrar antes que perdesse a chance. O problema é que Janan manipula a memória de todo mundo. Vocês não têm permissão de saber certas coisas, de modo que as esquecem, e não questionam as inconsistências porque nem mesmo as percebem.

— Isso parece loucura — murmurou ele. — A gente se lembra de tudo, desde nossa primeira vida.

— Não se lembram, não. — Toquei a mão dele. — Vocês não se lembram de tudo. E tem mais uma coisa. — Contei a ele o que Janan fazia com as almas como eu.

19
TRANSFORMAÇÃO

DEPOIS DE CONTAR a Sam tudo o que havia acontecido no templo, não tive energia para tentar traduzir os livros, ainda que fosse o que eu pretendia fazer.

Em vez disso, recomecei a chorar, e Sam me conduziu de volta para a sala, porém agora com um ar mais sombrio e distante. A noite caíra fazia tempo, de modo que apenas as lâmpadas e os reflexos na madeira polida iluminavam o ambiente. Deitei novamente no sofá e me enrolei nos cobertores, e fiquei escutando o eco dos passos dele na cozinha. O som das portas dos armários sendo abertas e fechadas, o chiado da água fervendo e o tilintar da colher na xícara enquanto ele adoçava meu chá.

Ele botou a xícara para mim numa das mesinhas de canto e foi trabalhar no piano, afinando as cordas sob a brilhante tampa de madeira de bordo e, em seguida, testando a qualidade do som. Volta e meia, Sam parava para tocar, não sem antes perguntar se eu desejava alguma coisa, porém, na maior parte do tempo, fiquei feliz em apenas observá-lo mexer no piano e tocar.

Ninada pelos noturnos e prelúdios, caí no sono. Ao acordar, percebi que a manhã já tinha chegado, cobrindo tudo com uma fina camada de neve. Sam e eu vestimos roupas quentes e nos pusemos a caminho da Casa do Conselho, a fim de apresentarmos meu deveras atrasado relatório de progresso mensal.

Como era de se prever, o Conselho me interrogou exaustivamente sobre minha suposta doença e sintomas, expressando falsa simpatia. Bom, a preocupação de Sine me pareceu genuína. Ela se esforçou para manter a conversa em torno do relatório de progresso, mas era impossível camuflar a desconfiança geral: o Conselho achava que eu estava aprontando alguma coisa.

E não estava? Eu tinha descoberto a máquina de preparar veneno de Menehem, a terrível fome de Janan e o conselheiro Meuric ainda vivo dentro do templo. Era a única cuja memória não tinha sido alterada, estava em posse dos livros do templo e — até recentemente — da chave. As sílfides cantavam para mim.

Não faria diferença que Janan tivesse planos ainda mais sinistros para a Noite das Almas. O Conselho não podia confiar em alguém como eu.

Felizmente, Sam previra as perguntas que eles me fariam sobre a doença e me preparara, de modo que descrevi a terrível sensação de letargia causada pela febre, a qual viera acompanhada de quilos de coriza e ânsias de vômito.

— Morri disso uma vez — explicou Sam ao descermos a escada da Casa do Conselho. Um vento gélido açoitava a praça do mercado, mas não o suficiente para deter as fofocas e o trabalho em geral.

— Hum. — Encolhi-me sob o capuz do casaco, ciente dos olhares em minha direção. Merton estava ali de novo, relembrando a todos sobre o incidente com as sílfides no lago e o quanto era nojento Sam estar envolvido num relacionamento romântico comigo. A orientação do Conselho em relação a isso continuava sendo a mesma: ignorem. — Se você morreu dessa doença — perguntei —, não é um milagre eu ter sobrevivido?

Ele tomou minha mão e a apertou.

— Bem, é. Mas isso foi muitas vidas atrás. A medicina avançou muito nesse meio-tempo. Não se preocupe. A médica que supostamente te tratou é uma boa amiga. Mesmo que eles perguntem, ela não lhes dirá nada.

— Que bom.

Paramos na barraca de pães do Armande, onde tomamos café e comemos bolinhos até ele se dar por convencido de que eu não morreria mais de fome. Sam volta e meia checava seu DCS, mas, afora isso, manteve uma longa conversa com o pai sobre o que cada um planejava comer no almoço. Aquilo me pareceu suspeito, mas nos sentamos a uma boa distância do templo e do grupinho de Merton, enquanto Armande continuava me enfiando petiscos goela abaixo. Não reclamei, mas tampouco consegui ignorar as vozes que vinham da escada da Casa do Conselho.

— As almasnovas são uma praga — gritou uma mulher. — Um castigo pela nossa falta de devoção a Janan.

A teoria dela e a verdade estavam tão distantes quanto o mar e as estrelas, embora fosse uma versão bastante popular.

— Elas não possuem habilidade nenhuma — falou um homem. — Por que devemos nos sentir obrigados a cuidar de alguém que não pode oferecer nada à sociedade? Não temos recursos suficientes para abrigá-las e alimentá-las. O que vai acontecer se o número delas continuar a crescer? Somos... éramos... um milhão de habitantes. Apenas um milhão. Costumávamos achar que éramos as únicas almas no mundo, mas descobrimos... — A voz dele fraquejou, como se ele não acreditasse no que estava prestes a dizer. — ...que isso não é verdade. Agora, todos os limites estabelecidos foram quebrados. O que vai acontecer quando houver mais delas do que de nós?

Olhei de relance para Sam e Armande bem a tempo de vê-los se encolher.

Era uma boa pergunta. Eu também não sabia. Claro que o homem estava tirando conclusões precipitadas. Até onde todo mundo sabia, o número de almasnovas podia ser limitado também. Depois que todas elas nascessem e fossem contadas, eles seriam capazes de dizer quantas almas antigas tinham realmente se perdido durante o Escurecimento do Templo. No mínimo setenta e duas. Talvez mais. De minha parte, tinha a impressão de que assim que atingíssemos esse número, ficaríamos por aí.

Então, ou reencarnaríamos ou não.

Ao meio-dia, Sam se despediu de Armande, desejando-lhe um bom dia, e partimos de volta para a área residencial sudoeste. O vento que cortava as ruas trazia consigo alguns flocos de neve, e o dia estava frio o bastante para que uma fina camada branca se formasse sobre o solo.

Ao chegarmos em casa, uma série de pegadas na neve indicava que alguém tinha se aproximado e se afastado da porta da frente. Elas, porém, estavam muito apagadas, de modo que não consegui deduzir nada, a não ser que o intruso havia passado por ali diversas vezes. Uma luz suave derramava-se pelas janelas da sala. Talvez o Conselho tivesse finalmente cumprido a ameaça de revistar meu quarto. Se eles tivessem levado os livros e a pesquisa e Deborl estivesse com a chave...

Um arrepio de medo percorreu meu corpo.

— Sam?

— Está tudo bem. — Ele me pegou pela mão e me puxou para a porta, onde captei uma suave fragrância. Ao entrar, deparei-me com um mundo totalmente diferente... a sala fora transformada num jardim de rosas.

Vasos dispostos sobre as mesas e prateleiras transbordavam em tons de vermelho e azul. Exemplares solitários decoravam o suporte para partituras do piano e cada degrau da escada. E despontavam também de outros suportes para partituras, dos estojos dos instrumentos e de trás dos objetos decorativos, que serviam tanto para embelezar o ambiente quanto para melhorar a acústica.

O perfume era intoxicante, tão rico que dava para sentir seu gosto. Uma fragrância mais sutil e apimentada preencheu minhas narinas, aquecendo-me ao mesmo tempo em que a porta da frente era fechada e Sam parava ao meu lado, sorrindo.

— Cris ficou sem espaço na estufa?

Sam riu.

— Não que eu saiba.

Perambulei pela sala, tocando as pétalas.

— Gosto da maneira como elas foram combinadas, as vermelhas e as azuis. Por acaso essas são... — Inclinei-me para inalar o perfume de uma delas. — Rosas Fênix? — Elas tinham um número maior de pétalas do que as azuis, com as quais eu já estava acostumada, semelhantes a camadas de papel manteiga.

— São. Tantas rosas azuis e tantas rosas fênix quanto Cris pôde se dar ao luxo de abrir mão. — Sam tirou as botas e se recostou no piano, acompanhando meu progresso pela sala. — Não te vejo tão feliz assim há muito tempo.

— Parece que uma estufa explodiu em nossa sala e deixou... — Fiz um gesto com as mãos, indicando todo o entorno. Elas estavam por todos os lados, mudando a forma como a luz e as cores captavam minha atenção, atraindo meus olhos para lugares que eu não observava desde que chegara a Heart pela primeira vez. Havia rosas ao lado do violoncelo, sobre o cravo e presas em meu suporte de partituras.

E, ao lado da minha nova flauta, apoiada sobre seu estojo polido até brilhar, estava a rosa azul mais perfeita que eu já vira na vida, com pétalas tão insuperavelmente delicadas que não pareciam reais. O botão curvou-se sob meus dedos, macio como o ar.

Virei.

— Por que você pediu a ele para fazer isso?

Sam sorriu ao me receber em seus braços, que se fecharam em volta da minha cintura de maneira firme e determinada.

— Por que não? — Apertou-me com força, e quando ergui os olhos para ele, me beijou.

Deixei-me perder no roçar daqueles lábios, nos arrepios provocados por seus dedos em meu rosto, no pescoço e nos ombros, e nas fortes marteladas de seu coração sob minhas palmas. Estava tão concentrada no modo como a boca dele se encaixava na minha que quase não escutei o zíper do meu casaco sendo aberto. Quando ele parou de me beijar, dei um passo para trás e Sam puxou o casaco para baixo dos meus ombros; deixei os braços penderem ao lado do corpo e o tecido caiu no chão com um suave farfalhar.

— Eu te amo. Já disse isso desde que você voltou? — Sam fechou as mãos em meus quadris, mas não esperou resposta. — Tenho vontade de dizer isso o tempo todo. A cada minuto. Desde que você voltou, tudo em que consigo pensar é no quão perto estive de te perder de vez. No quão perto você esteve de ser... — Desviou os olhos com uma expressão sombria.

— Você se lembra? — Eu ficaria tão feliz se não tivesse que ficar explicando ou lembrando o Sam de que não tinha realmente desaparecido. — Lembra de tudo o que eu te contei sobre o templo e o que acontece lá dentro?

Ele anuiu, parecendo devastado.

— Fico me lembrando o tempo inteiro.

— E sobre o muro branco ao norte? Antes do ataque dos dragões? — Mordi o lábio.

Um leve brilho de reconhecimento cintilou no rosto dele, mas Sam negou com a cabeça.

— Não. Alguma coisa, mas não. — Calou-se, aparentemente concentrado em brincar com meu cabelo. Senti um leve repuxar no couro cabeludo nos pontos em que os dedos dele embrenharam-se entre as ondas. — Sei que deveria me lembrar de certas coisas, mas não consigo.

— Eu sei. — Meu coração martelava em meus ouvidos.

— Você se lembra de tudo.

Sorri, um pouco sem graça, mas aliviada pelo fato de minha nova existência ser boa para alguma coisa.

— Eu não renasci.

— E tem coisas que passei a me lembrar por sua causa.

— É verdade. — Pelo menos, eu parecia ser a responsável. Era pouco provável que após cinco mil anos a mágica do esquecimento começasse a se rachar exatamente no meio desta vida. Eu era a única coisa que havia *mudado*.

Uma ligeira sensação de importância explodiu dentro de mim.

— Estou feliz por você estar aqui.

Joguei os braços em volta do pescoço dele e o puxei mais para perto.

— Por que eu te faço lembrar das coisas? — Não queria pensar em Janan naquele exato momento. Queria que Sam me beijasse.

— Por vários motivos. — Ou ele leu meu pensamento ou o modo como nossos corpos estavam pressionados, com apenas um punhado de roupas entre nós.

Nosso beijo fez com que o tempo parasse e os pensamentos fossem interrompidos. Tudo o que eu conseguia sentir era o sabor da boca dele, a respiração trêmula e ofegante, os dedos calejados em minhas costas. O ar frio roçou minha pele no ponto em que Sam levantara a camiseta, um forte contraste com o modo como ele me fazia arder de desejo. Não tinha palavras para o que desejava fazer com ele, mas se eu conseguisse me apertar mais e mais...

— Ninguém acreditaria que a Ana ficou terrivelmente doente por uma semana se visse isso. — A voz de Sarit transbordava divertimento, e me virei para encará-la, juntamente com Cris e Stef, parados diante da porta da cozinha.

— Ah, me desculpem. — Deu uma risadinha, nem um pouco arrependida. — Não tive a intenção de interrompê-los, mas achei que vocês gostariam de saber que trouxemos o almoço.

Senti o rosto corar de vergonha, mas não deixei de perceber o modo como Cris nos fitava sem expressão e Stef parecia... chateada? Zangada? Não saberia dizer.

— Almoço? — Minha voz soou esganiçada. Não tinha certeza se conseguiria comer alguma coisa depois de Armande ter me enfiado metade dos produtos de sua barraquinha goela abaixo, mas para contornar aquele momento constrangedor eu comeria qualquer coisa.

Nós cinco passamos cerca de uma hora atacando os pratos de carne de capivara grelhada com legumes, botando a conversa em dia e admirando as rosas.

— Convoquei Stef e Sarit para ajudar. Não achei que você fosse se importar com a presença delas aqui na sua casa. — Cris já esvaziara o prato e olhava para o meu, ainda pela metade. Alto daquele jeito, não era possível que ele ainda estivesse em fase de crescimento. Com certeza não. Mas quando ofereci o restante do meu prato, Cris o aceitou como se não comesse há dias.

— E não me importo mesmo. — Sam deu uma risadinha e pegou minha mão por baixo da mesa. — Stef praticamente mora aqui em casa e, nos últimos tempos, Sarit tem passado muito tempo aqui também.

— Para ser totalmente honesta — retrucou Sarit. — Preciso admitir que o fato de eu aparecer mais desde que uma nova musicista veio morar aqui não é coincidência. — Deu uma piscadinha para mim. — A propósito, vocês não praticaram hoje de manhã, praticaram? Deviam tocar para a gente agora. Considerem isso um pagamento por todo o trabalho que tivemos arrumando as rosas.

Antes que eu pudesse pensar numa resposta, o DCS dela tocou e ela pediu licença, indo atendê-lo do outro lado da sala. A animação desapareceu de sua voz enquanto falava e, ao retornar, ela quase aparentava sua verdadeira idade.

— Era Lidea. Alguém quebrou a janela do quarto de Anid. Várias das coisas dele foram levadas. Ele não estava lá, mas a ameaça foi clara. Lidea está enlouquecida e Wend não sabe o que fazer. — Apertou os lábios numa linha fina. — Não tenho certeza de que Wend está lidando bem com o estresse. Ele perdeu tantos amigos durante o Escurecimento do Templo, e agora isso? Não foi a primeira vez que eles receberam ameaças, mas sem dúvida foi a pior.

Não consegui pensar direito com o zunido em minha mente. Alguém tentara machucar Anid.

Por mais que eu quisesse me sentir chocada por alguém ter tentado fazer isso... me lembrava de como eu havia crescido, do modo como Li sempre me tratara, e de como as pessoas viviam me lançando olhares maliciosos. Elas continuariam tentando ferir Anid.

— Isso só vai piorar — murmurei, e todos se viraram para mim.

— Ana, minha querida. — Stef tentou me tranquilizar. — Lidea é forte. Ela vai se certificar de que Anid permaneça em segurança. Não se preocupe com isso.

— Não. — Minha voz falhou quando me levantei. — Eu *tenho* que me preocupar. Outras almasnovas irão nascer, e todas terão que enfrentar esse tipo de ódio. Se eu não defendê-las, quem vai fazer isso?

— Nós todos vamos — replicou Cris. — Somos seus amigos. Queremos ajudar.

Sam me fitou, esperando. Parecia orgulhoso, o que fez meu coração dar um salto.

— Já sei! — falei após alguns instantes, e contei os dias mentalmente. Menos de uma semana, mas talvez... — Tenho uma ideia, só que preciso falar com algumas pessoas. Hoje.

Parte de mim estava preparada para a possibilidade de eles tentarem me dissuadir. Outra parte, menor, esperava que rissem e quisessem me apaziguar. No entanto, Stef assumiu um ar sério, focado, e imediatamente pegou seu DCS.

— Tudo bem. Quem você quer chamar?

Uma sensação de alívio invadiu meu corpo.

— Pessoas confiáveis. Vocês. Lidea e Wend. Orrin e Whit. Armande.

— E quanto a Sine? — perguntou Cris.

Fiz que não.

— Acho que isso causaria um conflito com a posição dela no Conselho. — De mais a mais, ela andava diferente comigo ultimamente. Talvez pelo fato de ter se tornado a Oradora e o Conselho a pressionar mais do que nunca, porém o cargo tornava a decisão mais fácil.

Citei mais alguns outros nomes e todos pegaram seus DCS e começaram a enviar mensagens. Um certo calor substituiu o horror da notícia de Sarit. Eu podia fazer alguma coisa. Talvez não fosse capaz de fazer nada pelas almas dentro do templo, mas *convenceria* o Conselho de que as almasnovas mereciam ser tratadas como pessoas de verdade.

Mesmo que eu os tivesse convidado, fiquei surpresa com o fato de todos aparecerem.

Alguns, como Moriah e Lorin, amigos do Sam, eram meus professores em várias matérias. Já Whit e Orrin eram meus amigos, e gostavam de implicar comigo por causa do tempo que eu passava na biblioteca. Tinham até tentado me convencer diversas vezes a me tornar uma arquivista como eles.

Lidea e Wend foram os últimos a chegar, com Anid enrolado numa centena de cobertores. Wend, que carregava uma pequena loja de artigos para recém-nascidos numa bolsa, me lançou um olhar estranho ao entrar atrás de Lidea.

Armande se apropriou da cozinha para preparar café e chá e, depois que todos tiveram a chance de brincar um pouquinho com Anid e admirar as rosas, acomodaram-se nas cadeiras, nos bancos dos instrumentos e no sofá, esperando para descobrir a razão de eu tê-los convocado.

Bom, de forma alguma eu conseguiria ver todo mundo de onde estava, e Sam não ficaria muito feliz se eu subisse em cima do piano. Assim sendo, galguei os primeiros degraus da escada que levava ao segundo andar e apoiei os cotovelos no corrimão, de modo a poder observar todos os convidados.

Sentado ao lado de Stef, Sam me ofereceu um sorriso encorajador. Ele fazia com que eu me sentisse forte.

Tentei organizar as ideias e pigarreei para limpar a garganta, e todos ergueram os olhos.

— Gostaria de começar lembrando a vocês o que aconteceu na noite em que Anid nasceu.

"Até onde eu sei, foi uma cerimônia de renascimento normal. Muitas pessoas compareceram, na esperança de testemunhar a reencarnação de um amigo. Mas quando os Contadores de Almas anunciaram que Anid era uma almanova, tudo mudou. Alguns de vocês estavam lá. Podem se lembrar de como as pessoas começaram a gritar e a ameaçá-lo, ainda que ele não tivesse feito nada exceto nascer."

Alguns convidados anuíram e Lidea apertou Anid de encontro ao peito como se estivesse revivendo aqueles minutos de incerteza, em que não pudera prever se a multidão machucaria seu filho ou não. Seus olhos ficaram marejados de lágrimas; Wend permaneceu sentado ao lado dela, rígido e com uma expressão dura.

— O problema é que mais almasnovas irão nascer, e não deveria ser necessário vigiar a maternidade. Sei que as pessoas têm medo do que isso significa e estão zangadas pelo fato de que algumas almas não irão retornar. Essas são reações perfeitamente normais, mas...

Parei antes de entrar na mesma discussão que Sam e eu havíamos tido depois que o Conselho conversara com ele a sós. Eu achava melhor nascerem almasnovas do que alma nenhuma, mas para os outros elas eram uma constante lembrança do Escurecimento do Templo e das almas que haviam se perdido.

— O ponto é... — Tentei conter o tremor em minha voz; era preciso soar firme. — A menos que façamos alguma coisa, as pessoas continuarão a se manifestar contra as almasnovas. Tenho certeza de que todos vocês escutaram Merton e seus amigos falando de mim na praça do mercado.

— De Anid também — acrescentou Lorin.

Pelo menos Merton tinha motivos para falar de mim. O modo como as sílfides se comportavam comigo *era* suspeito. Mas Anid não fizera nada.

— Gostaria de contar a vocês como foi a minha infância e adolescência. Não só por causa da Li... — Todos assoviaram ao escutarem o nome dela. — Mas por ser diferente e compreender, antes mesmo de aprender a falar, o quanto isso fazia com que eu fosse excluída e odiada. Vocês precisam entender o que significa ser uma almanova: é saber que todos desejariam que você fosse a almanegra que substituiu.

De modo hesitante, falei sobre a última Noite das Almas, quase um quindec atrás. Tentei não prestar atenção nos murmúrios e caretas de horror enquanto relatava a maneira como os participantes ao redor da fogueira da cerimônia tinham me fitado. Contei também que precisara ensinar a mim mesma a ler e a realizar as tarefas do dia a dia. Como eu sempre soubera que nada do que eu fazia era novo ou inovador; alguém mais já fizera aquilo ou descobrira uma forma melhor de fazer.

— É humilhante ser nova. Ser a única. — Baixei a voz ao ver Anid aninhado nos braços de Lidea. — E, agora, novas pessoas surgirão e poderão vir a se tornar qualquer coisa. Cientistas, exploradores, músicos, guerreiros. Mas irão se sentir deslocadas e confusas, sempre sabendo que foi o Escurecimento do Templo que lhes permitiu ter uma vida. Elas podem vir a se sentir culpadas por algo sobre o qual não tinham controle algum. Podem sentir que são um erro.

Sam ficou tenso, seu incômodo um lembrete silencioso de todas as vezes em que repetira que eu não era responsável pela morte definitiva de Ciana. Saber, porém, não tornava mais fácil acreditar; as pessoas que jogavam pedras em mim sabiam que eu não tinha feito nada contra Ciana. Tal como Merton, ele sabia, mas continuava falando mal de mim em todas as oportunidades.

— Quero conversar com as grávidas — continuei. — Qualquer uma delas pode dar à luz uma almanova, e vocês não acham que a maioria irá desejar que seu filhos sejam protegidos e tenham seus direitos básicos garantidos? — Certamente elas não eram todas iguais a Li. Lidea não era, o que me dava esperanças. — Sequer recebi permissão de entrar na cidade sem que fosse preciso uma acirrada barganha com o Conselho e que vários de vocês concordassem em ajudar. Não quero que ninguém mais precise passar por isso apenas para ter o direito de viver com o restante da civilização.

"Precisamos fazer as pessoas entenderem que as almanovas que elas gerarem irão…" Engasguei, como se não conseguisse dizer a palavra. Talvez não conseguisse mesmo até então. "Amá-las independentemente de qualquer coisa. E precisarão ser amadas também."

Sam empertigou-se ao escutar a palavra. Ela soava estranha na minha boca.

Ele provavelmente estava imaginando se eu havia amado Li apesar de tudo. A morte dela me deixara *realmente* chateada, mas eu jamais a tinha amado.

— Se mais pessoas souberem, isso talvez ajude. — Minha voz falhou; tentei olhar para qualquer lugar que não os olhos dos outros. Para a harpa ou as prateleiras hexagonais. Talvez eles pensassem que eu estava tentando manter contato visual com todos, só não chegara neles ainda. — O que eu quero dizer é: vale a pena discutir os direitos das almasnovas. A invasão na casa da Lidea é indesculpável. O que eles pretendiam fazer com Anid? Matá-lo?

Do outro lado da sala, Lidea estremeceu e apertou Anid de encontro ao peito. Ao lado dela, Wend mudou de posição e me encarou, parecendo surpreso por eu imaginar que coisas tão terríveis pudessem acontecer.

— Tanto Anid quanto os outros que logo estarão aqui conosco merecem nosso apoio. Eles irão proporcionar ao mundo novas ideias e diferentes formas de ver as coisas, mas no momento não há leis que os protejam. Como eles podem vir a se sentir parte da comunidade se ninguém se dispuser a defendê-los?

— Concordo. — Atrás de todos os demais, Cris abriu um sorriso de orelha a orelha. — Nós ficamos tão obcecados pelas perdas que ocorreram durante o Escurecimento do Templo que não pensamos no que estamos prestes a ganhar. Quase uma centena de pessoas *novas*.

— Eles conversam sobre isso nas reuniões do Conselho — observou Stef —, mas é claro que até agora ninguém apareceu com soluções nem nada de concreto. Ficam rondando o assunto como se tivessem todo o tempo do mundo.

Assenti em concordância.

— Acho que é fácil esquecer que o tempo é diferente para a gente. Vocês têm tempo. As almasnovas... não sabemos ainda. — E provavelmente só iríamos descobrir depois que eu morresse.

— Como disse a Ana — acrescentou Armande —, as almasnovas terão seus próprios talentos e ideias. Nós temos que estar prontos para aceitá-los, e encorajá-los.

Lidea olhou para o bebê.

— Não estávamos prontos para a Ana e, mesmo sabendo que era uma possibilidade, não estávamos prontos para o Anid. Só que eles não serão os últimos.

— Ainda há tempo para ele — repliquei. — Para Anid, todo segundo conta. Dias parecerão anos, e anos parecerão séculos.

E, para todos os demais, esses dias e anos eram tão céleres quanto as batidas de um coração.

Sam baixou os olhos enquanto Stef o observava de esguelha. Por um momento, a expressão dela tornou-se mais branda.

— Conversarei com qualquer um que queira entender como é ser uma almanova. E direi a vocês tudo o que desejarem saber. — Minha boca parecia ter mente própria. Não era minha intenção fazer aquela oferta... contar a *estranhos* como Li havia rido na primeira vez em que eu menstruara? Mas assim que as palavras foram proferidas, resolvi acatá-las. Faria isso por Anid e por todos aqueles que ainda não tinham nascido. E por aqueles que jamais nasceriam.

— É muito generoso da sua parte — disse Lidea. — Na verdade, eu tenho algumas dúvidas, mas estava relutante em perguntar.

— Farei o que for possível para ajudar. — Forcei-me a passar para o tópico seguinte, o motivo de tê-los convocado. — A primeira coisa que quero fazer é falar com nossos amigos e descobrir se eles estariam dispostos a apoiar as almasnovas. Imagino que a maioria vá dizer não, mas precisamos tentar.

Orrin ergueu uma sobrancelha.

— Não creio que você vá ter tantos problemas quanto está imaginando.

— Nesse ponto é onde nós entramos? — adivinhou Moriah.

— Exatamente. — Relaxei quando todos disseram que queriam ajudar. Minha ideia não era tão idiota afinal de contas. Orrin acreditava que as pessoas seriam receptivas. — Fiz uma lista das mulheres que eu sei que estão grávidas. — Exceto por duas que sabia através das fofocas de Sarit, mas que não deveria saber. — Podemos começar por elas.

— Parece razoável. — Sarit sorriu com toda a inocência do mundo, como se não tivesse sido ela quem me fornecera a maior parte das informações. — Cada um de nós pode falar com pelo menos duas pessoas para apresentar a elas a proposta básica e, se necessário, marcaremos outra reunião com você.

— Colocando assim, parece tão fácil! — Dei uma risadinha. — Mas precisamos fazer isso rápido, porque a segunda parte deverá ocorrer no dia do mercado, quando todos estiverem na praça.

Cris tomou um gole do café.

— Isso nos dá menos de uma semana.

— Exato. O que significa que temos muito trabalho a fazer, se todos estiverem dispostos a ajudar.

— Vai ser mais fácil com todo mundo ajudando — comentou Sarit, e todos os meus amigos assentiram.

Não conseguia acreditar. Eu os chamara ali porque tinha *esperanças* de que eles quisessem ajudar, mas a confirmação encheu meu coração de gratidão.

— Em primeiro lugar — continuei —, precisamos ligar para Sine e nos certificar de que podemos usar a escada da Casa do Conselho. Sam irá tocar uma música no piano.

Ele pareceu surpreso, mas animado, e algumas pessoas deram vivas.

— Quando todos estiverem prestando atenção, irei falar em nome das almasnovas. Quero que o Conselho veja que há cidadãos apoiando os direitos delas, quero que saibam que a chegada delas está sendo discutida. Não apenas pelas pessoas que nos odeiam. — Tentei imprimir força à minha voz. — E, se alguém quiser dizer mais alguma coisa, vou adorar, assim não terei que ficar sozinha lá em cima. — Sam, Sarit e Orrin ergueram as mãos imediatamente. Outros se juntaram a eles em seguida.

Desci a escada e, assim que meus olhos encontraram os de Sam, sorri ao vê-lo murmurar:

— Estou orgulhoso de você.

Tomada por uma sensação de aconchego, sentei-me no braço do sofá e peguei a lista para que pudéssemos decidir quem faria o quê. Aquilo talvez realmente funcionasse.

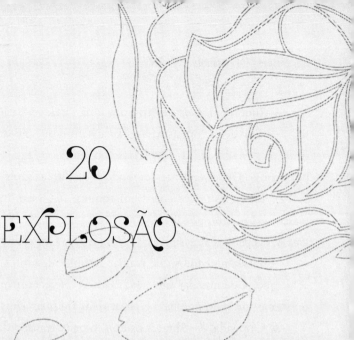

20
EXPLOSÃO

DEPOIS QUE TERMINAMOS de decidir quem faria o quê para nossa apresentação no dia do mercado, nos dividimos em grupos menores. Conversei com Lidea, dando-lhe mais detalhes sobre as coisas que gostaria que tivessem me ensinado durante a infância. Cris, Moriah e Orrin discutiam a possibilidade de aulas para os pais das almasnovas, assim como para elas.

A melodia das vozes enchia a sala de vida, fazendo-a brilhar como o sol do meio-dia, e a fragrância das rosas dava a todos uma sensação de aconchego. O bebê chorou, e Lidea o levou até o outro lado da sala para trocar a fralda. Ao retornar, perguntou se eu não queria segurá-lo.

Ele não era pesado, mas esperneou um pouco, assustado. Em seguida, se aquietou.

— Ele é lindo. — Muito mais bonito do que da primeira vez em que o vira, todo molhado e vermelho. Mas provavelmente Lidea e Wend não gostariam de ouvir isso.

— Eu sei. — Ela deu uns pulinhos. — Ele é um menininho maravilhoso. Eu o amo mais do que qualquer outra coisa. Quero dizer... — Olhou para Wend, que fingiu fazer bico. — Ele e aquele outro ali dividem o título de meu maior amor.

Os dois flertaram um pouco até Cris e Sarit se aproximarem.

— Acabei de ter uma excelente ideia — anunciou Sarit.

— Nós. — Cris revirou os olhos. — Nós tivemos uma ideia.

— Tudo bem. *Cris e eu* tivemos uma ideia. — Sarit se apoiou nas costas do sofá. — Tem a ver com as rosas. *Nós* achamos que, no dia, podíamos usá-las para decorar a escada da Casa do Conselho, que nem aqui essa noite. Não só ficaria bonito, mas Cris estava me contando o quanto as azuis são especiais para você.

— Eu e elas temos coisas em comum. — Sorri, imaginando as colunas da Casa do Conselho envoltas em vermelho e azul. Rosas fênix para as almas antigas. Azuis para as almasnovas. — Temos rosas suficientes?

— Talvez tenhamos que roubar algumas dessas — respondeu Cris —, mas acho que podemos dar um jeito. Sarit se ofereceu para fazer os arranjos, e eu posso dar um pulo no chalé e pegar mais algumas azuis se for preciso.

— Obrigada. — Abracei os dois, o peito transbordando de gratidão. Talvez, quem sabe, outros percebessem o significado das rosas também, e vissem como elas ficavam lindas juntas. Heart poderia ser assim.

— O palco vai ficar lindo! Não acha? — Lidea cutucou Wend, que assentiu.

— Agora é minha vez de segurar Anid. — Sarit estendeu os braços. — Me passa logo, ou sem flores para você, joaninha.

Ri e o entreguei a ela. Quando Sarit, Lidea e Wend se afastaram em direção ao piano, Cris se sentou no braço do sofá e disse baixinho:

— Estive pensando naqueles seus símbolos. Esqueci de trazer a lista.

— Ah. — Estremeci. Era fácil demais lembrar de Meuric preso na torre, sua voz arranhada, o fluido escorrendo do olho. A alegria com que ele me contara que Janan estava consumindo as almasnovas. Apertei o estômago, tentando engolir o gosto ácido que surgiu no fundo da garganta.

— Você está bem? — Cris tocou meu ombro. — O que houve?

— Acho que preciso de um pouco de água.

Cris levantou do braço do sofá e me conduziu até a escada.

— Sente aqui, fora do caminho. Vou pegar um copo.

Sentei num dos degraus mais altos, de onde podia ver todos os convidados conversando e admirando as rosas, e tentei relaxar. Eu não estava no templo. Estava segura. Ia fazer algo para ajudar as almasnovas que estavam para nascer. Decifraria os livros do templo. Descobriria a ligação entre Janan e as sílfides. E, então... o quê?

Ainda não fazia ideia do que Janan planejava para a Noite das Almas.

— Concentre-se — murmurei comigo mesma, fechando os dedos em torno do caule de uma rosa azul. Primeiro as almasnovas.

A voz de Stef soou bem debaixo da escada.

— Viu a Ana segurando o Anid ainda há pouco? Bebê segurando bebê.

Trinquei os dentes.

— Ana é adulta — retrucou Sam. — Quase quatro anos mais que seu primeiro quindec. Se as almasnovas tivessem os mesmos direitos, ela já estaria trabalhando há anos.

Gostei de vê-lo sair em minha defesa, mas não era como se eu sempre tivesse sabido o que pretendia fazer. Eu *gostava* de aprender diferentes coisas.

— Fisicamente — rebateu Stef —, quatro anos mais que seu primeiro quindec descreve você também. Mas isso é a parte física. Ana é uma gracinha, e todos podem ver por que você gosta dela, mas pare de fingir que cinco mil anos não fazem diferença.

— Ela evoluiu mais nos últimos meses do que muitos de nós em uma vida inteira. Mesmo antes de nós a conhecermos, Ana já havia ensinado a si mesma a fazer coisas que nós levamos séculos para aprender. Ela não é uma *criança* há muito tempo.

Eu certamente não me sentia uma criança.

Sam falava tão baixo que quase não dava para escutar.

— Ela pode vir a nos ensinar um milhão de coisas, simplesmente pela vantagem de ser nova e ver as coisas de forma diferente.

— Como o Escurecimento do Templo?

A voz dele tornou-se uma navalha.

— Ana salvou nós dois naquela noite. E centenas de outros. O resto foi obra de Menehem. Você sabe disso. Ela é tão responsável pelas ações dele quanto você.

— No que diz respeito a ela, você é um caso perdido. — Stef soltou um longo suspiro e sua voz tornou-se fria como aço. — Escute, Dossam. As pessoas andam falando sobre o relacionamento de vocês. O que quer que você tenha feito com ela é inapropriado. O que quer que *deseje* fazer é inapropriado. Ana é cinco mil anos mais nova do que você, e, se ela não tem juízo, você deveria ter.

Fechei os olhos com força, feliz por estar ali na escada, onde ninguém repararia em mim. Mais do que tudo, queria ir direto até ela e mandá-la cuidar da própria vida, mas ainda havia tanta gente na sala, todos conversando e se divertindo.

— As pessoas não entendem. Um dia — rosnou ele —, vocês terão que aceitar. Não me importo se ela tem dezoito ou oitocentos, eu a amo mais do...

— Do que o quê? — A voz de Stef soou baixa e perigosa. — Do que a música? Do que a mim? Do que todos com quem você conviveu nos últimos cinco mil anos? — Fez uma pausa, e o silêncio pesou como naqueles momentos entre o espocar do raio e o rugido do trovão. — Mais do que todas as almasnegras?

Apertei o caule da rosa com tanta força que ele quebrou. Será que Sam me amava tanto assim? Seria esse tipo de amor possível?

— Sim. — A palavra foi pouco mais que um suspiro. — Mais do que tudo isso.

Fui invadida ao mesmo tempo por uma sensação de horror e alívio. Stef se incluíra na lista.

— Não é justo me pedir para comparar sentimentos — murmurou Sam.

Nesse momento, Cris voltou com o copo d'água e se sentou um degrau abaixo, mas mesmo assim continuou bem mais alto.

— Você escutou o que eles estavam falando? — Ele manteve a voz baixa e, quando dei de ombros, inclinou-se ligeiramente em minha direção, apoiando o cotovelo alguns degraus acima. — Não deixe isso te afetar. Stef provavelmente anda escutando um monte de fofocas maliciosas... talvez até mais do que você ou o Sam, visto que ela é amiga dele há muito tempo e as pessoas sabem...

— Que ela o ama — sussurrei para a água.

Cris baixou os olhos e anuiu.

— O amor faz as pessoas fazerem coisas estranhas de vez em quando.

— Não tem problema. — Soltei a rosa que estivera segurando e tomei um longo gole de água, tentando pensar numa maneira de escapar dali. Cris era bacana, e precisava me lembrar de falar depois com ele sobre os símbolos dos livros, mas no momento tudo o que eu queria era conseguir sobreviver à noite. — Obrigada pela água. Vou ver se alguém quer tocar alguma coisa.

Cris precisou se desdobrar para conseguir se pôr de pé, e, em seguida estendeu a mão para me ajudar a levantar. Desci com ele e fui pegar minha flauta.

Foi o suficiente para atrair os olhares. Primeiro os de Sam e Stef, ambos de cara amarrada devido à briga. Em sequência, o burburinho de conversas diminuiu e algumas pessoas começaram a escolher instrumentos ou procurar por suportes para partituras. Até onde eu sabia, a maioria delas tocava mais de um instrumento. Eram todos amigos do *Sam*, afinal.

Depois que cada um escolheu o seu, Whit e Armande subiram correndo até a biblioteca de música e voltaram com as partituras adequadas a cada instrumento. Sam ajustou as luzes para que todos conseguissem ler.

Começamos com escalas de aquecimento e, então, passamos para algumas peças que todos conheciam. A princípio achei que eles estivessem escolhendo músicas fáceis pelo fato de eu ser nova, mas após algumas belas arranhadas de Lorin no oboé, percebi que ninguém estava tentando facilitar nada para mim não.

Por mais improvável que pudesse parecer, eu tocava melhor do que várias daquelas pessoas; mas também, praticava várias horas por dia, enquanto elas só treinavam quando tinham vontade ou quando Sam marcava um concerto em grupo.

No entanto, assim que Moriah, Orrin e Whit ensaiaram uma canção folclórica extremamente veloz no violino, violoncelo e clarinete, respectivamente, meu orgulho caiu por terra. *Eles* treinavam diariamente. Algum dia eu seria tão boa quanto os três. Melhor.

Sarit cantou uma balada acompanhada por Stef ao piano. Outros se juntaram em duplas ou trios para executar suas peças prediletas. Foram feitas várias viagens à biblioteca de música, o que me causou uma rápida fisgada de preocupação de que um deles entrasse distraidamente no meu quarto e acabasse descobrindo os livros escondidos do templo, mas ninguém sumiu por tempo suficiente para isso. De qualquer forma, Sam escutaria caso alguém entrasse no quarto errado.

Senti o coração inchar de felicidade enquanto tocávamos algumas peças todos juntos e, depois, outras mais em grupinhos menores. Quando eu havia me tornado tão sortuda? Amigos — certamente agora todos eles podiam ser considerados amigos — dispostos a me ajudar com as almasnovas *e* a tocar música comigo? Era inacreditável demais. Maravilhoso demais.

A música ecoava pela sala, enchendo-a de vida. Com os lábios ainda pressionados na boquilha da flauta, esforcei-me para não sorrir ao chegarmos na coda de uma valsa.

— Que tal a Serenata da Rosa Azul? — sugeriu Stef — Alguém viu o alaúde?

— Hum. — Sam olhou de relance para Cris ao mesmo tempo em que a sala mergulhava num silêncio constrangedor. As pessoas olharam de mim para o Sam, para o Cris e para as rosas à nossa volta. — Uma das cordas arrebentou. Ainda não a troquei.

— Por que não algo em que você e a Ana estejam trabalhando? — Cris baixou o clarinete que estivera tocando.

— Ah, não sei, não — respondi. Vínhamos treinando alguns duetos para flauta. Sarit e Stef já tinham escutado algumas vezes, mas tocar para os outros?

— Vamos lá. — Sarit pestanejou de maneira teatral. — Toquem para nós.

Sam me fitou como se a decisão estivesse por minha conta, e acabei concordando, em grande parte para acabar com o constrangimento. Ele jamais mencionara a Serenata da Rosa Azul. Provavelmente nem pensara nisso ao me dar o código para adicionar todas as suas músicas no meu DCS.

Jurei a mim mesma que mais tarde perguntaria o que acontecera entre eles.

Sam começou o aquecimento na flauta enquanto eu procurava nossa música. Meu coração bateu acelerado sob o peso de todos aqueles olhos e ouvidos atentos.

No entanto, assim que os olhos do Sam encontraram os meus e ele marcou o tempo silenciosamente, meu medo evaporou. Empertiguei-me, ajeitei a flauta de modo que as notas altas soassem com mais clareza e toquei como jamais havia tocado antes. Todas as vezes que olhava para o Sam por causa de uma nota prolongada ou de uma mudança no compasso, ele parecia querer sorrir.

Antes que desse por mim, chegamos na última nota e a seguramos até Sam fazer um sinal com a cabeça, finalizando o dueto.

Depois que todo mundo foi embora, fechei e tranquei a porta, e Sam e eu começamos a limpar tudo, conversando sobre quem precisava praticar mais seu instrumento de preferência. Queria perguntar a ele sobre a briga com Stef, mas como abordar um assunto desse tipo?

— O que é isso? — Sam se inclinou para pegar algo no chão. Pescou um pequeno fio de aço com as pontas dos dedos. — De uma das flautas?

— Argh. — Verifiquei a minha. Sem dúvida o fio era uma mola que tinha arrebentado e caído. Várias teclas estavam moles. — Lorin estava mexendo nela. Acho que ela se entusiasmou demais fingindo que sabia tocar.

Sam soltou uma risadinha de escárnio e me entregou a mola.

— De agora em diante, ela está proibida de encostar nas flautas. Pode levar isso lá para cima? Eu te mostro como consertá-la amanhã.

Fiz que sim e levei a flauta e a mola para a oficina, a qual continha dúzias de instrumentos em várias fases de reparo, assim como as ferramentas para consertá-los. Fabricar e consertar instrumentos não era a especialidade do Sam, embora ele dissesse que era importante os músicos saberem o básico. Entretanto, para mim tudo aquilo parecia bem mais do que apenas o básico.

Deixei a flauta sobre a mesa de trabalho e desci novamente. Assim que cheguei no último degrau, um trovão retumbou ao norte, fazendo o chão vibrar.

— Isso foi um terremoto? — Range sofria constantes abalos sísmicos, embora a maioria fosse tão fraca que ninguém sentia.

— Não. — Sam estava branco, olhando para o norte com os olhos arregalados. — Acho que foi uma explosão.

Corri para pegar meu casaco e saí ao encontro da noite fria. Não muito longe dali, um brilho alaranjado destacava-se contra o céu escuro.

Sam surgiu atrás de mim, com uma garrafa de água no bolso e o DCS pressionado no ouvido.

— Alerte todos os guardas e médicos. Rápido.

Descemos correndo a rua enquanto explosões secundárias cortavam a noite. Um som de coisas desmoronando, ruindo, estalando e rangendo ecoava pelo ar. Corri tão rápido quanto minhas pernas permitiam. Sam disparou à minha frente, sem esperar.

Do ponto onde um brilho flamejante emergia por trás de uma fileira de árvores, uma coluna de fumaça elevava-se em direção ao céu escuro, obscurecendo a lua e as estrelas. O fedor acre queimou meu nariz e minha garganta, instalando-se nos pulmões. Meus olhos ficaram imediatamente marejados, ainda que não estivéssemos vendo o fogo propriamente dito, apenas seu brilho despontando entre as árvores.

O rugido das chamas abafava o eco dos meus passos sobre o calçamento — sentia apenas um forte tremor subindo pelas pernas — e os ofegos de respiração causados pelo ar gelado.

O brilho ofuscante do fogo me cegou assim que atravessamos as árvores e alcançamos a casa. Tudo pareceu se tornar um jogo de luz e sombras. Não conseguia enxergar direito porque não sabia como ajustar meus olhos.

Bati de encontro ao Sam. Ele cobriu o rosto com a manga do casaco e, com a mão livre, me entregou um pano molhado. Tentei adivinhar onde ele tinha arrumado a água, mas então me lembrei de que levara uma garrafa no bolso.

— Cubra o nariz e a boca com isso. — O fogo quase engoliu as palavras dele. Os rugidos e chiados estavam mais altos agora que nos encontrávamos parados no jardim. Nuvens de calor eram sopradas em nossa direção, juntamente com a fumaça e algumas fagulhas. Apesar do calor infernal, estava feliz pelo casaco proteger minha pele. Já experimentara queimaduras suficientes por diversas vidas.

— Temos que ajudar quem quer que esteja lá dentro. — Apertei os olhos para tentar enxergar através das silhuetas das árvores e das línguas de fogo. — Quem mora aqui?

— Você não vai a lugar nenhum antes de amarrar esse pano no rosto. — Pressionou o lenço no meu nariz. Minha respiração tornou-se pesada e molhada; era mais difícil do que inalar a fumaça. Sam não estava usando um lenço molhado.

— Mas você... — Mordi a língua ao ver sua expressão, como se pedaços dele estivessem sendo arrancados e lançados às chamas.

— Não posso impedi-la de entrar — replicou, provavelmente num tom normal, porém o fogo abafava as palavras. — Só posso tentar ajudá-la a sair inteira.

Apertei o lenço de encontro ao rosto e assenti com um menear de cabeça. Saímos em disparada em direção à casa.

As construções externas tinham desmoronado na primeira explosão, porém as paredes de pedra branca continuavam intactas. Coisas de Janan. Pelo menos a estrutura inteira não desabaria na nossa cabeça, mas teríamos que tomar cuidado com os móveis lá dentro.

E com o fogo.

Entramos. Todas as portas e janelas tinham explodido — pedaços de vidro partiam-se sob minhas botas —, e as mesas e cadeiras estavam praticamente irreconhecíveis. Todas as coisas ou estavam carbonizadas ou em brasa, fervendo ao toque. Não tive sequer oportunidade de suar debaixo do casaco de lã; o ar seco sugava a umidade do meu corpo e do lenço enquanto eu vasculhava o lugar em meio ao calor tenebroso e aos restos carbonizados da casa de alguém.

O fogo rugiu e crepitou. Parecia impossível alguém escutar qualquer coisa, mas acabei captando uma tosse entrecortada. Objetos de metal tilintavam ao baterem contra a pedra.

Eu não conseguia encontrar a origem do barulho em meio a toda aquela fumaça e fogo e pilhas de escombros.

Até que, entre uma estante tombada e os restos de um grande instrumento de cordas, vi uma mulher deitada de lado, de costas para mim.

Ao me aproximar, ela se virou. Tinha uma barriga proeminente, tal como ficara a de Lidea durante a gravidez. Era Geral. Eu costumava ter aulas com ela sobre a construção de estradas e prédios.

Saí correndo em direção a ela, chamando-a pelo nome. Enquanto avançava pelos escombros, perdi Sam de vista.

— Geral! — Minha voz saiu baixa, sufocada pela fumaça, mas ela me fitou com uma expressão atordoada. — Vim ajudar você.

Ela se esforçou para focalizar os olhos enquanto eu pressionava o lenço agora já praticamente seco sobre seu nariz e sua boca. Após algumas manobras para mudar a distribuição de peso, finalmente consegui que Geral passasse o braço por cima dos meus ombros. Precisei, porém, usar todos os músculos das pernas e das costas para ajudá-la a se levantar. Sua respiração soava fraca e superficial junto ao meu ouvido em virtude da inalação de fumaça.

Viramos na direção que eu achava que tivesse vindo, mas a sala havia mudado. Algumas vigas tinham caído e ardiam intensamente. Além disso, pilhas de escombros carbonizados bloqueavam nosso caminho. Onde estava o Sam?

Tossi ao sentir a fumaça queimar meus pulmões e cobri o rosto com o braço livre como Sam havia feito. Não ajudou.

— Por aqui. — Talvez não fosse uma boa ideia ficar falando, mas isso me ajudava a manter a concentração em meio ao calor enlouquecedor, e ela pareceu relaxar, ainda que só um pouco.

Em todas as casas as portas e janelas situavam-se no mesmo lugar, e havia uma abertura em cada parede. Qualquer direção era melhor do que ficarmos paradas ali. Assim sendo, conduzi Geral, nós duas tossindo. Apenas o fato de que o andar de cima havia desmoronado do outro lado da casa nos salvou de uma situação ainda pior; a fumaça tinha por onde escapar.

Esperava que Sam não estivesse por ali.

Nosso avanço até a parede foi insuportavelmente quente. Meus olhos lacrimejavam, e Geral era pesada demais para mim, mas isso não ia me fazer desistir. Fomos, então, prosseguindo aos tropeços.

Lembrei-me — talvez em voz alta — de que eu já havia passado por coisas piores, como, por exemplo, meter as mãos dentro de uma sílfide. Aqui o calor estava diluído ao nosso redor, e eu não estava sozinha. Geral contava comigo para salvá-la.

O mundo escureceu de repente. Cambaleei com o peso de Geral em meus ombros, mas assim que meus joelhos cederam e bateram no chão, uma névoa fresca banhou meu rosto.

Alguém pegou Geral.

Tentei observar para onde a estavam levando, mas estava cega devido ao brilho ofuscante do interior da casa. Por mais que eu piscasse, minha visão se recusava a voltar ao normal. Talvez meus olhos estivessem queimados.

Alguma coisa fria foi pressionada contra meu rosto, e então senti o ar. Ar fresco. Inspirei o mais fundo que meus pulmões permitiram, como se aquela fosse minha última chance de respirar ar puro.

Braços fortes me envolveram, me suspenderam e me carregaram para longe do calor e do rugido do fogo. Minha pele esfriou quando me sentei no chão e, por fim, minha visão começou a voltar ao normal. Um rosto jovem pairava diante de mim.

— Sam? — Aquele som arranhado era minha voz? Inspirei o ar da máscara mais uma vez. Tossi. Inspirei.

Cabelos louros e traços angulosos. Cris fez que não e sorriu.

— Admirador errado. Sam está logo ali com a Stef. Ele tirou Orrin lá de dentro.

Orrin estava na casa? Minha cabeça martelava, mas tentei me concentrar. Sam estava bem. Cris me dera ar. Eu estava sentada no chão duro e frio.

— Achei que a essa altura vocês já estariam do outro lado da cidade. — Eu parecia um sapo falando. O que não era uma grande melhora.

— Vim com Orrin visitar Geral. Pouco depois que eu saí, escutei a explosão. — Correu os olhos pelas ruínas. — Ainda bem que você e Sam chegaram rápido.

— Ela vai ficar bem? — Não conseguia encontrá-la em meio a multidão que rodeava a casa. Havia mangueiras apontadas para a construção, aspergindo a mesma névoa com a qual eu me deparara.

O tom dele era gentil, assim como seu toque ao passar um pano pelo meu rosto; ele saiu preto de fuligem.

— Não sei.

Apreciei a honestidade.

O fogo morreu; agora apenas as luzes elétricas de emergência iluminavam as ruínas. Colunas de fumaça continuavam elevando-se como sílfides gigantescas enquanto as pessoas gritavam ordens e corriam de um lado para o outro. Suas silhuetas pareciam estranhas e alongadas sob aquela luz, mas consegui distinguir os conselheiros Deborl e Sine conversando. Ou seria discutindo? Não dava para dizer de onde eu estava.

Quando afastei a máscara — tinha me esquecido de que ainda a mantinha pressionada contra o rosto —, captei uma silhueta familiar do outro lado do jardim, sentada próxima a um emaranhado de abetos caídos e enegrecidos. Sam.

Stef se agachou ao lado dele e pousou as mãos em seus ombros. Não dava para escutar o que eles estavam falando, mas ela olhou de relance em minha direção com uma expressão sombria.

Stef estava apaixonada por ele. Provavelmente Cris também. Eu só conseguia pensar numas seis pessoas que não estariam.

Senti a gravidade me puxando para baixo, mas Cris me pegou pelos cotovelos e me impediu de cair. A máscara não teve tanta sorte. Ela quicou ao bater no chão.

Um fedor de fumaça impregnava o ar, mas tudo parecia quieto agora que o fogo fora apagado. Sem mais rugidos e labaredas ofuscantes consumindo tudo. Espalhadas ao redor e divididas em grupos, as pessoas conversavam e apontavam para pontos diferentes da casa.

Era estranho ver as paredes brancas ainda em pé, como se nada tivesse acontecido. Não que eu esperasse menos de Janan. Tinha visto o templo restaurar a si próprio após o Escurecimento do Templo, e outras estruturas de pedra branca aguentarem ataques que deveriam tê-las destruído completamente. Isso era errado. Assustador.

— Consegue ficar de pé? — Cris segurava meus ombros.

— Não sei. — Mas tentei, usando o ombro do Cris como apoio, e consegui. Do outro lado do jardim, Sam se levantou também e começou a vir em minha direção, com Stef o seguindo alguns passos atrás. — Obrigada pela ajuda. — Eu era sempre lenta demais em questões de educação, mas pelo menos me lembrei dessa vez.

— Não tem de quê. — Cris sorriu. — Temos muito trabalho a fazer, principalmente você. Não posso deixá-la zanzando por aí com os pulmões entupidos de fumaça, o dia do mercado está chegando.

As luzes de uma ambulância foram acesas. Geral devia estar ali.

— Espero que ela e o bebê fiquem bem.

— Eles terão uma chance graças a você.

Não tinha muita certeza de como devia me sentir em relação a isso. Feliz? Orgulhosa? Por ora, eu só conseguia me sentir exausta e deprimida.

— Ana. — A voz grave do Sam me aqueceu, mais doce do que a fumaça, do que a explosão de ar puro proporcionada pela máscara. Seu rosto e suas roupas estavam sujos de cinzas e fuligem.

Fui ao encontro dos braços dele, aliviada por poder tocá-lo. Quente. Sólido. Real. Nenhum de nós tinha se queimado.

Ele oscilou, mas permaneceu firme enquanto acomodava meu peso contra si.

— Estou feliz por você estar bem — murmurou, a boca pressionada em meus cabelos. — Te perdi de vista em meio à fumaça. Estava preocupado. — Suas mãos apertaram com força a base das minhas costas.

— Tem ideia do que causou a explosão? — Cris perguntou atrás de mim. Já tinha até esquecido que ele estava ali.

Sam fez que não.

— Não vamos incomodar Geral com isso agora, mas Orrin está logo ali. Podemos perguntar se eles estavam fazendo algo fora do habitual.

— Quer que eu acompanhe a Ana até em casa, Sam? — indagou Stef. Tinha esquecido que ela estava ali também. — Não há necessidade de sobrecarregá-la com isso, e ela está com cara de quem precisa de um bom descanso.

Afastei-me do Sam.

— Estou bem. Além disso, Stef, tenho certeza de que sua mente científica será mais útil aqui do que me acompanhando até em casa.

Ela fez menção de contestar — provavelmente usaria o argumento de que eu era muito jovem e não deveria me expor a tais horrores —, mas nesse exato momento um forte clarão espocou do outro lado da cidade. O chão tremeu.

— Mas que m... — começou ela, sem conseguir completar o pensamento. A ideia era terrível demais para ser expressa.

As palavras soaram como cinzas em minha boca.

— Outra explosão.

Aquilo não era um acidente.

21
FUMAÇA

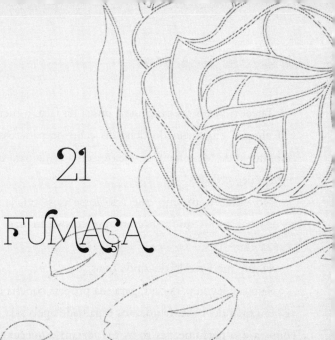

TRÊS OUTRAS EXPLOSÕES ocorreram naquela noite, com um intervalo de uma hora entre cada uma delas. Stef tentou me mandar para casa todas as vezes, mas recusei. Cris e Sam não fizeram coro a ela, o que a deixou furiosa.

— Ela não deveria estar aqui — reclamou com Whit. — Ana é jovem demais. Isso irá traumatizá-la.

Virei-me de costas e observei as chamas morrerem sob a névoa aspergida para apagar o fogo. Holofotes iluminavam a cidade, enquanto a fumaça continuava elevando-se em direção ao céu, camadas tão densas encobrindo as estrelas que em pouco tempo elas passariam a existir apenas na lembrança. Eu já estava acostumada com as explosões de vapor dos gêiseres, que podiam ocorrer a qualquer hora do dia ou da noite, mas aquilo era completamente diferente. A fumaça desprendida era escura e feroz, prova da destruição e do ódio.

Esperamos pela sexta explosão. Todos estavam com o semblante tenso de preocupação, aguardando ao lado das ruínas carbonizadas da quinta casa, mas nada aconteceu.

Olhei para a concha de pedra branca — agora manchada de fuligem e poeira — e odiei Janan. Odiei-o pelo que ele estava fazendo com as almasnovas, pelo modo como enganara todo mundo por tanto tempo, e pelo fato de que jamais deixava nada acontecer com sua preciosa cidade branca desde que estivesse acordado.

Tateei o bolso do casaco em busca da faca, e meus dedos pretos de fuligem se fecharam em torno do delicado cabo de pau-rosa. Tal como acontecera no laboratório de Menehem, desejei ter uma arma para usar contra Janan. Algo que o *ferisse* de verdade.

No entanto, mesmo que isso fosse possível, Janan era o responsável por reencarnar todos que me eram preciosos; eu não seria capaz de fazer nada contra ele.

O que me fez odiá-lo ainda mais.

Sam me levou para casa, para sua própria concha branca em forma de lar. De vez em quando, os instrumentos espalhados pela sala, as prateleiras em forma de colmeia e o perfume das rosas me faziam esquecer por um tempo das paredes externas.

Devo ter tomado banho em algum momento, porque, quando dei por mim, estava sentada no sofá, tensa, com os cabelos molhados e uma muda de roupa limpa, esperando a próxima explosão. Já não mais fedia a cinzas e fumaça. Um copo de suco pela metade encontrava-se na mesinha ao meu lado.

Desconcertante.

Sam desceu, usando um pijama da cor da floresta no inverno. Seus olhos ostentavam olheiras escuras e ele arrastava a fadiga como se fosse uma corrente.

— Vai amanhecer daqui a umas duas horas.

Será que o sol conseguiria brilhar através de toda aquela fumaça?

— Não consigo dormir. Acho que nunca mais vou conseguir.

Alguns pássaros começaram a cantar lá fora, a princípio hesitantes. Sam se sentou ao piano como se pretendesse tocar um acompanhamento, mas suas mãos repousaram sobre os joelhos e ficaram ali, imóveis.

— Eu sei. Fico pensando, e se nossa casa for a próxima?

Nossa casa. Gostava do modo como ele dizia isso, embora preferisse que nossa casa fosse a cabana dele na floresta ou o Chalé da Rosa Lilás.

— Não se preocupe.

Ele ergueu uma sobrancelha.

— Não estou grávida.

— *Ah*. — A postura apática desapareceu assim que ele se deu conta do que eu tinha dito: todas as casas atacadas pertenciam a uma grávida.

Algumas não tinham mais do que um ou dois meses de gravidez, de modo que não era tão óbvio quanto no caso de Geral. Duas delas haviam morrido na explosão, e uma terceira perdera o bebê. Os três fetos talvez fossem almasnovas. Caso contrário, eles renasceriam de qualquer jeito. Mas as almasnovas…

Tinham escapado da fome de Janan apenas para morrerem antes mesmo de nascer.

Sam soltou uma maldição, tão baixo que quase não consegui escutar, mas as palavras mexeram comigo, deixando um leve rastro de desespero.

— Foi proposital.

Claro que tinha sido.

— Ninguém recorre a esse tipo de terrorismo há três mil anos. — Ele se virou para a janela mais próxima, os olhos focados em algum ponto ao longe, como sempre acontecia quando falava sobre um passado distante. — Tamanha violência só consegue enfurecer as pessoas. Elas irão renascer e se vingar repetidas vezes até sentirem que a justiça foi feita.

E cada morte e renascimento significava que outra almanova iria para Janan.

— Honestamente — murmurou ele —, é mais fácil parar de brigar e tentar estabelecer regras de convivência, por mais que você odeie alguém. Elas sempre voltam. Sempre. — Olhou de relance para mim, os olhos envoltos em sombras. — Até pouco tempo atrás.

— Infelizmente a questão é essa. — Aproximei-me do banco do piano. Sam continuou sentado na beirinha, só que agora de costas para mim, de modo que passei uma perna por cada lado do banco e grudei meu corpo nele, colando o rosto em sua omoplata e pressionando minhas coxas contra as dele. — Alguém quis nos mandar uma mensagem.

Uma de suas mãos repousou em meu joelho.

— A casa de Geral foi a primeira porque ela mora perto da gente. Seria impossível não escutarmos a explosão.

— Eu nem sabia que ela e Orrin estavam juntos.

A risada de Sam saiu quase como um ofego.

— Ele não gosta de falar de seus relacionamentos. Não se sinta mal por não ter percebido.

Passei os braços em volta dele e apertei suas costelas. Buscava conforto para minhas estúpidas preocupações, mesmo com... tudo aquilo... acontecendo.

— Posso te dizer uma coisa? — Sam soava exatamente como eu me sentia. Meio desesperado. Deprimido.

— Você pode me dizer qualquer coisa. — Eu queria saber tudo o que dizia respeito a ele.

Ele entrelaçou os dedos nos meus, unindo nossas mãos por meio de delicados nós.

— Eu costumava idolatrar Janan. No começo, nós todos o idolatrávamos. Mas agora sei que ele teria consumido a sua alma se o experimento de Menehem não tivesse dado errado.

Será que ele não sabia que eu pensava nisso diariamente? Todas as horas desde que retornara do templo?

— Fico imaginando como isso aconteceu. Por que nós ganhamos a oportunidade de viver enquanto as almasnovas... — O corpo dele tremeu contra o meu. Podia imaginar seus olhos ostentando aquela expressão sombria, zangada. — Quando chegamos em Heart da primeira vez, você me perguntou se eu me sentia traído por Janan nunca ter nos ajudado em situações de crise, por ele nunca ter nos protegido.

— Eu me lembro. Você disse que se sentia um pouco sim, e que desejava acreditar que estava aqui por um motivo.

— Isso mesmo. — Seu tom tornou-se mais baixo. Distante. — Agora descobri que durante todo esse tempo o motivo de nossa existência foi o de substituir as almasnovas. Vivemos com o propósito de alimentar um monstro.

A declaração me fez estremecer.

— Eu me sinto traído — confirmou ele. As palavras seguintes saíram numa enxurrada. — Nós o idolatrávamos, e ele nos usou. Eu me ressinto do tempo que desperdicei adorando um ser como ele, ainda que tenha sido séculos atrás, e me ressinto de todos os que tentaram me fazer sentir vergonha por ter parado de idolatrá-lo. Isso *dói*, essa traição.

A confissão e a angústia mexeram comigo, deixando-me com o coração partido. Queria arrancar o sentimento de dentro dele, encorajá-lo e reconfortá-lo como ele sempre fizera comigo.

— Por que você o idolatrava?

— A maioria de nós começou a fazer isso por sugestão de Meuric. Dávamos ouvido ao que ele dizia. O restante simplesmente não desejava se sentir sozinho. — Sua voz transbordava de melancolia. — A inscrição no templo dizia que Janan nos criou, que nos deu alma. Que é o responsável por nossa reencarnação. E que nos protegeria.

— Sabemos que a parte da reencarnação é verdade — sussurrei. — Mas até parece que ninguém nunca reescreveu a história a fim de enquadrá-la em seus propósitos. Você mesmo me contou que Deborl modificou e omitiu fatos dos livros de história que eu li no Chalé da Rosa Lilás.

Sam anuiu.

— Então vamos nos ater ao que sabemos. Nesses cinco mil anos, Janan jamais protegeu vocês?

— Ele manteve o caráter impenetrável das paredes, mas como Janan é o templo e seu coração bate dentro delas, ele talvez esteja apenas se protegendo.

Apertei as mãos dele.

— Ele alguma vez os ajudou quando vocês precisaram dele?

Sam fez que não.

— Ele ama vocês? — perguntei.

Silêncio.

A sala estava repleta de rosas, símbolos de amor. O amor de Sam por mim, de Cris pelo seu jardim e dos meus amigos uns pelos outros. Eu já os vira darem diversas demonstrações de amor. Isso os tornava generosos, bondosos e gentis. O amor de Sam o tornava corajoso, abnegado e disposto a me proteger em qualquer situação.

Talvez ele estivesse pensando a mesma coisa, porque disse:

— Acho que o amor é a coisa mais importante. Alguém que não nos ama e nos usa para machucar outros não merece nossa devoção. — Soltou um longo suspiro. — Sei agora que ele é real, mas antes do Escurecimento do Templo, fazia milhares de anos que eu parara de acreditar em Janan. No entanto, na época em que acreditava, era reconfortante pensar que havia algum tipo de poder nos protegendo.

— E talvez haja. Só que não é Janan.

— Adoro a sua fé. Faz com que eu deseje ter esperanças também. — Sam beijou as juntas dos meus dedos, a voz traindo a exaustão. — Você tem certeza de que está bem, depois de todo o fogo e da fumaça?

— Estou. Juro. — Embora jamais fosse esquecer o calor e o horror. — O que vai acontecer agora? Eles vão investigar o que causou as explosões? Alguém vai se responsabilizar pelos sobreviventes?

Sam fez que sim. Ergui o rosto, sentindo seus cabelos úmidos roçarem minha pele. Ele cheirava a xampu e sabonete, sem mais nenhum vestígio dos eventos daquela noite.

— Será feita uma investigação, mas vai levar muito tempo para eles interrogarem todo mundo. Já era noite quando isso aconteceu, e a maioria das pessoas mora sozinha. Haverá poucos álibis, poucos motivos para acreditar ou não em alguém. Aqueles que já se manifestaram contra as almasnovas serão os primeiros suspeitos.

— É um bom começo. — Mas não era suficiente. — No entanto, duvido que alguém que odeie as almasnovas tenha sido estúpido o bastante de sair falando que planejava plantar explosivos.

Sam bufou. Será que o que eu tinha dito era tão idiota? Fiz menção de me afastar, mas ele apertou meus dedos com força, mantendo-me pressionada contra suas costas.

— Você tem razão — replicou. — Por mais que algumas pessoas odeiem as almasnovas, elas ficariam quietas até estarem prontas para agir.

Estremeci, imaginando quem poderiam ser essas pessoas.

— É mais fácil quando você sabe quem são seus inimigos.

— Verdade.

Mordi o lábio, como se isso pudesse me impedir de expressar o que eu não queria dizer. Talvez eu tivesse prendido a respiração também, ou meu coração houvesse desacelerado, ou eu tivesse tencionado o corpo. De qualquer forma, Sam percebeu que eu estava tentando não expor todos os meus pensamentos.

— O que foi? — perguntou ele, e quase consegui escutar seu sorriso resignado.

Pressionei o rosto contra as costas dele, ainda que a camisa do pijama fosse justa demais para que eu conseguisse me enterrar ali.

— Prometa que não vai ficar chateado.

Sam simplesmente beijou meu indicador. Não era uma promessa.

— A coisa... — Pelo menos eu não precisava explicar o que era *a coisa*. — ... aconteceu tão pouco depois do fim de nossa reunião que quem quer que tenha feito devia estar ciente dos nossos planos.

Ele congelou. A estátua de um músico.

— Talvez eu esteja errada. Talvez seja só uma coincidência isso ter acontecido depois que eu pedi ajuda. As pessoas têm jogado pedras e invadido quartos de recém-nascidos. Talvez esse já fosse o próximo passo e não tenha tido nada a ver com nossa reunião de hoje. — Afastei-me do Sam e do banco do piano. Ele não tinha se mexido, mas eu não conseguia ficar parada. Apesar do dia tenebroso que parecia não ter fim, tudo em mim clamava por sair correndo. Ir para algum lugar. A tristeza em meu peito precisava de uma válvula de escape.

Comecei a andar de um lado para o outro da sala, como se a força com que meus pés batiam no chão pudesse fazer a ansiedade se esvair. Percorri a sala duas vezes antes que Sam saísse do estupor e começasse a acompanhar meu progresso.

— Espero que você esteja certa — falou, por fim. — Espero que tenha sido apenas coincidência, porque a simples ideia de um dos nossos amigos tomando parte nisso é terrível demais.

Parei diante dele, sentindo minhas entranhas se retorcerem. Nós dois estávamos exaustos e deprimidos. Talvez agora não fosse a melhor hora para conversar sobre isso.

Quando a luz que penetrava pela janela incidiu por trás dele, destacando sua silhueta, Sam pareceu ter exatamente a minha idade. Corri os dedos pelas curvas suaves de suas maçãs do rosto, pelo queixo recém-barbeado e por suas grossas sobrancelhas. Ao sentir meu toque, ele engoliu em seco e, pouco a pouco, a tensão foi abandonando seus ombros e pescoço. Ele deixou a cabeça pender para trás. Os lábios se entreabriram e a respiração tornou-se superficial.

— Sinto saudade do tempo que passamos longe de Heart — comentei. — Gostaria de reviver aqueles dias no Chalé da Rosa Lilás antes do surgimento das sílfides. — Acariciei a linha que se formara entre os olhos dele, uma clara indicação de que Sam estava concentrado em alguma coisa. Em seguida, reparei na linha formada pela boca, a longa curva de um sorriso.

— Eu também. — As mãos dele roçaram meus lábios. Não lutei contra a urgência de me recostar nele e pressionar nossos corpos.

Sozinhos ali, cercados pelos instrumentos e pela quietude do comecinho da manhã, era fácil imaginar que éramos as duas únicas pessoas no mundo. Sem explosões, sem sílfides, sem Janan.

Meus dedos terminaram o passeio ao alcançarem a testa do Sam. Alisei, então, o cabelo dele e o beijei.

— Sam. — Ele estremeceu ao me escutar dizer seu nome. — Você pode dormir comigo no meu quarto?

Um sorriso malicioso iluminou-lhe o rosto, e suas mãos desceram dos meus quadris para a bunda e, em seguida, para as coxas.

— Adoraria.

Senti a pele queimar sob o toque dele, mesmo através das roupas, e ardi de vontade de descobrir qual seria a sensação sem todas aquelas camadas de tecido entre nós.

Antes que eu pudesse fazer qualquer sugestão, ele se afastou. As mãos caíram sobre os joelhos e o desejo desapareceu de seus olhos, substituído pelo arrependimento.

— É melhor eu dormir na minha própria cama — falou baixinho, o que não aliviou a dor provocada por aquelas palavras.

Fiquei ali parada como uma idiota, consumida por um novo sentimento de rejeição, consumida pela lembrança de quando chegara em Heart pela primeira vez e tínhamos parado na cozinha, tão próximos um do outro, com a tensão vibrando entre a gente. Achei que ele fosse me beijar. Mas Sam recuara.

Ele baixou os olhos para as mãos, como que se lembrando do mesmo episódio.

— Ana. — Apenas um suspiro. — Eu quero, mas talvez seja melhor não.

— Por quê? — Eu sabia por quê. Tinha escutado mais cedo.

— Eu... — Sua voz tornou-se firme, decidida. — Não seria apropriado.

Apropriado.

— Escutei sua briga com a Stef. — Minha voz tremeu com o esforço de mantê-la num tom calmo. — Na noite do baile de máscaras, depois que você foi preso, Li me disse coisas parecidas. Ela comentou que o modo como tínhamos dançado era inapropriado. Deborl também disse algo semelhante outro dia, do lado de fora do templo. E as pessoas vivem repetindo isso na praça do mercado. Você por acaso escutou algo parecido dos nossos amigos, também?

— Todo mundo tem sua própria opinião.

— E por que deveríamos deixar isso nos afetar? Eu já lhe dei algum motivo para acreditar que me importo com o fato de as pessoas acharem nosso relacionamento inapropriado?

— Fico feliz que você não se preocupe com o que elas pensam. — Sam fechou os olhos. A expressão de cansaço dava a entender que ele preferiria conversar sobre qualquer outra coisa, menos aquilo. — Mas já parou para pensar que, independentemente do que você acha, isso seja realmente inapropriado?

Meu queixo caiu.

— Stef tem razão. Eu sou *velho*, Ana. — Levantou-se, transbordando de fogo e paixão. — Minha aparência não importa. A verdade é que já fiz coisas demais em outras vidas. Não estou falando de compor sinfonias ou de explorar o mundo foras dos limites de Range. Estou falando de coisas íntimas que acontecem entre duas pessoas.

Senti como se fosse desmoronar. Ele estava *tentando* me magoar?

— Odeio isso. — Meu coração martelava com força. Tudo o que eu queria era dormir ao lado dele e, de repente, o mundo inteiro saíra de controle, todos os meus medos e inseguranças secretos estavam vindo à tona, ofuscando-me com seu brilho intenso. — Odeio você ficar me lembrando o quanto é mais velho e mais experiente do que eu. Acha que eu não sei?

— Acho que você não se importa.

— Bom, não me importo mesmo. — Mentira. Eu me importava, mas não tanto quanto em outros momentos. — Quero que as coisas, quaisquer que sejam elas, ocorram naturalmente. Quero que elas aconteçam quando tiverem que acontecer.

O rosto dele parecia feito de pedra.

— Esse é o problema. Normalmente, ambas as partes conhecem todos os detalhes. Elas têm experiência, ainda que não uma com a outra. Esse relacionamento é diferente. Não tem nada de normal em relação a ele. Como eu posso saber até que ponto devo ir com você? Como posso saber se você está pronta, e para fazer o quê? Quero ser um homem honrado e fazer a coisa certa, só não sei como.

— Você pode me deixar decidir. — Cruzei os braços. — As duas partes não têm poder de voto em um relacionamento?

Ele mudou o peso de perna. Uma miríade de sentimentos cruzou seu semblante antes que Sam assumisse novamente aquela expressão de pedra.

— Você tem ideia do que estaria decidindo?

Touché! Franzi tanto o cenho que meu rosto doeu.

— Sou adulta, Sam. Quase quatro anos mais que meu primeiro quindec. Você mesmo disse isso ontem à noite.

Ele parecia um gigante diante de mim, o corpo tenso e a voz cortante.

— Estou falando sério, Ana.

Resisti ao impulso de recuar.

— É igual ao monte de coisas que tive que aprender sozinha, pois os livros aos quais eu tinha acesso não explicavam como realizar determinadas atividades.

— O que significa que você não sabe. Não pode tomar uma decisão sem saber o que ela envolve.

— Você poderia me explicar.

Ele massageou as têmporas.

— Não consigo nem imaginar o quanto seria esquisito falar com você sobre isso. Só de pensar em como eu explicaria faz com que a coisa toda pareça muito menos divertida. Pode até vir a parecer assustadora.

— Não foi isso o que eu quis dizer. — Fiz que não. — Quero descobrir na prática.... com *você*. Tal como você prometeu na noite do baile de máscaras. — Sam tinha dito que queria me mostrar milhares de coisas, lugares onde me beijaria ou me tocaria. Meu corpo inteiro ardia de antecipação sob as mãos dele, e eu achava que ele se sentia da mesma maneira. Falei ainda mais baixo. — Você não me quer?

— *Claro que sim.* — Ele soava como se estivesse se rasgando por dentro. — Quero muito, mas não quero tirar proveito de você.

— Seu código de honra imbecil vai me deixar louca. Pelo que estou vendo, Sam, vamos passar o resto das nossas vidas potencialmente curtas apenas nos beijando.

Ele pareceu hesitar. Uma rachadura na pedra.

— Por que não pergunta a Sarit?

Como ele podia ser tão sem noção?

— Esse não é o ponto.

Ele esperou.

— Eu deveria poder contar com você, mas você está me dizendo que eu não posso.

— Ana...

— Não. Entendo que a coisa toda é esquisita. Você não sabe como conciliar o que sempre foi socialmente aceitável com o que acha que seria honrado neste caso. Sempre o admirei por sua necessidade de fazer a coisa certa. Aprecio isso. De verdade.

Sam não me pareceu muito convencido. Era difícil acreditar que menos de um dia antes tínhamos parado exatamente ali, ao lado do piano, cercados pelas rosas, nos beijando, as mãos dele subindo por baixo da minha camiseta...

— Talvez não tenhamos condições de decidir se nosso relacionamento é apropriado ou não. Estamos emocionalmente envolvidos. — Lutei para manter a voz firme. — Mas podemos decidir se queremos dar ouvidos a esses comentários.

Se você realmente não se importa com a opinião dos outros, então podemos decidir juntos o que desejamos fazer.

A voz dele soou áspera.

— E se eu me importar?

— Nesse caso imagino que nada jamais irá mudar. — Ou, então, mudaria completamente. — Não quero chegar aos sessenta anos e constatar que ainda não sei nada sobre este assunto.

— Estou certo de que então...

— Será apropriado? — Minha cabeça zumbia, tanto de exaustão quanto de tristeza. — Quando isso se tornará apropriado? Quando eu serei velha o bastante para você? Sempre haverá cinco mil anos entre a gente.

— Não sei. — Baixou os olhos. — Simplesmente não sei. Sinto muito.

Argh. Eu entendia o dilema, mas isso não mudava o fato de que não iríamos a lugar nenhum até que ele fizesse sua escolha. Era o *nosso* relacionamento que estava em jogo, portanto o que as outras pessoas pensavam não deveria importar.

— Vou me deitar.

Sam anuiu.

Por que ele não podia ser o que eu desejava que fosse, na hora que eu queria? Por que as palavras da Stef tinham que ter tanto peso? Por que Sam não podia ter simplesmente dezoito anos — quase dezenove — como eu? Desse modo não teríamos que lidar com esse problema de ele ser *velho* demais para mim. Eu não dava a mínima. Pelo menos, na maior parte do tempo. Ele também não deveria dar.

Quase lhe pedi que reconsiderasse a oferta. Em vez disso, disse "Boa noite" e me virei. Minha determinação era frágil como a seda, mas embrulhei-me nela como se fosse uma armadura e subi correndo a escada, arrastando comigo o que sobrara da minha dignidade.

22
AUSÊNCIA

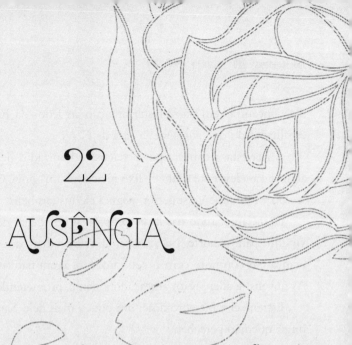

ASSIM QUE ACORDEI, algumas horas depois, comecei a preparar o café e a cuidar das tarefas domésticas. Não tinha dormido bem — ou melhor, nada —, mas mesmo durante uma crise as galinhas e as capivaras precisavam ser alimentadas.

Já de volta à mesa da cozinha, sentei com uma xícara de café, fechei os olhos e inalei o vapor, aproveitando o silêncio após as explosões e a briga com o Sam.

Um som de cerâmica arrastando na pedra arrancou-me de meus pacíficos devaneios. Sam se serviu de café junto ao balcão, o rosto marcado pela fadiga. Observei-o pelo canto do olho, como faria com um estranho. Até mesmo suas roupas estavam amarrotadas.

Assumi uma confortável expressão emburrada quando ele se virou para mim.

— Quer ver se conseguimos falar com os sobreviventes no hospital? — Sua voz soou rouca devido à falta de sono. — Tentar descobrir se eles viram alguma coisa?

— É o que eu pretendia fazer. — Engoli o restante do café e me levantei. — Está pronto?

— Acho que sim. — Sam correu os dedos pelos cabelos, o que não fez a menor diferença, e terminou o café.

Assim que nos agasalhamos o suficiente para encarar o frio da rua, seguimos para a Casa do Conselho. Ele não tentou se desculpar pelo que acontecera de manhã, o que foi bom. Sequer conversou comigo. Melhor ainda. Pude, então, me concentrar em não prestar atenção ao fedor da fumaça ou aos escombros espalhados do que antes fora a casa de Geral.

A rua estava coberta por pedaços carbonizados de *alguma coisa*. Sam pegou alguns. Para levar até a lata de lixo reciclável, imaginei. Como não podia deixá-lo se sentir moralmente superior, peguei alguns também.

Despejamos tudo nas latas apropriadas ao chegarmos a avenida Sul e, então, viramos para o norte. Não consegui evitar olhar para o templo, com sua torre branca em contraste com o céu cinzento, agora não somente devido à fumaça. As nuvens se adensavam ameaçadoramente, prometendo neve.

Estremeci e me aproximei um pouco mais dele. Sam foi gentil o bastante de fingir que não percebeu.

— Hoje à noite — falei, na tentativa de fazê-lo acreditar que eu havia me aproximado por conta de algum segredo, e não em busca de conforto —, vou trabalhar na tradução dos livros. Cris disse que pretendia devolver o papel que eu dei a ele, mas esqueceu, e quero pegá-lo antes de voltarmos para casa. — As informações que eu arrancara de Meuric estavam seguras em meu bolso.

— Tudo bem. — Sam continuou andando.

Perambulamos pelo setor hospitalar da Casa do Conselho até que um dos médicos nos informou onde Geral e as outras duas sobreviventes estavam sendo tratadas. Torci o nariz ao sentir o cheiro de álcool e pele queimada — um fedor demasiadamente familiar. Antes que desse por mim, estava com as mãos entrelaçadas e encolhidas sob o queixo.

Sam tocou minhas costas.

— Por aqui.

Encolhi-me, mas o segui por um par de portas duplas que levava a uma recepção do tamanho da sala dele, com paredes brancas, feitas com lençóis de seda sintética presos entre estantes de metal, que pareciam brilhar sob a forte iluminação. As pessoas junto ao balcão ergueram os olhos ao nos escutarem entrar, mas logo voltaram ao que estavam fazendo.

— Sam, Ana. — Sine se aproximou, o cabelo grisalho preso num coque apertado. Usava um jaleco branco e luvas, o cenho profundamente franzido. — Algum problema?

— Viemos ver Geral e as outras — respondeu Sam. — Tem alguma ideia de quem causou as explosões?

— Acho que você quer dizer *o que* causou as explosões. — Ela correu os olhos pelo salão; uma adolescente alta e magricela nos observava, enquanto um homem… Merton?… murmurava ao DCS. Vendo-o desaparecer atrás de uma das divisórias, Sine acrescentou num tom normal. — Foi simplesmente vazamento de gás e fios corroídos. Venham comigo.

Sam anuiu, a expressão dura como pedra, e nos dirigimos a um dos corredores que partiam da recepção. Vários quartos separados por cortinas tomavam um dos lados. A ala de recuperação.

Seguimos até o final do corredor e entramos no último quarto. Estava desocupado, assim como os outros cinco antes dele. Sine devia estar desejando uma boa dose de privacidade.

Apontou para as cadeiras em volta da cama.

— Sentem perto, assim não preciso gritar.

Sam e eu puxamos nossas cadeiras para junto da dela.

— Por enquanto, o Conselho decidiu-se pela história do gás. — Ela falava tão baixo que tive que me esforçar para escutar. — Mas presumo que vocês dois já tenham uma boa ideia do que realmente aconteceu.

— Alguém odeia as almasnovas. — Senti vontade de vomitar.

— Exatamente. — Seus olhos se voltaram para mim. — Eu *poderia* impedi-los de investigar, mas não vou. Sei que você é muito passional no que diz respeito a isso, Ana. Mas deixe-me alertá-la, antes que você faça algo impulsivo.

Será que alguém lhe contara sobre nossa reunião da véspera? Ou ela simplesmente sabia?

Sine prosseguiu.

— Quem quer que tenha plantado aqueles explosivos está disposto a arriscar as punições do Conselho, para não falar na vingança das vítimas, o que pode levar diversas vidas. Ferir ou matar qualquer um de vocês não será um problema.

— Mas a lei proíbe as pessoas de tentarem me matar…

Ela balançou a cabeça.

— Eles não ligam, Ana. Qualquer um desses bebês não nascidos poderia ser uma almanova. A lei os protege também, mas...

— Devia haver leis melhores. — Cruzei os braços. Nem Sam nem Sine discordaram. — E quanto a Lidea e Anid?

— Wend levou tudo o que eles precisam para minha casa. Quem quer que esteja fazendo isso não irá suspeitar que Lidea e Anid estão comigo, pelo menos por mais alguns dias. Com sorte, teremos respostas até lá.

— Imagino que você já tenha interrogado as sobreviventes, certo? — indagou Sam.

Ela anuiu.

— Fizemos o máximo de perguntas que conseguimos. Algumas sofreram queimaduras graves, e a medicação está fazendo com que a conversa seja, digamos assim, interessante. Mas Geral perguntou por você, Ana. Acho que você ficará aliviada em saber que, embora o choque a tenha feito entrar em trabalho de parto, ela deu à luz hoje de manhã. Os dois estão bem.

— Ela deu à luz? Eles estão bem? — Virei-me na cadeira como se pudesse ver através das camadas de seda das paredes. — Quando posso vê-la?

— Agora, se quiser. Ela está no primeiro quarto do corredor.

Levantei e já estava abrindo a cortina quando percebi que eles não estavam comigo.

— Vocês não vêm?

— Temos mais algumas coisas para discutir — respondeu Sam. — Vou me juntar a vocês daqui a pouco. — Ele se empertigou, as mãos repousadas sobre os joelhos. Como eles sabiam que deveriam permanecer onde estavam? Como um havia passado ao outro a mensagem de que ainda havia algo que desejava discutir sem a minha presença? Eles deviam ter trocado alguma espécie de sinal sem que eu percebesse.

Odiava ser nova. Odiava me sentir excluída.

— Tudo bem. — Fechei a cortina com um forte puxão ao sair, embora não fosse tão satisfatório quanto bater uma porta. Ela balançou e se acomodou de volta no lugar com uma perfeição assustadora, típica do templo.

Encontrei o quarto de Geral. Não havia como bater, de modo que comecei a brincar com a cortina até que ela riu e me mandou entrar.

Ela estava recostada na cama, com um bebê envolto em panos em seus braços. Os médicos e os assistentes de parto já a tinham limpado, mas havia um curativo em seu antebraço e alguns pontos fechando um corte no queixo. Eu devia tê-la encontrado antes que ela se machucasse.

— Não quer se aproximar mais um pouco? Se alguém resolver vir fazer uma visita, irá atropelá-la ao entrar. — O sorriso teria sido tranquilo não fosse pelo repuxado do corte. — Estava rezando para que você aparecesse — disse, enquanto eu atravessava o quarto.

— Ah. — Enfiei as mãos nos bolsos. — Na verdade, vim perguntar se você viu quem explodiu sua casa, mas...

— Foi só um vazamento de gás associado a fios corroídos.

Virei a cabeça ligeiramente de lado e ergui as sobrancelhas. Já vira Stef usar essa expressão com Sam diversas vezes, e ela sempre o fazia contar a verdade.

Geral soltou uma risada ofegante e apertou o bebê de encontro ao peito. Ele estava dormindo, de modo que eu não saberia dizer se era menino ou menina.

— Bem, não. Não vi ninguém. Orrin também não. Cris ficou lá um pouco, mas ele jamais nos machucaria.

— Não, claro que não. — Olhei para a parede, imaginando por que o incendiário escolhera exatamente a noite passada. Coincidência? Por causa da minha reunião?

— Que ver meu bebê? — murmurou Geral, cansada, esperançosa e triste, o que fez com que eu me sentisse ainda pior. Ela queria apenas mostrar seu neném, e eu ficara falando de outros problemas.

— Claro. — Levantei. — Me desculpe. É que estão acontecendo coisas demais. Quem você teve?

— Ariana. — Geral ajeitou a touquinha de crochê na cabeça da neném, embora não estivesse torta antes. — Espero que não se importe.

— Por que eu me importaria? — E, então: — Ah! — Jamais houvera uma Ariana. Era um nome novo para uma almanova. — *Ah!* — A última exclamação soou mais espantada do que eu pretendia.

— Vou ser uma boa mãe. — Geral assumiu um tom defensivo. — E você, mais que ninguém, deveria ser mais receptiva...

— Eu sou! — Cobri a boca com a mão. — Sinto muito. Só estou surpresa. Acho que, como todo mundo, me acostumei a ver as pessoas renascerem. Posso não ter cinco mil anos de experiência, mas foi o que presenciei minha vida inteira. — E isso parecia muito tempo.

Ela voltou os olhos para a cortina ao perceber que alguém estava entrando.

— Não tem problema. É que depois da noite passada, estou preocupada com a forma como as pessoas reagirão a ela. Eu já a amo tanto!

Por que ela não podia ter sido a minha mãe? Ou Lidea? Deixando de lado o fato de que as duas eram, na verdade, jovens demais.

— Entendo. — Olhei para Ariana, com sua pele morena e uma sedosa penugem cobrindo a cabecinha. Queria contar a ela a sorte que tivera de escapar de Janan, diferentemente de tantos outros. Mesmo que ela tivesse que encarar uma vida onde as pessoas jogavam pedras nas almasnovas, isso era melhor do que jamais ter a chance de viver.

Queria, também, contar a ela que faria tudo ao meu alcance para protegê-la, porque nós, as almasnovas, precisávamos nos unir.

No entanto, não disse nada disso. Não na frente de Geral e de quem quer que tivesse entrado no quarto. Sam. Reconheci o farfalhar de suas roupas ao mudar o peso de perna.

— Só fiquei surpresa com o nome — falei por fim. — Mas me sinto honrada.

— Você salvou a vida dela. — Geral piscou para se livrar das lágrimas.

Senti o rosto queimar.

— Na próxima vez que uma almanova estiver em perigo, vou mandar o Sam. Até agora são dois bebês batizados em homenagem a mim, e nenhum em homenagem a ele.

— Estou um pouco enciumado — concordou ele, parado ao pé da cama. — Ela é linda, Geral. Parabéns.

Conversamos mais um pouco e, então, chegou a hora de irmos embora.

— Certifique-se de que ela fique segura — sussurrei ao abraçar Geral. — Não confie em ninguém.

Sam e eu conversamos com as outras duas sobreviventes, mas elas sabiam menos ainda do que Geral. Ao deixarmos a Casa do Conselho, nos sentamos num dos bancos da praça do mercado enquanto o sol morria a oeste. Não que isso fizesse muita diferença. As nuvens que eu vira pela manhã estavam mais densas, e delicados flocos de neve espiralavam em direção ao solo. Peguei um na luva, mas ele derreteu.

— Como você se sente em relação a isso?

Não soube dizer se Sam estava perguntando sobre o floco de neve ou sobre a direção em que o planeta girava, de modo que apenas ergui as sobrancelhas e esperei que ele percebesse a razão de eu não estar respondendo.

— Ariana. Anid. As pessoas estarem escolhendo um nome para as almasnovas em homenagem a você.

O templo erguia-se às minhas costas, já iluminado por aquele brilho bruxuleante: prova da entidade maléfica que vivia lá dentro. Janan desejava consumir as almasnovas. Assim sendo, eu e elas já tínhamos isso em comum. E agora, nossos nomes também.

— Não faz diferença.

— Claro que faz.

Se o modo como eu me sentia sobre as coisas fazia diferença, então por que Sam não me contava o que ele e Sine tinham conversado em segredo? Ele podia ter perguntado como eu me sentia a respeito de não conseguir compreender as sílfides ou de ainda não ter tido uma chance de estudar os livros do templo.

Em vez disso, Sam queria saber como eu me sentia em relação ao fato de as almasnovas estarem sendo batizadas em homenagem a mim?

— Acho que muitas pessoas cujos nomes soam como Ana vão querer mudá-los.

— A fim de não serem associadas às almasnovas? — Sam tomou um gole de água como se, no fundo, não desse a menor importância à minha resposta. Senti vontade de arrancar a garrafa das mãos dele e lançá-la do outro lado da praça.

No entanto, ainda havia gente zanzando por ali. Alguns conselheiros batiam papo nos degraus da escada — Deborl não parava de me lançar olhares de esguelha — e um casal passeava de mãos dadas. Um deles murmurou: "Amante das sílfides", provavelmente desejando ter uma pedra para jogar em mim.

Três crianças brincavam de pegar os flocos de neve com a língua; eu costumava fazer a mesma coisa quando tinha a idade delas, mas era surpreendente ver outras pessoas fazendo isso. Aquelas crianças tinham cinco mil anos. Talvez fosse uma característica da idade física, tal como aqueles que no momento eram adolescentes se sentiam atraídos por outros adolescentes.

Não olhei para Sam ao falar.

— Deveríamos conversar com todo mundo que compareceu à reunião de ontem. Todos que sabiam dos nossos planos. Não pretendo acusá-los de nada. Apenas... apenas quero saber se eles têm alguma ideia.

Sam fechou a garrafa e verificou a hora no DCS.

— Quem você quer tentar primeiro?

Não esperava que fosse ser tão fácil. Talvez ele soubesse que era melhor não discutir comigo.

— Vamos começar pelo outro lado da cidade e vir verificando até chegarmos em casa.

— Isso pode levar um tempo. — Ah, lá estava a reprovação que eu estivera esperando.

— Você tinha planos para essa noite? — Eu pretendia trabalhar nos livros do templo, mas poderia fazer isso depois que ele fosse dormir.

Ele ergueu os olhos para o céu, estava nevando mais forte agora, e deu de ombros.

— É melhor começarmos pelo Cris. Ele deve estar no jardim cobrindo as plantas, se é que já não fez isso.

Sam forçou um ritmo apressado, sem deixar fôlego para conversas. Sem problema. Estiquei o passo, mas mesmo assim precisava dar dois para cada passada dele. O que também não era um problema. Ajudava a afastar o frio.

Quando finalmente chegamos na casa do Cris já estava escuro, embora sob a luz do templo e dos nossos DCSs fosse fácil constatar que nada havia sido coberto ou transferido para uma das estufas como Sam previra. Tampouco escutamos Cris em lugar algum.

A maior parte das plantas que davam flor tinha se fechado para o inverno, mas elas continuavam vulneráveis ao frio; eu mesma havia perdido diversas rosas no Chalé da Rosa Lilás antes de me dar conta de que elas precisavam de proteção, tal como as pessoas.

— Onde ele está? — Sam atravessou o jardim em direção a uma das estufas.

— Verifique a outra. Se ele não estiver lá, vamos dar uma olhada na casa.

Quase briguei com ele por me dizer o que fazer, mas a última coisa de que precisávamos era outra discussão. Fumegando em silêncio, fiz o que ele mandou.

Ao entrar na estufa, fui recebida por uma onda de calor e umidade, uma súbita e desagradável mudança em comparação com o frio lá de fora.

— Cris?

Não houve resposta. Essa era a segunda estufa, a que eu ainda não havia conhecido. Enquanto perambulava por entre as fileiras de orquídeas e outras flores que não reconheci, desejei que Cris estivesse ali para me dizer que plantas eram aquelas.

Desliguei a luz e fechei a porta ao sair, e encontrei Sam nos degraus da frente da casa, tentando arrombar a fechadura. Por que as pessoas se davam ao trabalho de trancar as coisas?

Ele fez sinal para que eu entrasse primeiro e saísse da neve.

— Liguei para o DCS dele. Ninguém atendeu.

— Cris talvez tenha ido até o Chalé da Rosa Lilás pegar mais rosas. Ele falou que talvez fizesse isso. — Dei outro passo em direção ao interior entulhado da casa. — Cris? — chamei de novo. A única resposta foi um silêncio estranho, reforçado pela camada branca que se formava lá fora. Se Cris tivesse ido até o Chalé da Rosa Lilás, sem dúvida teria coberto as plantas do jardim primeiro.

Plantas e revistas enchiam a sala e todos os cômodos adjacentes que eu conseguia ver. As prateleiras continham vasos e jardineiras com sementes. Duas das quinas da sala exibiam lâmpadas de aquecimento, embora eu não soubesse dizer o que elas deveriam supostamente aquecer. A casa era praticamente outra estufa, ainda que algumas plantas ali parecessem comestíveis. O lugar inteiro cheirava a vegetação, terra e flores.

Segui Sam até a cozinha.

— O que é isso?

Ele estava levantando uma jardineira cheia de brotos novos para pegar um papel dobrado que havia embaixo.

— Isso é para você.

Como ele sabia?

— Ah, sim, Cris falou que teve algumas ideias.

O papel estava úmido e manchado de terra, mas Sam o desdobrou com cuidado sobre o tampo da mesa, revelando a lista que eu entregara a Cris depois de nossa primeira aula de jardinagem.

— Veja — disse, passando a mão para espanar a terra.

Pressionei o ombro contra o dele e dei uma espiada nas novas observações.

— Portão ou portal? Arco? — O símbolo ao lado das anotações de Cris parecia um arco, mas só se eu inclinasse a cabeça.

— Parece razoável.

Com um assobio, limpei mais um pouco da terra. Alguns grãos úmidos grudaram nos meus dedos.

— Eu me lembro deste. — Apontei para um símbolo formado por um par de linhas perpendiculares onduladas com traços grossos entre elas, como uma persiana. — "Sombra. Escuridão. Noite". Estive observando-o do ângulo errado.

— Como assim?

Os pensamentos fugiram e voltaram a se encaixar, tal como da primeira vez em que eu entendera que uma valsa tinha três batidas, e não quatro. De repente, tudo fez *sentido*.

Dei alguns pulinhos.

— Entendi!

Sam assumiu uma expressão de expectativa.

— O texto?

— Não, por que um corte de papel dói mais do que de faca. — Revirei os olhos. — Claro que estou falando do texto.

— Ah, certo. Eu não entendo.

Abri os dedos como uma aranha sobre o papel e o girei diversas vezes.

— Era isso o que eu estava fazendo enquanto tentava ler a espiral. Eu ia virando o livro, até deixá-lo de cabeça para baixo ao chegar ao topo dela. Foi assim que copiei os símbolos, como esse aqui. — Apontei para o que Cris marcara como "portão".

— Mas?

— Por que alguém escreveria desse jeito em algo tão difícil de manusear quanto um livro? A pessoa teria que passar o tempo inteiro virando o livro, e acabaria tonta. Esse símbolo... — Apontei novamente para o símbolo do portão.

— Estava na lateral da espiral quando o copiei. É por isso que ele está de lado agora.

Um vislumbre de compreensão iluminou o rosto do Sam.

— Então você lê em espiral, mas todos os símbolos estão voltados para o mesmo lado, de modo que não importa sua localização.

— Exatamente. — Quiquei de novo, e Sam abriu um sorriso. — Entendi! Amo essa sensação. Quero ler todos os livros imediatamente.

Ele me fitou como se eu tivesse adquirido subitamente um segundo par de olhos.

— Você disse que a... — Fechou a boca numa linha fina e desviou os olhos.

— Bem, Cris não está. Vamos tentar o próximo?

Enquanto ele falava, parei no meio de um dos pulinhos. Eu tinha usado a palavra *amor*. Em voz alta. Era isso o que eu quisera dizer mesmo? Será que ele agora esperava que eu dissesse que o amava? Havia uma grande diferença entre amar um sentimento ou uma situação... e amar uma pessoa.

Senti-me presa num redemoinho, com todos aqueles pensamentos e emoções girando em minha mente. Ou talvez eles fossem os redemoinhos, e eu fosse apenas uma borboleta ou uma rosa azul.

— Claro. — Tentando, sem muito sucesso, fingir que nada havia acontecido, limpei o restante da terra que havia sobre o papel e o guardei no bolso. Cris fizera apenas umas poucas anotações, e talvez elas estivessem erradas, mas seria um bom lugar para começar.

— Whit é o próximo. — Sam me guiou pelo labirinto de vasos e plantas até a porta. A neve agora caía com força, formando uma camada branca sólida. — Acho que o tempo não vai melhorar tão cedo. Talvez tenhamos que terminar nossas incursões mais cedo, antes que fique difícil demais andar pelas ruas. Nós moramos do outro lado da cidade.

Ao sairmos novamente para a rua, olhei para o sudoeste, em direção a nossa casa, mas vi apenas neve e escuridão. E a luz do templo incidindo sobre milhões de flocos de neve.

As ruas estavam escuras e desertas, de modo que o único som era o dos nossos passos. Desejei que estivéssemos em casa tendo aulas de música, uma vez que a brincadeira em grupo da véspera me dera novas ideias. Além do mais, era muito menos doloroso pensar em música do que em explosões ou em nossa discussão.

Senti um calafrio ao passarmos pela concha branca do que outrora fora a casa de alguém. Seu ocupante se perdera durante o Escurecimento do Templo. Alguém havia retirado os destroços pós-ataque das construções externas. Imaginei se teriam esvaziado o interior da casa também, ou se os pertences da almanegra continuariam lá até apodrecerem — as lembranças de uma alma que fora amada e perdida.

Continuamos andando. O silêncio e o peso da história eram sufocantes.

— O que aconteceu entre você e o Cris? — Minhas palavras tornaram-se nuvens de vapor, praticamente invisíveis sob a luz do templo.

— Nada. — A voz do Sam soou ligeiramente irritada.

Era melhor não pressioná-lo, mas...

— Acho que ele não diria que não foi nada. Vejo a forma como vocês se comportam quando estão juntos, e o modo como ele olha para você.

A princípio, não achei que Sam fosse responder, mas então:

— Foi a duas vidas atrás. — Assumiu novamente aquele tom distante. Boas ou más lembranças? De repente, desejei não ter perguntado. — Cris estava tentando criar as rosas azuis e eu compondo um noturno a respeito delas, de modo que pedi para ficar no chalé por um tempo, a fim de ver como ela cuidava das plantas e observar seu crescimento.

Sam tinha morado no Chalé da Rosa Lilás? Com Cris? Lembrei que eu sempre sentira a presença dele lá, mesmo antes de descobrir a música e o que ela significava para mim.

— O que aconteceu?

— No começo foi legal. Eu dividia o tempo entre o chalé e minha cabana, e acabei aprendendo mais sobre as rosas do que imaginava ser possível. Passado um tempo, começamos a apreciar a companhia um do outro… mais do que estou disposto a conversar com você a respeito.

— Mais do que estou disposta a escutar, com certeza. — Gostaria de fingir que ele realmente só tinha dezoito anos e que tudo o que estava me contando havia, na verdade, acontecido com outra pessoa. Queria fingir que a única pessoa que Sam amara na vida era eu. — A canção que você compôs…

— Canções têm palavras. Você não pode usar 'canção' para qualquer coisa.

Sorri.

— Então sua *canção* acabou virando uma serenata? Para a Cris?

Ele anuiu, o movimento de cabeça quase imperceptível em meio à escuridão que nos cercava.

— Fizemos um dueto. Já tinha até me esquecido disso.

Será que ele acabaria esquecendo a valsa que compusera para mim? Na maioria das noites, eu pegava no sono escutando-a no DCS. Não era tão bom quanto na primeira vez que ouvira Sam tocá-la no piano, mas ela sempre me deixava feliz, me fazia lembrar a noite em que eu descobrira que Sam era *Dossam*, o músico.

Alheio ao modo como meu coração se contorceu em pequenos nós, ele continuou:

— Depois disso, o que aconteceu foi culpa minha. Queríamos coisas diferentes, começamos a discutir e ela me disse para não voltar ao chalé até que me tornasse uma pessoa menos egoísta. Assim sendo, fui embora. Eu poderia ter ficado e tentado resolver as coisas, ou procurado encontrar um meio-termo, mas não fiz isso. Quando finalmente reencarnei, percebi que havia tomado a decisão errada.

— Qual foi o motivo da briga?

Ele me olhou de esguelha e sacudiu a cabeça.

— Eu... prefiro não falar sobre isso.

Devia ter sido algo sério. Tão sério quanto uma dedicação de almas? O que mais poderia tê-los separado se eles ainda se fitavam com um quê de constrangimento e esperança? Não conseguia esquecer minha primeira manhã na casa dele, quando Stef sussurrara: *Não deixe que ele parta seu coração, docinho. Ele nunca sossega.*

Agora eu sabia que parte do motivo de ela ter dito isso era porque Stef o amava. Cris também. Mas Sam não ficara com nenhum dos dois.

Será que eu o amava? A palavra ainda me fazia engasgar. Mais assustador ainda era a súbita compreensão de que meus sentimentos por ele — quaisquer que fossem — talvez fossem maiores do que os dele por mim. Não queria terminar como Stef ou Cris, ainda desejando algo vidas depois.

O frio sugava a umidade da minha pele. Passei a língua nos lábios e apertei o cachecol em volta do pescoço.

— Então após um tempo — falei — você se arrependeu de não ter tentado encontrar um modo de resolver as coisas?

Ele assentiu e virou uma esquina. A neve se acumulava nos jardins e em torno das árvores, refletindo a luz do templo o suficiente para iluminar nosso caminho.

— Já vivi o bastante para saber que sempre acabaremos nos arrependendo de algumas coisas, mas que não há nada que possamos fazer para mudar o passado. Ainda assim, de vez em quando algumas delas se resolvem sozinhas, de um jeito que você não esperaria.

Ele estava falando de mim? Não consegui reunir coragem para perguntar. As coisas que eu desejava dizer e fazer, mas não sabia como — elas pareciam formar uma parede entre nós.

— Você ainda se arrepende? Do que quer que não tenha concordado em fazer?

— Arrependo-me de tê-la magoado tão profundamente. E de termos passado cem anos sem nos falar por causa disso. Quando Cris finalmente apresentou as rosas ao mundo e ninguém achou que elas fossem azuis, o que aconteceu em nossa última vida, senti que se dissesse alguma coisa isso só pioraria tudo para nós.

Meu rosto se retorceu em algo entre um sorriso e uma careta.

— Odeio admitir que estou errada também.

Sam pegou o DCS. O brilho iluminou sua testa e a linha entre os olhos. Após um momento de hesitação, ele bateu na tela algumas vezes e levou o aparelho ao ouvido.

Pisquei devido à luz repentina e, em seguida, deixei meus olhos se reajustarem à escuridão novamente.

— Estou preocupada por não termos notícias dele. E mais preocupada ainda por constatar que Cris não protegeu o jardim.

— Eu também. — Sam guardou o DCS de volta no bolso. — Depois que o desafio da rosa azul foi lançado, Cris pegou suas coisas e construiu o chalé para que pudesse trabalhar sem que ninguém visse e criticasse seu progresso. Na primavera, Cris voltou a Heart em busca de suprimentos. O inverno tinha sido particularmente desagradável, mas estava quente quando ele deixou o chalé. Claro que, tão logo chegou em casa, começou uma nevasca. Ele tinha deixado as rosas descobertas, preparadas para a primavera, mas elas ainda eram muito frágeis. Assim que percebeu que o tempo ia piorar, virou o cavalo e retornou. Ele refez a viagem inteira num dia e meio, mas conseguiu salvar todas as rosas no último minuto. Elas não perderam sequer uma folhinha.

Aquilo soava exatamente como o Cris que eu conhecia, o que só piorou minha preocupação. Será que alguma coisa acontecera com ele?

— Ali. — Sam apontou para um brilho adiante. — A casa do Whit, finalmente.

Foi quase um alívio voltar a pensar nas explosões. Ficar pensando na longa história de relacionamentos unilaterais do Sam... Meu coração não aguentaria.

23
CONGELANDO

AO ME DEPARAR com o calor da casa de Whit, tirei o casaco e o cachecol. Teria que colocá-los novamente depois, mas não queria correr o risco de começar a suar ali dentro e acabar congelando ao voltar para a rua.

— Estávamos curiosos para saber se você escutou alguma coisa sobre as explosões de ontem. — Sam meteu as luvas nos bolsos. As bochechas estavam coradas pelo frio.

— O mesmo que todo mundo. Vi a casa da Jac ir pelos ares. — Olhou para mim com uma expressão séria. — Ela estava na nossa lista de pessoas a falar. Assim como a maior parte das outras vítimas.

— Todas estavam — respondi. — Só não citei dois nomes porque a maioria das pessoas ainda não sabe. Sarit disse que conversaria com elas em particular.

— Como você sabia então? — Ele inclinou ligeiramente a cabeça.

Dei de ombros e comecei a retorcer as luvas entre as mãos.

— As pessoas simplesmente me contam coisas de vez em quando. Não sei por quê. — Basicamente mentira. As pessoas contavam para Sarit, e Sarit me contava porque não achava justo eu não ter tanto acesso às fofocas quanto os demais.

— Entendo. — Whit se sentou no braço do sofá, uma monstruosidade em tons desbotados de cinza e laranja que tomava quase toda a sala. O restante resumia-se a estantes de livros e o que me pareciam antigos jogos de tabuleiro sobre uma mesa comprida. — Gostaria de poder te dizer mais alguma coisa, mas voltei para cá imediatamente após a reunião. Lorin e Armande me acompanharam parte do caminho, mas, no fim, cada um tomou seu rumo. Orrin ficou para ir visitar Geral. Cris também.

Fiz que sim.

— Você viu Cris hoje?

Whit voltou os olhos para uma das estantes.

— Não, mas isso não quer dizer nada. Muita gente passa dias ou até semanas sem encontrar nem mesmo seus amigos mais próximos.

Aquilo me soava louco e solitário. Eu queria ver meus amigos o tempo todo. Mas talvez a amizade fosse diferente quando vocês se conheciam há cinco mil anos.

— Ele não está em casa, e todas as plantas estão descobertas. — A expressão do Sam voltou a demonstrar preocupação. — Acabamos de vir de lá.

— Isso não é um bom sinal. — Whit franziu o cenho.

— Para usar um eufemismo. — Sam não sorriu. — Estava contando a Ana sobre a vez em que ele voltou correndo ao Chalé da Rosa Lilás para salvar as flores de uma nevasca.

— Cris faria qualquer coisa por aquelas plantas. — Whit sacudiu a cabeça; um sorriso simpático repuxou-lhe a boca. Mas, então, o sorriso desapareceu ao se lembrar de que Cris tinha sumido. — Vou ligar para alguns amigos dele. Talvez eles saibam de alguma coisa.

— É estranho que as explosões tenham acontecido logo após a reunião — comentei. — Pode ser apenas coincidência, mas...

Whit balançou a cabeça de novo.

— Não consigo imaginar nenhum dos nossos amigos fazendo algo do gênero. São pessoas bacanas. Você escolheu bem.

O elogio passou batido. Eu havia escolhido bem, mas, ainda assim, várias pessoas tinham se machucado. Eu devia ter feito algo diferente. Algo *melhor*.

— O Conselho está dizendo para todo mundo que foi vazamento de gás e fios corroídos. Eles deviam estar reunindo todas as grávidas em algum lugar seguro.

— Mantê-las juntas fará com que elas se tornem um alvo fácil — retrucou Whit.

— Então, separadas. Há vários lugares em Heart que não estão sendo usados no momento.

— Não me entenda mal, Ana, mas é pouco provável que qualquer um dos conselheiros dissesse a você o que estão planejando. Eles talvez estejam fazendo exatamente o que você está sugerindo, mas quanto menos pessoas souberem os detalhes, mais seguras elas ficarão. — Ele se recostou na mesa, ao lado de um tabuleiro com casas de três cores diferentes e peças em forma de cavalos empinando ou galopando. — Gostaria de poder te dar mais informações.

— E quanto a Deborl? — perguntei.

Ele baixou a voz.

— Deborl é um conselheiro.

— Que odeia as almasnovas. — Talvez eu não o conhecesse bem, mas sabia o suficiente a respeito dele e de sua escolha de amizades. Merton me atacara, falara publicamente contra mim e dissera coisas terríveis na noite em que Anid nascera. Além disso, Deborl não havia ficado nem um pouco preocupado ao me ver ser atacada na praça do mercado. — Você acha que alguém pode ter contado a ele...

— Tão rápido? — Whit fez que não. — A maioria ficou um bom tempo na casa do Sam depois que a reunião terminou. Ninguém saiu cedo, saiu? Não houve tempo de ninguém falar com ninguém, revelar acidentalmente nossos planos, para que então uma segunda pessoa saísse e plantasse os explosivos. Simplesmente não houve tempo.

Quanto tempo levava para alguém armar um explosivo e se esconder? Ou não se esconder, se fosse o caso de Deborl? Ele estava na casa de Geral.

— A pessoa poderia enviar mensagens via DCS.

Nem Sam nem Whit argumentaram contra essa possibilidade.

— O que você está tentando provar? — Os olhos de Whit pareciam injetados. Eu o estava irritando. — Quer acreditar que alguém esteja nos traindo? Por que você está pressionando tanto?

— Porque alguém precisa fazer isso. — Minha garganta fechou, fazendo com que minha voz soasse alta e desesperada. — Odeio pensar que alguém esteja nos traindo, mas jurei dar o máximo de mim para proteger as almasnovas. Tenho que fazer isso.

Os dois ficaram em silêncio, me observando como se eu fosse explodir.

Por fim, Whit falou baixinho.

— Seria mais fácil se um dos nossos amigos fosse, de alguma forma, responsável por isso?

— Mais fácil do que ficar parada assistindo à morte de outras almasnovas. — Engoli em seco. — Mais fácil do que ficar quieta e não fazer nada a respeito.

Whit olhou de relance para Sam, e algo se passou entre eles. Em seguida, Sam tocou meu cotovelo.

— É melhor a gente ir.

Queria pedir desculpas a Whit, mas não sabia pelo quê. Em vez disso, agradeci a ele pela atenção, vesti meus agasalhos de novo e, então, Sam e eu saímos.

— Não posso proteger as almasnovas de Janan. — Meus olhos ardiam devido às lágrimas e ao frio. — Não posso tirá-las do templo e dar vida a elas, por mais que eu deseje fazer isso. Mas eu *deveria* pelo menos ser capaz de proteger as que conseguiram escapar. *Deveria* ser capaz de protegê-las das *pessoas*.

Quem eu estava tentando enganar? Mal conseguia proteger a mim mesma.

Pousei a mão sobre o cabo da faca e o apertei até meus dedos doerem. Não era uma grande proteção.

— Vamos embora. — Sam parecia não saber o que dizer diante daquela confissão. Não podia culpá-lo. Eu também não saberia.

Se antes a neve parecera um lençol branco cobrindo o chão, agora parecia um cobertor grosso.

— Acho que devemos voltar para casa — disse Sam, entrelaçando o braço no meu. Eu não estava preparada para aquele tipo de proximidade, mas ele era o único que sabia andar pela cidade mesmo no escuro. Assim sendo, apertei-me de encontro a ele.

— Precisamos conversar com os outros.

— Hoje não.

— E se acontecer outra explosão? Não vou conseguir viver comigo mesma se outra almanova morrer porque nós paramos antes de pegarmos o culpado. —

Não estava ventando e a neve caía silenciosamente, porém minha voz soou alta, como se estivéssemos parados no meio de uma nevasca. O ar gelado atravessou minhas roupas, fazendo-me estremecer.

— Ana, você já está tremendo, e não faz nem dois minutos que voltamos para a rua. Quantas vezes espera que eu te impeça de congelar ou de ter uma hipotermia? — Ele falou com o rosto tão perto do meu que senti o calor de suas palavras. Da pele. — Você adora me deixar preocupado, não é mesmo?

— Não, odeio. — No entanto, não fui muito veemente. — Só quero fazer a coisa certa.

— Às vezes... — Ele me apertou ainda mais. — Isso significa não deixar seus dedos congelarem. Amanhã é outro dia. O que acontecer nesse meio-tempo não será culpa sua. Vamos para casa.

— Tudo bem. — Odiava quando ele estava certo. A neve continuava se acumulando e, se esperássemos muito mais, chegar em casa seria um desafio maior do que nós dois estávamos preparados para encarar, principalmente de barriga vazia. — Mas a primeira coisa que faremos amanhã será ligar para as pessoas ou ir vê-las pessoalmente.

Ele ergueu os olhos para o céu escuro e encoberto.

— Provavelmente ligar, a menos que o tempo melhore. O que eu duvido.

Quase perguntei como ele sabia. Estupidez a minha! Sam tinha cinco mil anos de idade. Com certeza saberia dizer pelo cheiro ou pelo tamanho dos flocos de neve.

O retorno até a área residencial sudoeste foi longo, frio e moroso. Tínhamos acabado de passar pelo templo — com Sam se colocando, de alguma forma, entre mim e a torre —, mas faltava ainda um bom trecho até a casa dele, quando o vento começou a soprar. A neve, até então bonita, embora um pouco irritante devido à hora, tornou-se pesada e fustigante.

Os flocos caíam horizontalmente pela avenida Sul. O vento uivava como uma sílfide ao atravessar as ruas estreitas do bairro industrial. As árvores balançavam de maneira frenética. As cortantes lufadas de vento varriam as pedras do calçamento, e teriam me carregado embora se não fosse pelo Sam. Eu era como uma pétala de rosa no meio de uma tempestade de neve.

O gelo se acumulava até a altura dos joelhos diante dos prédios, mas Sam conseguiu encontrar caminhos alternativos. Mantive-me grudada nele, desejando que já estivéssemos em casa. Minhas pernas doíam de frio e do esforço de andar contra o vento. Os músculos queimavam, exaustos; eu deveria estar suando, porém o ar gelado não permitia. Era difícil respirar.

Assim que alcançamos nossa rua, nos vimos um pouco mais protegidos do vento pelos grossos abetos. A noite resumia-se a escuridão e neve. Meus olhos ardiam. Cada pedacinho do meu corpo estava prestes a congelar, mesmo debaixo do casaco de lã e das luvas.

— Só mais um pouco. — Sam me puxou para a calçada, onde as árvores perenes ofereciam maior proteção contra os açoites do vento. Ele parecia estar com dificuldade de respirar também.

Por fim, chegamos em casa. A luva do Sam escorregou na maçaneta enquanto ele falava:

— Queria te perguntar uma coisa. Você vive falando sobre tomar suas próprias decisões, sobre desejar fazer as coisas do seu jeito. — Tentou a maçaneta de novo, porém a lã e a neve recusavam-se a chegar a um acordo.

— E? — Esfreguei as luvas no casaco e resolvi tentar, mal conseguindo enxergar a maçaneta sob o brilho fraco que se derramava pela janela. Ela girou.

— Você não gostaria de ter a sua própria casa? Que tal a de Li ou a de Ciana? — As palavras saíram atropeladas enquanto a porta era aberta. — Tenho certeza de que Sine conseguiria convencer o Conselho se você quisesse.

Olhei para ele, sentindo como se estivesse com a boca cheia de neve. As duas casas ficavam do outro lado da cidade, na área residencial nordeste. Será que o Sam havia mudado de ideia? Chegado à conclusão de que amava Stef ou Cris mais do que a mim?

Talvez a conversa sobre o motivo de ele e Cris terem se separado o tivesse feito perceber que a mesma coisa aconteceria comigo.

Ou... talvez eu tivesse ido longe demais e arruinado a vida dele. O Conselho, a conversa com Whit, o modo como eu o arrastara para a minha pesquisa sobre as sílfides e a máquina de Menehem. Tudo começara a dar errado para ele desde que Sam me resgatara do lago Rangedge.

O que eu deveria responder? Dizer que sim, que queria ir embora? Não era verdade. Eu desejava ficar, porque mesmo quando estava furiosa com ele, gostava de tê-lo ao meu lado. Mas se dissesse que não queria ir embora, Sam concordaria, quer gostasse da resposta ou não. E eu continuaria a arruinar a vida dele. Não havia resposta certa.

Sam nem sequer olhou para mim, parada na soleira porta como uma idiota. Ele havia soltado meu braço e dado um passo em direção ao interior da casa, e agora estava ali, imóvel.

Espanei o restante da neve e entrei. Se fosse para chorar, pelo menos faria isso num lugar onde as lágrimas não congelariam sob meus olhos. A porta se fechou com um estrondo, deixando nós dois em silêncio.

— Não entendo — murmurei por fim.

— Eu também não — sussurrou ele, com uma expressão aflita. Mas fora *ele* quem sugerira isso.

Não, não era por isso que ele estava chateado. Pisquei para afastar as lágrimas que nublavam minha visão. A sala estava diferente.

Destruída.

Todos os instrumentos tinham sido completamente destruídos.

24
APATIA

— NÃO! — Sam despencou no chão com um baque, observando, atordoado, os destroços. Pegou alguns pedaços de algo inidentificável e virou-os nas mãos, parecendo perdido. A agonia dele me rasgava por dentro.

Um suave brilho dourado derramava-se pelas tábuas de madeira do piso, pelos tapetes bordados e pelas estantes em forma de colmeia que se estendiam até a cozinha.

Todas as vezes que eu achava ter conseguido me livrar daquela visão terrível, meus olhos eram novamente atraídos para os pedaços de madeira de bordo e as teclas de marfim quebradas e espalhadas pela sala. As de ébano tinham sido reduzidas a farpas de madeira. Fios espiralados de cordas arrebentadas pareciam tentar se esconder. Martelos, cravelhas e pinos de fixação, peças que não ficavam à vista, mas que faziam a música acontecer. Sam me explicara sobre elas enquanto me ensinava a tocar o piano, a fim de que eu entendesse sua devida importância.

Ali estavam todas. Espalhadas pelo chão.

Meus olhos recaíram, então, sobre uma haste de prata retorcida que não fazia parte do piano. A flauta do Sam, agora já sem as teclas, apenas os buracos, como bocas escancaradas ao longo do corpo.

Chifres de antilocapra rachados, penas de águia-pescadora rasgadas. Pedaços grandes e curvos de madeira entalhada, que antes formavam uma harpa, encontravam-se espalhados pelo chão, as cordas pendendo livremente como ligamentos partidos. O cadáver de um violino repousava a meus pés, o arco quebrado ao meio.

Pulei por cima dele, tomando cuidado para não danificá-lo ainda mais. Como se isso fizesse a menor diferença. Retrai-me ao sentir pedaços de vidro sendo esmagados sob meus pés, mas Sam não pareceu reparar. Ele continuava ao lado da porta, observando tudo com olhos vidrados, sem vida.

Séculos de trabalho na construção de instrumentos para vê-los agora destroçados pelo chão.

Pétalas azuis pontilhavam a sala como respingos de tinta. Somente caules e estames despontavam dos vasos e das prateleiras. As rosas Fênix, porém, não tinham sido tocadas.

Corri os olhos pela sala para ver se ainda restava alguma coisa inteira, mas até mesmo os estojos de instrumentos cuidadosamente empilhados tinham sido destruídos. Nem mesmo as paredes haviam sido poupadas. Algumas das prateleiras entalhadas pendiam em ângulos estranhos.

Apavorada com o que poderia encontrar, atravessei o campo de batalha e fui verificar a cozinha, mas tudo lá estava estranhamente normal. Eu quase conseguia escutar os ecos das risadas zombeteiras.

Sam nem mesmo olhou para mim quando contornei uma folha esmagada de madeira de bordo, reminiscências da tampa do piano. Também tentei não olhar para ele, mas era difícil ignorar o modo como ele balançava a cabeça, murmurando consigo mesmo. De repente, um brilho sombrio e selvagem atravessou-lhe os olhos, e Sam atirou uma haste de metal contra a parede. Ela bateu nas prateleiras de madeira, lançando uma chuva de pétalas de rosas ao chão.

Com o coração partido por vê-lo daquele jeito, subi a escada no intuito de verificar se mais alguma coisa fora destruída ou roubada, mas era difícil ver o que estava faltando quando a coisa não estava lá.

Os aposentos entre nossos quartos continham instrumentos arcaicos guardados em caixas fechadas a vácuo para não se deteriorarem. Eles pareciam intactos, assim como a oficina e a biblioteca de partituras, gravações e observações sobre como construir cada um dos instrumentos dele.

A harpa no quarto do Sam continuava inteira. Não era muita coisa, mas talvez ajudasse, se ao menos eu conseguisse arrastá-lo até ali para vê-la. Meu quarto também parecia não ter sido mexido; de qualquer forma, chequei todos os meus esconderijos.

Os livros que eu roubara do templo tinham desaparecido. Assim como a pesquisa de Menehem sobre as sílfides.

Primeiro a chave do templo. Agora os livros e a pesquisa. Eles estavam com tudo.

Bem, quase tudo. Não tinham as traduções que eu conseguira com Meuric e Cris; estas ainda se encontravam no meu bolso.

Com os dedos gelados, liguei para Sine e contei a ela sobre a invasão. Minha voz soou demasiadamente calma, como se meu corpo estivesse fazendo tudo aquilo por conta própria.

— Sinto muito, Ana — disse ela. — Quer que eu envie alguém para ajudá-los a limpar?

Lá fora, o vento uivava. A neve fustigava a janela.

— Não. — Olhei para os esconderijos vazios e levei a mão ao bolso, onde costumava guardar a chave. — Você não vai gostar de ouvir isso, mas pode pedir para alguém ficar de olho em Deborl e Merton? — Gostaria de saber o nome do sujeito que roubara a chave, mas não conseguia sequer me lembrar da aparência dele, exceto que ele era grande e assustador.

— Deborl e Merton? Você não acha que eles…

— Acho que os dois me odeiam. Não posso provar nada, mas… — Minha voz falhou. — Por favor, Sine.

— Tudo bem. — Resignada, ela desligou.

Guardei o DCS de volta no bolso com uma sensação de derrota. Eles haviam levado tudo.

Ao descer novamente, encontrei a porta da frente entreaberta e o chão sujo de neve. Sam não estava em nenhum lugar à vista.

Pulei os poucos degraus e saí para o jardim. Mesmo em meio à escuridão e à neve, consegui distinguir uma silhueta escura afastando-se pela calçada.

— Sam!

Ele não parou.

Saí correndo atrás dele, os passos pesados devido ao frio e à neve, e o alcancei no instante em que ele virava para a rua.

— Sam! — Sem pensar, agarrei-o pelo braço.

Ele se virou com um gesto brusco e parou com a mão em meu peito...

Não havia força por trás do quase empurrão. Seus músculos tencionaram sob minhas palmas ao se dar conta de quem fora correndo atrás dele.

— Ana. — O vento capturou meu nome e o carregou para longe.

— Aonde você vai? — A luz que emanava da casa era fraca, de modo que eu não conseguia ver o rosto dele. Além disso, o frio me fazia tremer tanto que senti como se fosse desmontar inteira.

— Vou encontrar quem fez isso. E vou acabar com eles. — Aquela não era a voz do Sam. Em todo o tempo desde que eu o conhecera, jamais o ouvira tão *devastado*. — Eles... meus instrumentos. O trabalho da minha vida.

— Eu sei. — Mesmo no escuro, minhas mãos encontraram o rosto dele, tal como eu conseguia encontrar as notas do piano sem olhar. — Você sabe quem fez isso?

Ele fez que não; sua pele parecia gelo sob minhas palmas, a raiva já um pouco menos incendiária.

— Preciso ir. Tenho que encontrar alguém.

— Vamos entrar.

— Preciso encontrar...

— Não, Sam. Agora não. — Se não entrássemos logo, acabaríamos congelando; eu estava sendo tomada por calafrios e mal conseguia falar de tão gelada. — Vamos entrar.

Sam deixou a cabeça pender e me envolveu num abraço apertado, não muito confortável. Ele também tremia. Ou chorava. Eu não saberia dizer, exceto pelo fato de que repetia as mesmas palavras abafadas sem parar.

— Eles se foram. Não acredito que eles se foram.

Não encontrei palavras para confortá-lo. Não havia como consertar aquilo, de modo que continuei parada e esperei enquanto ele despejava sua tristeza sobre mim como uma enxurrada.

Tempos depois, voltamos para dentro de casa e fechamos a porta.

— Deixe-me ajudá-lo a tirar o casaco. — Minhas palavras soaram como um sibilo alto e enrouquecido no silêncio sepulcral da sala. Tirei as luvas e o gorro do Sam e os joguei num cesto; em seguida, ajudei-o com os botões e os zíperes do casaco. Os cadarços cobertos de neve estavam praticamente congelados, mas acabei conseguindo desamarrá-los.

Os olhos do Sam se voltaram para o piano ao alcançarmos a escada, mas ele não disse nada enquanto eu o conduzia até o quarto. Chegando lá, Sam despencou sobre os travesseiros, o rosto retorcido de dor.

Sentei ao lado dele e peguei suas mãos para aquecê-las, desejando que nada daquilo tivesse acontecido. Os instrumentos não eram apenas o trabalho de uma vida, mas de várias. Imaginei se isso o fazia sentir como se nenhuma dessas vidas tivesse de fato acontecido.

Após um minuto, ele recostou a cabeça na minha.

— Quem faria uma coisa dessas? — Sua voz soava oca, desesperada.

Não expressei minhas suspeitas em voz alta. Não ajudaria.

— Você precisa de alguma coisa? — Fiz um muxoxo. Ele provavelmente precisava dos instrumentos, e de alguém que não fizesse perguntas idiotas.

Sam suspirou e voltou os olhos para o teto, a tristeza desenhando linhas em torno dos olhos e da boca. Sua pele continuava corada pelo frio. Nós dois precisávamos de um banho quente para aquecer nossas entranhas, mas não conseguia imaginar Sam se importando com isso agora.

— Não sei. — Fechou os olhos ao sentir meus dedos acariciarem-lhe o rosto. Sua pele estava fria, mas ele não respondeu ao toque. — Não consigo pensar em nada.

— Não tem problema. — Pegaria alguns cobertores, ao menos isso. Minha vontade era abraçá-lo, compartilhar o calor, mas não conseguia esquecer o que ele me perguntara ao chegarmos em casa. Se eu queria ir embora? — A biblioteca e a oficina estão intactas, inclusive suas anotações sobre como construir os instrumentos. Vou começar a limpar lá embaixo, mas tem alguma coisa que você queira que eu salve para ajudá-lo na reconstrução deles?

— Construir novos instrumentos? — Sam fazia com que aquilo soasse como a pior coisa do mundo.

— Imaginei que você gostaria de fazer isso.

— É, bom, acho que ainda não tinha pensado nisso. — A respiração saiu chiada. Eu também não conseguia imaginar como ele iria reconstruir algo que passara vidas fazendo. No entanto, não podia simplesmente deixar tudo como estava, para o caso de ele resolver descer. — O marfim — respondeu finalmente. — Ele vem de longe, e é difícil de conseguir. Mas só as peças que derem para ser coladas.

Sam me falou mais algumas coisas e, então, me deixou ajudá-lo a se deitar. Empilhei uma série de cobertores em cima dele, de lã, seda e pele de bisão, e desci para esquentar um pouco de chá e sopa. Ao subir novamente com a bandeja, forcei-o a tomar algumas colheradas da sopa antes de sair do quarto. Se eu tivesse acabado de perder mais de mil anos de trabalho, gostaria de ficar sozinha, e não tentando aceitar as palavras de conforto de alguém que não tinha como compreender o abismo que se instalara dentro de mim.

De volta à sala, recolhi algumas peças de marfim, mas a maioria parecia totalmente inutilizada. Pouco podia ser salvo. Ou o intruso sabia exatamente o que destruir ou decidira esmagar tudo o que parecia importante. Até mesmo a moldura de metal tinha sido derretida ao ponto de jamais poder ser reutilizada.

A flauta dele era uma massa de prata retorcida. Abracei o que restara dela de encontro ao peito, e algumas pétalas azuis saíram de dentro do tubo. Quem quer que a tivesse destruído achara que era a minha. Eles não saberiam reconhecer a diferença.

Era provável que os instrumentos tivessem sido apenas uma distração, o que tornava tudo ainda mais preocupante. Os livros e os diários tinham desaparecido. Quanto tempo levaria até eles encontrarem o laboratório de Menehem? Até descobrirem que eu estivera lá?

O Conselho suspeitava de que Menehem tivesse me dado sua pesquisa, mas ninguém sabia sobre os livros do templo.

Ninguém *deveria* saber, mas alguém sabia.

Trabalhei até começar a sentir câimbras nos músculos e não me aguentar mais de sono. Como não dava para levar os destroços lá para fora no momento, botei-os ao lado da porta, com um cobertor embaixo para impedir que danificassem ainda mais o piso.

Cansada demais para subir até meu quarto, joguei-me no sofá e só acordei quando a luz da manhã que penetrava por uma fresta nas persianas incidiu sobre meus olhos.

Lá fora, a neve acumulada chegava na altura dos meus joelhos e, embora o sol estivesse brilhando, as nuvens já começavam a se aglomerar na linha do horizonte, praticamente imperceptíveis acima das árvores e do gigantesco muro da cidade.

Senti os pulmões queimando enquanto carregava os instrumentos quebrados para fora; quando a neve amainasse, talvez Armande ou Orrin pudessem me ajudar a separar os materiais para reciclagem. Mas, por ora, precisava apenas tirá-los de dentro de casa. Se a simples visão deles me cortava o coração, Sam com certeza ficaria arrasado.

No intuito de mantê-lo ocupado por um tempo, levei mais um pouco de chá e sopa para ele. A outra xícara e a tigela estavam pela metade, mas isso era melhor do que nada.

— Você devia tomar um banho. — Sentei-me ao lado dele na cama. — Está fedendo. — Como se eu também não estivesse com uma forte inhaca de suor.

— Não me importo. — Aquela não era a voz do Sam. Pelo menos, não do Sam que eu conhecia. Rouca demais, devastada demais. — Tudo se foi.

Eu queria tocá-lo, abraçá-lo, mas meus músculos recusaram-se a obedecer meus comandos.

— Termine de comer e tome um banho. Volto daqui a pouquinho.

Embora a casa de Stef ficasse a apenas cinco minutos de caminhada, levei mais tempo por causa da neve e, quando cheguei lá, tremia de frio. A propriedade dela continha as mesmas construções externas e árvores frutíferas cobertas de gelo, embora em menor quantidade, já que Stef não mantinha uma horta nem possuía animais, preferindo ajudar Sam a cuidar dos dele em troca de uma parte.

Subi os degraus de dois em dois e bati na porta.

As árvores perenes farfalhavam ao sabor do vento, que também fazia com que uma tábua solta de um dos abrigos batesse num ritmo em staccato. Mas, afora isso, o lugar estava silencioso, à espera de outra tempestade de neve.

Ou ela não estava em casa ou estava me evitando após a briga com o Sam. Mordi o lábio e tentei a maçaneta. Ela girou.

Eu só estivera na casa da Stef algumas poucas vezes. Durante as aulas que tivera com ela, Stef preferira não arriscar comprometer o funcionamento de seus equipamentos só para me ensinar o básico no reparo das máquinas; tínhamos começado com sistemas de encanamento e chegado até painéis de luz solar. E, normalmente, era ela quem ia até a casa do Sam para uma visita.

Antes que perdesse a coragem, abri a porta e entrei, batendo os pés para soltar a neve das botas. A luz do sol penetrava pelas janelas, iluminando o piso de tábuas corridas e um pequeno piano encostado numa das paredes. Enquanto as paredes da casa do Sam eram cobertas por delicadas prateleiras, as de Stef eram tomadas por estantes de livros repletas de anotações e diagramas sobre temas fascinantes, como a automatização de máquinas de reciclagem.

— Stef? — Contornei as cadeiras e o sofá, revestido por um tecido xadrez desbotado e com alguns cobertores jogados displicentemente sobre as costas. Ela possuía mais aposentos no primeiro andar do que Sam, a maioria contendo invenções em diferentes estágios de construção. A escada ficava escondida num dos cantos, e levava a um segundo andar igualmente entulhado.

As tábuas rangiam sob meu peso. Tentei escutar qualquer barulho que não os produzidos por mim — nada — enquanto prosseguia furtivamente pela casa; encontrei a biblioteca, a área de serviço e um quarto. Tal como Sam, Stef geralmente era do sexo masculino, mas não mantinha um quarto separado para suas encarnações como mulher. Ela simplesmente jogava as coisas que não serviriam nessa vida num baú, de modo que no momento o quarto estava repleto de vestidos.

Já estava saindo quando uma fotografia familiar chamou minha atenção. Odiando a mim mesma pela intromissão, me aproximei. Ela mostrava dois homens sorridentes, com os braços em volta dos ombros um do outro. Sam e Stef em uma de suas vidas anteriores. As outras sobre a prateleira eu nunca tinha visto, mas reconheci algumas das encarnações anteriores do Sam. De vez em quando ele aparecia sozinho, mas na maior parte das vezes estava com outra pessoa. Presumi que Stef.

Ao lado das fotos havia uma pilha de papéis: cartas, na caligrafia do Sam, escritas durante suas viagens e guardadas até que retornasse a Heart para entregá-las. Mesmo sabendo que era uma atitude desprezível, pois elas eram particulares, corri os olhos por umas duas, mas elas falavam apenas dos lugares que ele estava visitando e de coisas que tinha visto e achava que Stef gostaria de ver também.

Um monte de coisas!

A última foto era do Sam que eu conhecia, com um sorriso travesso e os cabelos escuros despenteados. Reconheci a camisa também; eu o ajudara a escolhê-la num dos dias do mercado durante o último verão. Por um momento, achei que ela tivesse sido tirada enquanto eu estava presa dentro do templo. Era de admirar que Sam tivesse permitido; ele odiava tirar fotos. Mas então percebi que a cabeça dele estava virada de lado e um dos braços estendido. Sam segurava uma pequena mão entre os dedos. A minha. Minha mão era a única parte visível de mim na foto.

Recuei.

Parte de mim esperava que Stef surgisse no corredor exigindo saber o que eu estava fazendo, porém a casa continuou em silêncio. Sentindo-me confusa, traída e morrendo de ciúmes, saí do quarto.

Eu sabia que eles tinham uma história juntos. Já chegara até mesmo a ver fotos de Sam em vidas anteriores beijando alguém. Aquilo me incomodava, mas de vez em quando eu conseguia me convencer de que aqueles Sams não eram o *meu* Sam. Eles eram mais velhos, às vezes mulher, às vezes gordos demais ou magros demais. Podia reconhecer traços do Sam em todos eles, mas recorria a essa fantasia quando a realidade ameaçava me machucar.

Stef o amava. Não podia pensar em ninguém que não o amasse. Só não esperava que os sentimentos dela fossem tão intensos.

— O quão magoado alguém precisa estar para tomar uma atitude desesperada? — murmurei, o que me deixou imediatamente enjoada. Stef nunca magoaria Sam daquele jeito. Ela podia discordar dele, tentar convencê-lo de que nosso relacionamento era inapropriado. Mas jamais destruiria as coisas que Sam mais amava na vida. Jamais.

— Me desculpe — pedi, mesmo que ela não estivesse ali para escutar. Tinha sido um pensamento mesquinho, movido pelos ciúmes. Esfreguei as mãos no rosto como se isso pudesse afastá-lo.

Hora de ir embora. Ao voltar para a rua, o sol praticamente sumira, encoberto pelas nuvens cinzentas que pareciam prontas a despejar mais outra tempestade de neve.

Quando finalmente abri a porta da casa do Sam, eu tremia de frio. A sala continuava uma bagunça, e o andar de cima estava quieto. Com sorte, ele estaria dormindo.

Esforçando-me para conter as lágrimas, peguei uma lata de lixo grande e continuei a recolher os pedaços de instrumentos irrecuperáveis. Sempre que a lata enchia, eu ia até o jardim e esvaziava seu conteúdo junto com o resto.

Quando já não aguentava mais, subi para tomar um banho e vestir algo que não estivesse coberto de suor, poeira e lembranças despedaçadas de uma centena de instrumentos destruídos. Lá fora, a neve começou a cair, branca, pesada e molhada.

Já era quase noite quando liguei para o DCS da Stef. Nenhuma resposta. Cris também não. Onde eles estavam? A preocupação aumentou; tentei Sarit.

— Oi, Ana.

— Graças a Deus! — Despenquei no sofá, inundada por uma sensação de alívio. — Você está viva.

— Ainda estou, mas congelando até os ossos. Cris não atendeu a porta ontem de manhã, e não encontrei rosas azuis suficientes na estufa. Estou a caminho do Chalé da Rosa Lilás para ver se consigo pegar mais algumas lá. Você vai ficar me devendo. Uma centena de concertos, pelo menos. Aproveita para compor uma música para mim enquanto treina, gafanhoto.

Fiz que não, mesmo que ela não pudesse me ver.

— Do jeito que está nevando, elas já devem ter morrido. Volte para casa.

— Ela podia ser minha melhor amiga, mas era doida.

— De jeito nenhum. Vou pegar as rosas para você. E as manterei vivas com minha radiante personalidade.

— Você é louca. — Corri os olhos pela bagunça da sala, tentando manter a respiração compassada. — Estou feliz por ter conseguido falar com você. Cris e Stef não estão atendendo minhas ligações. E eles não estão em casa.

— Cris ainda não voltou? — A preocupação era evidente em suas palavras.

— O jardim dele está descoberto. E quando Sam e eu chegamos em casa... — Minha voz falhou. Tentei de novo. — Sarit, alguém destruiu os instrumentos. Todos eles.

— Ah. — A voz dela tornou-se mais baixa e grave. — Ah, Ana. Sua flauta também?

— Não. — Inspirei fundo, tremendo. — Ela estava na oficina. Lorin arrebentou uma mola sem querer, e Sam ia me mostrar como consertá-la.

— Mas tudo o que estava na sala...

Olhei para a haste de metal que eu não tivera coragem de recolher.

— Até o piano. Especialmente o piano. — Engasguei, a garganta fechada devido às lágrimas.

Ela não disse nada.

— Você sabe sobre as explosões, não sabe? — Mesmo de olhos fechados, ainda podia ver o fogo e a fumaça e sentir o peso de Geral em meus braços. — Eles estão me avisando para parar.

— Como eles sabem o que você está planejando fazer? — perguntou ela.

— Não faço ideia. — Apertei o DCS, desejando poder contar a Sarit sobre os livros, a chave, a pesquisa... tudo. Podia falar com ela sobre a briga que Sam e eu havíamos tido, e que ele me perguntara se eu não desejava ter minha própria casa, mas não agora. Não quando Sarit estava tão longe. — Gostaria que você estivesse aqui — murmurei para o DCS.

— Eu também. — Ela hesitou. — Você não vai desistir, vai?

— Não. — Tranquei o maxilar. — Eles podem me mandar parar, mas eu não vou. Não vou desistir.

— Ótimo. — Sarit soltou um suspiro. Um minuto depois, acrescentou: — Estou indo o mais rápido que consigo até o chalé. A estrada está coberta de neve, mas dá para passar. Se o tempo piorar, eles enviarão um drone.

— Isso quer dizer que você vai voltar logo?

— Ah, mais alguns dias. O cavalo, porém, vai me odiar. — Alguma coisa tilintou ao fundo. — Andei ligando para alguns amigos. Cheguei com Lidea e Moriah, e elas já entraram em contato com as pessoas das listas. Todo mundo está fazendo a sua parte. Apenas esteja pronta e não se preocupe com o resto de nós.

— Difícil não me preocupar com Cris e Stef desaparecidos. — A julgar pelas explosões, destruição de salas e invasão de quartos de recém-nascidos, qualquer coisa podia ter acontecido.

— Vou ligar para as pessoas das listas deles. Está tudo bem, Ana. Tenho certeza de que eles aparecerão logo. — Ela, porém, não soava convencida. — Aposto que o Sam precisa de você agora. Vá ficar com ele. A gente se fala. Eu te amo.

Com um clique, ela se foi. Por via das dúvidas, tentei Stef e Cris de novo. Eles não responderam, portanto, deixei mensagens. Em seguida, preparei outra bandeja de comida para o Sam, rezando para que ele tivesse terminado a última e tomado um banho.

Não tinha. Sam continuava analisando intensamente o chão. As linhas em sua testa permaneceram do mesmo jeito quando troquei as bandejas.

Morta de medo e preocupação, fiz a única coisa em que consegui pensar que talvez o arrancasse daquela apatia. Sentei junto à harpa e posicionei as mãos do modo como ele me ensinara meses atrás — a direita perto, a esquerda afastada. Toquei a primeira nota que meus dedos encontraram e, em seguida, a próxima.

Sentado na cama e virado para a parede oposta, Sam se empertigou. E inclinou ligeiramente a cabeça.

Toquei outra nota e, então, mais outra. O som longo e grave recaiu sobre o quarto como uma neve suave. Eu estava ligeiramente fora de tom, mas não sabia como consertar isso. Só havia tocado a harpa algumas vezes; ainda assim, a sensação das cordas sob meus dedos e da curva da madeira contra meu ombro... parecia natural.

Meus dedos buscaram os acordes familiares das poucas aulas que Sam me dera. Toquei uma melodia simples, lembrando-me tardiamente de pisar nos pedais para trocar o tom. Ninguém consideraria aquilo *bom*, mas à medida que eu ia tocando, escutei o tilintar de uma colher contra a porcelana e o som surdo de uma xícara sendo colocada na mesinha de cabeceira. Alguns minutos depois, a água do chuveiro começou a correr.

Ele voltou para o quarto — a água ainda correndo ao fundo — no exato momento em que eu lutava com uma série de notas que tinha esquecido; estava acostumada a ter uma partitura diante de mim.

— Aqui. — Sam pegou minha mão e a posicionou sobre a nota correta. — O arpejo começa aqui. — Seus dedos soltaram os meus com um leve roçar de pele contra pele.

Assenti com um menear de cabeça e continuei tocando, observando pelo canto do olho ele pegar uma muda de roupas no armário e nas gavetas e, em seguida, voltar para o banheiro. Nuvens de vapor saíam pela porta que ele deixara entreaberta.

Minha música ecoou pela casa, mesmo depois que as pontas dos dedos começaram a doer e eu perdi a noção de qual corda era qual. Precisava da música também.

A água do chuveiro parou e Sam reapareceu no quarto alguns minutos depois, vestindo roupas limpas e esfregando os cabelos úmidos com uma toalha. Ele se sentou na cama enquanto eu continuava tocando a harpa.

— Eu me lembro de quando o construí — murmurou, quase como um acompanhamento para o delicado som da harpa. — O piano. Lembro de passar várias demãos de verniz incolor a fim de trazer o brilho natural da madeira, enfiando um pano nos cantos e ranhuras para impedir que formasse bolhas ou escorresse. Ele pareceu se aquecer sob minhas mãos, como se estivesse vivo. Eu conseguia escutar de antemão todas as músicas que pretendia compor. Prelúdios e noturnos, sonatas e valsas.

Meus dedos encontraram uma melodia mais sombria para combinar com o humor dele.

— Jamais imaginei que teria um instrumento predileto, mas mesmo antes de tocar a primeira nota, percebi que ele seria o piano. O marfim e o ébano vieram de terras distantes. Esculpi e poli cada peça com minhas próprias mãos. Também extraí sozinho a madeira de bordo das florestas próximas a Range e o minério, que precisou ser derretido e purificado para a fabricação das cordas e afins.

De que mãos ele estava falando? Dez gerações atrás?

— Levei metade de uma vida para planejar, reunir o material e desenvolver as habilidades necessárias para construir o que eu imaginava. Não consegui fazer tudo sozinho, algumas partes simplesmente exigem trabalho em equipe, mas dei o máximo de mim. Quando o piano ficou pronto, eu era um homem velho e minhas articulações doíam devido a tudo o que eu tinha feito para fabricá-lo, mas quando repousei os dedos sobre as teclas e toquei as primeiras notas, foi tão lindo! Tão maravilhoso! Mesmo agora, quase consigo escutar os ecos dessa primeira música tocada há centenas de anos.

Recostei a bochecha na madeira delicada da harpa e deixei minhas mãos descansarem sobre os joelhos. A música cessou.

Sam me fitava com olhos escuros e assombrados, os cabelos úmidos colados na testa. A angústia era visível em seu rosto, na linha fina formada pela boca, no modo como ele fazia com que respirar parecesse a coisa mais difícil do mundo.

— Não construí pianos para mais ninguém. Entreguei minhas anotações para pessoas que poderiam fazer um trabalho melhor. Sou um músico, só isso. Mas eu tinha orgulho daquele piano.

— Nada do que eu disser irá ajudá-lo. — Baixei os olhos. — Sinto muito.

— Sua música ajudou. — Sam estendeu a mão como se fosse tocar meu braço, mas eu não conseguia esquecer o que ele havia sugerido ao chegarmos em casa, antes de encontrarmos a sala destruída. Ele queria que eu fosse embora. Não teria sugerido isso se não quisesse.

Afastei-me; precisava proteger o que restava do meu coração também.

— Os livros do templo desapareceram — falei, levantando. — Assim como a pesquisa de Menehem.

Sam não disse nada.

— Stef não está atendendo o DCS. Fui até a casa dela, mas não a encontrei.

Foi a vez dele de baixar os olhos.

— Ela provavelmente decidiu esperar a tempestade passar com algum outro amigo. Duvido que se sinta bem-vinda aqui.

— Por causa da briga de vocês. — O motivo tinha sido eu. Será que isso fazia com que fosse minha culpa? — De qualquer forma, ela devia ter atendido o DCS. Já liguei um milhão de vezes e deixei um milhão de recados.

Ele trincou os dentes.

— Stef está zangada comigo. Talvez esteja te ignorando por tabela.

Duvidava de que fosse esse o caso, mas esperava que ele estivesse certo. Ela estar me evitando era melhor do que estar desaparecida.

— Não temos nos entendido muito bem ultimamente. — Ele inspirou fundo. — Achei que ela fosse ficar feliz por eu estar feliz. Não entendo por que Stef está agindo desse jeito.

Jura? Não entendia mesmo? Como alguém com tanta história e experiência podia ser tão lesado?

Eu estava no limite. Cada pedaço do meu corpo vibrava tanto que parecia prestes a arrebentar. Como a corda de um piano. Ou de uma harpa. Eu havia passado o último dia recolhendo pedaços de instrumentos pelos quais também sentia um imenso carinho, a fim de que fossem analisados e posteriormente separados para reciclagem. Tinha quase congelado, visto amigos serem mortos e, para coroar, Sam perguntara se eu não queria ir embora. Assim sendo, que diferença faria se eu contasse a ele?

— Ela está apaixonada por você, Sam. Apaixonada de verdade. — Minha garganta doía e meu coração parecia prestes a se partir em mil pedaços. — Ela está com ciúmes por você passar tanto tempo comigo. Stef o quer de volta como era antes.

Ele negou com a cabeça.

— Não. A gente teve um relacionamento no passado, mas não do jeito como você está insinuando. Não é possível.

— Só por que você acha que não? — Ergui uma sobrancelha. — Não cabe a você dizer o que as pessoas podem ou não sentir. Se quiser continuar sendo cego, o problema é seu, mas isso não muda o que todo mundo consegue enxergar. Ela te *ama*.

Sam pareceu momentaneamente perdido, como se não soubesse onde estávamos ou quem eu era, muito menos que língua eu estava falando.

Mas eu contara a ele. Agora ele teria que escolher o que fazer com a informação; eu já havia tomado a minha decisão sobre o que faria com tudo o que ele *não tinha* dito.

— Estive pensando sobre o que você falou. Vou embora. — Dizer as palavras em voz alta tornou-as reais.

— Por quê? Para onde?

— Para a casa de Li ou de Ciana, como você mesmo sugeriu. Talvez a de Sarit, até eu conseguir comprar as minhas próprias coisas. — Mordi o lábio, imaginando quando meu coração cederia por completo sob o peso daquela decisão. A qualquer momento. — Espero que você não se importe que eu fique aqui até a tempestade passar.

O queixo dele caiu, e Sam ficou apenas me olhando pelo que me pareceram horas. Depois do que acontecera com os instrumentos, aquilo iria deixá-lo arrasado. Mas eu não podia me sentir mal por isso. Não ia me sentir mal. Fora ele quem sugerira. Eu teria ficado eternamente se achasse que ele me queria.

Mas nessas horas, que na verdade não passaram de minutos, ele não me pediu para ficar. Não desmentiu o que dissera antes. Quando me levantei, seus olhos simplesmente acompanharam o movimento. Senti-me, então, como uma rosa de vidro azul despedaçada, cada passo que dava para me afastar dele fazendo com que os cacos retinissem e tilintassem.

25

TEMPESTADE DE NEVE

DEIXEI O QUARTO do Sam desejando que ele me impedisse. Queria tanto isso que quase conseguia escutar as palavras que ele diria para me convencer a ficar, mas assim que soltei a respiração, elas evaporaram. Na verdade, nunca tinham existido. Apoiei-me na prateleira mais próxima ao sentir a visão escurecer e perder o foco, fazendo com que o chão e o teto parecessem a mesma coisa. Só mais um passo. Se ao menos eu conseguisse chegar até meu quarto...

Sam passou os braços em volta da minha cintura e, no mesmo instante, meus joelhos cederam.

— Não. — Seu rosto recém-barbeado roçou o meu. — Não vá. Preciso de você.

Desvencilhei-me dos braços dele.

— Você perguntou se eu queria uma casa só para mim. Não pode voltar atrás numa pergunta dessas. As palavras não somem assim, sem mais nem menos.

A voz dele soou às minhas costas, baixa e contida.

— Não falei que você tinha que sair. — Seu tom, porém, indicava que ele estava começando a entender que não houvera uma resposta certa para a pergunta. Se eu queria ir embora? Morar em outro lugar?

Não, eu queria continuar ali. Queria ficar com ele, e com a música.

— Não quero que você se preocupe com o que é ou não apropriado, ou que sinta necessidade de tomar esse tipo de decisão sem me consultar. — As palavras não pareciam se encaixar em minha boca. — Sei que devo parecer muito jovem para você. Por que alguém confiaria em mim para tomar decisões importantes? Mas tenho decidido coisas por conta própria a vida inteira, pois ninguém nunca se importou o bastante para me ajudar. Não até você aparecer.

Sam não disse nada.

Como um coração podia doer tanto? Não parecia possível que ele pudesse doer mais do que uma queimadura de sílfide.

— Não me sinto jovem — murmurei —, e não acho que o que tivemos foi inapropriado. Não ligo para o que os outros pensam. Continuo não achando que seja inapropriado a gente se tocar ou se beijar. Talvez estranho, mas estranho e inapropriado são coisas diferentes.

Talvez eu estivesse falando para o vazio. Será que devia me virar?

— Sou um idiota. — Ele declarou de supetão, como que temendo que se não reconhecesse isso rápido o bastante, nós acabaríamos nos afastando. Mas não era o que já estávamos fazendo? — Eu só perguntei se você desejava ter sua própria casa porque queria que soubesse que pode. Não quero que se sinta presa aqui.

Baixei os olhos para os pés, calçados só com meias, e me concentrei em respirar, subitamente ciente da casa ao nosso redor. Os aposentos repletos de livros e instrumentos, os quartos com nossos pertences pessoais, a sala que costumava ser um paraíso, e a concha branca em torno de tudo isso. Uma concha que no momento era açoitada pela neve e pelo vento.

Ele manteve a mão ao lado da minha, mas sem me tocar.

— Odeio escutar o que as pessoas dizem a seu respeito. Todo mundo sabe que vivemos juntos, e como me sinto em relação a você. — As palavras sopraram o cabelo em minha nuca, fazendo-me estremecer. — As suposições que elas fazem sobre a gente não são legais.

Eu sabia.

— Não preciso desse tipo de proteção, Sam. Convivi com fofocas a vida inteira. Posso lidar com o que os outros pensam ou supõem. O que quer que as pessoas considerem apropriado... *elas* instituíram essas regras para *elas*. Não para mim. Por mais que eu... — bufei. — Tenha *sorte* por ter o benefício da experiência e da sabedoria de todo mundo, a verdade é que faz tanto tempo desde que vocês tiveram realmente a minha idade que ninguém mais imagina como é. Mesmo que vocês se lembrem, o mundo mudou, está diferente. *Vocês* tornaram o mundo diferente. Isso me deixa com a responsabilidade de decidir o que é ou não apropriado. Se elas quiserem, as outras almasnovas poderão usar a minha experiência para tomarem suas próprias decisões quando chegar a hora, mas quem sabe o que terá acontecido com o mundo então? — De acordo com Meuric, nada mais importaria após a Noite das Almas.

— Isso significa que você vai continuar aqui comigo?

— É isso o que você quer? — Meu coração se encheu de esperança, mas o que aconteceria na próxima vez em que alguém sugerisse que um adolescente de cinco mil anos e uma adolescente de fato não deveriam ficar juntos?

— Mais do que tudo no mundo, eu quero você.

O que aconteceria na próxima vez em que ele encontrasse Stef?

Sam, porém, tinha vindo atrás de *mim* para pedir desculpas. Ele tinha dançado *comigo* no baile de máscaras, e talvez só tivesse comparecido por minha causa. E se dispusera a entrar no templo, só para que eu não fosse sozinha.

Deixei os pés escorregarem e meu peso cair para trás até sentir o corpo apoiado contra o peito dele. Seus braços se fecharam em volta de mim. Uma onda de calor me invadiu a partir dos pontos onde ele me tocava.

— Ana — sussurrou Sam. — Eu só queria fazer o que é certo, mas devia ter conversado com você a respeito disso. De uma forma melhor do que fiz outro dia de manhã.

— Você e seu senso idiota de honra. — Minhas palavras não continham nenhuma amargura. Eu estava exausta demais, e ele já se desculpara. Pedir-lhe para fazer isso de novo só diminuiria o peso das palavras.

— Concordo. — Ele beijou a ponta da minha orelha, o que me deixou com o lado direito todo arrepiado. Seus braços continuavam me envolvendo. Quando virei a cabeça ligeiramente e ele beijou meu pescoço, foi como se nunca tivéssemos deixado o baile de máscaras. Tudo o que eu conseguia escutar era a música dos nossos corações e do vento lá fora, cercados como estávamos apenas pela seda, pela madeira e pelo ar frio.

— Tente não agir como um idiota de novo. — Virei-me para encará-lo e peguei sua mão, tentando não pensar no que estava prestes a admitir. — Não sou tão forte assim, Sam. Não consigo esquecer o passado com a mesma facilidade que você. Para mim, está tudo aqui, junto e misturado. Não espalhado por milhares de anos.

Ele envolveu meu rosto e anuiu, trancando o maxilar.

— Nunca pude confiar em ninguém antes. — Não queria dizer certas coisas em voz alta, mas esperava que ele entendesse: *por favor, não me magoe de novo; seja a pessoa que eu preciso que você seja; me mostre o que significa estar apaixonado para que eu possa decidir se é isso o que estou sentindo.*

Com as pontas dos dedos, Sam traçou linhas pelas minhas bochechas e pelo maxilar.

— Vou dar o melhor de mim para merecer a sua confiança.

Ergui o rosto e o beijei, sentindo o gosto das minhas próprias lágrimas e o cheiro do sabonete dele.

Sam me levantou do chão e me apertou de encontro a si. Escorreguei por baixo do suéter até tocar o piso de madeira com as pontas dos pés, o que me deixou com a base das costas exposta. Ele soltou uma risada nervosa e ofegante e me suspendeu de novo, dessa vez segurando por trás das minhas coxas para me manter no alto.

— Está bem assim? — sussurrou.

Perdi a capacidade de respirar, mas dei um jeito de enganchar as pernas em volta da cintura dele. Era estranho, como se estivéssemos muito próximos e, ainda assim, não perto o suficiente. Senti seus quadris se moverem quando ele começou a andar, mantendo uma das mãos pressionada em minhas costas e a outra sob minha perna para eu não cair.

Ele me botou sentada em sua cama e se ajoelhou diante de mim; recuperei o fôlego.

— Você é linda. — disse, as mãos repousadas em meus joelhos. — E mais sábia do que qualquer um poderia imaginar. O mundo precisa de você, Ana.

Você nos desafia, faz com que as pessoas pensem e abram os olhos para encarar as verdades que passaram tempo demais ignorando. De vez em quando, me dou conta do quão perto estivemos de nunca tê-la conosco, e isso me apavora. Nossa imortalidade tem um preço.

— Minha vida também. Não se esqueça de Ciana e das outras almas-negras.

Ele fez que não; mechas de cabelos negros lhe caíram sobre os olhos.

— Sinto muito por desapontá-la às vezes, Ana. Sei que não sou perfeito. Ninguém é.

Tentei não pensar em quantas vezes eu certamente o decepcionaria. Se quisesse que ele me perdoasse quando isso acontecesse, precisava perdoá-lo agora.

— Tem uma coisa na qual *sou* muito bom. — Ele abaixou a cabeça como que tentando esconder a vergonha, as mãos em minhas pernas provocando fisgadas enlouquecedoras de desejo. — Pelo menos, é o que espero. Imagino que, nesse tempo todo, você já teria me dito se eu estivesse fazendo algo errado.

— Música? — Mordi o lábio. Eu jamais o escutara tocar uma única nota fora do tom.

Ele se empertigou e se aproximou tanto que as palavras roçaram minha boca.

— Beijar você.

Não consegui me mexer.

— Prove.

Um sorriso matreiro iluminou-lhe o rosto ao mesmo tempo em que ele inclinava ligeiramente a cabeça e aproximava o queixo do meu. Nossos lábios roçaram um no outro, mas, em vez de me beijar, Sam me deu uma leve mordiscada. Sua voz saiu tão grave que repercutiu em meu estômago.

— Só queria descobrir se seu gosto era tão bom quanto eu imaginava.

— E? — Ele não tinha me machucado, mas eu ainda podia sentir a pressão no ponto onde os dentes haviam se fechado em volta da carne.

Talvez Sam repetisse o gesto.

Ele se aproximou ainda mais e sussurrou em meu ouvido.

— Melhor.

O vento e a neve fustigavam as venezianas enquanto nos beijávamos. Sam tocou meu rosto, meu pescoço, minha clavícula, fazendo com que eu me sentisse como um piano sob aqueles dedos fortes e habilidosos. Seus movimentos, porém, eram arrastados, assim como a cadência de sua respiração, como se ele estivesse se esforçando para não bocejar.

— Quando foi a última vez que você dormiu? — Envolvi o rosto dele entre as mãos, sentindo o movimento de seu maxilar ao responder.

— Não me lembro.

Não desde que encontráramos a sala destruída, disso eu tinha certeza. E, no dia anterior, depois das explosões, no máximo umas duas horas. Ele devia estar exausto.

— Deite-se. Vou apagar a luz.

Ele me beijou de novo, como que para provar que não estava *tão* cansado assim e, em seguida, se esticou sobre a cama.

— Fique comigo — pediu, enquanto eu me levantava para desligar o interruptor.

Parei, esperando para ver se Sam estava falando sério.

— Por favor — sussurrou ele.

— Tudo bem. — Esvaziei os bolsos e botei meus pertences na mesinha de cabeceira. Em seguida, subi na cama e deitei de frente para ele. Estava tão escuro que eu mal conseguia ver o contorno do corpo dele e, por um momento, o som mais alto no quarto pareceu ser o das batidas frenéticas do meu coração.

— Cobertor? — Sam esticou o braço para trás e pegou uma ponta.

— Estou com frio — murmurei. Se ele por acaso escutasse o tremor em minha voz acharia que era só por causa disso.

Sam puxou o lençol e o cobertor por cima da gente.

— Mais perto?

Sim. Definitivamente. Busquei o corpo dele, aliviada ao perceber que ele também estava buscando o meu. Suas mãos encontraram minha cintura e me apertaram de encontro a si.

— Sam, não sei...

A voz dele soou como se ele estivesse sorrindo.

— Está tudo bem. A gente tenta outra hora. No momento, só quero abraçar você.

Isso era ótimo. Eu queria — *alguma coisa*. Mas não queria fazer nada errado e constrangedor. Isso provavelmente acabaria acontecendo, é claro, se algum dia chegássemos tão longe. Mas, por hora, simplesmente me virei — sem muito jeito devido às roupas — e pressionei as costas contra o peito dele. Sam jogou as pernas por cima das minhas e entrelaçou nossas mãos diante do meu peito.

Peguei no sono.

Tempos depois, acordei no mais perfeito silêncio, sem nenhum vento, farfalhar de árvores ou cacarejar das galinhas. A luz se derramava pelas frestas das venezianas. Descobri quais pernas eram as minhas e as puxei de debaixo do Sam, a fim de me virar de frente para ele. Suas mãos estavam moles e pesadas, entregues ao sono.

Ele se virou de barriga para cima assim que terminei de me ajeitar, roubando os cobertores. O sussurro da seda e das nossas respirações era o único som no ambiente.

Uma luz suave incidia em torno dele, envolvendo seu rosto e pescoço num jogo de luz e sombras profundas, destacando o contorno do torso e dos braços. De maneira hesitante — e se ele acordasse? —, afastei uma mecha de cabelos escuros do rosto dele e, em seguida, rocei os dedos pelas linhas em volta dos olhos e da boca sorridente.

Ele não demonstrou a menor reação; devia estar exausto.

Tomada de coragem, uma vez que ele não estava vendo, apoiei-me no cotovelo para conseguir um ângulo melhor e, então, beijei os mesmos lugares que meus dedos tinham acariciado. Sam cheirava a lençóis limpos com um leve resquício de suor.

Sem que me desse conta, meus dedos desceram para o tronco dele. Através da camiseta fina, explorei as montanhas e vales dos músculos relaxados pelo sono. Descobri a planície do abdômen e ergui a camiseta até a altura das costelas a fim de alisar aquela pele suave e aquecida. Ele gemeu.

Congelei.

— Está acordado? — Minha pergunta não foi mais do que um sussurro.

Os músculos tencionaram sob meus dedos inquisitivos.

— Agora estou.

Puxei a mão, o rosto pegando fogo, mas estava escuro o bastante — esperava eu — para que ele não percebesse.

— Me desculpe.

Sam ofegou e olhou para mim por um longo instante.

— Não estava esperando ser acordado desse jeito.

— Você não achou que eu ainda estaria aqui? — Eu podia ter voltado para o meu quarto, mas ele estava tão quente e....

— Não, mas estou feliz que ainda esteja. — Ele se ergueu nos cotovelos, fazendo as cobertas escorregarem para as pernas. A camiseta voltou para o lugar, a gola esgarçada deixando um dos ombros à mostra. O sorriso foi caloroso e tímido. O sorriso de um garoto. — Gosto que você seja a primeira coisa que eu vejo ao abrir os olhos.

— Ó céus. — Duvidava de que meu rosto pudesse ficar ainda mais vermelho.

— O modo como você... — Seus dedos acariciaram meu ombro e foram descendo para o pulso, me fazendo estremecer. — Não imaginei que fôssemos fazer isso agora.

O quê? Nos tocar? A gente se tocava o tempo todo. Talvez eu tivesse me aventurado por um daqueles lugares que ainda não conhecia, mas que desejava muito conhecer. Bom, dessa vez tinha sido diferente: ele estava dormindo, o que talvez fosse um pouco assustador da minha parte, embora eu não acreditasse que fosse esse o caso. No entanto, minhas mãos sobre o abdômen dele...

Os músculos da minha própria barriga se retraíram ante a lembrança da maneira como ele me acariciara durante o baile de máscaras. Comichões. Arrepios. Algo mais profundo.

— Ah. — Não mais que um suspiro. — Acho que é uma boa ideia. Fazer isso agora, quero dizer. — Imediatamente.

O sorriso surgiu de forma lenta, como se ele estivesse lendo meus pensamentos. Esperava que sim.

— Você dormiu bem? — perguntou ele, contrariando minhas expectativas.

— Dormi. — Arrastei-me até a beirada da cama e deslizei as pernas para fora do colchão. Os dedos dos pés roçaram o chão enquanto eu corria os olhos pelas estantes de livros e pelos velhos instrumentos que entulhavam o quarto. Desde que mantivesse as costas voltadas para a parede externa, era um cômodo seguro, imerso em penumbra e repleto de coisas reconfortantes. Música. Sam.

— Sua cama é mais macia do que a minha.

Sam riu e se sentou ao meu lado.

— Elas são exatamente iguais.

— Não são, não. A sua é melhor. — Eu não queria discutir, não *de verdade*, mas uma leve implicância que ninguém levaria a sério... isso eu sabia como lidar. Era mais fácil do que pedir a ele para me mostrar o que estávamos fazendo ainda há pouco. Mal conseguia pensar naquilo, que dirá dizer.

— Você tem razão. Ela é melhor. — Seus lábios roçaram minha bochecha. — Quando você está comigo.

Se continuássemos daquele jeito, eu ficaria com o rosto vermelho para sempre.

— Você acha que ainda está nevando?

— Parece. Consegue escutar a neve caindo?

Fiquei imóvel e apurei os ouvidos ao máximo.

— Escuto um som como o de flocos se assentando. Uma espécie de sopro suave, suspirado. E o gemido baixo das árvores e dos telhados vergando sob um peso maior.

— Isso mesmo. — As cobertas farfalharam quando ele se aproximou um pouco mais e passou o braço em volta da minha cintura. — Adoro o fato de você conseguir escutar também. Que os sons sejam os mesmos para nós dois.

Eu também.

— Quero aprender mais, Sam. Quero saber tudo sobre música e sobre cada instrumento. Quero escrever as coisas que escuto na minha mente à noite... coisas que são só minhas... e quero descobrir uma forma de reproduzir o som da neve caindo.

Os dedos dele repuxaram meu suéter, atraindo meu olhar para aqueles olhos escuros e grandes.

— Talvez você queira fazer isso sozinho — murmurei. — E vou entender se quiser. Mas se você aceitar, gostaria de ajudá-lo a reconstruir tudo o que havia na sala.

Sam me beijou, com força e calor suficientes para me deixar tonta, porém o braço em volta da minha cintura manteve-se firme, sem deixar que eu me virasse ou me afastasse.

— Eu te amo. — As palavras eram dele, mas os lábios repousados sobre os meus me deram a sensação de ter sido eu a proferi-las.

— Gostaria de poder te dizer a mesma coisa. — Meu coração batia rápido demais. — Sempre que você me diz isso, faz com que eu me sinta bem e feliz. E culpada por guardar toda essa deliciosa sensação só para mim.

— Não é assim que as coisas funcionam. — Ele me beijou de novo, como se o gesto pudesse me forçar a aceitar sua maneira de ver o mundo. — Além do mais, posso esperar.

Outra vantagem de ser velho: uma paciência sem limites.

Meus sentimentos eram profundos, confusos e esmagadores, mas, ao mesmo tempo, eles me davam a sensação de pertencer a alguém. A este menino. Esta alma. Nossa ligação ia muito além da parte física. Com ele, eu não era uma alma apartada.

Um ronco baixo ecoou diante da casa, fazendo com que eu me levantasse num pulo.

— O que foi isso? — Agarrei as coisas sobre a mesinha de cabeceira e saí para o corredor, indo até uma das janelas que davam para a frente da casa.

— Uma escavadeira. — Sam me seguiu. — Ela é como os drones que encontramos no caminho de volta para Heart. Lá está ela. — Ele afastou a cortina, revelando um veículo com uma grande pá na frente. Ela se aproximou dos degraus, empurrando um monte de neve diante da porta e, em seguida, se virou para terminar de limpar o caminho até a rua.

— Isso pode funcionar aqui, mas e quanto às pessoas como Cris que só tem cerca de três pontos onde você pode pisar?

— O preço de encher a frente da sua casa de plantas é que as escavadeiras não podem ajudá-lo a limpar. Além disso, elas não fazem um bom serviço no que diz respeito a portas. Não vai ser fácil sair daqui. Acho que vou precisar da sua ajuda.

Por eu ser um exemplo de força bruta. Certo. Mas captei o modo como ele tentava esconder o riso e revirei os olhos.

— Estou preocupada com ele e com a Stef. — Ali da janela, dava para ver uma pontinha da casa dela. Ou talvez fosse apenas neve.

Sam soltou a cortina e se recostou contra a parede, algo que eu ainda não conseguia me forçar a fazer.

— Eu também.

Verifiquei meu DCS, mas ela ainda não havia respondido nenhuma das mensagens. Mandei outra, e mais outra para o Cris, perguntando mais uma vez se eles estavam bem. Odiava saber que nenhum dos dois estava em casa durante uma tempestade daquelas.

— Onde eles poderiam estar?

— Quem dera eu soubesse. — A linha de preocupação se formou novamente entre seus olhos. — Depois das explosões e do que aconteceu com a sala, o sumiço deles é especialmente preocupante.

— Acho que foi Deborl. E Merton. E os outros amigos deles.

Sam franziu o cenho.

— Ele é um conselheiro.

— Meuric também era, mas tentou me trancar dentro do templo. Ele convenceu Li e Merton a nos atacarem depois do baile. O fato de ser um conselheiro não o deteve, assim como não deteria Deborl.

Sam estava com os olhos fixos em algum ponto do corredor, olhando sem enxergar.

— Você acha que ele plantaria explosivos para matar as mulheres que *talvez* estivessem grávidas de almasnovas? Ou que ele invadiria nossa casa e destruiria... — A voz dele falhou. — Meus instrumentos?

— Não tenho dúvidas.

Sam pegou minha mão e apertou meus dedos.

— Certo, então, o que a gente faz? Se ele está atacando as almasnovas, precisamos de provas.

— Pedi a Sine que mandasse alguém vigiá-los.

Sam anuiu.

— É um começo. Quem sabe? Talvez ele acabe dando algum vacilo e se entregando.

Duvidava muito, mas como eu definitivamente acabaria sendo pega e jogada na prisão — ou coisa pior — se tentasse entrar na casa de Deborl para ver se ele estava com as minhas coisas, teria que me conformar com os vigias da Sine.

— Sabe o que ainda me incomoda?

— Por onde eu começo?

Fiquei na ponta dos pés e bagunçei o cabelo dele e, então, comecei a atravessar o corredor. Ficar perto das paredes externas me dava arrepios.

— Se as explosões tiverem sido coincidência, e não uma resposta à nossa reunião, então tudo bem. Mas como eles sabiam sobre os livros e a pesquisa de Menehem?

Sam sacudiu a cabeça como que dizendo que não fazia ideia.

— Você falou com mais alguém a respeito disso?

— Não. — Apoiei-me no corrimão da escada. — Bom, Cris me falou que tinha algumas ideias sobre os símbolos, mas ninguém estava perto da gente. Sarit, Lidea e Wend tinham acabado de se afastar.

— Cris jamais faria nenhuma dessas coisas.

Não, não faria.

— Agora eles estão com a chave, os livros e a pesquisa. Estão com a faca e o queijo na mão, enquanto nós ficamos sem nada. — Curvei-me numa posição de derrota, sentindo o desespero começar a tomar conta de mim. Como eu podia proteger as almasnovas se não conseguia proteger nem mesmo uns poucos objetos inanimados?

Sam passou o braço em volta dos meus ombros.

— Eles não estão com a faca e o queijo na mão.

Estremeci de encontro a ele. Queria dizer alguma coisa bacana, algo que o fizesse saber o quanto eu apreciava a companhia dele e o quanto estava feliz por não estarmos mais brigando. Mas não queria soar piegas. Só havia um jeito de mostrar isso.

Apertei o corrimão e corri os olhos pela sala arruinada.

— Estou pronta para compartilhar uma coisa com você.

Ele esperou.

Não me permiti hesitar.

— Meu caderno não é um diário. — Abri-o na primeira página, revelando as pautas de música desenhadas à mão, as palavras anotadas nas margens e os rabiscos espalhados por todos os lados. — Talvez seja, só que diferente daqueles que as pessoas costumam manter. — Entreguei-o a Sam. — Não sou muito boa em ser como todo mundo.

— Eu não gostaria que você fosse. — Ele se sentou no topo da escada e começou a folhear, prestando atenção nas palavras e na música; as duas formas como Sam se comunicava.

Sentei ao lado dele, abracei os joelhos e comecei a brincar com as mãos, sentindo-me exposta. Escutei cada página sendo virada. Encolhi-me quando Sam assobiou dois compassos, mas ele continuou a ler sem fazer nenhum comentário. De repente, Sam o fechou.

— Você não terminou — disse, devolvendo-me o caderno.

— Ainda não. — E talvez não terminasse nunca, mas eu não estava escrevendo no intuito de terminar alguma coisa. Estava apenas anotando emoções, já que nem sempre tinha palavras para dizer o que desejava. Por outro lado, havia a música, e, de vez em quando, ela parecia o meio de comunicação mais poderoso do mundo.

— Você já tocou alguma dessas coisas?

Apertei o caderno de encontro ao peito, ou melhor, a música de encontro ao coração, com tanta força que ela talvez ficasse gravada ali para sempre.

— Tive medo de verificar como isso vai soar fora da minha mente.

Sam se levantou e estendeu a mão.

— Talvez seja a hora de descobrir.

Talvez ele estivesse certo.

26
APRESENTAÇÃO

ALGUNS DIAS DEPOIS, estávamos na rua, percorrendo a avenida Sul, passando por paredões de neve que chegavam na altura dos meus ombros. O sol refletia nas ondulações desse carpete branco, fazendo a cidade inteira brilhar. A luz excessiva feria meus olhos, mas não como o templo. Ainda era possível perceber contrastes e sombras, como o das árvores perenes destacadas contra o brilho da neve. Veias brancas cintilavam entre as pedras do calçamento e o céu ostentava um azul tão pálido que não parecia real.

Era um dia perfeito para o mercado mensal e tudo o que eu tinha planejado.

A praça inteira tinha sido limpa, assim como a escada em meia-lua que levava à Casa do Conselho. Como era muito cedo, alguns comerciantes ainda estavam armando suas barracas e tendas e arrumando os produtos que seriam expostos.

Apesar do casaco, das luvas e do cachecol, tremi ao nos aproximarmos da praça, da Casa do Conselho e do Templo, com sua torre que parecia querer rasgar o céu. Cris e Stef continuavam desaparecidos — ninguém tivera notícias deles —, porém os demais haviam entrado em contato com todas as pessoas de suas listas e estavam com seus discursos preparados para a apresentação daquela manhã. Uma onda de antecipação e desafio percorreu meu corpo. Daqui a pouco, meus amigos e eu mostraríamos a todos os cidadãos de Heart que as almasnovas eram valiosas. Mostraríamos ao Conselho que algumas pessoas as acolhiam de braços abertos e desejavam que elas se sentissem seguras.

Toquei o estojo que continha minha flauta, um tubo revestido de veludo com uma alça que atravessava meu peito; era mais fácil carregá-la assim do que na caixa de madeira em que ela viera.

— Você vai se sair bem — disse Sam. O alegre burburinho do mercado ecoava pela praça ao pararmos diante da escada da Casa do Conselho e do pórtico que faria as vezes de palco. Sarit, Lorin e Moriah já estavam lá, prendendo os ramos de flores em volta das colunas. — Preciso ajudar a trazer o piano do armazém. Você vai ficar bem aqui sozinha?

— Vou. — Fiquei na ponta dos pés e dei um beijo nele; em seguida, subi trotando a escada, apertando o estojo da flauta de encontro ao peito para que ele não ficasse batendo em mim.

Após trocar um abraço com Sarit, Lorin e Moriah, comecei a ajudá-las a prender as rosas azuis.

— Sam foi pegar o piano? — perguntou Sarit.

Fiz que sim e prendi uma das rosas na alça do estojo da flauta; queria guardar uma para botar no meu cabelo depois.

— O piano fica guardado lá. — Apontei para o bairro industrial, com seus armazéns e usinas. — Ele já foi afiná-lo umas duas vezes, mas disse que queria checar de novo, porque tem muito tempo que ninguém o toca. Você sabe como o Sam é, Sarit. Se o instrumento não estiver perfeito, não vale a pena tocar.

— Como ele está lidando... — Lorin encolheu os ombros, constrangida. — Com a história da sala?

Mordi o lábio e olhei de relance para a praça do mercado, mais cheia a cada minuto. O único espaço sem tendas e barracas coloridas era um corredor que levava aos degraus da escada, onde uma rampa fora colocada para que pudéssemos içar o piano. Várias pessoas nos observavam trabalhar, e os rumores de um concerto improvisado começaram a se espalhar pelas tendas. Tentei identificar se havia alguém particularmente surpreso ou chateado por eu não ter desistido do plano, mas a maioria das pessoas parecia ansiosa para escutar Sam tocar. Elas não sabiam o que acontecera com a sala dele.

— Sam está zangado, é claro — respondi. — Alguém destruiu o trabalho da vida dele. Mas ele podia estar pior.

— Eles não destruíram sua flauta — observou Lorin.

— Porque *alguém* arrebentou uma mola enquanto brincava com ela, e eu a tinha deixado na oficina para ser consertada. Ela não estava na sala, ou eles a teriam destruído também. — Tentei não imaginar minha flauta toda retorcida, com os buracos onde antes ficavam as teclas parecendo órbitas oculares vazias.

Lorin passou o braço em volta dos meus ombros.

— Peço desculpas pela mola.

— Obrigada por arrebentá-la. — Virei para Sarit. — E obrigada a *você* por ter ido buscar as rosas. Não sei o que teríamos feito sem a sua ajuda.

— Vocês não teriam rosas. — Sarit retrucou num tom de voz leve, mas seus olhos se voltaram para o norte, na direção da casa do Cris, e sua expressão ficou subitamente tensa. — Espero que ele e Stef estejam bem. Gostaria que tivessem ligado ou mandado uma mensagem.

Se apenas Stef estivesse desaparecida, eu poderia achar que era por causa da briga com o Sam. Cris, porém, não estava chateado com ninguém. Pelo menos até onde eu sabia.

Assim que terminamos de decorar o palco e ajeitamos os microfones, Sam e alguns outros amigos apareceram com o piano. Algumas pessoas que estavam na praça deram vivas, enquanto outras ficaram observando com uma expressão entre curiosidade e suspeita.

Depois que Sam posicionou o piano onde queria e sentou para se aquecer, entrei na Casa do Conselho com Sarit.

— Está pronta? — perguntou ela ao nos afastarmos das portas de vidro.

— Sim. Não. — Entreguei-lhe o estojo da flauta enquanto tirava o casaco. Ninguém me levaria a sério com todas aquelas camadas de roupa que me faziam parecer uma criança embrulhada em panos. Não me importava em tremer um pouco de frio se isso fizesse as pessoas prestarem atenção.

— Que lindo! — Sarit pendurou o casaco nas costas de uma cadeira e começou a trançar meu cabelo. — Onde você arrumou esse vestido?

Alisei as pregas cinzentas de lã e seda sintética que desciam até os tornozelos — e que escondiam um par de calças grossas para minhas pernas não congelarem.

As mangas se ajustavam em torno dos pulsos, e minhas mãos estavam cobertas por luvas delicadas, porém sem dedos. Mantive o cachecol de seda sintética enrolado no pescoço. Seu tom azul combinava com o da rosa que Sarit prendeu na trança.

— É um dos vestidos do Sam. De uma encarnação anterior. Tivemos um trabalhão para diminuí-lo. — Algumas gerações antes, ele... ela?... tinha sido mais alto e mais curvilíneo, e usado um monte de vestidos. Talvez quando se era homem na maior parte das encarnações, a pessoa usasse mais vestidos quando tinha a chance. — Achei que ele combinaria perfeitamente com o dia de hoje.

— Ficou lindo em você. — Sarit deu um passo para trás e admirou o trabalho em minha trança. — Excelente. Agora, vá se aquecer, ou Sam irá fuzilar nós duas. Vou pegar sua partitura.

Tirei a flauta do estojo e toquei alguns exercícios e escalas de aquecimento. Lá fora, Sam tocava exercícios similares no piano, o som poderoso fazendo as séries de portas duplas chacoalharem.

Acabei o aquecimento ao mesmo tempo em que Sarit terminava de organizar a música, agora escrita numa pauta de verdade e com um final temporário.

Ela pegou o suporte de partituras que deixara ali mais cedo e apontou com a cabeça para a porta.

— Está na hora, libélula.

Ri ao escutar a expressão afetuosa, mas assim que alcançamos a porta, a conselheira Sine surgiu à nossa frente.

— Ana, até que enfim. Estava louca atrás de você. — Ela inspirou fundo, observando meu vestido e a flauta com um quê de desconfiança. — Não consegui localizar Cris nem Stef. Sinto muito, mas tenho certeza de que eles estão bem.

Franzi o cenho, não tão certa assim.

— Tudo bem. E quanto a Deborl e Merton? E o sujeito que me empurrou? Ela mudou o peso de perna e fez que não.

— Mandei algumas pessoas vigiarem Deborl e Merton, mas ao que parece, eles não fizeram nada mais suspeito do que limpar a neve da frente de suas casas.

Bufei.

— O simples fato de eles se levantarem e fazerem xixi de manhã já é suspeito.

Ela se encolheu.

— Sinto muito não poder ajudá-la mais.

Talvez ela realmente sentisse. Na verdade, esperava que Sine estivesse pronta para escutar o que eu tinha a dizer, e o que meus amigos tinham a dizer também.

Sarit saiu primeiro, levando a música e meu suporte de partituras. Colocou-o a uma certa distância do microfone para que não houvesse interferência — pelo menos, eu assim esperava.

Com a flauta na mão, saí atrás dela, e fui recebida por uma lufada de ar frio, pelo som rico do piano e pelo burburinho baixo das conversas em volta da praça à medida que as pessoas se juntavam para olhar.

— Você vai tirar de letra — murmurou Sam, sentado no banco do piano. Aquele instrumento era escuro, como que pintado pelas trevas da meia-noite; uma mancha negra em contraste com a pedra branca, os ramos verdes e as rosas azuis.

Meu sorriso pareceu falso, contido, mas parei atrás do suporte de partituras, posicionando-me de modo a ver tanto Sam quanto a multidão reunida abaixo, e lembrei a mim mesma do porquê de estar fazendo aquilo: por Anid e Ariana, aconchegados nos braços de suas respectivas mães, paradas ao lado de uma tenda que vendia luvas e cachecóis; pelas almasnovas que nasceriam em pouco tempo e que precisariam de cuidados e proteção; e pelas que continuariam presas dentro do templo, sendo consumidas.

Ergui a flauta.

Escutei um *clique* suave quando Sarit ligou o microfone.

Sam meneou a cabeça. Inspirei fundo. O piano emitiu um acorde longo e grave. O som reverberou pelas pedras e entre minhas pernas; o mundo inteiro silenciou quando começamos a tocar.

A princípio, meu medo fez com que o som da flauta não passasse de um sussurro, mas eu já tinha tocado aquilo antes e podia fazer de novo. Tinha treinado em casa com Sam, ele murmurando os acordes que tocaria naquele piano negro. Ao escutar minha música, Sam me fitara com tamanha admiração que achei que fosse sair flutuando.

Eu havia tocado uma centena de vezes com ele corrigindo minha postura e me lembrando de que o ar frio poderia me fazer errar o tom. Agora, já sobre o palco, empertiguei-me e deixei a flauta cantar.

Uma melodia melancólica ecoou pelo palco, acompanhada pela voz grave do piano. Toquei sobre medo e solidão; sobre querer brilhar e desejar coisas para as quais não temos nome. O som se fechou em volta das pessoas, abriu caminho pelas tendas e aqueceu o ar à medida que eu ia ganhando confiança. A flauta pareceu se alongar de maneira calorosa, completa e prateada, e toquei como nunca tocara antes.

A música cresceu, adotando sons mais ricos de coragem, esperança e desejo. O piano proporcionava o alicerce, encorajando minha execução, expandindo-a e, de alguma forma, revelando novas camadas na voz da flauta.

Toquei sobre o pôr do sol e a neve, sobre o modo como as folhas mudam de cor e caem, e sobre a expectativa de um beijo.

O som flutuava pela praça do mercado, derramando-se dos alto-falantes e fazendo as pessoas erguerem os olhos e olharem em volta. Amigos e professores sorriam. Os conselheiros mantinham a cabeça ligeiramente inclinada, as expressões indecifráveis. Estranhos exibiam uma gama de emoções, algumas que eu não desejava ver, de modo que me virei de volta para minha partitura e para o Sam, e ele sorriu.

A música ofegou com um beijo, encheu-se de medo, entrelaçou notas longas, baixas e solitárias nos pontos em que eu escrevera sobre minha experiência no templo. Os acordes pesados pairaram como fumaça acima do palco, e terminei com as mesmas quatro notas que iniciavam a valsa que Sam compusera para mim pouco depois de nos conhecermos, e que evocava o desabrochar do amor.

Abaixei a flauta, mas todos na praça permaneceram imóveis.

Tal como eu tinha imaginado, eles estavam esperando, porém ver o fato acontecendo, com todos aqueles olhos fixos em mim, era muito assustador.

Eu tinha tocado. Podia fazer isso também.

Com o coração martelando, afastei-me do suporte de partituras e fui até o microfone. Ergui o queixo e encontrei as palavras que eu havia memorizado;

nada tão complicado assim, uma vez que a maior parte do discurso ficaria a cargo dos meus amigos. Eu só precisava causar uma primeira impressão.

— Eu sou Ana, uma almanova. A música que vocês acabaram de escutar é minha, e isso… — Levantei a flauta, que cintilou sob a luz do sol. — Sobreviveu, apesar das tentativas de alguém de destruí-la e impedir que eu tocasse para vocês hoje.

Algumas pessoas se agitaram. Outras voltaram às compras.

— Fui atacada — continuei, falando um pouco mais alto. — As pessoas jogam pedras em mim. Tentam me bater. Espalham boatos a meu respeito. Tudo isso em resposta a uma única transgressão: o fato de eu ter nascido. O mesmo irá acontecer com o bebê de Lidea e com o de Geral, e talvez com alguns dos seus. A reação a esse novo conhecimento, de que outras almasnovas irão nascer, tem sido variada e complicada. Alguns de vocês têm se mostrado receptivos. Outros não. Não posso pedir que todos nos aceitem. Sei que isso não vai acontecer. Mas quero pedir a vocês, cidadãos de Heart, e ao Conselho que protejam as almasnovas. Antes de nos descartarem como seres inconsequentes, nos deem uma chance de provar que temos valor.

Sorri — mais ou menos — e me aproximei de Sarit, que esperava ao lado de uma coluna com um sorriso enorme estampado no rosto. Sam se levantou para falar, e tentei relaxar. Minha parte havia terminado. Os outros fariam o resto.

— Você foi ótima, vaga-lume — sussurrou Sarit. Ela pegou minha flauta e entrou na Casa do Conselho para guardá-la enquanto eu escutava o que Sam dizia.

As palavras dele soaram como música.

— Conheci a Ana depois que ela escapou de um bando de sílfides pulando no lago Rangedge. Essa foi a primeira coisa que descobri a respeito dela: Ana prefere escolher seu próprio destino. No dia seguinte, nós nos deparamos com outra sílfide. A fim de me salvar, ela queimou as mãos, mesmo depois de terem lhe dito que uma queimadura séria de sílfide continuaria aumentando até matar a vítima. Uma mentira, como todos sabem. Mas isso não a deteve. Essa foi a segunda coisa que aprendi a respeito da Ana: ela é uma pessoa generosa. Ana aprendeu sozinha a ler, a decorar as músicas e a sobreviver. Muitos de vocês tiveram o privilégio de ensinar-lhe algumas coisas, e viram o quão rápido ela adquire novas habilidades. Em sua primeira noite em Heart, deixei-a em minha sala enquanto subia para tomar um banho. Ao retornar, ela estava sentada no meu piano... — A voz dele falhou. — E já tinha descoberto como ler a partitura. Não muito tempo depois, ela compôs seu próprio minueto. A belíssima peça que vocês escutaram hoje foi sua segunda composição.

Meu rosto queimava com todos aqueles olhares fixos em mim. Sam não devia ficar me elogiando, apenas encorajar a discussão. Isso era constrangedor.

— Ainda assim, Ana não foi bem recebida ao chegar em Heart. Durante sua ausência, uma lei tinha sido instituída para impedi-la de viver como adulta, mesmo que ela já tivesse três anos mais que seu primeiro quindec. Ela só recebeu permissão para entrar na cidade depois que concordou em ter aulas, em obedecer a um toque de recolher e a apresentar relatórios mensais de progresso, como se ela fosse algo menos do que um ser humano. Inferior a todos os demais pelo simples fato de ser nova.

Desejei poder encontrar uma pedra aconchegante e me esconder debaixo dela. Se fosse possível um rosto brilhar com o excesso de sangue correndo para as faces, o meu com certeza estaria brilhando. As pessoas continuavam me encarando e murmurando entre si.

— Durante o Escurecimento do Templo — prosseguiu Sam numa voz mais grave —, quando Menehem lhe contou quais eram suas intenções, Ana fez tudo ao seu alcance para salvar as almas. Ela avisou a quem conseguiu sobre o preço de morrer durante aquelas horas. Me procurou enquanto eu lutava... e me salvou de novo, dessa vez de um dragão. Algum de vocês já tinha me visto *sobreviver* a um ataque de dragão?

Algumas pessoas soltaram uma risadinha nervosa.

— É isso o que eu gostaria que todos entendessem quando digo que precisamos das almasnovas. Precisamos que elas tenham privilégios e direitos, assim como o resto de nós. Precisamos encorajá-las a crescer e desenvolver seus talentos. Ninguém aqui irá negar que a educação é necessária, mas Ana já provou mais de dez vezes que é uma pessoa confiável, uma pessoa capaz de fazer qualquer coisa para proteger nossa sociedade. A sociedade à qual ela também pertence.

Assim que Sam terminou de falar, gritos ressoaram em meio à multidão. A comoção veio abrindo caminho por entre as tendas, aproximando-se do palco. Homens vestidos com casacos pretos arrastavam alguma coisa atrás deles.

Fui para junto de Sam e do microfone para ter uma visão melhor.

— O que está acontecendo? — Minha voz ecoou por todos os alto-falantes enquanto os gritos tornavam-se mais altos e as pessoas se acotovelavam para sair do caminho dos homens de preto.

Um deles era Merton; impossível confundir aquela silhueta gigantesca subindo a escada em meia-lua. Deborl vinha logo atrás e, entre eles...

Meuric.

O fedor putrefato dos ferimentos era um prenúncio de sua aparência, do corpo desconjuntado e coberto de fluidos que eu vira antes.

Dei um passo para trás, cambaleando. Sam me pegou e passou os braços em volta da minha cintura.

— Aquele é *Meuric*? — Sua voz soou incrédula ao ser despejada pelos alto-falantes sobre toda a praça. Alvoroçadas, as pessoas colidiam umas contra as outras, algumas fugindo do corpo putrefato de Meuric, outras se aproximando para ver o horror com seus próprios olhos; elas só tinham escutado as palavras de Sam.

Meuric não podia se mover sozinho. Merton o carregava, enquanto Deborl fazia uma cena, fingindo ajudar. Outros conselheiros se aproximaram também, embora eu não tivesse ideia de com que propósito. Para ajudá-lo? Ou para manter as pessoas afastadas?

— Algum médico por aqui? — Sam se inclinou em direção ao microfone. — Rin, precisamos de você aqui na escada.

— Não se incomode. — Deborl abriu caminho até o microfone. — Meuric não vai sobreviver. Os ossos dele estão estilhaçados. E seu olho foi arrancado. Ele está sem comer nada por vários meses.

— E como ele ainda está vivo? — O conselheiro Frase começou a subir os degraus. Seu queixo caiu ao ver o estado das roupas de Meuric e o modo como o corpo dele pendia dos braços de Merton. — Ai, Janan, tenha piedade! — Ao chegar no topo da escada, Frase se curvou e vomitou.

Engasguei com o fedor de vômito e decomposição, recuando em direção às colunas e ao piano como se eles pudessem me salvar. Sam ficou cinza, e tentou em vão cobrir meus olhos, como se eu já não tivesse visto aquela cena antes, na quietude sufocante do templo.

Os gritos tornaram-se mais fortes quando Merton posicionou o corpo de Meuric de modo que todos pudessem ver. As pessoas abandonaram suas barracas e tendas e forçaram caminho para se aproximar da escada. Berros horrorizados ecoaram pela praça.

Deborl apontou para Meuric e disse ao microfone:

— Isso foi o que a almanova fez. Ela conseguiu a chave do templo, do *nosso* templo, e atraiu Meuric para lá, onde tentou matá-lo. Para zombar de Janan, ela o deixou lá, todo quebrado. Sei que tais crenças caíram em desuso, mas Meuric costumava ser o Escolhido de Janan. Deixá-lo lá desse jeito foi um dos piores insultos que alguém poderia cometer.

Os gritos se transformaram numa cacofonia ensurdecedora. Sam agarrou minha mão e tentou me puxar para a Casa do Conselho, mas eu parecia uma estátua de pedra. Não conseguia desviar os olhos de Meuric e de Deborl. Ele estava *certo*. Eu tinha deixado Meuric lá. Eu o havia esfaqueado, chutado para dentro de um poço e o abandonado. E, mesmo depois de encontrá-lo novamente, não tinha feito nada.

— Ana! — Sam me deu um puxão, fazendo-me cair de encontro a ele. — Vamos. Precisamos sair daqui.

Ir para onde? De qualquer forma, resolvi segui-lo, lançando um olhar por cima do ombro na direção onde estava o corpo alquebrado do antigo conselheiro. Ele virou a cabeça de lado e, enquanto Deborl continuava vociferando e incitando a multidão, tive um último vislumbre de Meuric: do buraco negro e malcheiroso de seu sorriso sem dentes e do resquício de vida se apagando do olho bom com a chegada da morte.

Saí correndo atrás do Sam, não muito certa de que encontraríamos um lugar seguro, mas era melhor do que continuar ali assistindo àquilo.

Ele empurrou uma das portas de vidro e, assim que ela se abriu, vi o reflexo de dúzias de pessoas se aproximando por trás de mim.

Alguém me agarrou pelos ombros e me puxou para longe dele. Gritei e lancei o cotovelo para trás. O osso atingiu algo macio — um estômago? Tentei voltar para junto do Sam, mas outras pessoas apareceram.

Mãos surgiam de todas as direções, agarrando-me pelos braços, ombros e cabelos. Elas capturaram Sam também, e imediatamente o perdi de vista.

Lutei para me desvencilhar das mãos, mas os corpos formavam um muro ao meu redor. Eles começaram a me puxar e a me arrastar para algum lugar que eu não conseguia ver; não havia como escapar. A voz de Deborl retumbou acima do alvoroço.

— É isso o que as almasnovas fazem! É isso o que elas continuarão a fazer conosco: nos matar, nos destruir, nos substituir.

Os corpos que me prendiam se afastaram ligeiramente, exibindo-me para a multidão abaixo. Barracas tinham sido derrubadas, mesas viradas. As pessoas empurravam umas às outras, tentando me alcançar.

Gritei, chamando Sam, Sarit, qualquer um dos meus amigos. Onde estavam Lidea e Geral com seus bebês? O que aconteceria com elas?

Alguém deu um chute em minhas pernas por trás, derrubando-me de joelhos no chão de pedra. Senti como se minhas rótulas tivessem se estraçalhado, mas ainda conseguia mover os dedos dos pés. Pisquei e inspirei fundo para afastar a tontura.

— Meus amigos — continuou Deborl —, não podemos aceitar as almasnovas. Elas irão nos destruir. Ana será punida pelos seus crimes.

Gritos animados ecoaram pela praça. Alguém tentou se manifestar contra, mas a voz foi rapidamente silenciada.

Dedos fortes enterraram-se em minha pele, mantendo-me no chão enquanto Deborl se aproximava. Ele se inclinou e murmurou no meu ouvido:

— Você pode ter achado que conseguiria deter Janan. Mas não pode. Nada pode detê-lo. Meuric falhou, mas Janan elegeu um novo Escolhido. Serei eu quem irá lhe dar as boas-vindas quando ele ascender na Noite das Almas. — Deborl agarrou meu queixo e virou minha cabeça com força. Seus olhos se estreitaram. — E você irá voltar para onde é o seu lugar, presa dentro do templo, de onde jamais deveria ter escapado.

Tentei lutar contra as pessoas que me seguravam, mas elas eram fortes demais. Hematomas começaram a se formar nos pontos onde seus dedos me apertavam. Senti vontade de gritar, de demonstrar algum tipo de reação, porém o barulho, o calor e a raiva eram esmagadores.

Deborl me empurrou ao se levantar.

— Levem-na até a parede do templo. Vou botá-la junto com os outros.

Meus captores me suspenderam e me carregaram de modo tal que eu não conseguia lutar nem me debater. Todas as vezes que tentava, eles me apertavam ainda mais, e comecei a temer por minha própria vida.

Enquanto os amigos de Deborl me carregavam através da multidão, as pessoas iam me batendo. Eles me mantinham firmemente presa, e, por mais que eu lutasse, não conseguia me safar. Deixamos o pior da multidão para trás; à medida que seguíamos por entre as tendas, tudo o que eu conseguia ver eram as pedras do calçamento, os sapatos das pessoas e o lixo espalhado pelo chão, nunca o rosto dos meus captores.

Até que eles me empurraram contra a parede do templo. Ao erguer os olhos, vi Wend, o companheiro de Lidea. O pai de Anid.

Engasguei.

— Você?

— Eu amo Lidea — disse ele —, mas a almanova é um erro. Ele não é natural. — Wend se afastou, mas antes que eu pudesse pensar em fugir, feixes de luz azul incidiram sobre meu peito. Os outros estavam com pistolas de laser apontadas para mim.

— Por que não? — perguntei. — A maioria dos animais vive e morre e jamais renasce.

— Nós temos almas — retrucou Wend.

Um dos outros riu.

— Pelo menos, alguns de nós.

Queria me sentir horrorizada pelo fato de Wend não sentir a menor afeição por Anid, por ele não se importar com a existência do menino que era uma parte dele, seu próprio filho. Mas me lembrei de Li, e de como ela me odiava, de como se ressentia de mim por eu simbolizar tudo que mais a apavorava: o desconhecido.

— Nós temos Janan. — Deborl surgiu detrás dos outros, puxando a chave prateada do templo de dentro do bolso. — Janan nos proporciona a possibilidade de renascer.

— E quanto às fênix? — Não conseguia tirar os olhos da chave enquanto ele pressionava os símbolos que eu descobrira por acaso.

— Janan é só para os humanos. Para os que têm almas. — Deborl deu uma risadinha presunçosa e fez sinal para Wend. — Pegue-a.

Wend agarrou meu braço ao mesmo tempo em que uma porta começava a se desenhar na parede do templo. Será que todos eles sabiam sobre o templo? Teria sido por isso que Wend soubera sobre quais símbolos Cris e eu estávamos conversando? Mas como eles sabiam o que roubar da casa do Sam?

Assim que Deborl abriu a porta, me dei conta do que estava realmente acontecendo. Eles iam me jogar lá dentro.

Lutei e me debati até que consegui me soltar, mas alguém deu um tiro no chão, bem diante dos meus pés. Estilhaços de pedra voaram para todos os lados, e Wend me agarrou de volta.

— Eu adoraria quebrar seus ossos e arrancar seu olho antes de te jogar aí dentro. — Deborl me empurrou em direção à porta; parei com metade do corpo para dentro e metade para fora. — Dessa forma, você poderia sentir a dor que fez Meuric passar. Infelizmente, não tenho tempo, portanto isso terá que servir.

Ele estendeu o braço para trás e Merton lhe entregou uma das pistolas de laser. Para atirar em mim? Me queimar apenas o bastante para que eu sofresse eternamente dentro do templo? Dessa vez eu estava sem a chave. Não haveria como escapar.

Tentei encontrar uma brecha entre os homens, porém Deborl, Merton, Wend e os outros formavam um muro à minha volta. Não havia para onde fugir.

A luz de mira incidiu sobre meu ombro.

Wend deu um pulo para a frente e me empurrou.

Enquanto o mundo lá fora ia se tornando cinza, vi Deborl se virar e atirar em Wend. Por quê? Por me poupar da dor de um ferimento eterno?

O corpo de Wend despencou no chão.

E eu caí de costas dentro do templo.

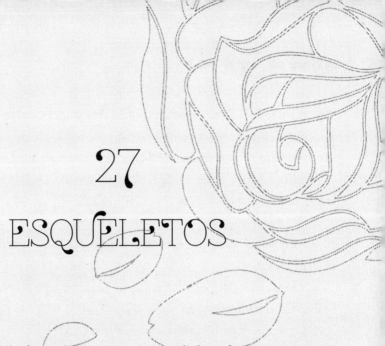

27
ESQUELETOS

CAÍ ESTATELADA NA câmara branca, imersa naquela luz ofuscante que parecia vir de todos os lugares e na pulsação ensurdecedora dos batimentos cardíacos de Janan. Deslizei até parar no meio do chão e levei as mãos à cabeça, gemendo.

— Ana? — O ar pesado abafou a voz grave. Uma voz humana.

Ergui os olhos e me deparei com Cris e Stef sentados na extremidade oposta do salão. Suas roupas estavam rasgadas, o rosto e as mãos cobertos de arranhões.

— Oh. Faz dias que venho tentando encontrar vocês. — Lutei para sentar direito.

— Dias? — Cris se levantou e se aproximou de mim. — Do que você está falando?

— Vocês estavam desaparecidos. — Inspirei fundo e tentei não pensar em onde eu estava, mas as almas começaram a sussurrar e chorar. Era impossível esquecer a verdade. Estava por toda a volta, aquele nada inacreditável que deveria ter me engolido também.

— Mas não por dias. Deborl e alguns dos amigos dele me pegaram — disse Stef, vindo para perto de mim e de Cris. — Isso foi hoje de manhã.

Fiz que não, mas decidi não despejar a verdade em cima dela ainda.

— Seu DCS está com você? — Sem esperar permissão, Stef enfiou a mão no meu bolso.

— Ele não funciona aqui — avisei, correndo os olhos em volta para ver onde estávamos. Não que isso fizesse qualquer diferença. Os salões do templo eram quase todos idênticos, uma profusão de grandes câmaras brancas e arcos. As almas choravam, seus murmúrios e sussurros ondulando pelas paredes. Não tinha palavras para descrever minha total falta de vontade de estar ali dentro.

— Como você sabe? — Stef bateu na tela do DCS como se isso pudesse fazê-lo funcionar por mágica.

Cris estendeu a mão para me ajudar a levantar.

— Eu podia jurar que eles tinham nos jogado dentro do templo, mas ele não tem portas.

— Estamos no templo. Sinto muito. Já estive aqui antes. — Mordi o lábio. — Essa é minha terceira vez.

Os dois me fitaram, nitidamente confusos.

— Como isso é possível? — perguntou Cris.

O choro e o silêncio sobrenatural me cercavam, mais pesados e densos por nenhuma outra razão que não o fato de estarmos presos sem a chave. Era impossível dizer há quanto tempo estávamos ali, ou o que estava acontecendo lá fora. A luz onipresente brilhava com persistente determinação.

— Meuric tinha um dispositivo. Pouco antes do Escurecimento do Templo, ele me atraiu para cá e me seguiu. Sua intenção era me prender aqui dentro para que eu não continuasse causando problemas. Mas consegui roubar a chave dele. — E então o deixara preso aqui, entre a vida e a morte. Agora ele estava lá fora, finalmente morto sobre os degraus da Casa do Conselho.

Stef ergueu as sobrancelhas.

— Mas você já esteve aqui mais de uma vez. *Por quê?*

— Não por gostar desse lugar. Eu precisava descobrir o que Janan estava tentando esconder. Voltei para tentar encontrar respostas. — Quase desejei voltar à ignorância; doía menos do que a verdade. — Agora tenho ainda mais perguntas.

— Ah. — Stef mudou o peso de perna e me devolveu o DCS. — Bom, sinta-se a vontade para começar a explicar as coisas quando quiser. Até mesmo essas perguntas.

— Certo. — Enfiei o DCS de volta no bolso, desejando estar com a faca em vez dele. Como o vestido só tinha um bolso pequeno, eu a deixara em casa, mas se soubesse que ia ser jogada dentro do templo novamente... — Vocês não exploraram nada ainda? — Por mais que eu odiasse andar pelo templo sem a chave, principalmente quando não tinha certeza se eles jogariam Sam ali também, isso me daria a ilusão de estar fazendo alguma coisa.

— Um pouco — respondeu Cris. — Mas ele está vazio.

Eles obviamente não haviam encontrado a sala esférica, nem a outra, cuja gravidade nos puxava para o lado. Sorte a deles.

— Não se afastem. — Seguimos em direção ao arco mais próximo, enquanto eu lhes contava a verdade sobre o Escurecimento do Templo, meu desaparecimento anterior e os livros que estava tentando traduzir.

Contei a eles o que Janan estava fazendo com as almasnovas.

— Não — sussurrou Stef. — Isso não pode ser verdade.

Cris arregalou os olhos, horrorizado.

— Por quê? Como? Como isso é possível?

— Meuric me contou — respondi. — Ele pode ter mentido, mas eu não acredito. — Ao dizer isso, o choro pareceu ficar mais alto e mais denso em meio ao ar estagnado, agarrando-se em nossas roupas e pele como uma fumaça preta. Cris e Stef não disseram nada, mas deram a impressão de estar com vontade de vomitar.

Era doloroso observar a reação deles à verdade sobre as almasnovas. Resolvi mudar de assunto.

— Achei a lista que você esqueceu em casa, Cris. Com suas suposições sobre os símbolos.

Cris ergueu os olhos.

— Você esteve na minha casa?

— Não o encontramos no jardim, e estava nevando. Nenhuma das suas plantas tinha sido coberta, de modo que ficamos preocupados.

— Ah. — Os olhos dele se focaram no vazio, como se estivesse vendo suas rosas cobertas de gelo. — Eu estava dando outra olhada nos símbolos quando escutei uma batida na porta. Meti o papel debaixo da bandeja e, então, Deborl, Merton e alguns outros me pegaram.

— Por que eles pegariam você? — Terminei de subir uma escadinha estreita e me vi diante de um piso que parecia feito de água branca. Ele suportou meu peso. Pelo menos, por enquanto.

— Não sei. — Cris olhou para o chão como se ele pudesse mudar de ideia quanto a permanecer sólido. — Bem, Deborl me fez algumas perguntas sobre certos livros e símbolos. Ele disse que precisava descobrir o que eu sabia, o que era quase nada, uma vez que você não me deu nenhum detalhe. — A última parte soou como uma espécie de acusação, mas o perdoei porque era minha culpa ele ter sido sequestrado.

— Ele me fez as mesmas perguntas — comentou Stef. — Mas eu *realmente* não sabia de nada, uma vez que você não me deu nem sequer uma dica. — Aquilo definitivamente soou como uma acusação, mas a perdoei porque ela estava certa e a culpa era minha de eles a terem sequestrado também.

Deborl devia ter achado que Sam e eu havíamos contado a Stef por eles serem grandes amigos. Se Sarit não tivesse ido até o Chalé da Rosa Lilás, será que eles a teriam pego também? Não conseguia deixar de pensar no que eles estariam fazendo com o Sam agora.

Antes que eu perdesse o controle do estômago, encontrei rapidamente um arco que levava para fora da câmara com piso de água. Stef também estava verde.

As almas à nossa volta continuavam chorando.

— Eu já tinha visto os símbolos sim, mas não em Range, como você imaginava. — A voz de Cris soou baixa ao entrarmos num corredor comprido, totalmente branco; prossegui com os dedos deslizando pela parede para me certificar de não bater de encontro a ela. — Os símbolos eram de um texto que eu tinha descoberto na floresta durante minha viagem para o sul. Eu estava coletando amostras de plantas medicinais para experiências quando me deparei com uma gigantesca ruína. Um muro branco... — A voz dele tornou-se ainda mais baixa e distante.

Então o que eu dissera no dia de nossa primeira aula de jardinagem estava certo: o muro *era* branco, tal como o que Sam encontrara ao norte.

— Escalei uma das partes mais altas para ter uma boa visão. Era difícil distinguir qualquer coisa em meio a tantas árvores, plantas e criaturas, mas tive a impressão de que o muro costumava ser um anel, igual ao que cerca Heart, só que sem nenhum vestígio de cidade dentro. Apenas os destroços de uma única construção no centro; a julgar pelos escombros espalhados em volta, ela devia ter sido tão alta quanto nosso templo.

— Essa ruína parecia um círculo com um ponto no meio?

Cris fez que sim.

Era o símbolo que, segundo Meuric, significava Heart ou cidade, porém Cris dissera que não havia cidade nenhuma na floresta. Caso contrário, ele teria encontrado *algum* vestígio, mesmo que a mata tivesse crescido e encoberto tudo.

— E quanto aos símbolos?

— Eles estavam gravados na pedra, embora fosse difícil de ver devido à erosão. Também tive dificuldade em me lembrar deles depois que fui embora.

Meuric tinha dito que ninguém havia escrito os livros, que eles simplesmente existiam. A linguagem, porém, remetia à selva, onde viviam as fênix, seres que queimavam, morriam e renasciam. Então o que aqueles livros estavam fazendo ali no templo?

Cris concentrou-se de novo, e a mágica do esquecimento começou a evaporar.

— As minhas observações ajudaram? Foi há tanto tempo.

— Sim, definitivamente. — Gostaria de ter tido oportunidade de analisá-las, principalmente agora que havia conseguido algumas traduções. — Você me ajudou muito. Não tinha percebido que eu estava olhando para alguns dos símbolos pelo ângulo errado.

Ele me ofereceu um sorriso caloroso.

— Fico feliz por você ter confiado em mim o bastante para perguntar.

Stef me lançou um olhar sombrio, um contraste vívido com as paredes brancas que nos cercavam. Queria dizer alguma coisa que a tranquilizasse, mas não sabia o quê. Estávamos presos ali juntos, eu e mais duas pessoas que amavam Sam, enquanto o objeto de nossa afeição continuava lá fora. Talvez ferido ou preso. Quem poderia dizer o que mais Deborl contara para os outros?

A verdade já era ruim o suficiente.

O corredor terminou num arco escuro. Hesitei, incerta quanto ao que haveria do outro lado, embora não soubesse dizer por quê. Ele era igual a todos os outros arcos escuros, trevas sobre branco.

— Pelo menos fica mais fácil tentar enxergar alguma coisa. — Cris esfregou os olhos.

— O choro parou. — Stef olhou de relance para mim. — Vamos entrar aí?

Ela estava me perguntando? Talvez eu tivesse inadvertidamente lhe dado a impressão de que conhecia o lugar.

— Acho que sim. Fiquem de olho para ver se vocês veem qualquer coisa que possa nos ajudar a escapar.

Não encontraríamos nada. A chave se fora. Nada ali nos ajudaria a escapar, mas eles precisavam de algum consolo.

Atravessamos o arco.

A câmara circular na qual entramos não era como o restante do templo. As paredes ali brilhavam em vermelho, e sombras enegrecidas projetavam-se de debaixo de esqueletos presos com correntes enferrujadas. Milhares de esqueletos. Talvez um milhão.

No centro havia um poço grande o bastante para engolir um piano. Uma mesa branca pairava sobre ele, parecendo uma aranha com as pernas abertas sobre o buraco. E um corpo, perfeitamente preservado, repousava sobre a mesa com uma faca cravada no peito. Suas próprias mãos seguravam o punho.

A voz de Stef tornou-se mais grave e pesada.

— Que negócio é esse?

— Nunca tinha visto isso antes. — Eu não conseguia me mover. Havia esqueletos por todos os lados, ossos amarelados sem carne nem pele. Eles estavam sentados em bancadas de pedra ao longo das paredes, a cabeça pendendo para o lado, as mãos acorrentadas sobre o colo ou ao lado do corpo.

Eu nunca vira tantos mortos antes, nem mesmo nos cemitérios que Sam me mostrara. Mas os cemitérios eram lugares pacíficos, apenas ferro, pedra, flores e heras. Os corpos eram mantidos em seu devido lugar, dentro de túmulos ou de mausoléus.

— Esse aqui é diferente — comentou Stef, parada perto do homem sobre a mesa.

Olhei para ele enquanto contornava o poço, mas sem me aproximar demais. Ele era baixo e atarracado, com uma moita de cabelos castanhos cobrindo o rosto e a cabeça. O maxilar estava projetado para a frente, como se ele houvesse morrido enquanto se concentrava em algo importante. Parecia ser muito *forte*, como uma pessoa capaz de lutar com um troll e vencer.

— Ana. — Cris tocou meu ombro. No ponto onde Stef se agachara havia outro esqueleto preso a correntes, mas separado do resto. Ele estava prostrado no meio do chão, os braços esticados como que em adoração ao homem sobre a mesa.

— Essa não é a parte mais esquisita. — Stef se afastou do esqueleto, revelando um segundo, que parecia ter sido empurrado de lado. Seus membros pendiam frouxamente, como se os ossos estivessem conectados por ligamentos demasiadamente gastos. A impressão era de que ele viraria pó se alguém o tocasse.

Corri os olhos pelas paredes, pelas fileiras de órbitas vazias e maxilares pendendo precariamente.

— Ali. — Apontei para um espaço vazio. Um par de algemas de prata abertas encontrava-se sobre a pedra branca. — Alguém colocou esse esqueleto aqui.

O que Deborl tinha dito mesmo sobre substituir Meuric?

— O que é um Escolhido? — Fiz a pergunta sem sequer me dar conta de que tinha falado em voz alta. Deborl *havia* realmente substituído Meuric. Fisicamente.

— Há quanto tempo não escuto essa palavra! — Stef inclinou ligeiramente a cabeça. — Meuric reclamou o título no começo, dizendo que tinha uma ligação especial com Janan, embora nunca tenha feito nada que provasse isso. No fim, ele parou de falar sobre o assunto.

Comecei a brincar com meu cachecol, mas o comprido tecido de seda não me trouxe muito conforto.

— Meuric foi o primeiro Escolhido — comentei, olhando para os esqueletos no chão. — O que quer que ele tivesse que fazer caiu por terra quando o prendi aqui. Deborl o substituiu.

Cris parou ao meu lado, parecendo um gigante.

— Mas, por quê? O que isso tem de especial?

— Meuric e Deborl disseram algo sobre Janan renascer. Ascender.

— Isso me soa familiar — murmurou Stef. — Ascensão.

Esperei, mas ela não elaborou o comentário.

— Meuric estava convencido de que se tivesse a chave, sobreviveria à Noite das Almas.

— Isso é daqui a três meses. — Cris balançou a cabeça. — Mas temos uma Noite das Almas a cada quinze anos. E sempre sobrevivemos a ela. O que essa tem de diferente?

Tempo? Qualquer que fosse o plano de Janan, será que cinco mil anos era tempo suficiente? Mesmo antes de enlouquecer dentro do templo, Meuric estivera convencido de que, o que quer que fosse, aconteceria logo.

— Se para sobreviver à Noite das Almas é preciso da chave, e o Escolhido é o responsável por ela, isso sem dúvida seria motivação suficiente para fazer o que Janan deseja.

— E o que Janan deseja? — indagou Cris — Renascer? Ascender?

Não renascer como uma fênix, dissera Meuric. Outra coisa. Algo mais sinistro.

Apontei para os dois esqueletos no chão.

— Esses dois são Meuric e Deborl. — Girei os braços em torno da sala. — E o restante são vocês. Todos vocês. Sam, Sarit, Orrin, Whit, Armande, Sine... todo mundo.

Cris e Stef ofegaram.

— O que aconteceu aqui? — Era provavelmente cruel da minha parte perguntar, uma vez que os dois não conseguiam se lembrar. Janan não *queria* que eles se lembrassem, ou que soubessem sobre os outros muros e torres brancas espalhados pelo mundo, ou que ponderassem acerca de certos paradoxos a ponto de perceberem o quanto eram ridículos.

Ele fazia algo com as pessoas cada vez que elas renasciam, mas talvez agora que Stef e Cris estavam dentro do templo, a memória retornasse.

Stef tentou se concentrar, fazendo com que uma linha surgisse entre seus olhos.

— Janan era nosso líder. Ele costumava ser um homem. Um ser humano.

Olhei de relance para o corpo sobre a mesa.

— Quem, ele?

— Ele — repetiu ela. — Ele não era ninguém especial. Era nosso líder, mas apenas um ser humano.

Inacreditável, tudo aquilo por causa de um único homem.

Stef trancou o maxilar e apertou as mãos até as juntas ficarem brancas.

— Toda vez que acho que vou conseguir me lembrar, a memória escapa.

— Não tem problema. — Pousei a mão sobre o ombro dela. — Só me fale sempre que lhe ocorrer alguma coisa. Eu não vou esquecer.

De vez em quando, ser nova tinha suas vantagens.

— Você disse que ele era o líder de vocês. E apenas um homem — repeti, tanto por eles quanto por mim. Talvez isso instigasse outras lembranças. — Vocês já tinham descoberto Heart?

— Não. — Cris franziu o cenho. — E não vivíamos divididos em tribos espalhadas por Range como eu pensei. Vivíamos todos juntos. Todos nós, exceto por Janan. Estávamos indo ao encontro dele.

— O que me contaram foi o seguinte: ninguém sabe ao certo como vocês chegaram aqui, mas todos disseram que vocês viviam em tribos diferentes. E que, assim que descobriram Heart, lutaram uns contra os outros pela posse da cidade até perceberem que ela era grande o bastante para abrigar todo mundo. Essa teria sido a primeira vez que todos vocês se juntaram, um milhão de pessoas.

— É, isso mesmo. — Cris, porém, fez que não. — Só que isso *não* está correto. Não foi o que aconteceu. Janan era nosso líder, mas ele tinha sido aprisionado injustamente. Todos viemos para cá a fim de libertá-lo. A cidade apareceu depois... depois que fizemos alguma coisa.

Apontei para a mesa.

— De alguma forma, ele terminou ali. E vocês terminaram sentados nessa sala, acorrentados uns aos outros. Como?

— Não me lembro — sussurrou Stef. — Sei que Meuric nos prendeu com as correntes; em seguida, prendeu a si mesmo perto do altar e disse a Janan que estávamos prontos. Lembro que ventava muito, e que tudo era branco... Depois disso, só lembro de estarmos parados do lado de fora do muro da cidade. Todos pensamos que havíamos acabado de chegar, mas ninguém sabia o motivo. — Ela girou o braço ao redor da sala. — O que quer que tenha acontecido aqui, isso nos ligou a ele para sempre. E o transformou, fazendo com que ele se tornasse mais e menos ao mesmo tempo. E nos fez reencarnar.

O silêncio sobrenatural foi ficando mais denso a cada intervalo entre as palavras dela e, de repente, nós três percebemos a resposta para minha maior pergunta.

Eu não iria reencarnar.

Definitivamente não.

Eu não estava aqui há cinco mil anos, e não tinha um esqueleto acorrentado às paredes.

Quando eu morresse, desapareceria de vez. Ninguém se lembraria de mim a não ser pela música e por alguns poucos cadernos que eu mantinha.

Senti vontade de sentar, de falar ou de respirar, mas a sensação era de que um frio gélido irradiava da rosa azul em meu cabelo, congelando, em primeiro lugar, meu cérebro e, em seguida, o restante do corpo. O que quer que eu fizesse agora — quer conseguisse escapar ou não, salvar as almasnovas e deter Janan — quando eu morresse, seria o fim. Sem outras vidas com Sam. Nenhuma possibilidade de ajudá-lo a reconstruir os instrumentos, de aprender a tocar todos eles, de compor uma música que soasse como a neve caindo.

Meu coração se partiu em mil pedaços, como vidro batendo na pedra.

Então, Janan falou.

28
PRESOS

— O ERRO está aqui de novo.

A voz de Janan vinha de todos os lados, alta, grave e poderosa. Pisquei para afastar as lágrimas e olhei de relance para o homem sobre a mesa, mas ele continuou morto.

O desespero me rasgou por dentro. Eu era um erro. Um ser descartável. E, depois dessa vida, eu *não* retornaria. Jamais seria como os outros.

— Você precisa ir embora. Este lugar não é para você. — As palavras de Janan reverberaram pela sala e a luz vermelha tornou-se mais intensa no teto abobadado. O brilho forte sugou todo o vermelho das paredes até deixá-las brancas.

A presença esvaeceu-se, fazendo com que o vermelho retornasse gradativamente às paredes. Tudo voltou a ser como era alguns minutos antes. Exceto pelo fato de que eu agora sabia da minha... temporariedade.

— Isso foi Janan? — Stef correu os olhos em volta, o rosto pálido exibindo uma expressão tensa. Em seguida, perguntou baixinho: — Ele sabe que estamos aqui?

— Agora sabe. — Abracei meu próprio corpo. — Geralmente ele não presta atenção em mim a menos que eu esteja manipulando a chave. Janan é incorpóreo, portanto não pode nos tocar, mas pode mudar a forma das paredes. Numa das vezes, ele me prendeu numa sala pequena.

— E como você conseguiu escapar? — perguntou Cris.

— Eu ameacei continuar apertando os botões da chave. — Respire fundo. Inspire e expire. Concentre-se em qualquer coisa que não na ideia de morrer e jamais retornar. — Não sei como ela funciona, mas se Janan não gosta que eu fique mexendo nos botões é porque o incomoda de algum jeito.

Cris anuiu.

— Se as paredes são o corpo dele, imagino que seria o mesmo que fazer você mexer os braços contra a sua vontade. Uma confiança que você só depositaria no seu Escolhido.

A voz de Janan trovejou de novo, com tamanha violência que fez o chão tremer.

— Você não pertence a este lugar!

Dei um pulo, sentindo como se meus ossos estivessem prestes a saltar fora do corpo, e tentei não olhar para o cadáver sobre a mesa. Ou para os esqueletos ao longo das paredes. Na verdade, não havia um lugar seguro para olhar.

— Não é melhor a gente sair daqui? — perguntou Stef, assim que a reverberação cessou. A voz dela tremia. Odiava ver Stef assustada; ela era sempre tão confiante!

— Não. Se sairmos desta sala, ele irá nos prender em algum outro lugar. Como não estou com a chave, não tenho como nos tirar do templo.

— Então a gente fica? — Cris parecia meio em dúvida.

— Que diferença faz, ficarmos presos aqui ou em outro lugar? — Stef olhou para o arco como se quisesse sair correndo em direção a ele.

— Nunca estive aqui. — E nem queria estar agora. — Talvez Deborl tenha cometido um erro ao ir embora. Talvez ele tenha feito alguma coisa que deixou essa sala acessível. Tudo o que eu posso dizer é que já estive no templo duas vezes antes, e jamais tinha visto este cômodo.

Stef fez que não.

— De qualquer forma, continuamos presos.

— Coisas importantes aconteceram aqui dentro. As respostas estão nesta sala. Não descobriremos nada em nenhum outro lugar do templo.

— Eu só quero ir embora. — Stef começou a andar em direção ao arco. — Aqui eu sei que não tem saída, mas quem sabe no resto...

— Não há saída. — Cerrei os punhos. — Sei que é difícil de entender, mas não temos como escapar. Eu não estou com a chave.

— Sam virá nos soltar. — Cris parecia esperançoso.

— Não virá, não. — Apesar de não ser nem quente nem frio no templo, a temperatura simplesmente não existia ali, uma série de calafrios percorreu minha espinha, fazendo-me estremecer. — Ele não pode vir nos salvar. Vocês não viram a confusão que se instaurou lá fora. Nem sei se Sam está bem. — Engasguei com as últimas palavras.

Os dois me fitaram com os olhos estreitados e Cris tocou meu cotovelo.

— Tenho certeza de que ele está bem. Neste exato momento, Sam provavelmente está bolando um plano para pegar a chave.

Fiz que não e descrevi o que eu tinha visto. Não havia necessidade de meias palavras. Nossa situação não tinha como ficar pior.

— Ana! — Stef apontou na direção do arco por onde havíamos entrado. Ele desaparecera. — Ele nos prendeu aqui. Agora realmente não podemos mais sair.

— A gente não conseguiria sair mesmo! — A pulsação constante do templo fazia minha cabeça martelar. — Que parte de não há saída você não entendeu? Não importa onde estejamos, não temos como escapar. Sam não pode nos resgatar. Deborl não nos soltaria nem se a vida dele dependesse disso. E ninguém mais sabe como usar a chave. Estamos presos.

— Certo! — Cris esfregou a testa como se tentasse se livrar de uma dor de cabeça, ou pelo menos, torná-la suportável. — Vocês duas, parem com isso, por favor. Precisamos de um plano.

— Para quê? Fugir? — Franzi o cenho e corri a mão em volta da sala. — A única saída que consigo ver é o buraco embaixo do altar, e não recomendo.

— Não poderíamos estar numa situação pior se tivéssemos saído — murmurou Stef, porém alto o suficiente para que pudéssemos escutar.

Balancei a cabeça em negação.

— Se tivéssemos saído, estaríamos presos numa saleta minúscula.

— Você não pode afirmar isso com certeza. Está apenas dizendo por dizer. — Ela se aproximou de mim ameaçadoramente. — Você nos guiou às cegas o tempo inteiro, sem ideia de para onde estava indo ou do que pretendia fazer.

— Pelo menos eu estava fazendo alguma coisa. — Fechei as mãos com tanta força que as unhas formaram pequenas luas crescentes em minhas palmas. — Vocês ficaram sentados lá sem fazer nada. Por acaso tentaram fugir de Deborl? Ou estavam zangados demais porque Sam e eu não lhes contamos o que estava acontecendo?

— Não finja que sabe algo a meu respeito ou sobre como eu me sinto. — O rosto dela estava rubro sob a luz avermelhada. Eu tinha ido longe demais.

Não dava a mínima.

— Sei o suficiente. — Stef repreendera Sam tantas vezes por seu relacionamento comigo, mas era *ela* quem mantinha uma pilha de fotos e cartas dele. Eu desejava feri-la. — Sei que você disfarça seus sentimentos pelo Sam. Você pode tê-lo enganado, ele está tão acostumado aos seus flertes que não os leva a sério. Mas eu sei que eles não são só brincadeira.

Stef me olhou como se eu tivesse acabado de dizer que havia mãos ou pés de galinha crescendo em sua cabeça, mas essa era Stef. Continuar fingindo, mesmo que não fizesse mais a menor diferença.

Eu sabia que não devia, mas disse de qualquer forma, numa voz baixa e demasiadamente calma.

— Eu contei a ele que você o ama.

Seu rosto ficou sem expressão.

Uma pessoa mais esperta saberia que era o momento de parar, mas continuei mesmo assim:

— Se você fosse tão corajosa quanto alega ser, teria dito isso a ele séculos atrás.

— E você por acaso disse? Não, claro que não, isso arruinaria sua existência de almanova torturada. — A voz dela tornou-se mais forte, mais irritada. — Você não se permite ser feliz, não é? Bom, talvez agora tudo se resolva: você não irá voltar. Não tem esqueleto algum aqui com o seu nome, portanto, quando você morrer, morreu. Acabou. Eu continuarei amando o Sam. Aliás, obrigada por contar a ele. Agora ele terá tempo de pensar numa resposta durante nossas próximas vidas, quando você não estiver mais por perto. Está feliz agora? Você realmente é tão deprimente quanto pensa que é, borboleta.

Ela podia muito bem ter enfiado uma faca em mim; a dor era a mesma.

Havia uma lista inteira de coisas que eu não deveria fazer, entre elas perguntar se Stef conseguia distinguir o esqueleto dele entre todos os outros — eu conseguia —, ou lhe contar como ele reagira ao descobrir sobre o sentimento dela. Mas não fiz nada disso, seria cruel e mesquinho. Não que eu já não estivesse sendo cruel e mesquinha, mas não queria que ela me odiasse para sempre. E, deixando de lado os sentimentos românticos, Stef ainda era a melhor amiga do Sam.

— Não faz sentido ficarmos aqui discutindo isso, Stef. — Minha voz soou mais firme do que nunca, embora ela certamente pudesse perceber a tensão. — Estamos presos. Jamais sairemos desta maldita sala.

29
IMORTALIDADE

APÓS FAZER COM que Stef e Cris recaíssem num silêncio petrificado, marchei até onde estava o esqueleto de Meuric e chutei seu crânio.

Qualquer que fosse a mágica que estava mantendo seus membros conectados evaporou quando as correntes se soltaram. O crânio saiu rolando pelo chão e caiu no poço sob a mesa.

Chutei um braço e vários ossos estalaram ao baterem uns nos outros, no chão e numa das pernas da mesa. Outros pedaços de Meuric caíram no buraco também, sem produzir o menor ruído. Se eles chegaram a bater no fundo, não ouvi.

Ainda zangada, chutei as costelas e os quadris. Alguns ossos menores viraram pó sob minhas botas.

— Odeio você — sibilei, observando os últimos pedaços do ex-conselheiro desaparecerem.

Afastei-me dos resquícios de pó a que Meuric fora reduzido, quase me sentindo mal por tê-lo chutado num buraco novamente.

— Tudo bem — murmurei comigo mesma, ajoelhando-me ao lado do segundo esqueleto. Deborl. Eu o odiava também. Mais até do que odiava Meuric. O ódio serpenteava dentro de mim como uma cobra, uma sensação desconfortável, porém forte, penetrante e inconfundível.

Estendi o braço em direção à algema de prata enferrujada em busca da fechadura. Se Janan não tivesse um Escolhido, talvez ele não conseguisse ascender na Noite das Almas. E, se eu conseguisse salvar os demais daquele destino cada vez mais próximo, então acabar meus dias presa ali valeria a pena.

Ao tocá-la, uma corrente de eletricidade percorreu meu corpo. Gritei e senti meu lado direito ficar imediatamente dormente. Meu braço pendeu ao meu lado como um pedaço de carne inútil.

— Ana? — Cris aproximou-se correndo, olhando em volta para ver o que tinha me atacado.

Sacudi a cabeça, tentando me livrar do zumbido em minha mente.

— Não toque nas correntes.

Cris se sentou ao meu lado até meus dedos recobrarem a sensibilidade e, então, com muito cuidado, subi na mesa e tentei chutar Janan para fora dela.

Ele bem podia ser uma estátua de prata em forma de homem. Sequer se mexeu. Cris veio se juntar a mim, mas por mais que tentássemos, não conseguimos movê-lo um milímetro.

A faca, porém, se soltou quando unimos nossos esforços para desprendê-la. Cris afastou os dedos de Janan o suficiente para que eu conseguisse puxá-la. Próximo ao punho, a lâmina era de prata, mas a ponta parecia ter sido mergulhada em ouro líquido. As mãos de Janan voltaram à posição inicial, só que agora seguravam apenas o fantasma da faca.

Como eu não sabia o que fazer com ela, deixei-a sobre a mesa.

— Você vai morrer! — O grito incorpóreo de Janan ecoou das paredes.

— Por que não lambe minha bota? — Pisei sobre o rosto morto de Janan. — Você não pode fazer nada com a gente. Não aqui.

A luz vermelha espiralou pela sala, acompanhada pelos gritos ressonantes de Janan me xingando de nomes que eu jamais imaginara que pudessem ser usados concomitantemente.

Ele, porém, não possuía substância, e nós já estávamos presos.

— Você é só um ser humano, como a gente! — Isso não era exatamente verdade, ele era um ser poderoso e incorpóreo, que consumia e reencarnava almas, mas havia começado como um homem. Lembrá-lo disso proporcionava certa satisfação. — Apenas um homem baixinho!

— Esse é o seu plano? — Stef perguntou quando os gritos cessaram. — Irritá-lo até ele nos expulsar daqui?

— Não, estou pensando num melhor. — Ofereci-lhe um sorriso falso, de lábios apertados. — Isso é só o começo. — Chutei a cabeça morta de Janan, mas meus dedos ficaram dormentes como se eu tivesse chutado um bloco de gelo.

Pulei da mesa e comecei a andar ao redor da sala.

Alguns minutos depois, ou uma hora, não saberia dizer, Cris começou a andar do meu lado. Falei para ele:

— Se você veio me repreender por ser cruel com a Stef, não quero ouvir. — Torci o cachecol entre as mãos, odiando meu óbvio nervosismo, mas não conseguia ficar parada.

— Não, imagino que você mesma já tenha feito isso.

— Hum. — Uma resposta evasiva. Aprendera isso com Sam, mas sempre funcionava, independentemente de quem estivesse ouvindo. — Estou tentando descobrir um meio de nos tirar daqui. — O arco não voltara a aparecer, e eu não conseguia identificar uma pista em lugar algum. Nenhuma palavra ou imagem que indicasse o que deveríamos fazer em seguida. — Como não temos a chave, não podemos controlar as paredes. Não temos como criar portas nem fazer nada de útil. A boa notícia é que não sentiremos fome nem sede, desde que não pensemos nisso.

— Que bom. Deborl não nos deu nenhuma comida antes de nos prender aqui. Você tem ideia de quanto tempo faz que estamos presos?

— Um dia? Uma semana? Cinco minutos? — Dei de ombros. — O tempo aqui dentro é diferente, ele sequer transcorre num ritmo constante.

Moriah tinha me dito que o tempo só importava para a pessoa que o estava contando, o que me fizera rir, tendo em vista que ela construía relógios. DCSs e relógios não funcionavam dentro do templo, mas agora eu estava particularmente consciente do quanto o decorrer de cada segundo me aproximava do meu fim.

— Então o que a gente precisa é de alguém que saiba fabricar portas.

Ergui uma sobrancelha.

— Bom, sim. Basicamente isso.

— Stef? — Ele acenou para ela. — Você por acaso não tem nada aí que nos ajudaria a abrir uma porta na parede, tem?

O olhar que ela devolveu foi como ácido de dragão.

— Vá rolar nos seus arbustos de rosas, Cris.

— Acho que ela não aprecia muito seu senso de humor — murmurei. Como se eu pudesse culpá-la. Do jeito como as coisas iam, em poucos dias acabaríamos e estaríamos fora do caminho de Janan. Bom, Stef mataria a mim, depois o Cris e, então ficaria aqui sozinha. E eu não me sentiria mal por ela.

— Poucos apreciam. — Ele acompanhava meu passo com facilidade. — Por que você está andando?

— Sinto que, se parar, é como se estivesse desistindo. Mas não sei o que fazer — confessei, a garganta apertada. Cris acharia que eu era fraca, assim como Stef já achava.

— Ei. — Ele puxou meu braço. Tropecei, mas Cris botou uma das mãos em minhas costas, impedindo-me de cair. — Ei, desculpa. — Ele me encarou com uma expressão séria. — Vamos encontrar uma saída, certo? Você então vai poder resgatar o Sam da multidão enfurecida, recuperar seus livros e encontrar um meio de impedir a ascensão de Janan.

— E, enquanto eu realizo todos esses milagres, vocês vão estar aonde? — Meu corpo inteiro doía. Tudo o que eu desejava era sentar no piano e esquecer da vida, mas ele se fora. Destruído. Quanto a minha flauta? Sarit a guardara na Casa do Conselho, mas talvez eles a tivessem encontrado.

Cris respondeu:

— Estive lembrando de algumas coisas, também.

Esperei.

— Estar aqui dentro me fez lembrar de um monte de coisas que não deveríamos saber. As lembranças são tão antigas que parecem sonhos da vida de outra pessoa, mas sei que elas são reais. — Ele me fitou com uma seriedade que eu nunca vira antes. Sem o menor resquício de um sorriso ou de uma atitude amigável. Parecia triste. — Lembro do que Janan falou que ia fazer.

— O quê? — perguntei num sussurro.

— Ele quer ser imortal.

— Mas...

— Imortal *de verdade*. Não como o restante de nós, presos num ciclo interminável de nascimento, morte e renascimento. E não do jeito que ele é agora, um ser preso entre essas paredes. Antigamente, quando Janan ainda era um homem, não havia *nada* nessa torre. Nenhuma sala, nem luz, nem paredes que se movem. Isso aqui foi criado para ser uma prisão.

Ele havia sido aprisionado antes de começar a substituir as almas novas pelas antigas?

— Por que ele foi preso? Quem o colocou aqui? — O que quer que ele tivesse feito, devia ter sido algo terrível, e, até onde eu podia ver, Janan se tornara ainda pior.

— Antes de tudo isso.... — Cris girou o braço pela sala. — Janan convocou seus melhores guerreiros e partiu em busca da imortalidade. As pessoas tinham medo de tantas coisas, de dragões, centauros, trolls...

— E das sílfides?

Cris inclinou ligeiramente a cabeça.

— Não, até então nunca tínhamos visto uma sílfide. Elas surgiram depois.

— Certo. — Isso era estranho. — Mas, continue.

— Bem, ele disse que havia descoberto o segredo da imortalidade, e que isso deixara as fênix com ciúmes: elas não queriam que ninguém mais conhecesse seu segredo. Foram elas que construíram essa prisão, e todas as outras ao redor do mundo, e que prenderam Janan e seus guerreiros, cada um numa torre para que eles jamais pudessem unir forças novamente.

— As fênix. — Eu sabia que elas eram reais, mas jamais escutara falar que as fênix construíssem prisões ou que *fizessem* algo mais que simplesmente voar por aí, explodindo em chamas e ressurgindo das cinzas. Bom, Meuric dissera que uma fênix amaldiçoara as sílfides, mas Meuric havia enlouquecido. Ou talvez não. — As outras prisões também eram torres como essa? Com um muro em volta?

— Nunca vi nenhuma delas, mas acho que sim. Acho que quando viemos resgatar Janan dessa prisão era só a torre e o muro.

— Como o que você viu no meio da floresta.

Ele fez que sim.

E como o que Sam tinha visto ao norte. Mas nenhuma daquelas torres possuía alguém como Janan. Se possuísse, elas não teriam sido afetadas pelo tempo e pelos elementos. Sendo assim, o que acontecera com as outras prisões e seus prisioneiros?

Cris parecia estar com a mente em outro lugar, perdido em lembranças.

— Nós todos viemos libertar Janan, mas, em vez de sair, ele nos disse que para alcançar a imortalidade precisava permanecer preso… por um tempo. Janan falou que as fênix tinham construído essa torre, o que significava que ela detinha parte da mágica delas. O resto de nós deveria esperar pelo seu sucesso e retorno. — Cris correu os olhos pelo salão vermelho. — Você pode imaginar viver cinco mil anos preso dentro da pedra, apenas esperando?

— Ele está *comendo as almasnovas*. — Tranquei o maxilar. — Tenho dificuldade em sentir qualquer empatia por ele.

— Não quis dizer… — Cris baixou os olhos. — Desculpe. Não foi isso o que eu quis dizer. É só que… cinco mil anos. Isso é muito tempo.

Tanto que eu mal conseguia imaginar.

— Eu não devia ter ficado irritada. Estou apenas exausta.

— Compreendo. — Ele me ofereceu um débil sorriso. — Janan abriu mão de seu corpo, mas as almas ainda precisam de algo que as contenha.

O que isso dizia das sílfides, então? Era difícil acreditar que algo sem uma alma pudesse gostar tanto de música quanto elas pareciam gostar.

— Durante todo esse tempo, ele esteve esperando, crescendo, aumentando seu poder. Se Janan ascender na Noite das Almas e se tornar realmente imortal, ele não vai mais precisar consumir as almasnovas para sobreviver, nem precisará nos reencarnar.

— E quanto ao Escolhido? Meuric disse que se tivesse a chave, conseguiria sobreviver.

Cris sorriu com tristeza e, em seguida, falou numa voz baixa, esbanjando mágoa.

— Por que ele se incomodaria com isso? Nós não seremos mais necessários, nem mesmo Meuric ou Deborl. Com Janan livre do templo, não será mais preciso alguém para guardar a chave.

A chave. Outras mil perguntas giravam em torno daquele pequeno dispositivo. De onde ele viera?

— Na noite do Escurecimento do Templo, Meuric falou que nascer não é nada agradável. Que é doloroso.

— Acrescente a isso a caldeira de Range — continuou Cris — e tudo que irá restar será... nada. Quando ela entrar em erupção, apenas Janan irá sobreviver.

Senti vontade de vomitar. Não tinha sequer pensado na caldeira, mas os terremotos, o nível da água do lago...

A caldeira debaixo de Range não estava apenas passando por um de seus ciclos naturais. Não, ela estava se preparando para entrar em erupção. *Deveria* ter havido uma série de avisos. Anos de sinais de que algo ocorreria. Mas nada acerca de Janan era natural; as regurgitações da caldeira *só podiam* ser obra dele.

Quando Range entrasse em erupção, a devastação seria total. O chão se abriria ao meio. Rios de lava se derramariam sobre a floresta, matando tudo em seu caminho. Nuvens de cinzas bloqueariam o sol. A temperatura do mundo cairia drasticamente.

Não que ninguém fosse ficar vivo para testemunhar isso.

Heart — ou melhor, Range — viraria um buraco no chão.

Cris meteu as mãos nos bolsos e franziu o cenho.

— A Noite das Almas é daqui a alguns meses. Ainda há tempo de impedi-lo se você conseguir escapar.

— Acho que você quis dizer nós.

— Não, eu quis dizer você. E Stef, se ela também quiser.

Ainda sentada no outro lado da sala, Stef gritou:

— Do que vocês estão falando? — Ela se levantou. — Pensaram num plano?

Cris anuiu enquanto ela contornava a mesa e se aproximava da gente.

— Ana, preciso confessar uma coisa antes. — O tom dele me provocou calafrios.

— O quê?

— Por favor, entenda que a última coisa que eu quero é magoar você, mas... — Olhou de relance para Stef, mas ela não exibiu a menor reação. — Acho que você precisa saber.

Esperei.

— Janan está nos usando, é verdade, substituindo as almasnovas pelas antigas e se alimentando delas. Mas ele não nos enganou nem nos prendeu contra a vontade, apesar das correntes. Ele nos disse que acumularia poder e conhecimento para nos proteger quando retornasse, verdadeiramente imortal. Tudo o que precisávamos fazer era nos prender a ele que ele faria o resto. Tínhamos medo do mundo, e dele, portanto concordamos. — Cris apontou para a sala. — Todos nós concordamos em sermos acorrentados. Optamos pela reencarnação.

Devia ter sido uma decisão razoavelmente fácil; afinal, quem desejaria morrer se pudesse viver para sempre?

— Mas vocês não sabiam sobre as almasnovas, sabiam? — Sem dúvida não. Sam ficara horrorizado ao descobrir a verdade. Stef e Cris também. As pessoas que eu conhecia jamais teriam aceitado essa troca.

— Entenda que éramos jovens — murmurou ele, o rosto lívido. — Não só jovens, mas vivendo numa terra perigosa que cuspia lama e água fervente. Havia também dragões e centauros, trolls e pássaros-roca, além dos animais normais que habitavam Range. Metade de nós havia morrido na viagem para cá. Tínhamos, e ainda temos, pavor da morte.

Stef baixou os olhos.

— Foi uma decisão egoísta e desesperada, mas era uma época selvagem.

— Não! — exclamei, como se negar o fato mudasse alguma coisa.

Meu coração se apertou terrivelmente. Gostaria de poder dizer que eu jamais tomaria aquela decisão, mas pelo modo como me sentia agora — saber que, indiferentemente do que acontecesse, minha vida seria curta — eu talvez aceitasse a barganha. Mais uma vida com Sam, com a música, com tudo o que eu sempre desejara. E o custo disso era alguém que jamais saberia o que estava perdendo.

Seria muito mais fácil se eu pudesse odiar todos eles pelo que tinham feito.

Cris fechou os olhos.

— Não quero pensar em quantas almas pagaram por isso, principalmente levando em conta a frequência com que algumas pessoas morrem.

— Centenas de milhões de almasnovas. — A voz de Stef soou entrecortada. — Sinto muito, Ana.

Eu estava enjoada e magoada. Sam aceitara o acordo também. Sam, o homem que me amava.

Por mais que soubesse que isso havia acontecido milhares de anos atrás, eu me sentia traída. Meu Sam. Minha amiga Sarit. Lidea, que amava tanto Anid. Geral, que achava Ariana a criatura mais perfeita do mundo. Todos os meus amigos. Todo mundo em quem eu confiava.

Todos eles haviam aceitado o acordo.

As pessoas de Heart tinham tanto medo de serem substituídas pelas almasnovas quando, na verdade, eram elas quem as estavam substituindo havia cinco mil anos.

Não consegui conter um soluço, mas sequei o rosto e tentei afastar a sensação de pesar e de raiva. Estava cansada demais para lidar com isso agora.

— Certo. Então, qual é o plano? Como é que a recordação de como tudo isso começou pode nos ajudar?

Cris ficou em silêncio por tanto tempo que achei que ele não tivesse realmente pensado em plano nenhum.

— Alguém precisa abrir uma porta. Eu farei isso.

— Sem a chave?

Ele fechou os olhos.

— *Uma* chave. Não *a* chave.

Levei um minuto para captar o sentido.

— Não. Você não pode fazer isso.

— Sou o único que pode.

— Não. — Levantei num pulo, o coração apertado. — Não deixarei que você se sacrifique.

— Sinto muito, Ana. — Ele se levantou também, dez vezes mais graciosamente. — Tem que ser eu. O mundo ainda precisa da Stef.

— O mundo ainda precisa de *você*. — Era o mesmo que gritar com uma pedra, pois ele simplesmente sacudiu a cabeça. — A sociedade jamais teria compreendido a arte do cultivo sem a sua ajuda. As estufas. Os campos. Os pomares. Tudo isso é obra sua.

— Isso foi há milhares de anos. — Ele tocou meu braço, mas desvencilhei-me com um safanão. — Agora eu cultivo rosas. Um empreendimento nobre, mas desnecessário à sobrevivência.

— Como assim? — Stef olhou para nós dois. — Do que vocês estão falando? Por que você não quer que ele abra uma porta?

— Porque sem *a* chave, só há um meio de fazer isso — respondi.

Ela balançou a cabeça, parecendo cansada.

— Por favor, lembre-se de que fui sequestrada e largada para morrer à míngua.

— Cris... — Apontei e rosnei o nome dele. — Acha que pode fazer o mesmo que Janan: se livrar do próprio corpo; tornar-se parte do templo.

— O *quê*? — Stef se levantou num pulo também e começou a gritar com Cris. — Se você fizer isso, vai se tornar igual a ele. Terá que consumir almas para sobreviver, e alguém terá que ser seu Escolhido. Além disso, como vocês dois poderão caber dentro das paredes? Tenho certeza de que Janan não ficará feliz em dividir o espaço dele com você.

Stef estava a centímetros de Cris, gritando a plenos pulmões, enquanto ele permanecia calado, esperando.

— Por que você acha que isso irá funcionar? Até onde sabemos, você pode simplesmente morrer com uma faca enfiada no peito.

— Mesmo que funcione — intervim —, daqui a cinco mil anos alguém terá que detê-lo e a pessoa irá se sentir mal porque você costumava ser um cara bacana.

Stef e eu paramos para respirar ao mesmo tempo, e Cris aproveitou a brecha.

— Em primeiro lugar, não tenho seguidores, como era o caso de Janan. — Ele brandiu o braço, apontando para nossa esquelética audiência. — Se eu não reencarnar ninguém, não ganharei almas. Esses esqueletos estão acorrentados. Presos a *ele*.

— E se alguma coisa mudar? — Minha garganta doía de tanto gritar e minha cabeça martelava, tanto de raiva quanto pela traição. — E se de repente você for obrigado a substituir as almas?

— Não farei isso. — Ele soava calmo e determinado, como se não achasse que isso fosse ser uma tentação. — Ana, eu te prometo. Sabendo quem eu sou, conhecendo você, entendo o que sacrificamos há milhares de anos. — Tocou minha mão com tanta suavidade que mal consegui sentir o tremor em seus dedos. — Sinto muito, Ana. Não merecemos o seu perdão, mas pelo menos posso tentar endireitar as coisas.

— Como? — Gostaria de poder odiar tanto Cris quanto aquele plano idiota, mas agora que eu parara de gritar, sentia o corpo pesado, sem forças.

— Irei me tornar parte das paredes, como Janan, e então abrirei uma porta.

— Não. — Cruzei os braços. — Isso é loucura. Você nem sabe se vai funcionar.

— Você não precisaria de um Escolhido? — perguntou Stef. — Não vou me acorrentar a você como esses dois. — Apontou para Deborl e um osso do dedo do pé de Meuric que eu deixara escapar.

— Não preciso de um Escolhido. — Ele sorriu para ela com tristeza e determinação. — Janan precisava de um para ajudá-lo a prender seus seguidores e guardar a chave, mas eu não. Sem almas. Sem sacrifícios.

— Mas você está falando em se sacrificar. — Minhas palavras soaram esganiçadas. Isso não estava acontecendo. Não podia estar.

— Por você. — Ele tomou minha mão e os cinco mil anos de diferença entre nós evaporaram. Parecia jovem a assustado, assim como eu, a mão suando sobre a minha. — Você não viveu centenas de vidas, só essa, e ela mal começou. Há muita coisa ainda que precisa experimentar. Não importa o que aconteça com esse lugar. — Apontou para o templo à nossa volta. — Preciso te dar uma chance.

Milhões de coisas estavam acontecendo dentro de mim ao mesmo tempo, em especial a sensação de estar com o coração entalado na garganta e do estômago dando cambalhotas Eu me sentia grata e enjoada e profundamente triste.

— Cris, não. — Ainda assim, eu não queria morrer, nem ficar presa ali dentro para sempre. Queria viver, ter experiências, ver o que pudesse do mundo em minha curta e única vida. Mas Cris...

— Pense nisso como um presente. Um que você não pode recusar.

Stef estava parada perto da gente, os olhos com uma expressão de quem estava começando a aceitar o que ele pretendia fazer.

— Janan é forte demais. Você não pode derrotá-lo — murmurei, dizendo as palavras que sabia que precisavam ser ditas. — Ele passou cinco mil anos acumulando poder. Você será novo e fraco. Ele não irá deixá-lo permanecer nas paredes. — Cris precisava ver o quão fútil era o plano.

— Só preciso de alguns minutos para abrir uma porta para vocês. — Envolveu meu rosto com a mão livre.

— E se ele te matar? Você irá reencarnar?

— Pelo bem das almasnovas — respondeu Cris —, espero que não.

Mas eu não queria que ele se fosse para sempre. Para onde Cris iria? O que aconteceria com ele?

— Ana, você precisa viver. Precisa sair daqui, impedir Janan de destruir Heart e viver essa vida. Faça tudo o que puder. Não a desperdice. Me prometa.

— Encontraremos algum outro jeito. — Por que ele não conseguia ver isso?

— Quando? Como? Não há nada aqui a não ser esqueletos. — Seus olhos estavam marejados, e ele piscou várias vezes como que para se impedir de chorar.

— Por favor, não faça isso. — Olhei para Stef em busca de apoio, mas ela continuou nos observando com uma expressão dura, gélida.

Assim que me virei para ele de novo, Cris se inclinou e me beijou. Não um beijo longo, nem faminto. Mal tive tempo de registrar o sabor das lágrimas em seus lábios antes que ele se afastasse novamente, parecendo tão surpreso quanto eu.

— Achei que você estivesse apaixonado pelo Sam. — Não era o que eu pretendia dizer, mas me salvava de ter que pensar na emoção, no medo e no estresse do que acabara de acontecer. Eu ainda não entendia *por que* Sam desejava me beijar, quanto mais outra pessoa.

— Eu sempre amarei Dossam. — Ele se voltou para dentro de si, como se estivesse visualizando uma outra época. Não estava falando do meu Sam, mas de um Sam de vidas atrás. — E eu amo você — murmurou, voltando ao presente. — Não como o Sam, nem de longe. Mas é por isso que você precisa viver. Não suportaria saber que deixei algo acontecer com você, que mal começou a viver, como também não conseguiria conviver com a dor do Sam se ele te perdesse.

Minha respiração estava pesada demais, ameaçando me esmagar por dentro. Não podia deixá-lo fazer isso, mas, ao mesmo tempo, eu desejava escapar. Queria viver e ser amada, e *não morrer*. Parte de mim começou a se sentir resignada, quase feliz pela escolha que ele estava fazendo, pois isso significava que eu talvez tivesse uma chance de escapar dali.

Stef continuava com uma expressão dura como gelo. Nenhuma esperança de tentar extrair forças dela.

Cris apertou minha mão. Tinha esquecido que ele ainda a segurava.

— Você vai sobreviver — declarou ele. — Vai sair desse templo e usar tudo o que aprendeu para deter Janan. Salve as almasnovas.

Odiei a mim mesma ao anuir em concordância, sentindo o calor das lágrimas que escorriam pelas minhas bochechas. Cris estava chorando também, mas eu nunca sabia o que dizer quando via alguém chorar. Em vez disso, apenas o abracei. O corpo dele tencionou por um segundo, mas, então, ele passou os braços em volta de mim e me abraçou também.

Se eu dissesse alguma coisa, iria desmoronar. Despejaria todo o conteúdo das minhas entranhas. Assim sendo, o apertei com força até que ele se desvencilhou e disse:

— Eu não devia ter te beijado. Espero que me perdoe.

Como não conseguia falar, levei os dedos aos lábios e anuí, esperando que ele soubesse que eu compreendia. Cris estava com medo.

— Preparem-se para correr — avisou —, porque não faço a mínima ideia de quanto tempo levarei para abrir uma porta nem por quanto tempo conseguirei mantê-la aberta. Se for possível, assim que vocês saírem, vou tentar... não sei. Talvez eu consiga salvar as almas que ele prendeu aqui.

Será que isso era possível? Talvez fosse para o garoto que atravessara Range a fim de salvar suas rosas de uma nevasca.

— Não precisa ser você — murmurou Stef. — Eu posso fazer isso.

— O mundo precisa mais de uma cientista e engenheira do que de um jardineiro, especialmente agora. — Ele a abraçou também, e lhe plantou um beijo no rosto. — Por favor, não se matem depois que eu me for.

Depois que ele se fosse.

Cris ia fazer isso agora? Não seria melhor esperar?

Minhas pernas estavam dormentes, meus braços pendendo ao lado do corpo, inúteis. Já não tinha mais voz. Queria dizer a ele que desistisse daquela ideia, que reconsiderasse, mas isso apenas tardaria o inevitável. Ele já se decidira e, por mais egoísta que pudesse soar, eu desejava voltar para casa.

Sem se dar conta de que meu silêncio era uma súplica para que esperasse, Cris subiu na mesa ao lado de Janan, pegou a faca e se deitou.

Desejei ter algo forte ou corajoso para dizer, algo que o tranquilizasse, ainda que só um pouco. Mas eu não tinha nada a oferecer. Era uma inútil.

Stef parou ao meu lado e passou o braço em volta da minha cintura. Chorando. Apoiei a cabeça no ombro dela, e ficamos observando Cris se ajeitar sobre a pedra e posicionar a faca sobre o coração. Ele realmente ia fazer aquilo. Tinha que haver outro jeito, e eu estava apenas chorando em vez de pensar nisso.

— Por favor, Cris. — O templo abafou minhas palavras. *Por favor, não faça isso. Por favor, espere. Por favor, volte.*

Ele virou a cabeça para nós, forçou um sorriso triste e fechou os olhos. Ouro e prata cintilaram sob a luz vermelha no momento em que a faca penetrou seu peito.

Ele morreu.

30
SACRIFÍCIO

GRITEI.

Stef enterrou os dedos em meus braços através das mangas do vestido, berrando meu nome sem parar. Tentei me desvencilhar dela para ir socorrer Cris, ainda sobre a mesa. Os olhos dele estavam vidrados, sem vida; as articulações dos dedos, brancas em torno do cabo da faca.

Por mais que eu lutasse, Stef era mais forte. Quando finalmente consegui me lançar na direção do Cris, ela me puxou de volta e me jogou no chão, prendendo-me debaixo de seu corpo.

— Pare com isso! — gritou.

Mas eu já não estava mais me debatendo. Estava ocupada demais observando uma luz branca derramar-se sobre a mesa.

A luz foi se expandindo, escorrendo pelas pernas da mesa abertas sobre o poço. Seu brilho era tão intenso que tive que apertar os olhos à medida que ela envolvia o corpo de Cris.

Lágrimas desciam pelo meu rosto, não só de desespero e choque como também devido à luz ofuscante. Lufadas de vento começaram a soprar em direção ao centro do salão, sacudindo as ossadas e nossas roupas; agarrei o cachecol para impedi-lo de voar. O esqueleto de Deborl deslizou pelo chão em direção ao poço, como se todo o ar do ambiente estivesse sendo sugado para dentro dele. Somente as correntes o impediram de cair.

O brilho era tão intenso que tive de fechar os olhos. Senti vontade de tapar os ouvidos para não escutar o uivo do vento açoitando as pernas da mesa.

Abaixo de mim, o chão se moveu, escorregadio em contato com minhas roupas.

Não, eu é que estava deslizando, tanto eu quanto Stef. O vento uivava e nos puxava, ao mesmo tempo que Stef tentava me ajudar a sentar. Ensurdecidas pelo vento e ofuscadas pela luz, fomos obrigadas a confiar em nosso tato, enquanto a força que nos puxava ficava mais forte a cada segundo, como se a gravidade estivesse mudando de direção.

Meu coração pulsava com a descarga de adrenalina.

— Precisamos encontrar alguma coisa a que possamos nos agarrar! — Não soube dizer se ela havia me escutado com toda aquela barulheira ensurdecedora, mas estendi o braço, e ela imitou o movimento. Procuramos no chão algum lugar para fincar os dedos.

— Não! — A voz de Janan ressoou pela sala, um rugido semelhante a um trovão ou uma queda d'água.

Lutei contra o vento e o ar rarefeito, e perdi Stef de vista. Por duas vezes, senti-a bater de encontro a mim, mas me concentrei em *não deslizar* enquanto a luz vermelha pulsava através das minhas pálpebras e a luz branca queimava e se movia. Mesmo fechando os olhos, continuei vendo a silhueta de minhas mãos espalmadas sobre o piso, desesperadas em busca de tração.

E, então, escutamos Cris.

— Ana. Stef. *Vão*.

Não consegui conter um soluço. Ele conseguira. Pelo menos, conseguira alguma coisa.

— Cris! — Minha voz se perdeu em meio ao esbravejar de Janan e aos uivos do vento, que continuava sugando tudo em direção ao poço. Ossos estalavam, e as correntes de prata retiniam e tilintavam.

Janan começou a rugir palavras que eu não conhecia, que jamais havia escutado. A voz dele pressionava minha pele, tão quente quanto uma sílfide de carne e osso.

— Ana, agora! — Cris gritou de novo, sua voz soando como faíscas espocando e explodindo. — Por favor.

O tom de desespero fez com que eu abrisse os olhos. Um arco cinzento se formara à minha frente, a apenas alguns passos de distância; uma porta baixa, bem rente ao chão, de modo que eu sequer precisaria me levantar. Ele conseguira. Liberdade. Seu plano tinha funcionado.

Com os dentes trincados, lutando para respirar o ar rarefeito, arrastei-me em direção ao nebuloso portal e enganchei meus dedos na soleira. Só precisava içar o corpo e me jogar para fora. Mas precisava fazer isso rápido, pois o contorno do arco tremulava, ora rajado de preto, ora de branco. Janan estava tentando alterar o destino da saída.

Se eu não me apressasse, ele retomaria o controle.

— Vá, Ana! — Cris de novo, a voz agora engasgada e fraca. As luzes e o ar pulsavam em torno do salão enquanto os dois lutavam dentro das paredes do templo.

Stef. Eu não conseguia encontrá-la.

Com os dedos enterrados na pedra — o que aconteceria se o portal desaparecesse subitamente? —, ajustei o corpo para conseguir uma visão melhor da sala. Gritei o nome dela, mas Stef não podia me ouvir em meio a todos aqueles rugidos raivosos de Janan.

A mesa. Apertando os olhos, consegui distinguir um par de braços envolvendo a perna mais próxima da mesa. Era Stef, lutando para não ser sugada para dentro do poço.

Ela batera contra mim antes. Teria sido para me empurrar para longe do buraco? Seu ato de heroísmo quase a havia matado também.

Eu ainda tinha o cachecol, mas mesmo que fosse forte o suficiente para me segurar ao portal com uma das mãos e içá-la com a outra, ele não era longo o bastante.

Não havia como pedir ajuda a Cris. Os gritos e o vento ficaram ainda mais fortes, e Cris soltou um urro de dor. Eu não fazia ideia do que Janan era capaz de fazer uma vez que nenhum dos dois tinha substância, mas os soluços soavam como estrelas morrendo.

Puxei o corpo para dentro do buraco até conseguir calçar um dos cotovelos; em seguida, suspendi a perna o máximo possível. Meu calcanhar bateu na beirada. Apavorada com a possibilidade de que qualquer movimento errado me fizesse escorregar, amarrei uma das pontas do cachecol em volta do tornozelo, certificando-me de que o nó ficasse bem preso.

Abaixei novamente a perna e vi o cachecol sacudir ao vento, bem perto de Stef, mas não perto o suficiente. A luz ofuscante não permitia que eu visse o rosto dela, mas seus braços continuaram firmemente agarrados à perna da mesa.

Com os músculos do tórax doloridos devido ao esforço para me segurar, voltei à posição inicial, segurando-me apenas com as mãos, de modo que em vez de ficar com a parte superior do corpo enfiada no portal, fiquei somente com a cabeça.

Stef — esperava que fosse ela — deu um puxão no cachecol, porém o peso não foi o bastante para me fazer acreditar que ela conseguira se agarrar com firmeza. Os puxões não eram constantes.

Sam jamais me perdoaria se eu chegasse tão longe e não a salvasse. Inspirei três vezes, o mais fundo que consegui, a garganta e os olhos ardendo em virtude do vento fustigante, e retrocedi até ficar com os braços totalmente esticados. Apenas meus dedos me mantinham presa ao arco, enquanto a sucção aumentava ainda mais.

Um flash de luz vermelha espocou como um raio sangrento; a cacofonia piorou. Mas, então, uma série de puxões firmes no cachecol indicou-me que Stef o agarrara e começara a escalar.

— Por favor, nó, aguente firme — murmurei.

O cachecol apertou-se em torno do meu pé; Stef era mais pesada do que eu podia suportar. Minhas mãos estavam dormentes pelo esforço de me segurar, mas lutei para manter o pé flexionado a fim de que o cachecol não escorregasse. Todos os meus músculos tremiam.

Uma das mãos dela se fechou em volta do meu tornozelo e, em seguida, a outra em volta da panturrilha. Meu próprio grito se perdeu em meio à barulheira enquanto eu implorava a meus braços que nos puxassem mais uma vez.

Se eu conseguisse passar os cotovelos pelo buraco, seria capaz de me lançar através do portal.

Stef continuou escalando, usando-me como uma corda, enquanto eu lutava para dobrar os braços. O vento nos puxava com força, as luzes flamejavam. Concentrei-me em respirar, mantendo os olhos focados no arco acima de mim. Liberdade. Se ao menos os braços de Stef não estivessem envolvendo minha cintura.

Ela devia estar tentando se içar com a ajuda dos pés, porque uma súbita diminuição de peso e de força para baixo permitiu que eu passasse o ombro esquerdo pelo buraco e calçasse o cotovelo. Pude, então, empurrar meu corpo com a ajuda das pernas, em vez de só puxá-lo com os braços, e, embora meus músculos queimassem com o esforço, consegui reunir forças suficientes para projetar meu tronco pelo portal.

Stef estendeu a mão para pegar uma das beiradas. A que continuava me envolvendo escorregou.

— Só mais um pouco — incitei, mas o vento roubou minha voz.

Linhas de concentração marcavam seu rosto. Ela trancou o maxilar e tentou de novo, e, dessa vez, conseguiu se segurar e se içar até ficar ao meu lado.

Quando Cris o abriu, o arco era cinza, mas agora estava negro como piche. Embora isso fosse um alívio para os meus olhos, significava que ele não estava mais no controle. Chamei-o repetidas vezes, mas o arco continuou igual.

Stef se aproximou e gritou ao meu ouvido.

— Por que você parou?

Minha voz soou agoniada, nem de perto tão alta quanto a dela, mas tentei:

— Cinza significa liberdade. Preto ou branco que sairemos em outra sala do templo.

Ela parecia prestes a chorar, mas anuiu e se içou mais um pouco em direção ao buraco. Apoiou um dos pés no umbral da esquerda e o outro no da direita, posicionando-se como uma aranha esperando o momento certo de saltar sobre a presa.

Entendi. Assim que o portal voltasse a ficar cinza, poderíamos pular. Tentei seguir o exemplo dela, gritando o mais alto que podia para avisar a Cris que estávamos prontas.

No entanto, tão logo o preto tornou-se novamente cinza, percebi que eu não estava preparada. Um dos meus pés escorregou e tentei me lançar apenas com a outra perna. Todos os meus músculos cederam, cansados demais para se moverem.

Stef agarrou meu pulso e me arrastou pelo portal cinza no exato instante em que ele começava a mudar de novo.

Silêncio.

Um silêncio normal, não aquele silêncio sobrenatural onde nem mesmo meus ouvidos apitavam.

E ar, fresco e ventoso, mas que não tentava me puxar para lugar nenhum. E denso o bastante para que eu pudesse respirar.

Dedos gelados apertaram os meus; abri os olhos e me deparei com Sine, agachada ao meu lado. Sua boca se movia como se ela estivesse falando, mas eu não conseguia escutar, de modo que apenas pisquei, respirei e esperei que meus músculos relaxassem. Pelo menos por ora eles estavam gelados demais para doerem. Aproveitei a simples oportunidade de ficar deitada de costas sem *deslizar*.

— Ana. — A voz de Sine soou muito distante. — Você precisa se levantar.

Virei a cabeça e vi Stef olhando para o conselheiro Frase. Ela parecia estar na mesma situação que eu. Embotada. Numa espécie de transe.

As pedras do calçamento da praça do mercado jamais tinham parecido tão bonitas.

— Ana! — O grito de Sine me arrancou do estupor. — Levante-se antes que eu chame alguém para carregá-la.

No momento aquilo me soava como uma ótima ideia, mas à medida que fui recuperando o controle do corpo, lembrei do dia do mercado, do discurso de Deborl, de Meuric morrendo na frente de todo mundo e da multidão enfurecida.

Sentei-me tão rápido que quase bati em Sine.

— Cadê o Sam? — Tentei focar os olhos nela novamente, mas eu me mexera rápido demais e estava completamente tonta.

— Ele está no hospital. — Ela se levantou e estendeu a mão. Levantei-me sozinha ao ver que Stef conseguira se colocar numa posição mais vertical também. — Ele ficou bastante machucado durante a comoção do outro dia, mas vai sobreviver. Acordou há cerca de uma hora.

Gostaria de pode me entregar ao entorpecimento, e não ser obrigada a fúteis tentativas de tapar as rachaduras de uma barragem de emoções. Sam. Cris. Janan. Eu estava prestes a desmoronar.

Só não na frente de todo mundo. Por favor.

— Que dia é hoje?

— Você ficou desaparecida por dois dias.

A sensação era de que tinha sido um mês. Talvez Cris tivesse conseguido nos fazer um último favor e nos libertar o mais próximo possível da hora em que tínhamos sido presas.

A barragem dentro de mim ameaçou arrebentar. Devia ter impedido Cris. Era como se eu o tivesse matado.

— Onde está Deborl? Vou eletrocutá-lo e depois jogá-lo numa fogueira. — Stef ofegou e se apoiou no ombro de Frase, escondendo o rosto.

— Deborl e os amigos dele estão presos.

— Presos? — Era difícil acreditar que ainda pudesse haver boas notícias. — E quanto a Wend? Ele estava com eles também. — Só que Deborl tinha atirado nele...

Sine correu os dedos pelos meus cabelos emaranhados.

— Wend está morto. — Ela franziu o cenho, acrescentando mais algumas linhas ao rosto, e uma lágrima escorreu por sua face. — Nenhum deles irá causar problemas às almasnovas de novo, embora seja justo dizer que eles não foram totalmente ignorados.

— Preciso do Sam. — Precisava contar a ele tudo o que tinha acontecido.

— Claro. Corin, por favor, vá buscar Dossam. — Ela fez sinal para alguém atrás de mim, provavelmente Corin, e escutei o som de passos se afastando. — Onde está Cris? Eles disseram que ele estava com vocês.

Olhei para o templo, frio e gelado, porém não tão maléfico enquanto Cris estivesse lá dentro. Sam tinha dito que Cris jamais fizera mal a ninguém. Mesmo depois de descobrir que todos eles haviam concordado em sacrificar as almasnovas em prol de sua própria reencarnação, eu ainda acreditava nisso. Ele se sacrificara por nós.

Mas eu não tinha como responder à pergunta de Sine.

Se fizesse isso, ia desmoronar.

Não sei quanto tempo fiquei ali, tentando me segurar ao que restava do meu autocontrole em farrapos, até que, por fim, uma sombra familiar surgiu ao meu lado.

Meus músculos viraram água quando ergui a mão apenas o bastante para que Sam a tomasse entre as dele e, então, seus braços se fecharam em volta de mim.

A barragem se rompeu, derramando tudo. Sam me abraçou tão apertado que eu não conseguia respirar, ou talvez fossem os soluços que estivessem me deixando engasgada. Ele acariciou meu cabelo e meu rosto, me beijou. Seu afeto era suave como uma pena, como se ele estivesse com medo de me esmagar.

Chorei contra o peito dele ainda que houvesse outras pessoas ali. Stef, Sine, Frase. Pessoas desconhecidas. Eu queria me esconder, mas temia não ser capaz de caminhar. Era Sam quem estava me mantendo em pé.

Sam, que cinco mil anos antes aceitara a imortalidade, mesmo sabendo o preço. Como eu podia voltar a olhar para ele com os mesmos olhos?

No entanto, não conseguia me desvencilhar de seus braços. Talvez fosse melhor não contar nada daquilo a ele; já seria difícil o bastante termos que lidar com a efemeridade da minha própria existência.

Eu simplesmente iria morrer.

Para onde eu iria? O que aconteceria comigo?

Perdida em meus devaneios, envolta pelos braços dele, quase não percebi a comoção ao lado do templo.

— O que está acontecendo? — Esforcei-me para engolir as lágrimas.

— Uma sílfide. Não se preocupe. Eles irão capturá-la e soltá-la fora dos limites de Range. — Ele fez menção de ajustar o abraço, mas me empertiguei e me afastei. — O que foi? — Linhas de preocupação surgiram em seu rosto.

— Acabei de pensar numa coisa terrível. — Desejava estar errada, mas minha mente trabalhava por mais que eu tentasse ignorá-la. — Me ajude a chegar lá antes que eles a prendam num ovo.

Ele pareceu hesitar, mas ajudou a me firmar enquanto eu seguia cambaleando em direção à multidão que envolvia uma sílfide em pânico. A sombra alta começou a assobiar e cantar, presa em meio ao círculo de pessoas com ovos de metal. Ela poderia ter queimado qualquer uma delas, mas permaneceu no centro do círculo, ondulando como se tentasse decidir o que fazer.

Até que me viu.

Reuni minhas forças e apertei a mão do Sam.

— Deixem-me passar. — Minha voz falhou, e precisei repetir, mas o grupo com ovos de sílfides recuou. Talvez eles se lembrassem do que Deborl dissera sobre eu poder controlar as sílfides.

Atravessei o grupo com Sam nos meus calcanhares e Stef atrás dele. A coluna de sombra e fumaça ficou imóvel e parou de cantar. Olhou para nós e pareceu se encolher, assumindo uma postura em algum lugar entre alívio e exaustão.

Ela era humana demais.

— A gente não devia tê-lo deixado fazer aquilo, Stef. — Estendi a mão em direção à fumaça negra. Algumas pessoas sibilaram, mas quando meus dedos a atravessaram, tudo o que senti foi um calor ligeiramente desconfortável. A sílfide assobiou, mais calma.

Ergui a outra mão em direção aos tentáculos negros, mas ela estremeceu e se afastou, o calor intensificando-se, como se não conseguisse controlá-lo.

— Oh. — Stef parecia prestes a vomitar. — Cris?

A sílfide se contorceu — reconhecimento — e um dos tentáculos negros produziu uma rosa preta e a soltou a meus pés.

Levei a mão ao peito, o coração apertado. Nós o tínhamos deixado se sacrificar, e agora ele fora amaldiçoado...

Amaldiçoado.

As sílfides eram seres amaldiçoados.

Cris tinha dito que no começo não havia sílfides. Eu ainda não sabia como isso havia acontecido, mas sabia o que Cris tinha feito.

— Ah, Cris.

A rosa desapareceu, e a sílfide passou flutuando entre um par de guardas — que deram um passo para o lado a fim de deixá-lo passar. Enquanto ele prosseguia pela avenida Leste, Sine pegou seu DCS e murmurou:

— Uma sílfide está indo em direção ao Arco Leste. Abram os portões e deixem que ela passe.

31
PULSAÇÃO

APÓS ALGUNS DIAS no hospital, fui levada à sala do Conselho. Todos os conselheiros restantes estavam lá — nove agora, uma vez que Deborl estava na prisão —, mas nenhum deles pareceu feliz em me ver. A maioria simplesmente olhou para os itens dispersos sobre a mesa: uma pilha de livros com capa de couro, um punhado de diários e um pequeno dispositivo de prata.

Não exatamente tudo o que Deborl roubara de mim, embora fossem as coisas mais incriminatórias. A música...

Despenquei numa das cadeiras, grata ao ver Sam aparecer e se sentar ao meu lado; eles não haviam permitido nenhuma visita enquanto eu estava no hospital.

— A sessão de hoje é fechada. — Sine focou a atenção em mim, os olhos duros, sem emoção. — E provavelmente permanecerá fechada. Em geral preferimos compartilhar nossas decisões com todos os cidadãos de Heart, mas isso... Ana — falou meu nome como se estivesse com o coração partido.

Todos voltaram os olhos para mim, mas não desviei os meus de Sine. Esperei.

— O método usado por Deborl foi repreensível, mas infelizmente ele descobriu algumas verdades. Em primeiro lugar, você estava em posse da pesquisa de Menehem. — Ela pressionou a palma sobre os diários como se pudesse transformá-los em pó. — A pesquisa que descreve como ele criou o Escurecimento do Templo. Você *mentiu* para nós. Escondeu informações referentes à nossa existência e nossa história. Mesmo que ele tenha deixado os diários aos seus cuidados, eles nunca foram seus.

Trinquei os dentes e fiquei calada. Nada do que eu dissesse faria diferença. Eu tinha ficado com a pesquisa. E havia mentido. Ambas as coisas eram verdade.

— Em segundo lugar, temos o caso de Meuric.

A simples menção a ele me fez lembrar do fedor, da voz arranhada e da risada histérica ao me contar que Janan comia as almas. Estremeci e engoli o bolo de ácido que se formou em minha garganta. Sam pegou minha mão por baixo da mesa e a apertou.

— O que Deborl disse é verdade, Ana? — A voz de Sine falhou, emocionada, ao perguntar: — Você matou Meuric?

Se eu o matara? Tinha chegado a pensar que sim, mas então o encontrara vivo dentro do templo. Meuric não teria morrido se Deborl não o tivesse tirado de lá. Tanto ele quanto eu éramos responsáveis, embora tivesse sido eu quem o esfaqueara e o jogara dentro do poço...

— Foi legítima defesa. Ele me atraiu para o templo com a intenção de me prender lá dentro. Nós lutamos e eu venci.

— E você optou por não contar isso a ninguém. — Sine olhou de relance para Sam, provavelmente imaginando que eu contara a ele, mas se pretendia puni-lo por não ter dito nada, pelo visto não faria isso agora. — O que me leva à terceira reclamação. — Tocou os livros e a chave do templo com uma expressão subitamente confusa. Os outros conselheiros também pareciam não saber ao certo para o que estavam olhando.

— Esses objetos eram de Meuric — expliquei. Tecnicamente, os livros não, mas ele podia ter contado à comunidade sobre a existência deles. Optara por não fazer isso.

— Ainda assim — continuou Sine — ao entrar em posse deles, você os escondeu.

Mesmo que eu os tivesse entregue, ninguém se lembraria. Deborl os teria confiscado e eu não conseguiria respostas.

Talvez agora eu tivesse respostas demais.

— Vocês lembram o que aconteceu com o Cris? — Minha voz falhou ao citar o nome dele.

Os conselheiros entreolharam-se, murmurando, até que Sine sacudiu a cabeça.

— Ele foi morto durante a comoção na praça do mercado.

Cerrei os punhos e trinquei os dentes a ponto de sentir o maxilar doer; não adiantava discutir. Eles não se lembrariam que Cris tinha virado uma sílfide, nem que Janan comia as almasnovas, nem que todos haviam concordado em se prender a ele em primeiro lugar. A mágica do esquecimento era forte demais.

Eles só se lembrariam de que não confiavam em mim. Que eu havia mentido. E que escondera várias coisas.

— Ana. — Sine debruçou-se sobre a mesa. — Sei que as almasnovas são importantes para você.

Ela não fazia ideia.

— O Conselho convocou várias reuniões de emergência desde o dia do mercado. Ouvimos o que você disse e já criamos novas leis de proteção às almasnovas. Anid e Ariana ficarão seguros. Assim como as próximas que nascerem.

E eu? Eu jamais me sentiria segura novamente. Nem as almas dentro do templo. Ainda assim, era mais do que eu havia esperado.

— Obrigada.

— No entanto, sinto dizer que, dado ao que discutimos hoje, o Conselho decidiu revogar seu status como convidada em Heart.

Tudo dentro de mim pareceu girar, se contorcer e despencar. Ela não podia fazer isso.

— Seja razoável... — começou Sam, mas Sine ergueu a mão, impedindo-o de continuar.

— Não foi uma decisão fácil. — Ela levantou a voz, olhando de mim para Sam. — Sofremos muito para tomá-la, acredite, mas o fato é que Ana não cumpriu sua parte do acordo. Ao mentir e esconder informações e itens importantes, ela traiu nossa confiança.

— Não. — A voz de Sam soou baixa, perigosa. — Vocês traíram a confiança dela. Ana nunca esteve segura em Heart. Se ela tivesse contado a verdade, vocês por acaso teriam acreditado? Várias pessoas tentaram matá-la; Deborl, um *conselheiro*, e os amigos dele plantaram explosivos para tentar exterminar mais almasnovas. Desde que Ana chegou em Heart, o Conselho a traiu criando leis que a impedissem de fazer parte da sociedade.

Sine fechou os olhos, mas sua voz soou demasiadamente calma.

— Como resultado de suas ações, Ana, sinto dizer que você não é mais bem-vinda na cidade. Dossam não será mais seu guardião. Não iremos forçá-la a sair de Range, isso seria uma sentença de morte, mas, de agora em diante, considere-se expulsa de Heart.

— Não! — Sam se lançou sobre a mesa e, em questão de segundos, todos os conselheiros estavam de pé, gritando.

Expulsa.

No final das contas, uma pária.

— Aceito a decisão. — Levantei-me, e a cacofonia de gritos cessou. Frase e Finn tinham pressionado Sam contra a parede, e estavam com os punhos cerrados como se pretendessem esmurrá-lo. Não fora uma luta muito justa, um contra vários. — Aceito a decisão — repeti —, desde que vocês cumpram a promessa de proteger as outras almasnovas.

— Claro que iremos. — Sine fez sinal com a cabeça para os homens que seguravam Sam. — Por favor, todos vocês. Parem com isso. Sam, estou decepcionada com você.

Ele murmurou algumas maldições que eu jamais escutara e se afastou dos conselheiros.

— Vocês merecem tudo o que está por vir.

Franzi o cenho — ninguém merecia o que Janan pretendia fazer —, e, então, me virei em direção às portas da sala.

— Preciso empacotar minhas coisas.

— Tudo bem. — Agora que tudo havia terminado, Sine mostrou-se novamente gentil. — Podemos lhe dar dois dias.

O que não era muito tempo para empacotar tudo e me despedir dos meus amigos, embora fosse mais do que eu havia esperado.

A tarde recaiu sobre Heart em pinceladas de luz pálida. Sam e eu não conversamos sobre a decisão do Conselho no caminho de volta para casa. Em vez disso, ele ligou para Stef e contou tudo a ela, que imediatamente foi para lá exigir um recurso. Assim que souberam da notícia, outros amigos correram para lá também, mas, ao retornarem tempos depois, disseram que o Conselho se recusara a ouvi-los.

Depois que Stef e Sarit foram embora, já tarde da noite, Sam e eu vestimos nossas roupas de dormir e nos sentamos em meio ao que restava de nossa sala.

— Não acredito que isso esteja acontecendo. — Ele soou distante.

— Eles jamais irão me aceitar. — Guardei minha flauta no estojo de viagem, grata por ela ter sobrevivido à multidão enfurecida. — Eles não confiam em mim, e jamais acreditarão na verdade. Entretanto, sei que Sine estava sendo sincera quando disse que irá proteger as outras almasnovas. Elas terão uma chance. Mas no que diz respeito a Janan... como posso tentar lutar contra ele agora que o Conselho ficou com tudo o que eu tinha?

— Você não vai desistir, vai?

— Não. Mas o que eu quero fazer, não posso fazer aqui.

— O quê? — A voz dele vibrou com uma leve esperança.

— Vou procurar as sílfides. — Eu estava mais perto de encontrar respostas para as perguntas que fizera no laboratório de Menehem, mas precisava de mais informações. E Cris estava lá fora. Em algum lugar. Talvez... não, ele já dera tudo o que podia.

Sam abriu um sorriso triste.

— Vou com você.

Uma onda de felicidade me inundou.

— Tem certeza? Eu jamais te pediria para deixar...

— Eu iria a qualquer lugar com você. — Ele tocou meu rosto. — Não importa a distância, o lugar nem o porquê. Quero fica com você, custe o que custar.

— Obrigada. — Encarei-o, o coração martelando em meus ouvidos, e deixei as emoções se transformarem em palavras: — Eu te amo, Sam.

Foi fácil dizer aquilo. Eu podia amar. E amava.

Sam me envolveu em seus braços e me apertou com tanta força que quase não consegui respirar. As promessas de amor sussurradas contra meus cabelos e a base do pescoço me aqueceram por dentro, circundando-me como uma armadura.

— Eu sempre te amei — falei contra o cabelo dele. — Eu te amei desde a primeira vez que escutei sua música e vi como você a escrevia. — Beijei a garganta dele, entrelaçando meus dedos em sua camisa. — Eu te amei quando você me salvou do lago e me trouxe de volta à vida, soprando ar para meus pulmões. — Acariciei seu rosto, seus cabelos, seus ombros, todos os lugares que minhas mãos conseguiam encontrar. — Eu te amei naquela dia na biblioteca em que você me mostrou suas vidas passadas, e no baile de máscaras, antes mesmo de ter certeza de que você era o picanço.

— Todas essas vezes? — Ele pressionou o rosto contra o meu.

— E outras mais. Quando você cuidou das minhas mãos, quando me encontrou do lado de fora do templo. Eu te amei até mesmo nos momentos em que estava zangada com você. Talvez principalmente nesses momentos. — Enquanto falava, aconcheguei-me no colo dele, olhando-o no fundo dos olhos. Seu coração martelava contra o meu. — Não importa o que aconteça, eu sempre te amarei.

Mesmo que cinco mil anos antes ele tivesse optado por sacrificar as almasnovas. Eu ainda o amava, não podia evitar.

Ele mudara tanto desde então. O mundo inteiro mudara.

Pegamos no sono no sofá, enrolados nos cobertores. Meu rosto repousava sobre o peito dele, e meus braços o envolviam. Amava a sensação de tê-lo debaixo de mim, e o modo como a mão dele descansava em minhas costelas. Amava até mesmo seu leve ressonar ocasional.

Eu havia perdido tantas chances de dizer isso a ele desde que o conhecera. Devia ter dito a muitas outras pessoas também.

Era a última noite do ano. Em poucos minutos, o Ano da Fome chegaria ao fim.

Desvencilhei-me dos braços do Sam, puxei a camisola para baixo e contornei com cuidado os destroços restantes do piano. Pétalas secas e delicadas continuavam espalhadas pelo chão, como respingos ressecados de tinta azul.

— Ana? — Ainda no sofá, Sam me observou estender a mão em direção a uma das paredes externas. — O que você está fazendo?

Fiz que não e abaixei o braço.

— Só... vendo. — Eu me sentiria melhor em relação à minha partida se todos ficassem em segurança.

Ele se sentou, fazendo com que os cobertores caíssem numa pilha à sua volta. A camisa, abotoada só até a metade, pendia meio de lado, deixando um dos ombros à mostra.

— Eu preciso te contar uma coisa. Algo que eu fiz no laboratório de Menehem.

Peguei uma das pétalas de rosa; ela se partiu entre meus dedos.

— Quando eu te perguntei sobre a faca, você me disse que ela a fazia se sentir melhor. E que gostaria de ter algo semelhante para usar contra Janan.

A pétala se desfez completamente e pequenas partículas caíram de volta no chão. Não conseguia esquecer a expressão de culpa que Sam exibia sempre que falávamos do laboratório. Eu me sentira mal por não contar a verdade para as pessoas, mas ele dera a impressão de carregar uma culpa ainda maior.

— O que foi que você fez?

Ele me encarou no fundo dos olhos e inspirou fundo, trêmulo.

— Eu liguei a máquina. Ela tem produzido veneno desde que deixamos o laboratório.

— *Ah*. — Fui invadida por uma centena de emoções, choque, pavor, gratidão.

— Você disse que seria preciso uma enorme quantidade para afetar Janan novamente, mesmo que só por um momento. Não entendo muito sobre isso. Apenas liguei a máquina e a programei com as proporções que fizeram efeito nas sílfides. Talvez nem funcione e tenha sido tudo em vão. Mas eu queria te dar uma faca.

— Obrigada. — Não estava preparada para acreditar que isso iria funcionar, mas meu coração se encheu de alegria ao perceber o que ele tinha feito por mim.

O ato de ligar a máquina era contra a natureza do Sam, mas ele me amava e desejava que eu me sentisse segura. — Então é para lá que devemos ir primeiro, antes que o Conselho mande revistar o lugar. A menos...

Toquei a parede externa.

A pedra branca estava quente, como sempre, mas a princípio não me provocou nenhuma sensação desagradável. Ousei soltar um suspiro de alívio.

Não deveria.

A pulsação voltou subitamente, mais rápida do que nunca. Tirei a mão, os rugidos de Janan ecoando em minha mente, acompanhados por visões de Cris como uma sílfide. Ele nos libertara, mas apenas isso.

O relógio bateu meia-noite.

O Ano das Almas estava começando.

AGRADECIMENTOS

INFINITOS AGRADECIMENTOS A:

Lauren MacLeod, minha agente, e Sarah Shumway, minha editora. Obrigada por me desafiarem a fazer melhor e me inspirarem a tentar sempre mais. Não conseguiria imaginar essa jornada sem vocês.

Toda a equipe da Katherine Tegen Books, inclusive Amy Ryan, Brenna Franzitta, Casey McIntyre, Esilda Kerr, Joel Tippie, Katherine Tegen, Laurel Symonds, Lauren Flower e Megan Sugrue. Corações e flores para *todos* vocês.

As pessoas maravilhosas que leram as primeiras versões (ou as mudanças de última hora): Adam Heine, Beth Revis, Bria Quinlan, Christine Nguyen, C. J. Redwine, Corinne Duyvis, Gabrielle Harvey, Jamie Harrington, Jaime Lee Moyer, Jillian Boeme, Joy Hensley George, Kathleen Peacock, Lisa Iriarte, Myra McEntire e Wendy Beer. Seus comentários, encorajamento e chutes no traseiro foram imprescindíveis para que eu conseguisse colocar esse livro no papel. Sou muito grata por todos vocês fazerem parte da minha vida.

Um caloroso obrigado, repleto de adoração, a Jeri Smith-Ready, Rachel Hawkins e Robin McKinley, que disseram coisas tão bacanas sobre *Almanova*. Seus elogios significam muito para mim, visto que sou uma tremenda fã dos seus livros também.

Um especial obrigado aos escritores e blogueiros que me ajudaram a promover a Incarnate Theater Treasure Hunt na semana em que *Almanova* foi lançada. O apoio, o entusiasmo e o trabalho de vocês foi fantástico.

Obrigada a Adam Heine, Amanda Miller, Amanda da Loves Books Reviews, Amber Mitchell, Amy Fournier, Angel Cruz, Anna Billings, Asheley Tart, Becky

Herrick, Best Tanakasempipat, Bonnie Lynn Wagner, Brenna da Ever After Esther, Charlee Vale, Dot Hutchison, Emily Wright, Enna da Squeaky Books, Gabi Becker, Gabrielle Carolina, Hannah Courtney, Jaime da Two Chicks on Books, James da Book Chic Club, Jessica Reigle, Jodie da Uniquely Moi Books, Julie, Katie, Kaye M., Lauren da 365 Days of Reading, Linda Dao, Mary da Book Swarm, Mei Jiao Ashley Chen, MG Buehrlen, Michelle e Amethyst da Libri Ago, Michelle Villarmia, Rachel, Sana Reddy, Sarah Nicolas, Shanyn Day, Shellie da Creative Reads, Shelley Watters, Stephanie da Poetry to Prose, Stephanie Huber, Susan Adrian, Tammy Moore e Traci Inzitari.

Jill Roberts, você é a melhor e mais incentivadora mãe que uma garota poderia pedir. Obrigada por sempre acreditar em mim.

E a você, Jeff Meadows, por sua infinita paciência e compreensão, e disposição em escutar meus desvarios literários a toda e qualquer hora do dia.

Obrigada a Deus, a quem jamais poderei agradecer o suficiente.

E obrigada a você, leitor, por escolher este livro. Espero que você tenha gostado de ler tanto quanto eu gostei de escrever.

Papel: Pólen soft 70g
Tipo: Bembo
www.editoravalentina.com.br